CIRCE

2ª Edição
5ª reimpressão

MADELINE MILLER

CIRCE

Tradução
Isadora Prospero

Planeta minotauro

Título original: *Circe*

Preparação: Laura Folgueira
Revisão: Maitê Zickuhr e Fernanda Cosenza
Diagramação: Departamento de criação da Editora Planeta do Brasil
Projeto gráfico: Marcela Badolatto
Ilustração de capa: Will Staehle
Capa: Adaptada do projeto gráfico original de Will Staehle e Hachette Book Group, Inc.

DADOS INTERNACIONAIS DE CATALOGAÇÃO NA PUBLICAÇÃO (CIP)
ANGÉLICA ILACQUA CRB-8/7057

Miller, Madeline
Circe: um romance / Madeline Miller ; tradução de Isadora Prospero. -- 2. ed. -- São Paulo : Planeta, 2020.
368 p.

ISBN 978-65-5535-235-1
Título original: Circe

1. Ficção norte-americana 2. Circe(Mitologia grega) 3. Feiticeiras - Ficção ·Título II. Prospero, Isadora

20-4171 CDD 813.6

Índices para catálogo sistemático:
1. Ficção norte-americana 813.6

MISTO
Papel | Apoiando o manejo florestal responsável
FSC® C019498
FSC www.fsc.org

Ao escolher este livro, você está apoiando o manejo responsável das florestas do mundo

2025
Todos os direitos desta edição reservados à
EDITORA PLANETA DO BRASIL LTDA.
Rua Bela Cintra 986, 4º andar – Consolação
São Paulo – SP – CEP – 01415-002
www.planetadelivros.com.br
faleconosco@editoraplaneta.com.br

Acreditamos nos livros

Este livro foi composto em Fairfield e impresso pela Geográfica para a Editora Planeta do Brasil em abril de 2025.

Para Nathaniel
νόστος

CAPÍTULO 1

Quando nasci, o nome para o que eu era não existia. Chamavam-me de ninfa, supondo que eu seria como minha mãe e tias e milhares de primas. Menores entre as deusas menores, nossos poderes eram tão modestos que mal asseguravam nossa eternidade. Falávamos com peixes e nutríamos flores, extraíamos gotas das nuvens ou sal das ondas. Essa palavra, *ninfa*, marcava a extensão e a amplitude de nosso futuro. Em nossa língua, significa não apenas deusa, mas também *noiva*.

Minha mãe era uma delas, uma náiade, guardiã de fontes e riachos. Ela atraiu o olhar de meu pai quando ele visitou os salões do pai dela, Oceano. Hélio e Oceano frequentemente partilhavam da mesa um do outro naqueles tempos. Eram primos, iguais em idade, embora não parecessem. Meu pai brilhava tão forte quanto bronze recém-forjado, enquanto Oceano nascera com olhos reumáticos e uma barba branca que descia até o colo. Mas ambos eram titãs, e preferiam a companhia um do outro aos guinchos daqueles novos deuses no Olimpo, que não tinham visto a criação do mundo.

O palácio de Oceano era uma maravilha, instalado profundamente na terra. Seus salões com altas abóbadas eram revestidos de ouro, com os pisos de pedra alisados por séculos de pés divinos. Por todo cômodo corria o som baixo do rio de Oceano, a fonte das águas doces do mundo, tão escuro que era impossível dizer onde ele acabava e onde começava o leito de rochas. Em suas margens cresciam gramíneas e flores cinza delicadas, além de um sem-número de rebentos de Oceano, náiades e ninfas e deuses fluviais. Luzidios como lontras, risonhos, com o rosto vívido no ar fosco, eles passavam cálices dourados entre si e brincavam de luta, fazendo jogos de amor. Em meio a eles, superando toda aquela beleza imaculada, sentava-se minha mãe.

Seu cabelo era de um castanho caloroso, cada mecha tão lustrosa que parecia aquecida por dentro. Ela teria sentido o olhar de meu pai, tão quente quanto as baforadas de uma fogueira. Posso vê-la arrumando o vestido de modo que caia do jeito certo sobre os ombros. Posso vê-la molhando os dedos rutilantes na água. Eu a vi fazer mil truques como esses mil vezes. Meu pai sempre caía neles. Ele acreditava que a ordem natural do mundo era agradá-lo.

— Quem é aquela? — meu pai perguntou a Oceano.

Oceano já tinha muitos netos com os olhos dourados de meu pai, e ficou contente em imaginar outros.

— Minha filha, Perseis. É sua, se a quiser.

No dia seguinte, meu pai a encontrou ao lado de sua lagoa no mundo superior. Era um lugar lindo, repleto de narcisos de bulbos gordos entrelaçados com galhos de carvalho. Não havia lama, nenhum sapo pegajoso, apenas pedras limpas e redondas que davam lugar à grama. Até meu pai, que não ligava para as sutilezas das artes das ninfas, o admirou.

Minha mãe sabia que ele estava vindo. Ela podia ser frágil, mas era engenhosa e tinha a mente como uma enguia de dentes afiados. Via por onde passava o caminho ao poder para alguém como ela, e não era parindo bastardos e rolando à margem de rios. Quando ele se pôs diante dela, em toda a sua glória, ela riu dele. *Deitar-me com você? Por que deveria?*

Meu pai, é claro, poderia ter tomado o que queria. Mas Hélio se gabava por todas as mulheres irem avidamente à sua cama, tanto escravas como divindades. Seus altares ardiam com a prova, oferendas de mães de barriga redonda e seus subprodutos felizes.

— É casamento — ela disse — ou nada. E, se for casamento, não tenha dúvida: pode ter quantas garotas quiser no campo, mas não trará nenhuma para casa, pois somente eu terei poder em seus salões.

Condições, restrições. Essas coisas eram novidade para meu pai, e os deuses amavam a novidade mais que tudo.

— Uma barganha — ele disse, e deu-lhe um colar para selar o acordo, feito por suas próprias mãos, do qual pendiam contas do âmbar mais raro. Mais tarde, quando eu nasci, ele deu a ela um segundo colar, e outro para cada um dos meus três irmãos. Não sei o que ela prezava mais: as contas luminosas em si ou a inveja de suas irmãs quando as usava. Acho que ela teria continuado a colecioná-las por toda a eternidade, até que pendessem do seu pescoço como um jugo de boi, se os altos deuses não a tivessem impedido. Àquela altura, eles tinham descoberto o que nós quatro éramos. Você pode ter outros filhos, disseram a ela, mas não com ele. Porém, outros maridos não davam contas de âmbar. Foi a única vez que eu a vi chorar.

Quando nasci, uma tia – vou poupá-lo, leitor, do seu nome, pois meu conto é cheio de tias – me lavou e enrolou em panos. Outra cuidou de minha mãe, pintando o vermelho de volta em seus lábios e escovando seu cabelo com pentes de marfim. Uma terceira foi abrir a porta para meu pai.

— Uma menina — minha mãe disse a ele, torcendo o nariz.

Mas meu pai não se importava em ter filhas que tinham um temperamento doce e eram douradas como o primeiro óleo prensado de azeitonas. Homens e deuses pagavam caro pela chance de procriar do sangue delas, e dizia-se que as posses de meu pai rivalizavam com as do rei dos deuses. Ele apoiou a mão na minha cabeça em bênção.

— Ela fará um belo casamento — ele disse.

— Quão belo? — minha mãe quis saber. Podia ser um consolo, se eu pudesse ser trocada por algo melhor.

Meu pai considerou, tocando os cachos do meu cabelo, examinando meus olhos e o talhe das minhas bochechas.

— Um príncipe, creio.

— Um príncipe? — minha mãe perguntou. — Está falando de um mortal?

O asco estava claro em seu rosto. Uma vez, quando eu era jovem, perguntei como eram os mortais. Meu pai disse: *Podemos dizer que são formados como nós, mas apenas do jeito como a minhoca é formada como a baleia.*

Minha mãe tinha sido mais direta: *são como bolsas selvagens de pele podre.*

— Certamente ela vai se casar com um filho de Zeus — minha mãe insistiu. Ela já se imaginava em banquetes no Olimpo, sentada à direita da rainha Hera.

— Não. O cabelo dela é listrado como um lince. E seu queixo é agudo, de um modo não muito agradável.

Minha mãe não discutiu mais. Como todos, ela conhecia as histórias do temperamento de Hélio quando era contrariado. *Por mais dourado que brilhe, não se esqueça do seu fogo.*

Ela se ergueu. Sua barriga tinha sumido, sua cintura se tornado fina novamente, suas faces estavam revigoradas e com um rubor virginal. Todo nosso povo se recupera rapidamente, mas ela era ainda mais rápida, uma das filhas de Oceano, que atiravam seus bebês ao mundo como se expelem ovas ao mar.

— Venha — ela disse. — Vamos fazer um melhor.

Eu cresci rapidamente. Fui bebê por uma questão de horas, engatinhei alguns momentos além disso. Uma tia se demorou esperando cair nas graças de minha mãe e me chamou de *Gavião*, Circe, por causa de meus olhos amarelos e do som estranho e fraco do meu choro. Mas, quando percebeu que minha mãe não reparava em seu serviço mais do que no chão sob seus pés, ela desapareceu.

— Mãe — eu disse —, a tia se foi.

Minha mãe não respondeu. Meu pai já tinha partido com sua biga pelo céu, e ela estava entrelaçando flores no cabelo, preparando-se para sair pelos caminhos secretos da água, a fim de se juntar a suas irmãs nas margens gramadas dos rios. Eu poderia tê-la seguido, mas teria que passar o dia todo sentada aos pés de minhas tias enquanto elas fofocavam sobre coisas com que eu não me importava e que não conseguia entender. Então eu fiquei.

Os salões de meu pai eram escuros e silenciosos. Seu palácio era vizinho ao de Oceano, enterrado na rocha da terra, e suas paredes eram feitas de obsidiana polida. Por que não? Elas poderiam ser de qualquer coisa no mundo, mármore vermelho-sangue do Egito ou bálsamo da Arábia, bastava meu pai desejar. Mas ele gostava de como a obsidiana refletia a sua luz, o modo como as superfícies polidas multiplicavam o fogo enquanto ele passava. É claro, não considerou como ficaria escuro quando ele partisse. Meu pai nunca conseguiu imaginar o mundo sem ele.

Eu podia fazer o que quisesse naquelas horas: acender uma tocha e correr para ver as chamas escuras me seguindo, deitar no chão de terra liso e cavar buraquinhos na superfície com os dedos. Não havia larvas nem minhocas, mas eu não as conhecia para sentir falta delas. Nada vivia naqueles salões exceto nós.

Quando meu pai voltava à noite, o chão ondulava como o flanco de um cavalo, e os buracos que eu tinha feito se alisavam de novo. Um momento depois, minha mãe retornava, cheirando a flores. Ela corria para recebê-lo, e ele a deixava pender de seu pescoço, aceitava vinho e se dirigia ao seu grande trono prateado. Eu seguia de perto. *Bem-vindo de volta, pai, bem-vindo de volta.*

Enquanto bebia seu vinho, ele jogava damas. Ninguém tinha permissão de jogar com ele. Meu pai dispunha as peças de pedra, girava o tabuleiro, e as dispunha de novo. Minha mãe embebia a voz em mel:

— Não vem para a cama, meu amor?

Ela se virava diante dele devagar, exibindo a voluptuosidade de sua figura como se estivesse assando num espeto. Quase sempre ele abandonava seu jogo, mas às vezes não o largava, e essas eram minhas ocasiões preferidas, pois minha mãe ia embora, batendo a porta de madeira de mirra atrás de si.

Aos pés de meu pai, o mundo todo era feito de ouro. A luz vinha de todo lugar de uma só vez – sua pele amarela, seus olhos cintilantes, os lampejos brônzeos do seu cabelo. Sua pele era tão quente quanto um braseiro, e eu ficava tão perto quanto ele me permitia, como um lagarto deitado em pedras ao meio-dia. Minha tia disse uma vez que alguns dos deuses menores mal suportavam olhar para ele, mas eu era sua filha e seu sangue, e passava tanto tempo encarando seu rosto que, quando desviava o olhar, ele ainda estava impresso em minha visão, fulgurando do chão, das paredes brilhantes e das mesas incrustradas com joias, até da minha própria pele.

— O que aconteceria — eu perguntei — se um mortal o visse em sua glória completa?

— Ele viraria cinzas em um segundo.

— E se um mortal me visse?

Meu pai sorriu. Eu ouvi as peças de dama se movendo, o atrito familiar de mármore contra madeira.

— O mortal se consideraria afortunado.

— Eu não o queimaria?

— É claro que não — ele disse.

— Mas meus olhos são como os seus.

— Não — ele retrucou. — Veja. — O olhar dele caiu sobre um pedaço de lenha ao lado da lareira. A madeira brilhou, depois flamejou, então se tornou cinzas e caiu no chão. — E esse é o menor dos meus poderes. Você consegue fazer o mesmo?

Eu encarei a lenha a noite toda. Não conseguia.

Minha irmã nasceu, e meu irmão veio pouco tempo depois. Não sei dizer quanto tempo exatamente. Os dias divinos jorram como água de uma catarata e eu ainda não tinha aprendido o truque mortal de contá-los. Era de se imaginar que meu pai nos teria ensinado melhor, uma vez que ele, afinal, conhece cada nascer do sol. Mas até ele costumava chamar meu irmão e minha irmã de gêmeos. Certamente, do momento em que nasceu meu irmão, eles ficaram enrodilhados como martas. Meu pai abençoou a ambos com uma das mãos.

— Você — ele proclamou à minha luminosa irmã Pasifae. — Você se casará com um filho eterno de Zeus. — Ele usou sua voz profética, a que empregava para certezas futuras. Minha mãe ficou radiante, pensando nos vestidos que usaria para os banquetes de Zeus.

— E você — ele disse a meu irmão, em sua voz normal, ressonante, clara como uma manhã de verão. — Todo filho reflete sua mãe. — Minha mãe ficou contente com o comentário, e encarou-o como permissão para nomeá-lo. Ela o chamou de Perses, em homenagem a si mesma.

Os dois eram espertos e rapidamente viram como as coisas funcionavam. Adoravam zombar de mim por trás de suas patas de arminho. *Os olhos dela são amarelos como mijo. Sua voz é como o guincho de uma coruja. Ela se chama Gavião, mas devia chamar-se Cabra, de tão feia que é.*

Essas foram suas primeiras tentativas de farpas – ainda cegas, mas a cada dia se tornando mais afiadas. Aprendi a evitá-los, e logo eles descobriram brincadeiras mais interessantes entre as náiades mais jovens e os deuses fluviais nos salões de Oceano. Quando minha mãe ia até suas irmãs, eles a seguiam e estabeleciam seu domínio sobre todos os nossos primos dóceis, hipnotizados como peixinhos vairões diante da boca de um lúcio. Eles criavam uma centena de jogos para atormentá-los. *Vamos,*

Melia, insistiam. *É a moda olimpiana cortar o cabelo na nuca. Como vai encontrar um marido se não nos deixar cortá-lo?* Quando Melia se via tosquiada como um ouriço e chorava, eles riam até as cavernas ecoarem.

Eu os deixava com seus jogos. Preferia os salões silenciosos de meu pai e passava cada segundo que podia aos pés dele. Um dia, talvez como recompensa, ele se ofereceu para me levar em uma visita a seu rebanho sagrado de vacas. Era uma grande honra, pois eu subiria na biga dourada e veria os animais que eram motivo de inveja de todos os deuses, cinquenta novilhas perfeitamente brancas que deleitavam os olhos dele em seu trajeto diário sobre a terra. Eu me inclinei sobre o lado cravejado de joias da biga, observando maravilhada a terra passar abaixo: o verde profundo das florestas, as montanhas escarpadas e o azul amplo e extenso do oceano. Procurei mortais, mas estávamos alto demais para vê-los.

O rebanho vivia na ilha gramada da Trinácia, com duas de minhas meias-irmãs como cuidadoras. Quando chegamos, essas irmãs correram imediatamente até meu pai e jogaram os braços ao redor de seu pescoço, soltando exclamações. De todos os belos filhos do meu pai, estavam entre as mais belas, com pele e cabelo como ouro derretido. Lampécia e Faetusa eram seus nomes. *Brilhosa* e *Luzidia*.

— E quem é esta que trouxe consigo?

— Deve ser uma das filhas de Perseis, veja os seus olhos.

— É claro! — Lampécia (eu achei que era Lampécia) acariciou meu cabelo. — Querida, seus olhos não são nada com que se preocupar. Nada mesmo. Sua mãe é muito bela, mas nunca foi forte.

— Meus olhos são como os de vocês — eu disse.

— Que adorável! Não, querida, os nossos são brilhantes como o fogo, e nosso cabelo é como o sol sobre a água.

— É esperto da sua parte prendê-lo em uma trança — disse Faetusa. — As mechas castanhas não parecem tão feias assim. É uma pena que não pode esconder sua voz do mesmo jeito.

— Ela poderia nunca mais falar. Isso funcionaria, não funcionaria, irmã?

— De fato. — Elas sorriram. — Vamos ver as vacas?

Eu nunca tinha visto uma vaca antes, de qualquer tipo, mas não importava: eram tão obviamente belas que eu não precisava fazer nenhuma comparação. Sua pelagem era tão pura quanto pétalas de lírios, e seus olhos gentis, encimados por cílios longos. Seus chifres tinham sido cobertos de ouro – isso fora feito por minhas irmãs – e os animais estavam curvados para pastar a grama, os pescoços inclinados como dançarinos. À luz do crepúsculo, seus dorsos brilhavam lustrosos e macios.

— Oh! — exclamei. — Posso tocar em uma?

— Não — meu pai proibiu.

— Devemos contar-lhe os nomes delas? Esta é Rosto Branco, e aquela é Olhos Brilhantes, e esta é Querida. Temos Linda Menina e Bonita e Chifre Dourado e Rutilante. Temos Querida e temos...

— Você já mencionou Querida — interrompi. — Falou que aquela era Querida. — Eu apontei a primeira vaca, que mastigava tranquilamente.

Minhas irmãs olharam uma para a outra, então para meu pai, um único olhar dourado. Mas ele estava admirando suas vacas em glória abstraída.

— Você deve estar equivocada — elas disseram. — Esta que apontamos agora é Querida. E aquela é Brilho Estelar e esta é Cintilante e...

Meu pai as cortou:

— O que é isso? Uma cicatriz em Bonita?

Minhas irmãs correram imediatamente até a vaca.

— Cicatriz? Oh, não pode ser! Oh, Bonita malvada, você se machucou. Oh, sua coisa malvada, o que a machucou?

Eu me inclinei para ver. Era uma cicatriz muito pequena, menor que a minha menor unha, mas meu pai tinha o cenho franzido.

— Vocês consertarão isso até amanhã.

Minhas irmãs balançaram a cabeça. *É claro, é claro. Sentimos muito.*

Subimos de novo na biga e meu pai tomou as rédeas de pontas prateadas. Minhas irmãs pressionaram os últimos beijos nas mãos dele, então os cavalos saltaram, erguendo-nos pelo céu. As primeiras constelações já espiavam através da luz decrescente.

Lembrei que meu pai contara uma vez que, na terra, havia homens chamados astrônomos cuja tarefa era manter registros de seus movimentos. Eles eram tidos em grandíssima estima entre os mortais e abrigados em palácios como conselheiros de reis, mas às vezes meu pai se demorava com uma coisa ou outra e jogava-lhes os cálculos em desespero. Então esses astrônomos eram arrastados diante dos reis que serviam e executados como fraudes. Meu pai tinha sorrido quando me contou. É o que mereciam, ele dissera. Hélio, o Sol, não se sujeitava a nenhuma vontade exceto à sua própria, e ninguém tinha o direito de dizer o que ele faria.

— Pai — eu perguntei naquele dia —, estamos atrasados o suficiente para matar astrônomos?

— Sim — ele respondeu, sacudindo as rédeas tilintantes. Os cavalos dispararam e o mundo se borrou abaixo de nós, as sombras da noite enevoando-se na borda do mar. Eu não olhei. Havia uma sensação torcida em meu peito, como tecido espremido para secar. Eu estava pensando naqueles astrônomos. Imaginei-os tão baixos quanto vermes, fracos e curvados. *Por favor,* eles choravam, sobre joelhos ossudos, *não foi culpa nossa, o próprio sol estava atrasado.*

O sol nunca se atrasa, os reis respondiam dos seus tronos. *É blasfêmia dizer isso, você deve morrer!* Então os machados caíam e cortavam aqueles homens suplicantes no meio.

— Pai — eu disse —, eu me sinto estranha.

— Você está com fome — ele respondeu. — Já passou da hora do banquete. Suas irmãs deviam ter vergonha por nos atrasar.

Eu comi bem no jantar, mas a sensação persistiu. Eu devia estar com uma expressão estranha, porque Perses e Pasifae começaram a dar risinhos do seu sofá.

— Você engoliu um sapo?

— Não — respondi.

Isso só os fez rir ainda mais, esfregando os membros drapejados um sobre o outro como cobras polindo as escamas. Minha irmã perguntou:

— E como estavam as novilhas douradas do nosso pai?

— Lindas.

Perses riu.

— Ela não sabe! Já viu alguém mais idiota?

— Nunca — disse minha irmã.

Eu não devia ter perguntado, mas ainda estava vagando em meus pensamentos, imaginando aqueles corpos de astrônomos cortados sobre chãos de mármore.

— O que eu não sei?

O rosto de marta perfeito de minha irmã.

— Que ele as fode, é claro. É assim que faz outras. Ele se transforma em touro e produz novas novilhas, então cozinha as que ficam velhas. É por isso que todos pensam que elas são imortais.

— Não é verdade.

Eles gargalharam, apontando para minhas faces coradas. O som atraiu minha mãe. Ela adorava os deboches de meus irmãos.

— Estamos contando a Circe sobre as vacas — meu irmão disse a ela. — Ela não sabia.

A risada de minha mãe, prateada como água escorrendo sobre pedras.

— Circe idiota.

Assim eram meus anos naquela época. Gostaria de dizer que o tempo todo eu ansiava por escapar, mas temo que teria continuado flutuando desse jeito, acreditando que aquelas tristezas maçantes eram tudo que existia, até o fim dos dias.

CAPÍTULO 2

Ouvimos dizer que um dos meus tios ia ser punido. Eu nunca o tinha visto, mas ouvira seu nome repetido nos sussurros funestos da minha família. *Prometeu.* Muito tempo antes, quando a humanidade ainda estava tremendo e se encolhendo em suas cavernas, ele tinha desafiado a vontade de Zeus e dado aos homens a dádiva do fogo. De suas chamas haviam brotado todas as artes e ofícios que o invejoso Zeus tinha esperado manter fora do alcance da civilização humana. Por esse ato rebelde, Prometeu tinha sido enviado para o poço mais profundo do submundo até que um tormento adequado pudesse ser concebido. Então Zeus anunciou que a hora tinha chegado.

Meus outros tios correram para o palácio de meu pai, as barbas agitando-se, o medo vertendo das bocas. Era um grupo variado: homens dos rios com músculos como troncos de árvores, deuses marinhos com caranguejos pendendo das barbas, veteranos fibrosos com carne de foca nos dentes. A maioria nem era tio, mas algum tipo de primo afastado. Eram titãs, como meu pai e meu avô, como Prometeu, os resquícios da guerra entre os deuses. Aqueles que não estavam quebrados ou acorrentados, que tinham feito as pazes com os raios de Zeus.

Antigamente, na aurora do mundo, havia apenas titãs. Então, meu tio-avô Cronos ouvira uma profecia de que seu filho um dia o destronaria. Quando sua esposa, Rhea, deu à luz seu primeiro bebê, ele o arrancou molhado de seus braços e o engoliu inteiro. Quatro outros filhos nasceram, e ele os comeu da mesma forma, até que, por fim, em desespero, Rhea embrulhou uma pedra e lhe deu para engolir no lugar de uma criança. Cronos fora enganado e Zeus, o bebê resgatado, foi levado ao monte Dicte para ser criado em segredo. Quando cresceu, ele se rebelou de fato, apanhando os raios do céu e forçando ervas venenosas pela garganta do pai. Seus irmãos e irmãs, vivendo no estômago do pai, foram vomitados. Eles correram para junto do irmão e se autodenominaram olimpianos, em homenagem ao grande pico onde haviam instalado seus tronos.

Os deuses antigos ficaram divididos. Muitos apoiaram Cronos, mas meu pai e meu avô se juntaram a Zeus. Alguns disseram que foi porque Hélio odiava o orgulho ostentoso de Cronos; outros sussurraram que seu dom profético lhe dava presciência do resultado da guerra. As batalhas rasgaram os céus: o próprio ar ardeu, e deuses arrancaram a pele dos ossos uns dos outros. A terra foi embebida em gotas ferventes de sangue tão potentes que flores raras brotaram onde elas caíram. Por fim, a força de Zeus prevaleceu. Ele prendeu aqueles que o desafiaram em correntes e destituiu os titãs restantes de seus poderes, concedendo-os a seus irmãos e irmãs e aos filhos deles. Meu tio Nereu, que já fora o poderoso governante dos mares, tornou-se lacaio do seu novo deus, Posêidon. Meu tio Proteu perdeu seu palácio e suas esposas foram tomadas como escravas de cama. Só meu pai e meu avô não sofreram nenhuma diminuição, nenhuma perda de posição.

Os titãs desdenharam. Deviam estar agradecidos? Hélio e Oceano tinham virado a maré da guerra, todos sabiam. Zeus deveria tê-los presenteado com novos poderes, novas funções, mas o deus tinha medo, pois a força deles já era equivalente à sua. Olhavam para o meu pai, esperando o seu protesto, a inflamação do seu grande fogo. Mas Hélio só voltou para seus salões abaixo da terra, longe do olhar de Zeus, claro como o céu.

Séculos se passaram. As feridas da terra haviam sarado e a paz persistia. Mas os rancores dos deuses são tão imortais quanto seus corpos, e em noites de banquete meus tios se reuniam perto de meu pai. Eu adorava o modo como eles abaixavam os olhos quando falavam com ele, o modo como ficavam quietos e atenciosos quando ele se remexia em seu assento. As taças de vinho se esvaziavam e as tochas minguavam. Havia passado tempo suficiente, meus tios sussurravam. Somos fortes de novo. Pense no que seu fogo poderia fazer, se o liberasse. É o mais forte do sangue antigo, mais forte até que Oceano. Maior que o próprio Zeus, se assim o desejar.

Meu pai sorria.

— Irmãos — ele dizia —, que conversa é essa? Não há fumo e sustento para todos? Nisso, Zeus nos serve bem o bastante.

Zeus, se tivesse ouvido, teria ficado satisfeito. Mas ele não podia ver o que eu via, estampado no rosto de meu pai. Aquelas palavras não ditas, pairando entre nós.

Que Zeus nos servia bem o bastante *por enquanto*.

Meus tios esfregavam as mãos e retribuíam o sorriso. Então se afastavam, curvados sobre suas esperanças, pensando no que mal podiam esperar para fazer quando os titãs governassem de novo.

Foi a minha primeira lição. Por baixo da face lisa e familiar das coisas, há outra que aguarda para rasgar o mundo em dois.

Agora meus tios se congregavam no salão de meu pai, os olhos se revirando de medo. A punição repentina de Prometeu era um sinal, eles diziam, de que Zeus e seus pares estavam se movendo contra nós, afinal. Os olimpianos nunca ficariam realmente satisfeitos até nos destruir completamente. Devíamos ficar do lado de Prometeu – ou não, devíamos falar contra ele, para manter os raios de Zeus longe de nossas cabeças.

Eu estava no meu lugar habitual, aos pés de meu pai. Fiquei em silêncio para que eles não reparassem em mim e me mandassem embora, mas senti meu peito se remoendo com aquela perspectiva assustadora: a guerra reavivada. Nossos salões explodidos por raios. Atena, a filha guerreira de Zeus, caçando-nos com sua lança cinza, com seu irmão em matanças, Ares, ao seu lado. Nós seríamos acorrentados e lançados em poços de fogo de onde não haveria escapatória.

Meu pai falou, calmo e dourado, no meio deles.

— Vamos, irmãos, se Prometeu será punido, é apenas porque mereceu seu castigo. Não procuremos uma conspiração.

Mas meus tios não se tranquilizaram. *A punição será pública. É um insulto, uma lição para nós. Veja o que acontece com titãs que não obedecem.*

A luz de meu pai tinha assumido um contorno branco e intenso.

— Isso é a reprimenda a um renegado e nada mais. Prometeu foi desvirtuado por seu amor tolo pelos mortais. Não há nenhuma lição aqui para os titãs. Entenderam?

Meus tios assentiram. Em seus rostos, a decepção se entrelaçava com o alívio. Não haveria sangue, *por enquanto*.

* * *

A punição de um deus era uma coisa rara e terrível, e a especulação corria desenfreada por nossos salões. Prometeu era imortal, mas havia muitos tormentos infernais que podiam tomar o lugar da morte. Seriam facas ou espadas, ou membros cortados? Espetos incandescentes ou uma roda de fogo? As náiades desmaiavam no colo umas das outras. Os senhores dos rios fingiam indiferença, os rostos sombrios de empolgação. É impossível explicar como os deuses temem a dor. Não há nada mais estranho a eles, e, portanto, nada que desejem ver mais profundamente.

No dia marcado, as portas do salão principal de meu pai foram escancaradas. Tochas enormes cravejadas de joias brilhavam nas paredes e à sua luz se reuniam ninfas e deuses de todo tipo. As dríades esbeltas flutuaram de suas florestas, e as oréades pedregosas desceram de seus rochedos. Minha mãe estava lá com suas irmãs náiades; os deuses dos rios com ombros de cavalo se aglomeravam ao lado de ninfas do mar, brancas como peixe, e seus senhores de sal. Até os grandes titãs vieram: meu pai, é claro, e Oceano, mas também o transmorfo Proteu e Nereu do Mar; minha tia Selene, que conduz seus cavalos prateados através do céu noturno; e os quatro Ventos liderados por meu gélido tio Bóreas. Mil olhos ávidos. Os únicos ausentes eram Zeus e seus olimpianos. Eles desdenhavam de nossas reuniões subterrâneas. Dizia-se que já tinham promovido sua própria sessão privada de tormento nas nuvens.

A tarefa da punição fora dada a uma Fúria, uma das deusas infernais da vingança que residem entre os mortos. Minha família estava em seu lugar costumeiro de preeminência, e eu fiquei em pé diante daquela multidão, os olhos fixos na porta. Atrás de mim, as náiades e os deuses dos rios se empurravam e sussurravam. *Ouvi dizer que elas têm serpentes no lugar do cabelo. Não, têm caudas de escorpião, e os olhos pingam sangue.*

A porta estava vazia. Então, de repente, não estava. O rosto dela era cinza e impiedoso, como que entalhado de pedra viva; em suas costas, asas negras se erguiam, unidas como as de um abutre. Uma língua bifurcada espiava dos lábios. Na cabeça, cobras se retorciam, tão verdes e magras quanto vermes, tecendo laços vivos em seu cabelo.

— Eu trago o prisioneiro.

Sua voz ecoou no teto, um ladro áspero, como um cão de caça chamando sua presa. Ela percorreu o salão com passos largos. Na mão direita levava um chicote, cuja ponta raspava de leve conforme era arrastada pelo chão. Na outra mão estendia-se uma corrente, e no final dela vinha Prometeu.

Ele usava uma venda branca grossa e os restos de uma túnica ao redor da cintura. As mãos estavam acorrentadas e os pés também, mas ele não tropeçou. Ouvi uma tia ao meu lado sussurrar que os grilhões foram feitos pelo grande deus dos ferreiros, o próprio Hefesto, de modo que nem Zeus era capaz de quebrá-los. A Fúria se alçou com suas asas de abutre e levou as correntes para o alto da parede. Prometeu pendia delas, os braços esticados ao máximo, os ossos exibindo saliências sob a pele. Até eu, que conhecia tão pouco sobre o desconforto, senti a sua dor.

Meu pai diria algo, eu pensei. *Ou um dos outros deuses. Certamente eles dariam algum tipo de reconhecimento, uma palavra de gentileza; eram a família dele, afinal*. Mas Prometeu ficou pendurado, mudo e sozinho.

A Fúria não se deu ao trabalho de fazer um discurso. Ela era uma deusa do tormento e entendia a eloquência da violência. O som do chicote foi um estouro como galhos de um carvalho se quebrando. Os ombros de Prometeu se repuxaram e um talho se abriu no seu torso, tão longo quanto meu braço. Por todos os lados, inspirações sibilaram como água em pedras quentes. A Fúria ergueu o chicote outra vez. *Crack*. Uma faixa sangrenta se soltou das costas dele. Então ela começou a entalhar a sério, cada golpe caindo sobre o anterior, descascando a pele do titã em longas tiras que cruzavam e recruzavam sua pele. O único som eram os estalos do chicote e as respirações abafadas e explosivas de Prometeu. Os tendões em seu pescoço estavam salientes. Alguém empurrou minhas costas, tentando ver melhor.

As feridas dos deuses saram depressa, mas a Fúria era experiente e mais rápida. Deu golpe após golpe, até que o couro estava encharcado. Eu entendia que deuses podiam sangrar, mas nunca tinha visto acontecer. Ele era um dos maiores entre nós, e as gotas que caíam de seu corpo eram douradas, manchando suas costas com uma beleza terrível.

E a Fúria continuou. Horas se passaram, talvez dias. Mas nem deuses conseguem assistir a um açoitamento pela eternidade. O sangue e a agonia começaram a se tornar tediosos. Eles se lembraram de seu conforto, dos banquetes que os aguardavam, os sofás macios recobertos de tecidos roxos, prontos para envolverem seus membros. Um a um se afastaram, e, após um golpe final, a Fúria os seguiu, pois merecia um festim depois de tanto trabalho.

A venda escorregou do rosto do meu tio. Seus olhos estavam fechados e seu queixo pendia sobre o peito. Suas costas eram retalhos dourados. Ouvi meus tios dizerem que Zeus lhe dera a chance de implorar de joelhos por uma punição mais suave. Ele tinha recusado.

Eu era a única que restava. O cheiro de icor preenchia o ar, denso como mel. O sangue dourado ainda escorria pelas pernas dele. Meu pulso batia nas veias. Será que ele sabia que eu estava lá? Dei um passo cuidadoso em sua direção. Seu peito se erguia e caía com um arranhar baixo e áspero.

— Senhor Prometeu? — Minha voz soou fina no salão ecoante.

A cabeça dele se ergueu para mim. Abertos, seus olhos eram bonitos: grandes, escuros e encimados por cílios longos. Suas faces eram lisas e sem barba, mas havia algo nele que era tão antigo quanto meu avô.

— Eu posso lhe trazer néctar — eu disse.

O olhar dele pousou sobre o meu.

— Eu lhe agradeceria por isso — ele respondeu. Sua voz era ressonante como madeira envelhecida. Era a primeira vez que eu a ouvia; ele não tinha gritado durante todo o tormento.

Eu me virei. Minha respiração ofegava conforme eu percorria os corredores até o salão de banquetes, repleto de deuses e suas risadas. Do outro lado do salão, a Fúria estava brindando com um enorme cálice entalhado com a careta maliciosa de uma górgona. Ela não tinha proibido ninguém de falar com Prometeu, mas isso não significava nada: seu ofício era ofender. Imaginei a sua voz infernal berrando o meu nome. Imaginei correntes chacoalhando em meus pulsos e o chicote estalando no ar. Mas minha mente não conseguia imaginar nada além disso. Eu nunca sentira uma chicotada. Não conhecia a cor do meu sangue.

Eu tremia tanto que tive que carregar o cálice nas duas mãos. O que eu diria se alguém me parasse? Mas as passagens estavam silenciosas quando retornei.

No grande salão, Prometeu estava imóvel em suas correntes. Seus olhos tinham se fechado outra vez, e seus ferimentos brilhavam à luz das tochas. Eu hesitei.

— Não estou dormindo — ele disse. — Poderia erguer o cálice para mim?

Eu corei. É claro que ele não conseguiria segurá-lo sozinho. Eu dei um passo à frente, me aproximando tanto que podia sentir o calor emanando dos ombros dele. O chão estava úmido com seu sangue vertido. Ergui o cálice a seus lábios e ele bebeu. Observei sua garanta se mover suavemente. Sua pele era linda, da cor de uma noz polida. Recendia a musgo verde molhado de chuva.

— Você é uma filha de Hélio, não é? — ele perguntou, quando tinha terminado e eu havia recuado.

— Sim. — A pergunta me magoou. Se eu fosse uma filha adequada, ele não teria de perguntar. Eu seria perfeita e brilhante, com uma beleza vertida diretamente da fonte de meu pai.

— Obrigado por sua gentileza.

Eu não sabia se era gentil, sentia que não sabia de nada. Ele falava com cuidado, quase hesitante, mas sua traição fora tão descarada. Minha mente batalhava com a contradição. *Ações ousadas e maneiras ousadas não são a mesma coisa.*

— Está com fome? — perguntei. — Posso trazer comida.

— Acho que jamais terei fome de novo.

Não soou patético, como poderia ter sido em um mortal. Nós, deuses, comemos tal como dormimos: porque é um dos grandes prazeres da vida, não porque precisamos. Podemos decidir um dia não obedecer ao nosso estômago, se formos fortes o bastante. Eu não duvidava que Prometeu fosse. Depois de todas aquelas horas aos pés de meu pai, eu tinha aprendido a farejar o poder. Alguns dos meus tios tinham menos cheiro do que as cadeiras em que sentavam, mas meu avô Oceano tinha um aroma profundo como a lama fértil de um rio, e meu pai como a chama abrasadora de um fogo recém-atiçado. O perfume de musgo verde de Prometeu preenchia o salão.

Eu olhei para o cálice vazio em minhas mãos, juntando coragem.

— O senhor ajudou os mortais — eu disse. — É por isso que foi punido.

— Sim.

— Pode me dizer como é um mortal?

Era a pergunta de uma criança, mas ele assentiu com seriedade.

— Não há somente uma resposta. Cada um é diferente. A única coisa que eles compartilham é a morte. Conhece a palavra?

— Conheço — eu disse. — Mas não entendo.

— Nenhum deus é capaz de entender. O corpo deles vira pó e passa para a terra. Sua alma se transforma em fumaça fria e voa para o submundo. Lá eles não comem nada, não bebem nada e não sentem calor. Tudo que tentam alcançar escapa de suas mãos.

Um arrepio percorreu minha pele.

— Como eles suportam?

— O melhor que podem.

As tochas estavam se exaurindo e as sombras passavam por nós como água escura.

— É verdade que se recusou a implorar por perdão? E que não foi pego, mas confessou a Zeus o que tinha feito de livre vontade?

— Sim.

— Por quê?

Seus olhos encaravam os meus com firmeza.

— Talvez você possa me dizer. Por que um deus faria uma coisa dessas?

Eu não tinha resposta. Parecia loucura provocar a punição divina, mas eu não podia dizer isso a ele, não enquanto estava em pé sobre seu sangue.

— Nem todos os deuses precisam ser iguais — ele disse.

O que eu poderia ter dito em resposta, não sei. Um grito distante veio do corredor.

— É sua hora de ir agora. Allecto não gosta de me deixar por muito tempo. Sua crueldade brota tão velozmente quanto ervas daninhas, e precisa ser cortada a todo momento.

Era um jeito estranho de colocar a questão, pois era ele quem seria cortado. Mas eu gostei, como se suas palavras fossem um segredo. Algo que parecia uma pedra, mas que por dentro era uma semente.

— Então eu vou — eu disse. — O senhor vai ficar… bem?

— Bem o bastante — ele respondeu. — Qual é o seu nome?

— Circe.

Será que ele sorriu um pouquinho? Talvez eu só me lisonjeasse. Estava tremendo depois de tudo que fizera, que era mais do que eu tinha feito em toda a minha vida. Eu me virei e o deixei, percorrendo de volta aqueles corredores de obsidiana. No salão de banquetes, os deuses ainda bebiam e riam e se deitavam sobre o colo uns dos outros. Eu os observei. Esperei que alguém comentasse a minha ausência, mas ninguém comentou, pois ninguém tinha reparado. Por que reparariam? Eu não era nada, apenas uma pedra. Só mais uma jovem ninfa entre milhares de milhares.

Uma sensação estranha estava se erguendo em mim. Um tipo de zumbido em meu peito, como abelhas no degelo do inverno. Fui até a coleção de meu pai, cheia de riquezas cintilantes: taças douradas no formato de cabeças de touros, colares de lápis-lazúli e âmbar, trípodes de prata e tigelas de quartzo esculpidas com alças de pescoço de cisne. Minha preferida sempre tinha sido uma adaga com um punho de marfim entalhado com o rosto de uma leoa. Um rei a dera a meu pai na esperança de cair em suas graças.

— E conseguiu? — perguntei a meu pai uma vez.

— Não — meu pai tinha dito.

Eu peguei a adaga. No meu quarto, a lâmina de bronze brilhava à luz das velas e a leoa exibia seus dentes. Debaixo dela estava a minha palma, suave e sem marcas; não podia ganhar nenhuma cicatriz, nenhum ferimento infeccionado. Jamais apresentaria a mais leve marca de idade. Descobri que não tinha medo da dor que viria. Era outro terror que me assaltava: o de que a lâmina não cortaria. Que passaria através de mim como se eu fosse fumaça.

Ela não passou. Minha pele se abriu com o toque da lâmina e a dor veio veloz, prateada e ardente como um raio. O sangue que fluiu era vermelho, pois eu não tinha o poder de meu tio. O corte escorreu por um longo tempo antes de começar a se costurar. Fiquei sentada, observando-o, e enquanto observava descobri um novo pensamento em mim mesma. Tenho vergonha de contá-lo, de tão rudimentar, como a descoberta de uma criança de que sua mão pertence a si. Mas era isso que eu era então: uma criança.

O pensamento foi este: toda a minha vida tinha sido lama e profundezas, mas eu não era uma parte dessa água escura. Eu era uma criatura dentro dela.

Capítulo 3

Quando acordei, Prometeu tinha partido. O sangue dourado fora esfregado do chão. O buraco que os grilhões tinham feito fora fechado. Ouvi a notícia de uma prima náiade: ele tinha sido levado a um grande pico escarpado no Cáucaso e acorrentado a uma rocha. Uma águia tinha ordens de ir todo dia arrancar seu fígado e comê-lo fumegante. Uma punição indescritível, ela disse, deleitando-se com cada detalhe: o bico sangrento, o órgão retalhado crescendo de novo só para ser arrancado outra vez. *Consegue imaginar?*

Eu fechei os olhos. *Devia ter levado uma lança para ele*, pensei, *alguma coisa com que pudesse conquistar sua liberdade*. Mas isso era tolo. Ele não queria uma arma. Tinha se entregado.

As conversas sobre a punição de Prometeu mal durariam até a próxima fase da lua. Uma dríade espetou uma das Graças com seu grampo de cabelo. Meu tio Bóreas e o olimpiano Apolo haviam se apaixonado pelo mesmo jovem mortal.

Esperei até que meus tios fizessem uma pausa em suas fofocas.

— Há alguma notícia de Prometeu?

Eles franziram o cenho, como se eu tivesse lhes oferecido uma bandeja de algo podre.

— Que notícia poderia haver?

Minha palma doía onde a lâmina havia cortado, embora obviamente não houvesse nenhuma cicatriz.

— Pai — perguntei —, Zeus vai libertar Prometeu um dia?

Meu pai estreitou os olhos sobre suas peças de dama.

— Ele teria de receber algo melhor em troca — ele disse.

— Como o quê?

Meu pai não respondeu. A filha de alguém foi transformada em pássaro. Bóreas e Apolo brigaram pelo jovem que amavam e ele morreu.

Bóreas sorriu maliciosamente de seu sofá de banquetes. Sua voz soprada fazia as tochas tremeluzirem.

— Acham que eu deixaria Apolo possuí-lo? Ele não merece uma flor dessas. Eu soprei um disco na cabeça do rapaz, e bem-feito ao porco olimpiano.

O som da risada de meus tios era um caos, os gritos de golfinhos, os ladros de focas, água batendo em pedras. Um grupo de nereidas passou, brancas como a barriga de uma enguia, a caminho de seus salões de sal.

Perses jogou uma amêndoa em meu rosto.

— Qual é o seu problema ultimamente?

— Talvez ela esteja apaixonada — disse Pasifae.

— Há! — Perses riu. — Nosso pai não consegue nem dá-la de presente. Acredite, ele tentou.

Minha mãe olhou sobre o ombro delicado:

— Pelo menos não temos que ouvir a voz dela.

— Eu posso fazê-la falar, veja. — Perses pegou a pele do meu braço entre os dedos e torceu.

— Você está banqueteando demais — minha irmã riu dele.

Ele corou.

— Ela é só uma aberração. Está escondendo alguma coisa. — Ele me pegou pelo pulso. — O que está sempre carregando na mão? Ela tem alguma coisa. Abra os dedos.

Pasifae os abriu um por um, suas longas unhas se afundando em minha pele.

Eles olharam. Minha irmã cuspiu.

— Nada.

Minha mãe deu à luz de novo: um menino. Meu pai o abençoou, mas não entoou nenhuma profecia, então minha mãe olhou ao redor em busca de um lugar onde deixá-lo. Minhas tias eram sábias, àquela altura, e mantiveram as mãos atrás das costas.

— Eu o levo — eu disse.

Minha mãe bufou, mas estava ansiosa para exibir seu novo colar de contas de âmbar.

— Que seja. Pelo menos vai servir para alguma coisa. Vocês podem guinchar um para o outro.

Aietes, meu pai o chamou. Águia. Sua pele era quente em meus braços, como uma pedra ao sol, e suave como uma pétala aveludada. Nunca houve uma criança mais doce. Ele cheirava a mel e chamas recém-atiçadas. Comia dos meus dedos e não estremecia com a minha voz frágil. Só queria dormir enroscado contra o meu pescoço enquanto eu lhe contava histórias. A cada momento que ficava comigo, eu sentia uma ânsia na garganta, que era meu amor por ele, tão grande que às vezes eu não conseguia falar.

Ele parecia me amar de volta, essa era a maior maravilha. *Circe* foi a primeira palavra que falou, e a segunda foi *irmã*. Minha mãe poderia ter ficado com ciúmes, se tivesse notado. Perses e Pasifae nos observavam, vendo se começaríamos uma guerra. Uma guerra? Não tínhamos interesse nisso. Aietes recebeu permissão de nosso pai para deixar os salões e encontrou para nós um litoral deserto. A praia era pequena e pálida, e as árvores meros arbustos, mas para mim parecia uma grande floresta verdejante.

Em um piscar de olhos ele estava crescido e mais alto que eu, mas ainda andávamos de braços dados. Pasifae debochou certa vez que parecíamos amantes. Seríamos esses tipos de deuses, que copulavam com os irmãos? Eu disse que, se ela havia pensado nisso, devia ter feito primeiro. Foi um insulto desajeitado, mas Aietes riu, o que fez eu me sentir tão astuta quanto Atena, a deusa brilhante da sagacidade.

Mais tarde, as pessoas diriam que Aietes era estranho por minha causa. Não posso provar que não foi o caso. Mas, em minhas lembranças, ele já era estranho, diferente de todos os outros deuses que eu conhecia. Mesmo quando criança, parecia entender o que os outros não entendiam. Sabia nomear os monstros que viviam nas valas mais escuras do mar. Sabia que as ervas que Zeus havia enfiado pela garganta de Cronos eram chamadas de *pharmaka*. Elas podiam realizar maravilhas no mundo, e muitas cresciam do sangue caído de deuses.

Eu balançava a cabeça.

— Onde você ouve essas coisas?

— Eu escuto.

Eu escutara também, mas não era a herdeira preferida de meu pai. Aietes era convocado para todos os seus conselhos. Meus tios começaram a convidá-lo para os seus salões. Eu esperava em meu quarto que ele voltasse, para que pudéssemos ir juntos àquela praia deserta e sentar nas pedras, o borrifo do mar aos nossos pés. Eu encostava a bochecha em seu ombro e ele me fazia perguntas que eu nunca tinha imaginado e mal conseguia entender, por exemplo: *Como você sente a sua divindade?*

— Como assim? — eu perguntei.

— Escute — ele disse —, vou dizer como sinto a minha. Como uma coluna de água que verte incessantemente sobre si mesma, e é límpida até as rochas. Sua vez.

Eu tentei responder: como brisas num rochedo; como uma gaivota, gritando de seu ninho.

Ele balançou a cabeça.

— Não. Você só está dizendo essas coisas por causa do que eu disse. Como é de verdade? Feche os olhos e pense.

Eu fechei os olhos. Se fosse mortal, teria ouvido as batidas do meu coração. Mas deuses têm veias preguiçosas, e a verdade é que eu não ouvia nada. Mas odiava decepcioná-lo. Pressionei a mão no peito e depois de um tempo pareceu que senti alguma coisa.

— Uma concha — eu disse.

— A-há! — Ele ergueu o dedo no ar. — Uma concha como a de um mexilhão ou de um caramujo?

— Um caramujo.

— E o que tem na concha? Uma lesma?

— Nada — eu disse. — Ar.

— Não são a mesma coisa — ele disse. — O nada é um vácuo, enquanto o ar é o que preenche tudo que há. É respiro e vida e espírito, as palavras que falamos.

Meu irmão, o filósofo. Sabe quantos deuses assim existem? Só um outro que eu havia conhecido. O céu azul se arqueava acima de nós, mas eu estava naquele velho salão escuro de novo, com grilhões e sangue.

— Eu tenho um segredo — eu disse.

Aietes ergueu as sobrancelhas, divertido. Ele achou que fosse uma piada. Eu nunca soubera de nada que ele não soubesse.

— Aconteceu antes de você nascer — acrescentei.

Aietes não olhou para mim enquanto eu lhe contava sobre Prometeu. Sua mente trabalhava melhor, ele sempre dizia, sem distrações. Seus olhos estavam fixos no horizonte. Eram tão argutos quanto a águia da qual ele recebera o nome, e podiam intrometer-se nas fendas das coisas, como água invadindo um casco esburacado.

Quando terminei, ele ficou em silêncio por um longo tempo. Finalmente, disse:

— Prometeu era um deus da profecia. Ele sabia que seria punido, e de que maneira. Mas agiu mesmo assim.

Eu não tinha pensado nisso. Como, ao mesmo tempo que apresentou as chamas à humanidade, Prometeu saberia que estava caminhando na direção da águia e daquele penhasco desolado e eterno.

Bem o bastante, ele tinha respondido quando perguntei como ele ficaria.

— Quem mais sabe disso?

— Ninguém.

— Tem certeza? — A voz dele tinha uma urgência com a qual eu não estava acostumada. — Você não contou a ninguém?

— Não — eu disse. — A quem mais eu contaria? Quem teria acreditado em mim?

— É verdade. — Ele assentiu uma vez. — Você não deve contar a mais ninguém. Não deve falar mais sobre isso, nem comigo. Tem sorte que nosso pai não descobriu.

— Acha que ele ficaria muito bravo? Prometeu é primo dele.

Ele desdenhou.

— Somos todos primos, incluindo os olimpianos. Você o faria parecer um tolo que não consegue controlar a prole. Ele teria de jogá-la aos corvos.

Senti meu estômago se retorcer de pavor, e meu irmão riu da minha expressão.

— Exatamente — ele disse. — E para quê? Prometeu foi punido mesmo assim. Deixe que eu lhe dê um conselho. Da próxima vez que desafiar os deuses, faça-o por um motivo melhor. Eu odiaria ver minha irmã incinerada por nada.

* * *

Pasifae foi dada em matrimônio. Ela vinha manobrando para isso havia muito tempo, sentando no colo do meu pai e ronronando sobre como ansiava dar filhos a um bom senhor. Meu irmão Perses fora alistado para ajudá-la, erguendo cálices para brindar à sua nubilidade em toda refeição.

— Minos — meu pai decretou do seu sofá de banquetes. — Um filho de Zeus e rei de Creta.

— Um mortal? — Minha mãe se sentou. — Você disse que seria um deus.

— Eu disse que seria um filho eterno de Zeus, e ele é.

Perses bufou.

— Profecias. Ele vai morrer ou não?

Um clarão na sala, tão abrasador quanto o coração do fogo.

— Basta! Minos vai reinar sobre todas as outras almas mortais no além-vida. Seu nome vai perdurar ao longo dos séculos. Está feito.

Meu irmão não arriscou dizer mais nada, nem minha mãe. Aietes olhou para mim, e ouvi suas palavras como se ele as tivesse dito. *Viu? Não é um motivo bom o bastante.*

Eu imaginei que minha irmã fosse chorar por seu rebaixamento. Mas, quando olhei, ela estava sorrindo. O que isso significava eu não sabia; minha mente estava seguindo outro caminho. Uma onda de calor tinha se espalhado por meu corpo. Se Minos estivesse lá, sua família também estaria – sua corte, seus conselheiros, seus vassalos e astrônomos, seus copeiros, serviçais e assistentes. Todas aquelas criaturas pelas quais Prometeu cedera sua eternidade. Mortais.

No dia do casamento, meu pai nos levou sobre o mar em sua biga dourada. O banquete aconteceria em Creta, no grande palácio de Minos em Cnossos. As paredes tinham sido recentemente rebocadas e todas as superfícies estavam decoradas com flores coloridas; as tapeçarias brilhavam com o açafrão mais forte. Não só titãs estariam presentes. Minos era filho de Zeus, e todos os olimpianos lambe-botas viriam prestar sua homenagem. As longas colunatas se encheram rapidamente com deuses em sua glória, tilintando em seus adornos, rindo, relanceando para ver quem mais fora convidado. O nó mais espesso era ao redor do meu pai, imortais de todo tipo vindo parabenizá-lo por sua genial aliança. Meus tios estavam especialmente satisfeitos: era improvável que Zeus se movesse contra nós enquanto o casamento durasse.

Do seu tablado de noiva, Pasifae reluzia, tão exuberante quanto uma fruta madura. Sua pele era ouro, e seu cabelo da cor do sol refletido em bronze polido. Em torno dela se aglomerava uma centena de ninfas ávidas, cada uma mais desesperada que a outra para lhe dizer como estava bela.

Eu fiquei afastada, longe da turba. Titãs passaram à minha frente: minha tia Selene; meu tio Nereu arrastando algas; Mnemosine, mãe da memória, e suas nove filhas de pés delicados. Meus olhos vagaram, procurando.

Eu os encontrei próximos à borda do salão. Um agrupamento escuro de figuras, as cabeças inclinadas próximas. Prometeu havia me dito que eram todos diferentes, mas eu só conseguia ver um grupo indistinto, cada qual com a mesma pele opaca e suada, as mesmas vestes amassadas. Eu me aproximei. O cabelo deles pendia escorrido, a pele caía macia dos ossos. Tentei me imaginar indo até eles e encostando naquela pele moribunda. A ideia enviou um arrepio por meu corpo. Eu tinha ouvido, àquela altura, as histórias sussurradas entre minhas primas sobre o que eles podiam fazer com ninfas que encontravam sozinhas. Os estupros e violências, os abusos. Achava difícil de acreditar. Eles pareciam tão fracos quanto as lamelas de um cogumelo. Mantinham o rosto cuidadosamente abaixado, afastados de todas aquelas divindades. Mortais tinham suas próprias histórias, afinal, do que acontecia com aqueles que se misturavam com deuses. Um olhar fora de hora, um pé apoiado em um lugar inoportuno, tais coisas podiam trazer morte e sofrimento para suas famílias por uma dúzia de gerações.

Era uma grande corrente de medo, pensei. Zeus no topo e meu pai logo atrás. Então, os irmãos e filhos de Zeus, depois meus tios, e descendo por todas as fileiras de deuses dos rios e senhores dos mares e Fúrias e Ventos e Graças, até o fundo, onde estávamos nós, ninfas e mortais, entreolhando-se.

A mão de Aietes se fechou ao redor do meu braço.

— Não são grande coisa, não é? Venha, eu encontrei os olimpianos.

Eu o segui, meu sangue batendo dentro de mim. Eu nunca vira um deles antes, aquelas divindades que governam de seus tronos celestiais. Aietes me levou a uma janela com vista para o pátio reluzindo ao sol. E lá estavam eles: Apolo, senhor da lira e do arco brilhante. Sua gêmea Ártemis, iluminada pela lua, a caçadora impiedosa. Hefesto, ferreiro dos deuses, que fizera as correntes que ainda seguravam Prometeu. O carrancudo Posêidon, cujo tridente comanda as ondas, e Deméter, senhora da abundância, cujas colheitas nutrem o mundo todo. Eu os observei deslizar, polidos e poderosos. O próprio ar parecia abrir caminho por onde eles passavam.

— Está vendo Atena? — eu sussurrei. Sempre tinha gostado das histórias sobre ela, a guerreira de olhos cinzentos, deusa da sabedoria, cuja mente era mais veloz que o raio. Mas ela não estava lá. Talvez, Aietes disse, ela fosse orgulhosa demais para se misturar com os titãs presos à terra. Talvez fosse sábia demais para oferecer seus cumprimentos como só mais uma entre a multidão. Ou talvez ela estivesse realmente lá, mas oculta dos olhos de outras divindades. Ela era uma das olimpianas mais poderosas; podia fazer algo assim e, dessa forma, observar as correntes de poder e ouvir nossos segredos.

Meu pescoço ficou arrepiado com a ideia.

— Acha que ela está nos ouvindo agora mesmo?

— Não seja tola. Ela está aqui pelos grandes deuses. Olhe, lá vem Minos.

Minos, rei de Creta, filho de Zeus com uma mortal. Semideuses, eles eram chamados; mortais, mas abençoados por sua ascendência divina. Ele era mais alto que seus conselheiros, o cabelo grosso como uma escova emaranhada e o peito largo como o convés de um navio. Seus olhos me lembravam dos salões de obsidiana de meu pai, brilhando sombriamente por baixo da coroa dourada. No entanto, quando apoiou a mão no braço delicado de minha irmã, subitamente ele pareceu uma árvore no inverno: nua, murcha e pequena. Ele sabia disso, eu acho, e seu olhar estava furioso, o que fez minha irmã cintilar ainda mais. *Ela será feliz aqui*, pensei. Ou preeminente, o que para ela seria a mesma coisa.

— Ali — Aietes disse, próximo ao meu ouvido. — Veja.

Ele estava apontando para um mortal, um homem em quem eu não tinha reparado antes, não tão encolhido quanto o resto. Era jovem, sua cabeça raspada no estilo egípcio, a pele do rosto confortavelmente assentada em suas feições. Eu gostei dele. Seus olhos claros não estavam embotados de vinho como os de todos os outros.

— É claro que gosta dele — Aietes disse. — É Dédalo. Ele é uma das maravilhas do mundo mortal, um artesão quase equiparável a um deus. Quando eu for rei, vou colecionar glórias como as dele também.

— Ah, é? E quando vai ser rei?

— Logo — ele disse. — Nosso pai me dará um reino.

Achei que ele estava brincando.

— E eu poderei viver lá?

— Não — ele disse. — Será meu. Você vai ter de arranjar um para si.

O braço dele estava no meu como sempre, mas de repente tudo estava diferente, a voz dele se soltando, livre, como se fôssemos criaturas amarradas a cordas separadas, em vez de uma à outra.

— Quando? — perguntei, rouca.

— Depois do casamento. Nosso pai pretende me levar direto para lá.

Ele disse isso como se fosse uma questão de pouco interesse. Eu senti que estava me tornando pedra. Agarrei-me a ele.

— Como pôde não me contar? — exclamei. — Você não pode me abandonar. O que eu vou fazer? Você não sabe como era aqui antes que...

Ele tirou meus braços de seu pescoço.

— Não há necessidade de uma cena dessas. Você sabia que esse dia chegaria. Não posso apodrecer a vida toda embaixo da terra, sem nada propriamente meu.

E eu?, eu queria perguntar. *Deverei apodrecer?*

Mas ele tinha se virado para falar com um dos meus tios, e, assim que os recém-casados estavam em seus aposentos, subiu na biga do meu pai. Em um turbilhão dourado, ele se foi.

Perses partiu alguns dias depois. Ninguém ficou surpreso, pois os salões de meu pai estavam vazios para ele sem minha irmã. Ele informou que iria para o leste, viver entre os persas. O nome deles é como o meu, ele disse, fátuo. E ouvi dizer que têm criaturas chamadas demônios, e gostaria de ver uma.

Meu pai franziu o cenho. Ele estava contrariado com Perses desde que debochara por causa de Minos.

— Por que eles teriam mais demônios que nós?

Perses não se deu ao trabalho de responder. Ele iria pelos caminhos da água, não precisava que meu pai o conduzisse. *Pelo menos não terei mais de ouvir essa sua voz,* foi a última coisa que ele disse para mim.

Em um punhado de dias, toda a minha vida fora desenrolada. Eu era uma criança de novo, esperando enquanto meu pai dirigia sua biga, enquanto minha mãe se reclinava nas margens de Oceano. Eu ficava deitada nos salões vazios, a garganta raspando de solidão, e quando não suportava mais, fugia para Aietes e minha antiga praia deserta. Lá encontrava as pedras que os dedos de Aietes tinham tocado. Caminhava na areia que seus pés haviam perturbado. É claro que ele não podia ficar. Era um filho divino de Hélio, iluminado e brilhante, com uma voz verdadeira e inteligência, com perspectivas de um trono. E eu?

Lembrei-me de seus olhos enquanto lhe implorava. Eu o conhecia bem, e pude ler o que havia neles quando olhou para mim. *Não é um motivo bom o bastante.*

Sentei nas pedras e pensei nas histórias que conhecia sobre ninfas que haviam chorado até se tornarem rochas e pássaros, em feras mudas e árvores delgadas, pensamentos escondidos em troncos por toda a eternidade. Pelo visto, nem isso eu era capaz de fazer. Minha vida se fechou ao meu redor como paredes de granito. *Eu devia ter falado com aqueles mortais*, pensei. Podia ter implorado entre eles por um marido. Era uma filha de Hélio, certamente um daqueles homens esfarrapados teria me aceitado. Qualquer coisa seria melhor que isto.

Foi então que vi o barco.

CAPÍTULO 4

Eu conhecia barcos das pinturas, tinha ouvido falar deles em histórias. Eram dourados e enormes como leviatãs, suas amuradas entalhadas com marfim e chifre. Eram rebocados por golfinhos sorridentes ou então tripulados por cinquenta nereidas de cabelo negro, os rostos prateados como o luar.

Esse tinha um mastro tão fino quanto uma pequena muda. Sua vela pendia torta e esfarrapada, e o tecido estava remendado. Lembro o pulo em minha garganta quando o marinheiro ergueu o rosto. Estava queimado e brilhante de sol. Um mortal.

A humanidade estava se espalhando pelo mundo. Anos haviam se passado desde que meu irmão descobrira aquela praia deserta para os nossos jogos. Eu fiquei atrás de uma saliência do penhasco e observei enquanto o homem manobrava, desviando de pedras e puxando as redes. Ele não se parecia com os nobres bem-apessoados da corte de Minos. Seu cabelo era longo e negro, emaranhado com os borrifos d'água. Suas roupas eram puídas e o pescoço tinha marcas. Cicatrizes eram visíveis em seus braços, onde escamas de peixe o haviam cortado. Ele não se movia com graça sobrenatural, mas com força, com simplicidade, como um casco bem construído nas ondas.

Eu podia ouvir meu pulso alto nos ouvidos. Pensei de novo naquelas histórias de ninfas estupradas e abusadas por mortais. Mas o rosto desse homem era liso de juventude, e as mãos que erguiam sua pesca pareciam apenas ágeis, não cruéis. Além disso, no céu acima de mim estava meu pai, chamado de O Vigia. Se eu estivesse em perigo, ele viria.

Ele estava próximo à orla àquela altura, olhando para a água, rastreando peixes que eu não podia ver. Respirei fundo e saí na praia.

— Salve, mortal.

Ele se embaralhou com as redes, mas não as soltou.

— Salve — ele disse. — A qual deusa eu me dirijo?

Sua voz era suave em meus ouvidos, tão doce quanto as brisas de verão.

— Circe — eu disse.

— Ah. — O rosto dele estava cuidadosamente neutro. Ele me disse, muito tempo depois, que era porque não tinha ouvido falar de mim e não queria me ofender. — Reverendíssima senhora, eu traspasso suas águas?

— Não — eu respondi. — Eu não tenho águas. Isso é um barco?

Diversas expressões passaram por seu rosto, mas eu não conseguia lê-las.

— Sim — ele confirmou.

— Eu gostaria de velejar nele.

Ele hesitou um momento, em seguida começou a trazer o barco para mais perto da praia – mas eu não esperei. Vadeei pelas ondas até ele e me puxei para cima. Senti o convés quente através das minhas sandálias, e o movimento era agradável, uma ondulação leve, como se eu cavalgasse uma serpente.

— Prossiga — ordenei.

Quão rígida eu estava, vestida na dignidade divina que eu nem sabia que usava. E ele estava ainda mais rígido. Estremeceu quando minha manga encostou na dele. Seus olhos desviavam sempre que eu lhe dirigia a palavra. Percebi, com um choque, que eu reconhecia esses gestos. Eu os realizara milhares de vezes – para meu pai e meu avô e todos aqueles deuses poderosos que cruzavam meus dias. *A grande corrente do medo.*

— Ah, não — eu disse a ele. — Não sou assim. Mal tenho poderes e não posso machucá-lo. Fique à vontade.

— Obrigado, gentil deusa. — Mas ele falou com tanta cautela que eu tive que rir. Foi o riso, mais que meu protesto, que pareceu tranquilizá-lo um pouco. Os momentos passavam velozes, e começamos a falar das coisas ao nosso redor: os peixes saltando, um pássaro mergulhando acima. Perguntei a ele como suas redes eram feitas e ele me contou, ficando mais animado, pois dedicava-se muito a elas. Quando eu lhe disse o nome do meu pai, ele relanceou para o sol e tremeu mais que nunca, mas ao final do dia nenhuma ira divina tinha descido, e ele se ajoelhou diante de mim e disse que eu devia ter abençoado suas redes, pois elas jamais estiveram tão cheias.

Olhei para baixo, para seu cabelo preto e espesso brilhando na luz do crepúsculo, para seus ombros fortes curvados para baixo. Era por aquilo que todos os deuses em nossos salões ansiavam, por aquela veneração. Pensei que talvez ele não tivesse feito certo, ou, mais provavelmente, que eu não tivesse. Tudo que queria era ver seu rosto de novo.

— Erga-se — eu disse a ele. — Por favor. Eu não abençoei suas redes, não tenho o poder para isso. Nasci das náiades, que governam apenas as águas doces, e nem mesmo as poucas dádivas delas eu possuo.

— Mesmo assim — ele falou —, posso retornar? Estará aqui? Pois nunca conheci nada tão maravilhoso em minha vida quanto a senhora.

Eu já estivera ao lado da luz do meu pai. Já segurara Aietes em meus braços, e sobre minha cama havia cobertores de lã grossa tecidos por mãos imortais. Mas acho que aquela foi a primeira vez que me senti aquecida.

— Sim — eu disse. — Estarei aqui.

Seu nome era Glauco, e ele vinha todo dia. Trazia pão, que eu nunca havia experimentado, e queijo, que eu havia, e azeitonas, que eu gostava de ver seus dentes morderem. Perguntei a ele sobre sua família e ele me contou que seu pai era velho e amargo, sempre tempestuoso e preocupado com comida, e que sua mãe costumava fazer preparados simples de ervas, mas agora estava alquebrada por trabalhar em excesso, e que sua irmã já tinha cinco filhos e estava sempre doente e raivosa. Todos seriam expulsos de sua cabana se não pagassem ao seu senhor o tributo que ele arrecadava.

Ninguém jamais me confiara tanto. Eu bebia cada história como um redemoinho suga ondas, embora mal conseguisse entender metade do que significava toda aquela pobreza e trabalho e terror humanos. A única coisa clara era o rosto de Glauco, seu cenho bonito e olhos sinceros, um pouco úmidos devido a suas atribulações, mas sempre sorridentes quando ele olhava para mim.

Eu amava observá-lo em suas tarefas diárias, que ele realizava com as mãos e não com um estalo de poder: remendar as redes rasgadas, limpar o convés do barco, inflamar a pederneira. Quando ele acendia o fogo, começava minuciosamente com pedacinhos de musgo seco posicionados de modo exato, depois galhos menores, depois os maiores, construindo cada vez mais para o alto. Essa era outra arte que eu não conhecia. A madeira não precisava de convencimento para que meu pai a inflamasse.

Ele me viu observando e esfregou as mãos calosas, constrangido.

— Sei que sou feio para a senhora.

Não, pensei. *Os salões de meu avô estão cheios de ninfas brilhantes e deuses dos rios musculosos, mas eu prefiro observar você a qualquer um deles.*

Balancei a cabeça.

Ele suspirou.

— Deve ser maravilhoso ser um deus e nunca se ferir.

— Meu irmão disse uma vez que parece com a água.

Ele considerou.

— Sim, consigo imaginar. Como se estivesse transbordando, como uma xícara cheia. Que irmão é esse? Não falou dele antes.

— Ele se foi para ser rei muito longe daqui. Aietes é o nome dele. — O nome soava estranho em minha língua após tanto tempo. — Eu teria ido com ele, mas ele disse não.

— Ele parece um tolo — disse Glauco.

— Como assim?

Ele ergueu os olhos para os meus.

— A senhora é uma deusa dourada, bela e gentil. Se eu tivesse uma irmã assim, jamais a deixaria escapar.

Nossos braços roçavam enquanto ele trabalhava na amurada do barco. Quando sentávamos, meu vestido caía sobre os pés dele. Sua pele era quente e levemente enrijecida. Às vezes eu derrubava algo para que ele apanhasse, e nossas mãos se encontravam.

Naquele dia, ele estava ajoelhado na praia, acendendo um fogo para cozinhar seu almoço. Ainda era uma das minhas coisas preferidas de assistir, àquele milagre mortal de pederneira e pavio. Seu cabelo caía docemente sobre os olhos, e suas faces brilhavam à luz da chama. Eu me vi pensando no meu tio, que lhe dera aquela dádiva.

— Eu o encontrei uma vez — eu disse.

Glauco tinha espetado um peixe e o assava.

— Quem?

— Prometeu — eu disse. — Quando Zeus o puniu, eu lhe trouxe néctar.

Ele ergueu os olhos.

— Prometeu — disse.

— Sim. — Geralmente, ele não era tão lento. — O portador do fogo.

— Essa história é de uma dúzia de gerações atrás.

— Mais de uma dúzia — eu disse. — Cuidado, seu peixe. — O espeto caíra das mãos dele e o peixe estava escurecendo nas brasas.

Ele não o resgatou. Seus olhos estavam fixos nos meus.

— Mas a senhora tem a minha idade.

Meu rosto o tinha enganado. Parecia tão jovem quanto o dele.

Eu ri.

— Não, não tenho.

Ele se encontrava meio inclinado, os joelhos tocando os meus. Então se endireitou de repente, afastando-se de mim tão depressa que senti o frio onde seu corpo estivera. O movimento me surpreendeu.

— Aqueles anos não são nada — eu disse. — Eu não fiz uso deles. Você conhece tanto do mundo quanto eu. — Tentei alcançar a mão dele.

Ele a puxou.

— Como pode dizer isso? Quantos anos tem? Cem? Duzentos?

Eu quase ri de novo. Mas o pescoço dele estava rígido e seus olhos, arregalados. O peixe queimava entre nós no fogo. Eu contara a ele tão pouco sobre minha vida. O que havia para contar? Só as mesmas crueldades, as mesmas zombarias às minhas costas. Naqueles dias, minha mãe estava num mau humor especial. Meu pai começara a preferir suas peças de dama a ela, e o veneno dela recaía sobre mim. Ela torcia os lábios quando me via. *Circe é tão enfadonha quanto uma pedra. Circe tem menos sagacidade que a terra. O cabelo de Circe é emaranhado como o de um cão. Se eu tiver que ouvir a voz quebrada dela mais uma vez... De todos os nossos filhos, por que ela tinha que restar? Ninguém mais a aceitará.* Se meu pai ouvia, não dava sinal disso, só movia as peças de seu tabuleiro para outro lugar. Antigamente, eu teria me esgueirado para o meu quarto com o rosto manchado de lágrimas, mas desde a chegada de Glauco os comentários eram como abelhas sem ferrão.

— Desculpe — eu disse. — Foi só uma piada idiota. Eu nunca o conheci, só queria ter conhecido. Não tema, temos a mesma idade.

Aos poucos, a postura dele relaxou. Ele exalou.

— Ah — disse. — Imagina se tivesse realmente vivido naquela época?

Ele terminou sua refeição. Jogou os restos para as gaivotas, então as afugentou rumo ao céu. Virou-se para mim e sorriu, delineado contra as ondas prateadas, os ombros erguendo-se em sua túnica. Por mais fogueiras que eu o visse fazer, nunca mencionei meu tio de novo.

Um dia, o barco de Glauco chegou atrasado. Ele não o ancorou, só ficou em pé no convés, seu rosto rígido e sombrio. Havia um hematoma em sua bochecha, escuro como uma onda de tempestade. O pai tinha batido nele.

— Oh! — Meu coração deu um salto. — Você precisa descansar. Sente comigo e eu trarei um pouco de água.

— Não — ele retrucou, e eu nunca ouvira sua voz tão afiada. — Hoje não, nem nunca mais. Meu pai diz que eu fico vadiando e que nossa pesca está diminuindo. Vamos morrer de fome e é culpa minha.

— Mas venha sentar e deixe que eu ajude — eu disse.

— Você não pode fazer nada — ele rebateu. — Você mesma disse. Não tem nenhum poder.

Eu o vi se afastar. Então, desvairada, virei-me e corri até o palácio do meu avô. Percorri suas passagens abobadadas e segui até os salões das mulheres, com seu chacoalhar de lançadeiras e cálices e o tilintar de braceletes em pulsos. Passei pelas náiades, pelas nereidas e dríades de visita, até o banco de carvalho no tablado onde presidia minha avó.

Tétis, ela era chamada, a grande ama das águas do mundo, nascida, como o marido, na aurora dos tempos da própria Mãe Terra. Suas vestes se empoçavam azuis a seus pés, e ao redor do pescoço uma serpente marinha ficava enrolada como um lenço. Diante dela havia um tear dourado que continha suas tecelagens. Seu rosto era velho, mas não murcho. Incontáveis filhas e filhos tinham nascido de seu útero fértil, e os descendentes deles ainda eram trazidos a ela para serem abençoados. Eu mesma tinha ajoelhado diante dela uma vez. Ela havia tocado minha testa com a ponta dos dedos suaves. *Bem-vinda, criança.*

Eu me ajoelhei de novo então.

— Sou Circe, filha de Perseis. A senhora precisa me ajudar. Há um mortal que precisa de peixes do mar. Eu não posso abençoá-lo, mas a senhora pode.

— Ele é nobre? — ela perguntou.

— Em natureza — eu respondi. — Pobre em posses, mas rico em espírito e coragem, e brilhante como uma estrela.

— E o que esse mortal lhe oferece em troca?

— Oferece?

Ela balançou a cabeça.

— Minha cara, eles sempre devem oferecer algo, mesmo que pequeno, mesmo que apenas vinho despejado em sua fonte, ou se esquecerão de ser gratos depois.

— Eu não tenho uma fonte e não preciso de gratidão. Por favor. Nunca mais o verei se a senhora não me ajudar.

Ela me olhou e suspirou. Devia ter ouvido apelos como aquele milhares de vezes. Isso é algo que deuses e mortais compartilham. Quando jovens, pensamos que somos os primeiros a ter cada sentimento no mundo.

— Concederei seu desejo e encherei as redes dele. Porém, em troca, deixe-me ouvi-la jurar que não se deitará com ele. Sabe que seu pai pretende casá-la com alguém melhor do que um pescador qualquer.

— Eu juro — eu disse.

Ele veio deslizando sobre as ondas, gritando por mim. Suas palavras atropelavam-se umas às outras. Nem teve que jogar as redes, ele disse. Os peixes pularam sozinhos no convés, tão grandes quanto vacas. Seu pai estava apaziguado e o tributo pago, com crédito para o próximo ano. Ele se ajoelhou diante de mim, a cabeça curvada.

— Obrigado, deusa.

Eu o ergui.

— Não se ajoelhe para mim, foi o poder da minha avó.

— Não. — Ele tomou minhas mãos. — Foi você. Foi você que a persuadiu. Circe, milagre, bênção da minha vida, você me salvou.

Ele pressionou as faces quentes nas minhas mãos. Seus lábios tocaram meus dedos.

— Eu gostaria de ser um deus — ele sussurrou. — Assim poderia agradecê-la como merece.

Ele deixou os cachos caírem ao redor do meu pulso. Desejei ser uma deusa de verdade para poder lhe oferecer baleias numa bandeja dourada, e ele nunca me deixaria escapar.

Todo dia sentávamos juntos e conversávamos. Ele era cheio de sonhos; esperava que, quando fosse mais velho, pudesse ter seu próprio barco e sua própria cabana, em vez de morar na do pai.

— E manterei um fogo — ele disse — queimando sempre por você. Se me permitir.

— Eu preferiria que mantivesse uma cadeira — eu disse. — Para que eu possa conversar com você.

Ele corou, e eu também. Eu sabia tão pouco então. Nunca tinha me acostado a meus primos, aqueles deuses de ombros largos e aquelas ninfas ágeis, quando falavam de amor. Nunca tinha me esgueirado com um pretendente para uma alcova privada. Nem sabia o suficiente para dizer o que eu queria. Se eu tocasse na mão dele, se inclinasse meus lábios por um beijo, e depois?

Ele estava me observando. Seu rosto era como a areia, mostrando uma centena de impressões.

— Seu pai — ele começou, vacilando um pouco, pois falar de Hélio sempre o alarmava. — Ele lhe escolherá um marido?

— Sim — confirmei.

— Que tipo de marido?

Achei que fosse chorar. Eu queria me apertar contra seu corpo e dizer que gostaria que fosse ele, mas meu juramento ficava entre nós. Então me obriguei a dizer a verdade: que meu pai buscava príncipes, ou talvez um rei, se fosse estrangeiro.

Ele olhou para as mãos.

— É claro — ele disse. — É claro. Você é muito cara a ele.

Eu não o corrigi.

Voltei para os salões de meu pai naquela noite, ajoelhei-me a seus pés e perguntei se era possível transformar um mortal em um deus.

Hélio franziu o cenho em irritação para o jogo de damas.

— Você sabe que não é, a não ser que já esteja nas estrelas. Nem eu posso mudar as leis das Moiras.

Eu não disse mais nada. Meus pensamentos seguiam-me uns aos outros. Se Glauco permanecesse mortal, então ficaria velho, e se ficasse velho, iria morrer, e haveria um dia em que eu iria para aquela praia e ele não estaria lá. Prometeu tinha me dito, mas eu não havia entendido. Como havia sido tola. Tola e idiota. Em pânico, corri de volta à minha avó.

— Aquele homem — eu disse, quase engasgando. — Ele vai morrer.

O banco dela era de carvalho, coberto pelas tecelagens mais suaves. Os fios em seus dedos eram verdes como as pedras do rio. Ela os estava enrolando em sua lançadeira.

— Oh, neta — ela disse. — É claro que vai. Ele é mortal, é o destino deles.

— Não é justo — eu disse. — Não pode ser.

— Essas são duas coisas diferentes — minha avó retrucou.

Todas as náiades brilhantes tinham se virado de suas conversas para nos ouvir. Eu insisti.

— A senhora precisa me ajudar — eu disse. — Grande deusa, não pode aceitá-lo em seus salões e torná-lo eterno?

— Nenhum deus pode fazer o que pede.

— Eu o amo — eu disse. — Tem de haver um jeito.

Ela suspirou.

— Sabe quantas ninfas antes de você esperaram o mesmo e ficaram decepcionadas?

Eu não me importava com essas ninfas. Elas não eram filhas de Hélio, não tinham ouvido histórias desde a infância sobre rasgar o mundo.

— Não há algum... não sei a palavra. Algum recurso. Alguma barganha com as Moiras, algum truque, algumas *pharmaka*...

Era a palavra que Aietes tinha usado quando falara de ervas com poderes assombrosos, nascidas do sangue caído de deuses.

A serpente do mar no pescoço de minha avó se desenrolou e esticou uma língua preta de sua boca de flecha. A voz da titânide soou baixa e raivosa.

— Ousa falar disso?

A mudança súbita me surpreendeu.

Mas ela estava se erguendo, sua altura real se desvelando à minha frente.

— Criança, fiz por você tudo que podia ser feito, e não há mais nada. Saia daqui e não me deixe ouvi-la falar dessa perversidade outra vez.

Minha cabeça estava girando, minha boca ácida como se eu tivesse bebido vinho puro. Fui embora, passando pelos sofás, as cadeiras, as saias de náiades que sussurravam e davam risinhos. *Ela acha que, só porque é filha do sol, pode desarraigar o mundo a seu bel-prazer.*

Eu estava furiosa demais para sentir qualquer vergonha. Era verdade. Não iria apenas desarraigar o mundo, mas rasgá-lo, queimá-lo, praticar qualquer mal que pudesse para manter Glauco a meu lado. Mas o que ficou mais impresso em minha mente foi o olhar de minha avó quando eu dissera aquela palavra, *pharmaka*. Não era um olhar que eu notava muito entre os deuses. Mas o tinha visto em Glauco quando ele falava do tributo e de redes vazias e do pai. Eu tinha começado a conhecer o que era o medo. O que podia causar medo a um deus? Eu sabia a resposta para isso também.

Um poder maior que o deles.

Eu tinha aprendido algo de minha mãe, afinal. Prendi meu cabelo em cachos e coloquei meu melhor vestido, minhas sandálias mais reluzentes. Fui para o banquete de meu pai, onde todos os meus tios se reuniam, reclinados em seus sofás púrpura. Servi-lhes vinho, sorri para seus olhos e enrosquei meus braços ao redor do pescoço deles. *Tio Proteu*, eu disse. Ele era o que tinha carne de foca nos dentes. *O senhor é corajoso e comandou valentemente na guerra. Não pode me contar sobre as batalhas, onde foram lutadas? Tio Nereu, e o senhor? Era senhor do mar antes que o olimpiano Posêidon roubasse seu lugar. Eu desejo ouvir os grandes feitos do nosso povo, conte-me onde o sangue foi mais derramado.*

Eu extraí aquelas histórias deles. Aprendi o nome de muitos lugares que haviam sido semeados com o sangue de deuses, e onde aqueles lugares ficavam. E por fim ouvi falar de um local não longe da praia de Glauco.

CAPÍTULO 5

— Venha — eu disse. Era o meio do dia e fazia calor; a terra se desmanchava sob nossos pés. — Está bem perto. Um lugar perfeito para uma soneca, para descansar seus ossos cansados.

Ele seguiu a contragosto. Sempre ficava de mau humor quando o sol estava alto.

— Não gosto de me afastar tanto do meu barco.

— Seu barco ficará a salvo, eu prometo. Veja! Estamos aqui! Essas flores não valeram a caminhada? São lindas, do amarelo mais pálido e na forma de sinos.

Eu o convenci a andar por entre as flores aglomeradas. Tinha trazido água e uma cesta de comida. Estava ciente do olho de meu pai acima de nós. Queria que parecesse um piquenique, caso ele olhasse em nossa direção. Eu não tinha certeza do que minha avó podia ter contado a ele.

Eu servi Glauco e o observei comer. *Qual seria a sua aparência como deus?*, eu me perguntei. A pouca distância dali erguia-se uma floresta, sua sombra grande o suficiente para nos esconder dos olhos de meu pai. Quando ele tivesse se transformado, eu o puxaria para lá e lhe mostraria que meu juramento não nos impedia mais.

Eu acomodei uma almofada no chão.

— Deite-se — eu disse. — Durma. Não seria bom dormir?

— Estou com dor de cabeça — ele reclamou. — E o sol está em meus olhos.

Eu afastei seu cabelo dos olhos e me posicionei para bloquear o sol. Ele suspirou. Estava sempre cansado, e em um segundo seus olhos estavam se fechando.

Eu balancei as flores para que encostassem nele. *Agora*, pensei. *Agora.*

Ele continuou dormindo como eu o vira dormir uma centena de vezes. Nas minhas fantasias sobre aquele momento, as flores o haviam transformado ao primeiro toque. Seu sangue imortal pulava para as veias dele, e ele se erguia como um deus, tomava minhas mãos e dizia: *Agora posso agradecê-la como merece.*

Eu balancei as flores de novo. Colhi algumas e as joguei sobre o peito dele. Assoprei para que a fragrância e o pólen flutuassem sobre ele.

— Mude — eu sussurrei. — Ele precisa ser um deus. Mude.

Ele dormia. As flores pendiam murchas ao nosso redor, débeis e frágeis como asas de uma mariposa. Uma linha ácida estava atravessando meu estômago. *Talvez eu não tivesse encontrado as flores certas*, disse a mim mesma. Eu devia ter vindo procurá-las antes, mas estivera ávida demais. Eu me ergui e caminhei pela encosta, procurando algum ramo de botões rubros, vívidos, vazando um poder óbvio. Mas só encontrei flores comuns que poderiam ser vistas em qualquer colina.

Desabei ao lado de Glauco e chorei. As lágrimas daqueles que têm sangue de náiade podem fluir pela eternidade, e pensei que talvez levasse uma eternidade para dar vazão a toda a minha dor. Eu tinha fracassado. Aietes estivera errado, não havia ervas de poder, e eu perderia Glauco para sempre, sua beleza doce e perecível murchando na terra. Acima, meu pai deslizava em seu percurso. Aquelas flores suaves e tolas balançavam ao nosso redor em seus caules. Eu as odiava. Agarrei um punhado e as arranquei pela raiz. Rasguei as pétalas. Quebrei os caules. Os pedaços úmidos grudaram em minhas mãos e a seiva sangrou em minha pele. O aroma se ergueu puro e selvagem, acético como vinho antigo. Arranquei outro punhado, minhas mãos pegajosas e quentes. Em meus ouvidos havia um zumbido escuro como uma colmeia.

É difícil descrever o que aconteceu em seguida. Um conhecimento acordou nas profundezas do meu sangue, e sussurrou que a força daquelas flores estava na sua seiva, que podia transformar qualquer criatura em seu eu mais verdadeiro.

Eu não parei para questionar. O sol tinha ultrapassado o horizonte àquela altura. Os lábios de Glauco haviam se entreaberto enquanto ele sonhava, e eu ergui um punhado de flores sobre ele e apertei. A seiva vazou e entornou. Gota a gota leitosa, eu a deixei cair na boca dele.

Uma gota fugitiva aterrissou em seus lábios e eu a deslizei para a língua dele com o dedo. Ele tossiu. *Seu eu mais verdadeiro,* eu lhe disse. *Que seja feito assim.*

Eu me agachei, outro ramo em mão. Eu apertaria o campo inteiro sobre ele se precisasse. Mas, enquanto pensava nisso, uma sombra se moveu sobre sua pele, escurecendo conforme eu observava. Ela foi além do marrom, além do púrpura, espalhando-se como um hematoma até que o corpo inteiro dele fosse do azul-marinho mais escuro. Suas mãos estavam inchando, suas pernas, seus ombros. Pelos começaram a se erguer do seu queixo, longos e verde-cobreados. Onde sua túnica estava aberta, eu podia ver bolhas se formando em seu peito. Eu notei. Eram cracas.

— Glauco — sussurrei. O braço dele estava estranho sob meus dedos, duro e grosso e levemente frio. Eu o sacudi. — Acorde.

Seus olhos se abriram. Pelo tempo de um respiro, ele não se mexeu. Então se ergueu num pulo, assomando como uma onda de tempestade, o deus marinho que sempre fora.

— Circe — ele exclamou —, estou mudado!

Não houve tempo para ir à floresta, não houve tempo para puxá-lo até mim sobre o musgo. Ele estava descontrolado com sua nova força, resfolegando como um touro no ar primaveril.

— Veja — ele disse, estendendo as mãos. — Nenhuma marca. Nenhuma cicatriz. E não estou cansado. Pela primeira vez na minha vida, não estou cansado! Poderia cruzar o oceano inteiro a nado. Quero me ver. Como pareço?

— Como um deus — eu disse.

Ele me pegou pelos braços e me girou, os dentes brancos brilhando no rosto azul. Então parou quando um novo pensamento lhe ocorreu.

— Eu posso ir com você agora. Para os salões dos deuses. Pode me levar?

Eu não podia dizer não. Levei-o à minha avó. Minhas mãos tremiam um pouco, mas as mentiras estavam prontas em meus lábios. Ele tinha adormecido num campo e acordado assim.

— Talvez meu desejo de transformá-lo em imortal tenha sido um tipo de profecia. Não é inédito nos filhos de meu pai.

Ela mal me ouviu. Não suspeitou de nada. Ninguém jamais havia suspeitado de mim.

— Irmão — ela exclamou, abraçando-o. — Mais novo irmão! Este é um ato das Moiras. É bem-vindo aqui até encontrar um palácio próprio.

Não houve mais caminhadas na praia. Eu passava todos os dias naqueles salões com Glauco, o Deus. Sentávamos nas margens do rio crepuscular do meu avô e eu o apresentava a todas as minhas tias e tios e primos, desenrolando ninfa após ninfa, embora antes daquele momento eu pudesse jurar que não conhecia o nome delas. Já eles se amontoavam ao redor de Glauco, implorando pela história de sua transformação milagrosa. Ele tecia o conto habilmente: seu mau humor, a sonolência que caiu sobre ele como uma pedra, então o poder erguendo-o como a crista de uma onda, concedido pelas próprias Moiras. Ele despia seu peito azul diante deles, rígido com músculos divinos, e oferecia-lhes as mãos, lisas como conchas levadas pela rebentação.

— Veja como assumi minha forma real!

Eu amava o rosto dele naqueles momentos, brilhando com poder e alegria. Meu peito se expandia junto ao dele. Eu ansiava por dizer a ele que fora eu quem lhe dera tal dádiva, mas vi como o agradava acreditar que sua divindade era inteiramente sua, e não queria tirar isso dele. Eu ainda sonhava em me deitar com ele naqueles bosques escuros, mas tinha começado a pensar além disso, a dizer a mim mesma novas palavras: *casamento, marido*.

— Venha — eu disse. — Você precisa conhecer meu pai e meu avô.

Eu escolhi as roupas dele pessoalmente, em cores que melhor destacavam sua pele. Eu o avisei das cortesias que eram esperadas e me mantive afastada, observando, enquanto ele as oferecia. Ele se portou bem e eles o elogiaram. Levaram-no até Nereu, antigo titã deus do mar, que por sua vez o apresentou a Posêidon, seu novo senhor. Juntos o ajudaram a construir seu palácio submarino, incrustrado de ouro e de tesouros de naufrágios levados pelas ondas.

Eu ia para lá todos os dias. A salmoura ardia em minha pele e ele frequentemente estava ocupado demais admirando seus convidados para me dar mais que um sorriso breve, mas eu não me importava. Tínhamos tempo agora, todo o tempo de que precisaríamos. Era um prazer sentar àquelas mesas prateadas, vendo ninfas e deuses se acotovelando pela atenção dele. Antigamente teriam desdenhado dele, chamando-o de estripador de peixes. Agora lhe imploravam por histórias de sua mortalidade. As histórias aumentavam à medida que eram contadas: sua mãe curvada e velha, seu pai espancando-o todo dia. Eles suspiravam e levavam a mão ao coração.

— Está tudo bem — ele dizia. — Enviei uma onda para esmagar o barco de meu pai e o choque o matou. Minha mãe, eu abençoei. Ela tem um novo marido e uma escrava para ajudá-la na limpeza. Ela me construiu um altar e fumaça já se ergue dele. Minha vila espera que eu lhes traga uma boa maré.

— E vai trazer? — A ninfa que falou apertava as mãos sob o queixo. Ela fora uma das companhias mais queridas da minha irmã e de Perses; tinha o rosto redondo laqueado com malícia, mas falando agora com Glauco até ela estava transformada, aberta, madura como uma pera.

— Depende — ele disse — do que eles me oferecerem.

Às vezes, quando ele estava muito contente, seus pés se transformavam numa cauda que se agitava, e isso aconteceu naquele momento. Eu a observei varrer o chão de mármore, brilhando cinza-pálida, suas escamas sobrepostas levemente iridescentes.

— Seu pai está realmente morto? — perguntei quando eles tinham partido.

— É claro. Ele mereceu, por sua blasfêmia. — Ele estava polindo um novo tridente, um presente do próprio Posêidon. Durante os dias, reclinava-se em sofás, bebendo de cálices tão grandes quanto a sua cabeça. Ele ria como os meus tios, de boca aberta e rugindo. Não era nenhum senhor de caranguejos esfarrapado, mas um dos grandes deuses marinhos, que podia convocar baleias, se quisesse, resgatar navios de recifes e baixios, erguer barcas ou marinheiros das ondas que os afogavam.

— Aquela ninfa de rosto redondo — ele disse —, a bela. Qual é o nome dela?

Minha mente vagava. Eu estava imaginando como ele poderia pedir minha mão. *Na praia*, pensei. *Naquele litoral onde tínhamos nos visto pela primeira vez.*

— Está falando de Cila?

— Sim, Cila — ele confirmou. — Ela se move como água, não é? Prateada como um riacho corrente. — Os olhos dele se ergueram para encarar os meus. — Circe, eu nunca estive tão feliz.

Eu sorri de volta. Não via nada exceto o garoto que amava finalmente brilhando. Cada honra dispensada a ele, cada altar construído em seu nome, cada admirador que se amontoava ao seu redor – tudo isso era como presentes para mim, pois ele era meu.

Comecei a ver aquela ninfa Cila em toda parte. Aqui estava ela rindo de algum gracejo de Glauco, aqui estava ela tocando o pescoço e sacudindo o cabelo. Ela era muito bela, é verdade, uma das joias dos nossos salões. Os deuses dos rios e as ninfas suspiravam por ela, que gostava de inflamar suas esperanças com um olhar e destruí-las com outro. Quando se movia, tilintava de leve graças aos milhares de presentes que recebia: braceletes de coral, pérolas ao redor do pescoço em colares. Ela sentava-se ao meu lado e os mostrava a mim, um a um.

— Lindos — eu dizia, sem nem olhar.

No entanto, lá estava ela novamente no banquete seguinte, suas joias dobradas, triplicadas, suficientes para afundar um barco de pesca. Acho que àquela altura ela devia estar furiosa por eu levar tanto tempo para entender. Ela ergueu as pérolas, do tamanho de maçãs, em frente ao meu rosto.

— Não são a maior maravilha que já viu?

A verdade é que eu tinha começado a me perguntar se ela estava apaixonada por mim.

— São muito belas — eu disse, baixinho.

Enfim, ela teve que cerrar os dentes e falar diretamente.

— Glauco diz que esvaziaria o mar para me agradar.

Estávamos no salão de Oceano, o ar excessivamente doce com incenso. Eu tomei um susto.

— São presentes de Glauco?

Ah, a alegria no rosto dela.

— Todos eles são. Quer dizer que não ouviu? Pensei que seria a primeira a saber, já que são tão próximos. Mas talvez você não seja a amiga que pensa que é para ele... — Ela esperou, me observando. Eu estava ciente de outros rostos também, sem fôlego de tanta excitação. Tais brigas eram mais preciosas que ouro em nossos salões.

Ela sorriu.

— Glauco me pediu em casamento. Anda não decidi o que direi. O que aconselha, Circe? Devo aceitá-lo, pele azul, nadadeiras e tudo o mais?

As náiades riram como os borrifos de mil fontes. Eu fugi para que ela não visse minhas lágrimas e as usasse como outro de seus troféus.

Meu pai estava com meu tio dos rios, Aqueloo, e franziu o cenho quando foi interrompido.

— Que foi?

— Eu quero me casar com Glauco. O senhor permitirá?

Ele riu.

— Glauco? Ele fez sua escolha. Não acho que será você.

Um choque me perpassou. Eu não parei para escovar o cabelo nem trocar meu vestido. A cada momento parecia que uma gota do meu sangue era perdida. Corri para o palácio de Glauco. Ele estava no salão de algum outro deus, então esperei, tremendo, entre os cálices derrubados e as almofadas manchadas de vinho desde seu último banquete.

Ele chegou, por fim. Com um gesto, a bagunça desapareceu e os pisos reluziam de novo.

— Circe — ele disse quando me viu. Como alguém poderia dizer: pé.

— Você pretende se casar com Cila?

Eu vi a luz cruzar seu rosto.

— Ela não é a criatura mais perfeita que você já viu? Seus calcanhares são tão pequenos e delicados, como a corça mais gentil da floresta. Os deuses dos rios estão furiosos porque ela me demonstra preferência, e ouvi que até Apolo está enciumado.

Eu me arrependi então de não ter usado aqueles truques de cabelo e olhos e lábios que todas as ninfas possuem.

— Glauco — eu disse —, ela é bela, sim, mas não o merece. Ela é cruel e não o ama como você poderia ser amado.

— Como assim?

Ele estava franzindo o cenho, como se eu fosse um rosto de que não conseguia se lembrar direito. Tentei pensar no que minha irmã faria. Fui até ele, corri um dedo pelo seu braço.

— Quero dizer que conheço alguém que o amará mais.

— Quem? — ele perguntou. Mas eu podia ver que ele começava a entender. Suas mãos se ergueram como que para me afastar. Ele, que assomava sobre mim. — Você tem sido uma irmã para mim — ele disse.

— Eu gostaria de ser mais — rebati. — Eu gostaria de ser tudo. — Apertei meus lábios contra os dele.

Ele me empurrou para longe. Seu rosto estava congelado, meio com raiva, meio com um tipo de temor. Ele quase parecia com seu eu antigo.

— Eu o amo desde o primeiro dia em que o vi navegando — eu disse. — Cila ri de suas barbatanas e de sua barba verde, mas eu o estimava quando havia tripas de peixe em suas mãos e você chorava pela crueldade do seu pai. Eu o ajudei quando...

— Não! — Ele cortou o ar com a mão. — Não vou pensar sobre esses tempos. Cada hora algum novo machucado, alguma nova dor, sempre exausto, sempre sobrecarregado e fraco. Eu participo dos conselhos de seu pai agora. Não tenho que implorar por cada migalha. Ninfas clamam por mim, e eu posso escolher a melhor entre elas, que é Cila.

As palavras me atingiram como pedras, mas eu não desistiria dele tão fácil.

— Eu posso ser a melhor para você — prometi. — Posso agradá-lo, juro. Você jamais encontrará alguém tão leal. Eu farei qualquer coisa.

Acho que ele me amava um pouco, no fim. Pois antes que eu pudesse dizer as milhares de coisas humilhantes em meu coração, todas as provas de paixão que tinha acumulado, as devoções rastejantes que prestaria, senti o poder dele me envolver. E com aquele mesmo gesto que usara para as almofadas, ele me mandou de volta ao meu quarto.

Eu deitei na terra, chorando. Aquelas flores o haviam transformado em seu eu verdadeiro, que era azul, e provido de barbatanas, e não meu. Pensei que morreria de tanta dor, que não era como o entorpecimento profundo que Aietes deixara para trás, mas afiada e feroz como uma lâmina cravada no peito. Mas é claro que eu não podia morrer. Eu continuaria vivendo, cada momento escaldante até o seguinte. Essa é a dor que leva nosso povo a escolher ser pedras e árvores em vez de carne.

A bela Cila, Cila como a corça delicada, Cila com seu coração de víbora. Por que ela fizera aquilo? Não era amor; eu tinha visto o desdém em seus olhos quando ela falou das nadadeiras dele. Talvez porque ela amava minha irmã e meu irmão, que haviam me desprezado. Talvez porque seu pai fosse um rio de nada e sua mãe uma ninfa de rosto de tubarão, e ela gostasse da ideia de tirar algo da filha do sol.

Não importava. Tudo que eu sabia era que a odiava. Pois eu era como qualquer besta enfadonha que já amou alguém que amava outra pessoa. Eu pensei: *se ela sumisse, tudo seria diferente*.

Deixei os salões de meu pai. Era a hora entre o pôr do sol e o erguer da minha tia pálida. Não havia ninguém para me observar. Eu colhi aquelas flores de "ser verdadeiro" e as levei à enseada onde era dito que Cila se banhava todos os dias. Quebrei os caules e esvaziei sua seiva branca gota a gota nas águas. Ela não seria mais capaz de esconder sua malícia de serpente. Toda sua feiura seria revelada. Suas sobrancelhas engrossariam, seu cabelo ficaria opaco e seu nariz se tornaria longo como o focinho de um animal. Os salões ecoariam com seus gritos furiosos e os grandes deuses viriam me açoitar, mas eu os receberia de bom grado, pois cada golpe em minha pele seria mais uma prova a Glauco do meu amor.

CAPÍTULO 6

Nenhuma Fúria veio atrás de mim naquela noite. Ninguém veio na manhã seguinte também, nem durante toda a tarde. Ao cair da noite, fui encontrar minha mãe, diante de seu espelho.

— Onde está meu pai?

— Foi direto para Oceano. O banquete é lá. — Ela torceu o nariz, a língua rosa presa entre os dentes. — Seus pés estão imundos. Não pode pelo menos lavá-los?

Eu não os lavei. Não queria esperar outro momento. E se Cila estivesse no banquete, reclinando-se no colo de Glauco? E se eles já estivessem casados? E se a seiva não tivesse funcionado?

É estranho, agora, lembrar como eu me preocupei com isso.

Os salões estavam ainda mais abarrotados que de costume, fedendo ao mesmo óleo de rosas que toda ninfa insistia ser seu charme especial. Não vi meu pai, mas minha tia Selene estava lá. Ela se achava no centro de um coágulo de rostos erguidos, como uma mãe pássaro rodeada por seus filhotes, esperando serem alimentados.

— Vocês têm de entender que eu só fui olhar porque a água estava muito revolta. Pensei que talvez fosse algum tipo de... encontro. Vocês conhecem Cila.

Eu senti o ar parar em meu peito. Meus primos estavam dando risinhos e se entreolhando. *O que quer que aconteça*, pensei, *não demonstre nada*.

— Mas ela estava se debatendo de um jeito muito estranho, como um gato se afogando. E então... não posso dizer.

Ela pressionou a mão prateada contra a boca. Foi um gesto adorável. Tudo em minha tia era adorável. Seu marido era um lindo pastor encantado com o sono eterno, que sonhava com ela por toda a eternidade.

— Uma perna — ela disse. — Uma perna hedionda. Como a de uma lula, desossada e coberta de lodo. Explodiu da barriga dela, e outra explodiu ao lado, e mais e mais, até que havia doze pendendo dela.

A ponta dos meus dedos ardia de leve onde a seiva tinha vazado.

— Mas isso foi só o começo — Selene continuou. — Ela estava se sacudindo, seus ombros se retorcendo. Sua pele ficou cinza e seu pescoço começou a se alongar. Dele surgiram cinco novas cabeças, cada uma cheia de dentes escancarados.

Minhas primas inspiraram fundo, mas o som era distante, como ondas longínquas. Parecia impossível imaginar o horror que Selene descrevia. Fazer-me acreditar: *Eu fiz isso.*

— E o tempo todo ela estava uivando, ladrando como uma matilha selvagem de cães. Foi um alívio quando ela finalmente mergulhou sob as ondas.

Quando espremera aquelas flores na enseada de Cila, eu não tinha me perguntado como meus primos reagiriam àquilo, as irmãs e tias e irmãos e amantes de Cila. Se tivesse pensado a respeito, teria dito que Cila era sua queridinha, e que quando as Fúrias viessem por mim eles teriam clamado mais alto que todos para ver meu sangue derramado. Mas agora, olhando ao redor, tudo que eu via eram rostos tão felizes quanto lâminas afiadas. Eles se agarravam uns aos outros, cacarejando: *Eu queria ter visto! Imagina só!*

— Conte de novo! — um tio gritou, e meus primos exclamaram em concordância.

Minha tia sorriu. Seus lábios curvados formaram um crescente, como sua própria forma no céu. Ela contou a história de novo: as pernas, os pescoços, os dentes.

As vozes dos meus primos subiram ao teto.

Vocês sabem que ela dormiu com metade dos salões.

Fico feliz por nunca ter deixado que ela me possuísse. E a voz de um dos deuses do rio, erguendo-se acima de todas: *É claro que ela ladra. Sempre foi uma cadela!*

Risadas estridentes arranhavam meus ouvidos. Eu vi um deus dos rios, que tinha jurado que lutaria com Glauco por ela, chorando de rir. A irmã de Cila fingiu uivar como um cão. Até meus avós vieram ouvir, sorrindo às margens da multidão. Oceano disse algo no ouvido de Tétis.

Eu não pude escutar, mas o tinha observado por meia eternidade e conhecia os movimentos de seus lábios. *Já vai tarde.*

Atrás de mim um tio estava gritando: *Conte de novo!* Dessa vez minha tia só revirou os olhos perolados. Ele cheirava a lulas e, de todo modo, era hora do banquete. Os deuses flutuaram para seus sofás. Os cálices foram servidos, a ambrosia foi passada. Seus lábios ficaram rubros de vinho, os rostos brilhando como joias. Sua risada estalava ao meu redor.

Eu conhecia aquele prazer elétrico, pensei. Eu o tinha visto antes, em outro salão escuro.

As portas se abriram e Glauco entrou, o tridente em mãos. Seu cabelo estava mais verde que nunca, espraiado como a juba de um leão. Eu vi a alegria pulando nos olhos dos meus primos, ouvi seus sibilos de empolgação. Lá vinha mais uma diversão. Eles lhe contariam sobre a transformação de sua amada, quebrariam seu rosto como um ovo e ririam do que vazasse dele.

Mas antes que pudessem dizer qualquer coisa, meu pai se adiantou, percorrendo o salão para puxá-lo à parte.

Meus primos se reclinaram, frustrados. Hélio estraga-prazeres, acabando com a diversão deles. Não importava, Perseis tiraria o relato do marido depois, ou então Selene. Eles ergueram os cálices e voltaram aos seus deleites.

Eu segui Glauco. Não sei como ousei fazer isso, exceto que minha mente inteira estava repleta de uma torrente cinza como ondas revoltas. Esperei fora da sala para onde meu pai o tinha levado.

Ouvi a voz baixa de Glauco:

— Ela não pode ser transformada de volta?

Todos os nascidos de deuses conhecem a resposta desde o berço.

— Não — meu pai disse. — Nenhum deus pode desfazer o que foi feito pelas Moiras ou por outro deus. Mas estes salões contêm milhares de belezas, cada uma mais madura que a outra. Volte-se para elas agora.

Eu esperei. Ainda tinha esperança de que Glauco pensaria em mim. Eu teria me casado com ele em um instante. Mas me vi torcendo por outra coisa também, algo em que não teria acreditado no dia anterior: que ele chorasse todo o sal em suas veias pelo retorno de Cila, mantendo-se fiel a ela como seu único amor verdadeiro.

— Entendo — disse Glauco. — É uma pena, mas, como o senhor disse, há outras.

Um pingo suave de metal. Ele tinha dado um peteleco nas pontas do seu tridente.

— A mais nova de Nereu é bela — ele disse. — Qual é o nome dela? Tétis, a nereida?

Meu pai estalou a língua.

— Salgada demais para o meu gosto.

— Bem — disse Glauco —, agradeço seu conselho excelente. Vou considerar as opções.

Eles passaram reto por mim. Meu pai tomou seu lugar dourado ao lado do meu avô. Glauco dirigiu-se aos sofás púrpuras. Ele ergueu os olhos para algo que um deus dos rios disse e riu. É a última lembrança que tenho do seu rosto, seus dentes claros como pérolas à luz das tochas, sua pele manchada de azul.

Nos anos que se seguiram, ele realmente acataria o conselho de meu pai. Deitou-se com milhares de ninfas, teve filhos com cabelos e caudas verdes, muito amados por pescadores, pois frequentemente enchiam suas redes. Eu os via às vezes, nadando como golfinhos nas ondas mais altas. Eles nunca iam até a praia.

O rio negro fluía ao longo de suas margens. As flores pálidas assentiam em seus caules. Eu estava cega a tudo. Uma a uma, minhas esperanças estavam morrendo. Eu não partilharia nenhuma eternidade com Glauco. Não teríamos nenhum casamento. Jamais nos deitaríamos naqueles bosques. O amor dele por mim estava afogado e morto.

Ninfas e deuses flutuavam à minha frente, suas fofocas pairando no ar fragrante, iluminado por tochas. Os rostos eram os mesmos de sempre, vívidos e brilhantes, mas pareciam, subitamente, estranhos. Seus colares de joias estrepitavam alto como bicos de pássaros, suas bocas vermelhas se alargavam ao redor das risadas. Em algum lugar, Glauco ria entre eles, mas eu não conseguia distinguir sua voz entre a multidão.

Nem todos os deuses precisam ser iguais.

Meu rosto começara a queimar. Não era dor, não exatamente, mas uma ardência que não dava trégua. Pressionei os dedos contra as bochechas. Quanto tempo fazia desde que eu pensara em Prometeu? Uma visão dele se ergueu diante de mim naquele instante: suas costas rasgadas e rosto firme, seus olhos escuros que abarcavam tudo.

Prometeu não gritara quando os golpes o acertaram, embora tivesse ficado tão coberto de sangue que parecera uma estátua banhada em ouro. E o tempo todo os deuses haviam assistido, sua atenção brilhante como um raio. Eles teriam adorado uma sessão com o açoite da Fúria, se tivessem a chance.

Eu não era como eles.

Não é? A voz era do meu tio, ressonante e grave. *Então deve pensar, Circe. O que eles não fariam?*

O trono de meu pai estava coberto com peles de cordeiros negros. Eu ajoelhei ao lado de seus pescoços pendentes.

— Pai — eu disse —, fui eu quem transformou Cila em um monstro.

Ao meu redor, as vozes se abaixaram. Não sei dizer se os sofás mais distantes olharam, se Glauco olhou, mas todos os meus tios se viraram, despertados de suas conversas sonolentas. Eu senti uma alegria pungente. Pela primeira vez em minha vida, queria os olhos deles.

— Eu usei *pharmaka* perversas para transformar Glauco em um deus, e depois transformei Cila. Fiquei com ciúmes do amor dele por ela e queria torná-la feia. Eu agi de forma egoísta, com o coração amargo, e estou pronta para aceitar as consequências.

— *Pharmaka* — meu pai disse.

— Sim. As flores amarelas que crescem do sangue derramado de Cronos e transformam as criaturas em seu eu mais verdadeiro. Arranquei uma centena de flores e as joguei na lagoa dela.

Eu esperava que um açoite fosse trazido, uma Fúria convocada. Por um lugar ao lado do meu tio na rocha, acorrentada. Mas meu pai apenas encheu seu cálice.

— Não importa. Essas flores não têm poder, não mais. Zeus e eu nos certificamos disso.

Eu o encarei.

— Pai, fui eu. Com minhas próprias mãos, quebrei seus caules e esfreguei a seiva nos lábios de Glauco e ele foi transformado.

— Você teve uma premonição, o que é comum em meus filhos. — Sua voz estava calma, firme como um muro de pedra. — Era o destino de Glauco ser transformado naquele momento. As ervas não fizeram nada.

— Não — eu tentei dizer, mas ele não parou. Sua voz se ergueu para abafar a minha.

— Pense, filha. Se mortais pudessem ser transformados em deuses tão facilmente, toda deusa não daria essas flores ao seu favorito? E metade nas ninfas não seriam transformadas em monstros? Você não é a primeira garota enciumada nestes salões.

Meus tios começaram a sorrir.

— Eu sou a única que sabe onde essas flores ficam.

— É claro que não — disse meu tio Proteu. — Você recebeu esse conhecimento de mim. Acha que eu o teria dado, se achasse que você poderia praticar qualquer mal?

— E se havia tanto poder nessas plantas — acrescentou Nereu —, meus peixes da enseada de Cila teriam sido transformados. No entanto, estão perfeitamente bem.

Meu rosto estava corado.

— Não. — Eu sacudi a mão de algas de Nereu. — Eu transformei Cila e devo ser punida.

— Filha, você está começando a fazer uma cena. — As palavras cortaram o ar. — Se o mundo contém o poder que alega, acha que caberia a alguém como você descobri-lo?

Risos suaves às minhas costas, diversão óbvia no rosto dos meus tios. Mas acima de tudo a voz do meu pai, falando aquelas palavras como lixo sendo jogado ao chão. *Alguém como você.* Qualquer outro dia em todos os meus anos de vida eu teria me encolhido e chorado. Mas naquele dia o seu desdém foi como uma centelha caindo em madeira seca. Minha boca se abriu.

— Você está errado — eu disse.

Ele tinha se inclinado para mencionar algo a meu avô. Agora seu olhar se voltava para o meu. Seu rosto começou a brilhar.

— O que você disse?

— Eu garanto que aquelas plantas têm poder.

A pele dele inflamou-se de branco. Branco como o coração do fogo, como as brasas mais quentes. Ele se levantou, mas continuou se erguendo, como se fosse abrir um buraco no teto, na crosta da terra, como se não fosse parar até tocar as estrelas. Então veio o calor, rolando sobre mim como o rugir das ondas, criando bolhas em minha pele, esmagando o fôlego no meu peito. Eu inspirei, mas não havia ar. Ele havia tomado tudo.

— Ousa me contradizer? Você, que não consegue acender uma única chama ou chamar uma única gota d'água? A pior dos meus filhos, esmaecida e quebrada, que eu não consigo pagar a um marido para aceitar? Desde que nasceu, apiedei-me de você e lhe permiti liberdades, mas você cresceu desobediente e orgulhosa. Vai me fazer odiá-la ainda mais?

Um momento mais e as próprias pedras teriam derretido e todos os meus primos aquosos secariam até os ossos. Minha pele borbulhava e se abria como fruta assada; minha voz murchou na garganta e foi queimada até virar poeira. A dor era algo que eu nunca imaginei que pudesse existir, uma agonia ardente que consumia cada pensamento.

Eu caí aos pés do meu pai.

— Pai — eu disse, rouca —, perdoe-me. Eu estava errada se acreditei em tal coisa.

Lentamente, o calor retrocedeu. Deitei-me onde tinha caído sobre o piso de mosaico, com seus peixes e frutas arroxeadas. Meus olhos estavam quase cegos. Minhas mãos eram garras derretidas. Os deuses dos rios balançavam a cabeça, fazendo sons como água escorrendo por pedras. *Hélio, você tem os filhos mais estranhos.*

Meu pai suspirou.

— É culpa de Perseis. Todos os que vieram antes dela eram normais.

Eu não me movi. As horas passaram e ninguém olhou para mim nem falou meu nome. Eles conversaram sobre seus próprios casos, a qualidade do vinho e da comida. As tochas se apagaram e os sofás se esvaziaram. Meu pai se ergueu e passou sobre mim. A brisa suave que ele agitou cortou minha pele como uma faca. Pensei que minha avó poderia dizer uma palavra gentil, trazer um bálsamo para suavizar minhas queimaduras, mas ela já tinha ido dormir.

Talvez eles enviassem guardas para me vigiar, pensei. Mas por que fariam isso? Eu não representava nenhum perigo no mundo.

As ondas de dor me percorriam frias, então quentes, então frias de novo. Eu tremi e as horas passaram. Meus membros estavam em carne viva e escurecidos, minhas costas borbulhavam com feridas. Eu tinha medo de tocar meu rosto. A aurora chegaria logo, e minha família inteira viria tomar seu desjejum, tagarelando sobre as diversões do dia. Eles torceriam os lábios quando passassem por onde eu estava.

Centímetro por centímetro agonizante, eu me ergui. A ideia de retornar aos salões de meu pai era como brasas brancas na garganta. Eu não podia ir para casa. Só havia um outro lugar em todo o mundo que eu conhecia: aqueles bosques com os quais sonhara com tanta frequência. As sombras profundas me esconderiam e o chão coberto de musgo seria macio contra minha pele arruinada. Firmei aquela imagem na mente e manquei em direção a ela. O ar salgado da praia espetou como agulhas a minha garganta arruinada, e cada toque do vento fazia minhas queimaduras gritarem de novo. Por fim, senti as sombras se fecharem sobre mim e me encolhi sobre o musgo. Tinha chovido um pouco e a terra úmida era agradável contra a minha pele. Tantas vezes eu havia imaginado deitar ali com Glauco, mas quaisquer lágrimas que poderiam existir em mim por esse sonho perdido estavam secas agora. Fechei os olhos, flutuando através dos choques e punhaladas de dor. Lentamente, minha divindade implacável começou a se impor. Minha respiração se suavizou, minha visão clareou. Meus braços e pernas ainda doíam, mas, quando encostei meus dedos neles, toquei pele em vez de carvão.

O sol se pôs, brilhando atrás das árvores. A noite surgiu com suas estrelas. Fazia o escuro da lua, quando minha tia Selene vai até seu marido que sonha. Foi isso, acho, que me deu coragem suficiente para levantar, pois eu não teria suportado ouvi-la relatar: *Aquela tola foi olhar para elas! Como se ainda acreditasse que funcionavam!*

O ar noturno formigava em minha pele. A grama estava seca, aplanada pelo calor do alto verão. Encontrei a colina e me arrastei ladeira acima. À luz das estrelas, as flores pareciam pequenas, acinzentadas e opacas. Arranquei um caule e o segurei na mão. Ele ficou ali, flácido, toda sua seiva seca e desaparecida. O que eu pensei que aconteceria?

Que ela pularia e gritaria: *Seu pai está errado. Você transformou Cila e Glauco. Você não é pobre e medíocre, mas Zeus retornado!*

No entanto, enquanto me ajoelhava ali, ouvi algo. Não um som, mas um tipo de silêncio, um zumbido baixo como o espaço entre uma nota e outra em uma canção. Esperei que se dissipasse no ar, que minha mente se endireitasse. Mas o som continuou.

Então, eu tive um pensamento selvagem, sob aquele céu: *Vou comer essas ervas. E o que quer que haja realmente em mim será revelado, afinal.*

Eu as ergui à boca, mas minha coragem vacilou. O que eu era, realmente? No fim, não suportava saber.

A aurora se aproximava quando meu tio Aqueloo me encontrou, a barba espumando de tanta pressa.

— Seu irmão está aqui. Você foi convocada.

Eu o segui até os salões de meu pai, ainda tropeçando um pouco. Passamos pelas mesas polidas, passamos pelo quarto acortinado onde minha mãe dormia. Aietes estava em pé diante do tabuleiro de damas de meu pai. Seu rosto tinha se afiado na virilidade, e sua barba dourada estava grossa como samambaias. Ele estava vestido de modo opulento até mesmo para um deus, trajado em índigo e púrpura, cada centímetro pesado com bordados de ouro. Mas, quando se virou para mim, senti o choque daquele antigo amor entre nós. Apenas a presença de meu pai evitou que eu pulasse em seus braços.

— Irmão — eu disse —, senti sua falta.

Ele franziu o cenho.

— O que aconteceu com seu rosto?

Toquei minhas faces e a pele descascada inflamou-se de dor. Eu corei. Não queria contar a ele, não ali. Meu pai estava sentado na poltrona ardente, e até sua luz fraca e costumeira me fazia doer de novo.

Meu pai poupou-me de ter de responder.

— Bem? Ela veio. Fale.

Eu estremeci com o som do seu desagrado, mas o rosto de Aietes estava calmo, como se a fúria de meu pai fosse apenas outra coisa na sala, uma mesa, um banco.

— Eu vim — ele disse — porque ouvi falar da transformação de Cila, e de Glauco, nas mãos de Circe.

— Nas mãos das Moiras. Garanto a você que Circe não possui tal poder.

— Está enganado.

Eu o encarei, esperando que a ira de meu pai recaísse sobre ele. Mas meu irmão continuou:

— No meu reino da Cólquida, eu fiz tais coisas e mais, muito mais. Extraí leite da terra, enfeiticei os sentidos dos homens, formei guerreiros a partir de poeira. Convoquei dragões para puxar minha biga. Disse encantos que velam o céu de negro, e preparei poções que levantam os mortos.

Da boca de outra pessoa, essas alegações teriam parecido mentiras deslavadas. Mas a voz do meu irmão carregava sua antiga convicção.

— *Pharmakeia*, tais artes são chamadas, pois lidam com *pharmaka*, aquelas ervas com o poder de efetuar mudanças no mundo, tanto as nascidas do sangue de deuses como as que brotam naturalmente da terra. É um dom ser capaz de extrair seus poderes, e não sou o único a possuí-lo. Em Creta, Pasifae governa com seus venenos, e, na Babilônia, Perseis conjura almas em corpos novamente. Circe é a última e nos dá a prova.

O olhar de meu pai estava distante. Como se ele estivesse olhando através de mar e terra, até a Cólquida. Pode ter sido algum truque do fogo, mas achei que a luz do seu rosto tremeluziu.

— Devo fazer uma demonstração? — Meu irmão extraiu das vestes um pequeno pote com um lacre de cera. Ele quebrou o lacre e tocou o líquido no interior. Senti o aroma de algo pungente e verde, com um toque salobro.

Ele pressionou o dedão em meu rosto e falou uma palavra, baixa demais para que eu ouvisse. Minha pele começou a formigar, e então, como uma vela apagada, a dor sumiu. Quando levei a mão ao rosto, senti apenas pele lisa e uma leve camada, como se estivesse besuntada de óleo.

— Um bom truque, não é? — Aietes perguntou.

Meu pai não respondeu. Ele estava sentado, estranhamente paralisado. Eu me sentia paralisada também. O poder de curar a pele alheia pertencia apenas aos deuses maiores, não àqueles como nós.

Meu irmão sorriu, como se pudesse ouvir meus pensamentos.

— E esse é o menor dos meus poderes. Eles são extraídos da própria terra, e portanto não estão sujeitos às leis normais da divindade. — Ele deixou as palavras pairarem um momento no ar. — Entendo, é claro, que não pode formar um juízo agora. Deve se aconselhar. Mas saiba que eu ficaria feliz em dar a Zeus uma demonstração mais… *impressionante*.

Algo lampejou em seus olhos, como dentes na boca de um lobo.

As palavras de meu pai vieram lentamente. Aquela mesma paralisia ainda mascarava seu rosto. Com um susto, eu entendi o que era. *Ele está com medo.*

— Eu devo me aconselhar, como diz. Isso é… novo. Até que seja decidido, você deve permanecer nestes salões. Vocês dois.

— Eu não esperava nada menos — Aietes disse. Ele inclinou a cabeça e se virou para ir. Eu o segui, a pele pinicando com a torrente de meus pensamentos e uma esperança ofegante e crescente. As portas de mirra se fecharam atrás de nós e ficamos parados no corredor. O rosto de Aietes estava calmo, como se ele não tivesse acabado de realizar um milagre e silenciado nosso pai. Eu tinha mil perguntas na ponta da língua, mas ele falou primeiro.

— O que você fez esse tempo todo? Levou uma eternidade. Eu estava começando a pensar que não era uma *pharmakis*, afinal.

Era uma palavra que eu não conhecia. Era uma palavra que ninguém conhecia, ainda.

— *Pharmakis* — eu disse.

Bruxa.

As notícias fluíram como rios na primavera. No jantar, os filhos de Oceano sussurravam quando me viam e saíam do meu caminho. Se nossos braços roçavam, eles ficavam pálidos, e quando passei um cálice a um deus dos rios, seus olhos se desviaram. *Ah, não, obrigado, não estou com sede.*

Aietes riu.

— Você vai se acostumar. Nós estamos sozinhos agora.

Ele não parecia sozinho. Toda noite, sentava-se no tablado de meu avô com meu pai e nossos tios. Eu o via bebendo néctar, rindo, mostrando os dentes. Sua expressão variava como cardumes de peixe na água, em um momento clara, em outro sombria.

Esperei até que nosso pai partisse, então fui me sentar numa cadeira perto dele. Eu ansiava por tomar o lugar a seu lado no sofá e encostar-me em seu ombro, mas ele parecia tão soturno e rígido que eu não sabia como tocá-lo.

— Você gosta do seu reino? A Cólquida?

— É o melhor do mundo — ele respondeu. — Eu fiz o que disse, irmã. Reuni lá todas as maravilhas de nossas terras.

Eu sorri ao ouvi-lo me chamar de irmã, falando daqueles sonhos antigos.

— Gostaria de poder vê-lo.

Ele não disse nada. Era um mago que quebrava os dentes de cobras, arrancava carvalhos pela raiz. Não precisava de mim.

— Você tem Dédalo também?

Ele fez uma careta.

— Não, Pasifae o prendeu em uma armadilha. Talvez um dia. Mas eu tenho um velocino gigante feito de ouro, e meia dúzia de dragões.

Eu não precisei extrair as histórias dele. Elas jorraram. Os feitiços e encantos que ele lançou, as feras que convocou, as ervas que cortou ao luar e misturou para fazer milagres. Cada história era mais extravagante que a outra – o trovão pulando até seus dedos, cordeiros assados e renascidos dos ossos carbonizados.

— O que foi que você disse quando curou minha pele?

— Uma palavra de poder.

— Pode me ensiná-la?

— Feitiçaria não pode ser ensinada. Você a encontra por si ou não a encontra.

Eu pensei no zumbido que ouvira ao tocar naquelas flores, no conhecimento misterioso que havia me atravessado.

— Há quanto tempo você sabe que pode fazer tais coisas?

— Desde que nasci — ele disse. — Mas tive que esperar até sair de baixo do nariz do nosso pai.

Todos aqueles anos ao meu lado e ele não dissera nada. Abri a boca para reclamar: como pôde não me contar? Mas esse novo Aietes, em suas vestes chamativas, era perturbador demais.

— Não teve medo de que nosso pai se enfurecesse? — eu perguntei.

— Não. Eu não fui tolo o bastante para tentar humilhá-lo na frente de todos. — Ele ergueu as sobrancelhas para mim e eu corei. — De todo modo, ele já está imaginando como esta força pode ser usada em benefício próprio. Sua preocupação é com Zeus. Ele precisará pintar a situação do jeito certo: que somos uma ameaça suficiente para que Zeus deva pensar duas vezes, mas não tão grande a ponto de ele ser forçado a agir.

Meu irmão, que sempre enxergava nas fendas do mundo.

— E se os olimpianos tentarem tirar seus feitiços de você?

Ele sorriu.

— Acho que não são capazes, não importa o que tentem. Como eu disse, a *pharmakeia* não está sujeita às restrições normais dos deuses.

Olhei para minhas mãos e tentei imaginá-las tecendo um feitiço para balançar o mundo. Mas a certeza que havia sentido quando espremi seiva na boca de Glauco e maculei a enseada de Cila, eu não conseguia mais encontrar. *Talvez*, pensei, se *pudesse tocar aquelas flores de novo*... Mas eu não tinha permissão para sair até meu pai falar com Zeus.

— E... Você acha que eu sou capaz de realizar maravilhas como as suas?

— Não — meu irmão respondeu. — Eu sou o mais forte entre nós quatro. Mas você demonstra um pendor por transformação.

— Foram apenas as flores — eu disse. — Elas concedem às criaturas suas formas mais verdadeiras.

Ele virou seu olhar de filósofo para mim.

— Você não acha conveniente que as formas verdadeiras delas coincidam com os seus desejos?

Eu o encarei.

— Eu não desejei transformar Cila em um monstro. Só queria revelar a feiura dentro dela.

— E acredita que *aquilo* era o que havia verdadeiramente nela? Um horror espumante de seis cabeças?

Meu rosto ardia.

— Por que não? Você não a conhecia. Ela era muito cruel.

Ele riu.

— Oh, Circe. Ela era uma meretriz pintada de fundo de salão, igual a todas as outras. Se vai argumentar que um dos maiores monstros da nossa época estava se escondendo dentro dela, então é mais tola do que eu pensava.

— Eu não acho que alguém possa dizer o que há em outra pessoa.

Ele revirou os olhos e se serviu outro cálice.

— O que eu acho — ele disse — é que Cila escapou da punição que você queria lhe dar.

— Como assim?

— Pense. O que uma ninfa horrenda faria em nossos salões? Qual é o valor da vida dela?

Era como nos velhos tempos: ele perguntando e eu sem respostas.

— Não sei.

— É claro que sabe. É por isso que teria sido uma boa punição. Até mesmo a ninfa mais bela é basicamente inútil, e uma feia seria nada, menos que nada. Ela nunca se casaria ou produziria filhos. Seria um fardo para a família, uma mancha sobre o mundo. Viveria nas sombras, desprezada e insultada. Mas um monstro — ele disse — tem o seu lugar. Ela pode receber toda a glória que seus dentes conseguirem abocanhar. Não será amada por isso, mas não será restringida também. Então, qualquer arrependimento tolo que estiver sentindo, esqueça-o. Acho que pode ser dito que você a aprimorou.

Por duas noites, meu pai consultou-se com meus tios. Eu fiquei do outro lado das portas de mogno, mas não consegui ouvir nada, nem mesmo um murmúrio. Quando emergiram, os rostos estavam determinados e sombrios. Meu pai foi até sua biga. Seu manto púrpura brilhava escuro como vinho, e em sua cabeça reluzia a grande coroa de raios dourados. Ele não olhou para trás quando saltou para o céu e virou os cavalos em direção ao Olimpo.

Esperamos nos salões de Oceano pelo retorno dele. Ninguém relaxava nas margens dos rios nem se entrelaçava com um amante nas sombras. As náiades brigavam com faces vermelhas. Os deuses dos rios se empurravam. Do seu tablado, meu avô encarava todos nós, seu cálice vazio na mão. Minha mãe estava se gabando para suas irmãs.

— Perses e Pasifae descobriram primeiro, é claro. É alguma surpresa que Circe tenha sido a última? Planejo ter mais cem, e eles me farão um barco prateado que vai voar através das nuvens. Nós governaremos sobre o Olimpo.

— Perseis! — minha avó sibilou através do salão.

Só Aietes parecia não sentir a tensão. Ele sentava-se serenamente em seu sofá, bebendo de seu cálice forjado de ouro. Eu me mantive nos fundos, andando pelos longos corredores e passando as mãos sobre as paredes de pedra, sempre levemente úmidas devido à presença de tantos deuses da água. Examinei o salão para checar se Glauco tinha vindo. Ainda havia uma parte de mim que desejava vê-lo, mesmo então. Quando perguntei a Aietes se Glauco banqueteava-se com o restante dos deuses, ele havia sorrido maliciosamente.

— Ele está escondendo aquele rosto azul dele. Está esperando todos esquecerem a verdade de como o conseguiu.

Meu estômago se retorceu. Eu não tinha considerado que minha confissão roubaria de Glauco o seu maior orgulho. *Tarde demais*, pensei. *Tarde demais para todas as coisas que eu devia ter sabido*. Eu havia cometido tantos erros que não conseguia encontrar meu caminho de volta através daquele emaranhado até o primeiro deles. Tinha sido transformar Cila? Transformar Glauco? Fazer o juramento para a minha avó? Falar com Glauco, para começo de conversa? Eu sentia uma inquietação doentia de que o problema remontava até mais longe, ao meu primeiro respiro.

Meu pai estaria diante de Zeus naquele momento. Meu irmão tinha certeza de que os olimpianos não podiam fazer nada contra nós. Mas quatro bruxos titãs não podiam ser facilmente ignorados. E se houvesse guerra de novo? O grande salão se racharia acima de nós. A cabeça de Zeus bloquearia a luz e sua mão se estenderia para nos esmagar um a um. Aietes chamaria seus dragões; pelo menos ele podia lutar. O que eu poderia fazer? Colher flores?

Minha mãe estava banhando os pés. Duas irmãs seguravam a bacia de prata e uma terceira entornava o doce óleo de mirra do seu frasco. Eu estava sendo tola, disse a mim mesma. Não haveria guerra. Meu pai era experiente naquelas manobras. Ele encontraria um jeito de apaziguar Zeus.

O salão se iluminou e meu pai apareceu. Em seu rosto havia uma expressão de bronze martelado. Nossos olhos o seguiram enquanto ele se dirigia ao tablado na frente do salão. Os raios de sua coroa lancetaram cada sombra. Ele nos observou.

— Eu falei com Zeus — ele disse. — Chegamos a um acordo.

Alívio sussurrante dos meus primos, como vento passando por trigo.

— Ele concorda que algo novo se move no mundo. Que esses poderes são diferentes de tudo que havia antes. Ele concorda que eles brotam dos meus quatro filhos com a ninfa Perseis.

Uma onda de novo, esta tingida por uma animação crescente. Minha mãe lambeu os lábios, inclinando a cabeça como se já houvesse uma coroa nela. Suas irmãs se entreolharam, remoendo de inveja.

— Concordamos também que esses poderes não apresentam nenhum perigo imediato. Perses vive além de nossas fronteiras e não é uma ameaça. O marido de Pasifae é um filho de Zeus e se certificará de que ela seja mantida em seu devido lugar. Aietes manterá seu reino, contanto que concorde em ser vigiado.

Meu irmão assentiu seriamente, mas eu vi o sorriso em seus olhos. *Eu posso velar o próprio céu. Só tente me vigiar.*

— Cada um deles jurou, além disso, que seus poderes surgiram espontaneamente e sem que os procurassem, não decorrendo de malícia ou uma tentativa de revolta. Eles tropeçaram na magia das ervas por acidente.

Surpresa, eu relanceei outra vez para meu irmão, mas o rosto dele estava ilegível.

— Cada um deles, exceto Circe. Todos vocês estavam aqui quando ela confessou que procurou seus poderes explicitamente. Tinha sido avisada para manter distância, porém desobedeceu.

O rosto de minha avó era frio em seu trono de marfim entalhado.

— Ela desafiou meus comandos e contradisse minha autoridade. Usou seus venenos contra seu próprio povo e cometeu outras traições também. — O brilho escaldante do seu olhar pousou em mim. — Ela é uma desgraça ao nosso nome. Uma ingrata aos cuidados que lhe prestamos. Está concordado com Zeus que por isso ela deverá ser punida. Será exilada em uma ilha deserta, onde não poderá mais prejudicar ninguém. Ela parte amanhã.

Mil olhares me prenderam no lugar. Eu queria gritar, implorar, mas não conseguia respirar. Minha voz, sempre fina, havia sumido. *Aietes falará em minha defesa*, pensei. Mas quando olhei para ele, ele só me olhou de volta como os demais.

— Mais uma coisa — meu pai acrescentou. — Como observei, está claro que a fonte desse novo poder vem de minha união com Perseis.

O rosto de minha mãe, lustroso de triunfo, brilhava através do meu atordoamento.

— Então, está acordado que eu não terei mais filhos com ela.

Minha mãe gritou, caindo para trás sobre o colo das irmãs. Seus soluços ecoaram nas paredes de pedra.

Meu avô lentamente se ergueu. Esfregou o queixo.

— Bem — ele disse. — É hora do banquete.

As tochas ardiam como estrelas, e acima os tetos se estendiam tão alto quanto a abóbada do céu. Pela última vez, vi todos os deuses e ninfas tomarem os seus lugares. Eu me sentia atordoada. *Devia dizer adeus*, eu ficava pensando. Mas meus primos se apartavam diante de mim como água ao redor de uma pedra. Ouvi seus sussurros desdenhosos enquanto passavam. Cheguei até a sentir falta de Cila. Pelo menos ela teria ousado falar na minha cara.

Minha avó, eu pensei, *preciso tentar explicar*. Mas ela se virou também, e a serpente marinha escondeu sua cabeça de mim.

O tempo todo minha mãe chorava em meio a seu bando de irmãs. Quando me aproximei, ela ergueu o rosto para que todos pudessem ver sua dor bela e extravagante. *Você não fez o suficiente?*

Restavam apenas meus tios, com seus cabelos de algas salgadas e barbas emaranhadas. Mas, quando pensei em me ajoelhar aos seus pés, não consegui.

Voltei para o meu quarto. *Arrume seus pertences*, eu disse a mim mesma. *Arrume seus pertences, você parte amanhã*. Mas minhas mãos pendiam inúteis ao lado do corpo. Como eu saberia o que levar? Eu quase nunca tinha deixado aqueles salões em minha vida.

Eu me obriguei a encontrar uma bolsa, a juntar roupas e sandálias, uma escova para meu cabelo. Considerei uma tapeçaria na parede. Mostrava um casamento e sua festa, e fora tecida por alguma tia. Será que eu teria uma casa onde pendurá-la? Eu não sabia. Não sabia de nada. Uma ilha deserta, meu pai dissera. Seriam rochas nuas expostas ao mar, um litoral pedregoso, uma floresta espessa? Minha mala era um absurdo, cheia de detritos dourados. *A adaga*, eu pensei, *a adaga de cabeça de leoa, vou levá-la*. Mas quando a segurei, ela parecia encolhida, feita para espetar pedaços de comida num banquete e nada mais.

— Podia ter sido bem pior, sabe. — Aietes viera encostar-se em minha porta. Ele estava de partida também, seus dragões já tinham sido chamados. — Ouvi que Zeus queria torná-la um exemplo. Mas é claro que nosso pai só pode dar liberdade a ele até certo ponto.

Os pelos se arrepiaram em meus braços.

— Você não contou a ele sobre Prometeu, contou?

Ele sorriu.

— Porque ele falou de "outras traições"? Você o conhece. Ele só está sendo cauteloso, caso mais algum dos seus terrores venha à luz. De toda forma, o que há para contar? O que você fez, no fim das contas? Serviu um único cálice de néctar?

Eu ergui os olhos.

— Você disse que ele me jogaria aos corvos por isso.

— Só se você fosse tola o bastante para admitir.

Meu rosto estava quente.

— Suponho que devo tomar você como meu tutor e negar tudo?

— Sim — ele disse. — É assim que funciona, Circe. Eu digo a nosso pai que minha feitiçaria foi um acidente, ele finge acreditar em mim, e Zeus finge acreditar nele, e assim o mundo fica em equilíbrio. É culpa sua por confessar. Por que fez isso, nunca vou entender.

Era verdade, ele não entenderia. Ele não tinha nascido ainda quando Prometeu foi açoitado.

— Fiquei de dizer a você — ele acrescentou. — Finalmente conheci seu Glauco ontem à noite. Nunca vi um bufão maior. — Ele estalou a língua. — Espero que escolha melhor no futuro. Você sempre confiou rápido demais.

Eu o observei inclinando-se no meu batente com suas vestes longas e seus olhos claros de lobo. Meu coração saltou ao vê-lo, como sempre saltava. Mas ele era como aquela coluna de água sobre a qual me falara uma vez, fria e reta, suficiente a si mesma.

— Obrigada pelo conselho — eu disse.

Ele partiu e eu considerei a tapeçaria outra vez. O noivo tinha os olhos arregalados, a noiva estava enterrada em seus véus, e atrás deles a família encarava, boquiaberta, como idiotas. Eu sempre a tinha odiado. Que ficasse e apodrecesse.

CAPÍTULO 7

Na manhã seguinte, subi na biga de meu pai e fomos lançados no céu escuro sem uma palavra. O ar soprava; a noite recuava a cada giro das rodas. Eu olhei para o lado, tentando acompanhar os rios e os mares e os vales sombreados, mas estávamos indo rápido demais e eu não reconhecia nada.

— Que ilha é?

Meu pai não respondeu. Sua mandíbula estava cerrada, seus lábios esmaecidos de raiva. Minhas antigas queimaduras doíam, estando assim tão perto dele. Eu fechei os olhos. As terras passavam correndo e o vento varria minha pele. Imaginei pular sobre aquela amurada dourada para o ar abaixo. *Seria gostoso*, pensei, *antes de atingir o chão*.

Aterrissamos com um tranco. Abri os olhos e vi uma colina alta e suave, coberta de grama. Meu pai olhava para a frente. Senti um impulso súbito de cair de joelhos e implorar a ele que me aceitasse de volta, mas em vez disso me obriguei a sair da biga. No momento em que meu pé tocou o chão, ele e a biga partiram.

Fiquei em pé, sozinha, naquela clareira gramada. A brisa soprava com força contra minhas faces e o ar tinha um aroma fresco. Eu não conseguia saboreá-lo. Minha cabeça estava pesada e minha garganta começara a doer. Eu cambaleei. Àquela altura, Aietes estava de volta à Cólquida, bebendo seu leite com mel. Minhas tias estariam rindo nas margens do rio, meus primos teriam voltado aos seus jogos. Meu pai, é claro, estava acima, irradiando sua luz sobre o mundo. Todos aqueles anos que eu passara com eles eram como uma pedra jogada num lago. As ondas já tinham sumido.

Eu tinha um pouco de orgulho. Se eles não iam chorar, eu também não iria. Pressionei as palmas contra os olhos até eles clarearem. Obriguei-me a olhar ao redor.

No cume diante de mim havia uma casa com uma varanda ampla, suas paredes construídas com pedras finamente encaixadas, as portas entalhadas erguendo-se ao dobro da altura de um homem. Um pouco abaixo estendia-se uma orla de florestas e, além delas, um vislumbre do mar.

Foi a floresta que atraiu meu olhar. Era antiga e nodosa, cheia de carvalhos e tílias e bosques de oliveiras, entremeada de ciprestes altos. Era daí que vinha o aroma verde que flutuava colina acima. As árvores balançavam pesadamente sob os ventos marinhos, e pássaros dardejavam entre as sombras. Mesmo agora me lembro do assombro que senti. Toda minha vida fora passada nos mesmos salões sombrios ou caminhando no mesmo litoral raquítico com seu bosque esparso. Eu não estava preparada para tal profusão e senti uma vontade súbita de me jogar, como um sapo numa lagoa.

Eu hesitei. Não era nenhuma ninfa da floresta. Não tinha o dom de encontrar meu caminho entre raízes, de caminhar por espinheiros sem ser tocada. Não imaginava o que aquelas sombras poderiam ocultar. E se houvesse buracos nelas? E se houvesse ursos ou leões?

Fiquei parada um longo tempo temendo tais coisas e esperando, como se alguém fosse aparecer para me tranquilizar, para dizer *sim, pode ir, você estará segura*. A biga de meu pai deslizou sobre o mar e começou a mergulhar nas ondas. As sombras da floresta se aprofundaram e os troncos pareceram se entrelaçar uns nos outros. Era tarde demais para ir agora, eu disse a mim mesma. Amanhã.

As portas da casa eram de carvalho largo emoldurado com ferro. Abriram suavemente ao meu toque. Dentro, o ar cheirava a incenso. Havia uma grande sala com mesas e bancos, como que organizada para um banquete. Uma lareira ancorava um extremo; no outro, um corredor levava à cozinha e aos quartos. A casa era grande o bastante para acomodar uma dúzia de deusas, e eu realmente continuava esperando encontrar ninfas e primos a cada curva. Mas não, isso era parte do meu exílio. Ficar absolutamente sozinha. Que pior punição poderia existir, minha família pensava, do que eu ser privada da sua presença?

Certamente a casa em si não era nenhum castigo. Tesouros reluziam de todos os cantos: baús entalhados, tapetes macios e tapeçarias douradas, camas, banquinhos, trípodes intricados e estátuas de marfim. Os peitoris das janelas eram de mármore branco, as cortinas, de madeira de freixo. Na cozinha, corri um dedo pelas facas, de bronze e ferro, mas também de madrepérola e obsidiana. Encontrei bacias de cristal de quartzo e prata forjada. Embora os quartos estivessem desertos, não havia um grão de poeira, e eu descobriria que nenhum podia cruzar o limiar de mármore. Não importava como eu pisasse naquele chão, ele sempre estava limpo, as mesas brilhando. As cinzas desapareciam da lareira, os pratos lavavam a si mesmos e a lenha recrescia durante a noite. Na despensa havia jarros de óleo e vinho, tigelas de queijo e grão de cevada, sempre frescos e cheios.

Entre aqueles quartos vazios e perfeitos, eu me senti... Não sei dizer. Decepcionada. Uma parte de mim, eu acho, havia ansiado por um penhasco no Cáucaso no fim das contas, e uma águia mergulhando para comer meu fígado. Mas Cila não era Zeus e eu não era Prometeu. Éramos ninfas, não valíamos o esforço.

Mas era mais que isso também. Meu pai poderia ter me abandonado numa cabana ou na choça de um pescador, em uma praia rochosa com nada além de uma tenda. Lembrei-me do rosto dele quando falou do decreto de Zeus, de sua raiva óbvia e ressoante. Tinha pensado que era por minha conta, mas agora, depois de minhas conversas com Aietes, comecei a entender melhor. A trégua entre os deuses se mantinha só porque titãs e olimpianos conservavam-se em suas próprias esferas. Zeus tinha exigido que a filha de Hélio fosse disciplinada. Hélio não podia contestar abertamente, mas podia dar um tipo de resposta, mandar uma mensagem desafiadora para reequilibrar a balança. *Até os nossos exilados vivem melhor que reis. Vê como nossa força corre fundo? Se nos ataca, olimpiano, erguemo-nos mais alto que antes.*

Minha nova casa era isto: um monumento ao orgulho de meu pai.

O pôr do sol já tinha passado. Encontrei uma pederneira e a acendi sobre a lenha como vira Glauco fazer tantas vezes, mas nunca tentara pessoalmente. Precisei de várias tentativas, e quando a madeira começou a pegar fogo e as chamas por fim aumentaram, senti uma satisfação desconhecida.

Estava com fome, então fui à despensa, onde as tigelas transbordavam com comida suficiente para alimentar uma centena de pessoas. Servi um pouco num prato e me sentei a uma das grandes mesas de carvalho no salão. Podia ouvir o som da minha respiração. Ocorreu-me que nunca tinha comido sozinha. Mesmo quando ninguém falava ou olhava para mim, havia sempre algum primo ou irmão ao meu lado. Esfreguei a madeira lisa. Cantarolei um pouco e ouvi o som ser engolido pelo ar. *Todos os meus dias serão assim*, pensei. Apesar do fogo, sombras se congregavam nos cantos. Lá fora, pássaros tinham começado a gritar. Pelo menos achei que fossem pássaros. Senti os pelos do pescoço se arrepiarem, pensando novamente naqueles troncos escuros e grossos. Fui até as cortinas e as fechei; tranquei a porta. Estava acostumada ao peso de todas as rochas da terra me cercando e o poder de meu pai acima delas. As paredes da casa pareciam finas como uma folha. Qualquer garra as rasgaria. *Talvez fosse esse o segredo deste lugar*, pensei. Minha punição verdadeira ainda estava por vir.

Pare, eu disse a mim mesma. Acendi velas e me obriguei a carregá-las pelo corredor até o meu quarto. À luz do dia parecera grande e eu ficara satisfeita, mas agora não podia vigiar todos os cantos ao mesmo tempo. As penas da cama murmuravam umas contra as outras, e a madeira das persianas rangia como os cordames de navios em uma tempestade. Ao meu redor, eu sentia os vazios selvagens da ilha crescendo em sua escuridão.

Até aquele momento, não soubera quantas coisas temia. Enormes leviatãs fantasmagóricos deslizando colina acima, vermes noturnos se esgueirando para fora de suas tocas e pressionando os rostos cegos na minha porta. Deuses com pés de cabra ávidos para saciar seus apetites selvagens; piratas abafando os remos no meu porto, fazendo planos para me atacar. E o que eu podia fazer? *Pharmakis,* Aietes me chamara, *bruxa,* mas toda a minha força estava naquelas flores, a oceanos de distância. Se alguém se aproximasse, eu só seria capaz de gritar – e mil ninfas antes de mim sabiam quanto isso ajudava.

O medo batia contra mim, cada onda mais fria que a anterior. O ar imóvel rastejava sobre minha pele e sombras estendiam as mãos. Eu encarei a escuridão, tentando escutar acima do pulsar do meu próprio sangue. Cada momento parecia ter a extensão de uma noite, mas por fim o céu assumiu uma textura mais profunda e começou a clarear nas margens. Eu me levantei, inteira e intocada. Quando fui para fora, não havia pegadas de animais, nenhuma marca de cauda deslizante, nenhum arranhão na porta. Mas eu não me senti tola. Senti como se tivesse passado por um grande suplício.

Olhei de novo para a floresta. Ontem – fora apenas ontem? – eu tinha esperado que alguém viesse me dizer que era segura. Mas quem faria isso? Meu pai? Aietes? Era isto que significava o exílio: ninguém estava vindo, ninguém jamais viria. Havia temor naquele fato, mas depois da minha longa noite de terrores, parecia pequeno e irrelevante. O pior da minha covardia fora suado durante a noite. Em seu lugar havia uma fagulha de empolgação. *Eu não serei como um pássaro criado em uma gaiola*, pensei, *entorpecido demais para voar mesmo quando a porta está aberta*.

Entrei naquela floresta e minha vida começou.

Aprendi a trançar meu cabelo para trás, de modo que não ficasse preso em todo galho, e como amarrar minhas saias no joelho para evitar espinhos. Aprendi a reconhecer as diferentes videiras florescentes e rosas chamativas, a distinguir as libélulas brilhantes e as cobras enrodilhadas. Subi nos picos onde os ciprestes se erguiam negros no céu, então desci aos pomares e vinhedos onde uvas roxas cresciam grossas como coral. Percorri as colinas, os prados de tomilho e lilás onde os insetos zumbiam, e deixei minhas pegadas ao longo das praias amarelas. Procurei cada enseada e gruta, encontrei as baías suaves, o porto seguro para navios. Ouvi os lobos uivarem e os sapos chorarem na sua lama. Afaguei os escorpiões marrons lustrosos que me exploravam com suas caudas. Seu veneno não era mais que uma picada. Eu estava bêbada de um jeito que o vinho e o néctar dos salões de meu pai nunca haviam me deixado. *Não era à toa que eu fora tão lenta*, pensei. Todo esse tempo, tinha sido uma tecelã sem lã, um navio sem o mar. Mas veja agora onde navego.

À noite, eu voltava para casa. Suas sombras não me incomodavam mais, pois significavam que o olhar de meu pai sumira do céu e que as horas eram só minhas. O vazio não me incomodava também. Por mil anos eu tentara preencher o espaço entre mim e minha família. Preencher os cômodos de minha casa foi fácil em comparação. Eu queimava cedro na lareira e sua fumaça escura me fazia companhia. Eu cantava, o que nunca me fora permitido antes, porque minha mãe dizia que eu tinha a voz de uma gaivota se afogando. E quando me sentia solitária, quando me via desejando a presença de meu irmão, ou de Glauco, como ele tinha sido antes, então havia sempre a floresta. Os lagartos disparavam pelos galhos, os pássaros exibiam suas asas. As flores, quando me viam, pareciam se inclinar como filhotes ávidos, pulando e clamando pelo meu toque. Eu me sentia quase envergonhada, mas a cada dia ousava mais, e por fim ajoelhei-me na terra úmida diante de um ramo de heléboro.

As flores delicadas farfalhavam em seus caules. Eu não precisei de uma faca para cortá-las, só a ponta da unha, que ficou pegajosa com gotas de seiva. Coloquei as flores em uma cesta coberta com tecido e só as desvelei quando estava em casa de novo, as cortinas firmemente fechadas. Não pensava que alguém fosse tentar me impedir, mas não queria tentá-los.

Olhei para as flores sobre a mesa. Elas pareciam encolhidas e estioladas. Eu não tinha a menor ideia do que fazer com elas. Fatiar? Ferver? Assar? Havia óleo no bálsamo do meu irmão, mas eu não sabia de que tipo. Azeite de cozinha funcionaria? Certamente não. Devia ser algo fantástico, como óleo de sementes prensadas dos frutos das Hespérides. Mas eu não era capaz de obtê-lo. Rolei um caule com o dedo. Ele se virou, flácido como uma minhoca afogada.

Bem, eu disse a mim mesma, *não fique parada aí como uma pedra. Tente fazer algo. Ferva-as. Por que não?*

Eu tinha um pouco de orgulho, como disse, e isso foi uma coisa boa. Se tivesse mais, teria sido fatal.

Deixe-me dizer o que a magia não é: não é poder divino, que vem com um pensamento e um piscar de olhos. Deve ser feita e trabalhada, planejada e procurada, desenterrada, secada, fatiada e moída, cozinhada, encantada e cantada. Mesmo depois de tudo isso, pode falhar, ao contrário dos deuses. Se minhas ervas não estiverem frescas o suficiente, se minha atenção vacilar, se minha vontade for fraca, as poções se tornam chocas e rançosas em minhas mãos.

Por direito, eu nunca devia ter chegado à bruxaria. Os deuses odeiam qualquer trabalho, é a sua natureza. O mais próximo que chegamos é tecer ou forjar, mas essas coisas são habilidades, e não há labuta, pois todas as partes que podem ser desagradáveis são realizadas com poder. A lã é tingida não com tonéis fedorentos e colheres de pau, mas com um estalar de dedos. Não há mineração tediosa; os metais pulam de bom grado da montanha. Nenhum dedo jamais é esfolado, nenhum músculo forçado.

E bruxaria nada mais é que justamente essas labutas enfadonhas. Cada erva deve ser encontrada em sua toca, colhida na hora certa, cavada da terra, selecionada e limpa, lavada e preparada. Deve ser manuseada deste e deste jeito, então daquele, para descobrir onde está o seu poder. Dia após dia, com paciência, a pessoa deve jogar fora os erros e começar de novo. Então, por que eu não me importava? Por que nenhum de nós se importava?

Não posso falar por meus irmãos e irmã, mas minha resposta é simples. Por cem gerações, eu tinha caminhado o mundo sonolenta e entediada, ociosa e confortável. Não deixei marcas, não realizei feitos. Mesmo aqueles que tinham me amado um pouco não se importaram o bastante para ficar.

Então aprendi que podia curvar o mundo à minha vontade, como um arco é curvado para uma seta. Eu teria praticado toda aquela labuta mil vezes para manter esse poder em minhas mãos. Eu pensei: *é assim que Zeus se sentiu quando empunhou seu raio pela primeira vez.*

No começo, é claro, tudo que eu preparei deu errado. Poções que não faziam nada, pastas que se desmanchavam e jaziam mortas na mesa. Pensei que, se um pouco de arruda era bom, mais era melhor; que dez ervas misturadas eram mais potentes que apenas cinco; que eu podia deixar minha mente vagar e o feitiço não vagaria junto com ela; que podia começar uma poção e no meio do caminho decidir fazer outra. Eu nem tinha aqueles conhecimentos mais básicos sobre ervas que qualquer mortal aprenderia no joelho da mãe: que hipérico fervido produzia um tipo de sabão; que teixo queimando na lareira criava uma névoa asfixiante; que papoulas tinham sono nas veias, e heléboro, a morte; e que milefólio podia fechar ferimentos. Todas essas coisas tiveram que ser trabalhadas e aprendidas por meio de erros e tentativas, dedos queimados e nuvens fétidas que me faziam sair correndo para tossir no jardim.

Pelo menos, eu pensava naqueles primeiros dias, uma vez lançado um feitiço, não terei que aprender a lançá-lo de novo. Mas nem isso era verdade. Não importava quantas vezes eu tivesse usado uma erva, cada corte tinha uma qualidade própria. Uma rosa cederia seus segredos se fosse moída, outra deveria ser prensada, uma terceira deixada de molho. Cada feitiço era uma montanha que tinha de ser escalada novamente. Tudo que eu podia levar da tentativa anterior era a certeza de que podia ser feito.

Eu persisti. Se minha infância me dera algo, era resistência. Pouco a pouco comecei a escutar melhor: a seiva se movendo nas plantas, o sangue em minhas veias. Aprendi a entender minha própria intenção, a podar e acrescentar, a sentir onde o poder se reunia e a falar as palavras certas para extraí-lo ao máximo. Esse era o momento pelo qual eu vivia, quando tudo se tornava claro por fim e o feitiço podia seguir com sua nota pura, destinado apenas para mim.

Eu não chamei dragões nem convoquei serpentes. Meus primeiros encantamentos foram coisas bobas, o que quer que me viesse à mente. Comecei com uma bolota de carvalho, pois eu tinha pensado que se o objeto fosse verde e em crescimento, nutrido por água, meu sangue de náiade poderia me ajudar. Por dias, meses, esfreguei aquela bolota com óleos e pomadas, falando palavras sobre ela para fazê-la germinar. Tentei imitar os sons que ouvira Aietes fazer quando tinha curado meu rosto. Tentei maldições e preces também, mas o tempo todo a bolota manteve sua semente orgulhosamente no seu interior. Eu a joguei pela janela, peguei uma nova e me curvei sobre ela por outra meia eternidade. Tentei o feitiço quando estava brava, quando estava calma, quando estava feliz, quando estava meio distraída. Um dia, disse a mim mesma que preferiria não ter poderes do que tentar aquele feitiço outra vez. O que eu faria com uma muda de carvalho, afinal? A ilha estava cheia deles. O que eu realmente queria era um morango selvagem, para deslizar docemente pela minha garganta irritável, e foi isso que disse àquela casca marrom.

Ela se transformou tão depressa que meu dedão afundou no seu corpo macio e vermelho. Eu observei, então exclamei de triunfo, assustando os pássaros em suas árvores lá fora.

Eu trouxe uma flor murcha de volta à vida. Bani moscas da casa. Fiz as cerejas florescerem fora de época e deixei o fogo de um verde vívido.

Se Aietes estivesse lá, ele teria engasgado em sua barba ao ver truques de cozinha como aqueles. No entanto, como eu não conhecia nada, nada estava abaixo de mim.

Meus poderes quebravam uns sobre os outros como ondas. Eu descobri que tinha um talento para a ilusão, evocando migalhas de sombra para os ratos perseguirem, fazendo vairões pálidos saltarem das ondas abaixo do bico de um cormorão. Pensei em coisas maiores: um furão para assustar as toupeiras, uma coruja para manter os coelhos afastados. Aprendi que a melhor hora para colher era sob a lua, quando orvalho e escuridão concentravam a seiva. Aprendi o que crescia bem em um jardim e o que devia ser deixado em seu lugar nos bosques. Capturei cobras e aprendi a ordenhar seus dentes. Podia extrair uma gota de veneno da cauda de uma vespa. Curei uma árvore à beira da morte, matei uma videira venenosa com um toque.

Mas Aietes estava certo, meu maior dom era a transformação, e era para lá que meus pensamentos sempre retornavam. Eu ficava diante de uma rosa e ela se tornava uma íris. Uma poção entornada nas raízes de um freixo transformava-o numa azinheira. Transformei toda a minha lenha em cedro para que seu aroma enchesse meus salões a cada noite. Peguei uma abelha e a transformei num sapo, e um escorpião num rato.

Foi quando descobri enfim os limites do meu poder. Por mais potente que fosse a mistura, por mais bem tecido o feitiço, o sapo continuava tentando voar e o rato tentava picar. A transformação tocava apenas os corpos, não as mentes.

Então pensei em Cila. Será que seu eu de ninfa ainda vivia naquele monstro de seis cabeças? Ou plantas brotadas do sangue de deuses produziam uma transformação verdadeira? Eu não sabia. Para o ar, eu disse: *Onde quer que esteja, espero que esteja satisfeita.*

O que, é claro, agora eu sei que ela estava.

Foi em um dia naquela época que me encontrei entre os matagais mais espessos da floresta. Eu amava caminhar pela ilha, de suas praias mais baixas a seus picos mais altos, procurando os musgos escondidos e as samambaias e videiras, coletando suas folhas para meus encantamentos. Era o fim da tarde e minha cesta transbordava. Eu contornei um arbusto e o javali estava lá.

Eu já sabia havia algum tempo que existiam porcos selvagens na ilha. Eu os ouvira guinchando e arremetendo contra os arbustos, e frequentemente encontrava rododendros pisoteados ou mudas desenraizadas. Esse era o primeiro que eu via.

Ele era enorme, muito maior do que eu imaginei que um javali pudesse ser. Sua coluna se erguia escarpada e negra como os cumes do monte Cinto, e seus ombros eram cortados pelas cicatrizes de raio de suas lutas. Só os heróis mais corajosos enfrentavam tais criaturas, e apenas quando estavam providos de lanças e cachorros, arqueiros e assistentes, e geralmente meia dúzia de guerreiros. Eu tinha só minha faca de cortar flores, minha cesta e nenhuma poção em mãos.

Ele bateu uma pata no chão e espuma branca vazou de sua boca. Abaixou as presas e cerrou as mandíbulas. Seus olhos de porco diziam: *Posso quebrar uma centena de jovens e mandar seus corpos de volta a suas mães enlutadas. Vou arrancar suas entranhas e comê-las no almoço.*

Eu fixei meu olhar nele.

— Tente — eu disse.

Por um longo momento ele me encarou. Então se virou e disparou pelos arbustos. Devo admitir que, apesar de todos os meus feitiços, essa foi a primeira vez que realmente me senti uma bruxa.

Naquele dia, em frente à lareira, pensei naquelas deusas saltitantes que levam pássaros nos ombros ou têm sempre algum cervo lhes acariciando as mãos ou pulando delicadamente atrás de si. *Eu mostraria a elas*, pensei. Subi nos picos mais altos e encontrei uma trilha solitária: aqui, uma flor amassada; ali, a terra um pouco revolvida e um pedaço de tronco arranhado. Preparei uma poção com croco e jasmim amarelo, íris e raiz de cipreste colhida no ápice da lua. Então a borrifei, cantando. *Eu a convoco.*

Ela atravessou minha porta ondulando no crepúsculo seguinte, os músculos do ombro duros como pedras. Deitou diante da minha lareira e raspou meus tornozelos com a língua. Durante o dia, trazia coelhos e peixes. À noite, lambia mel dos meus dedos e dormia aos meus pés. Às vezes brincávamos: ela me espreitava, depois pulava para me agarrar pelo pescoço. Eu sentia o odor quente e almiscarado do seu hálito, sentia o peso das suas patas dianteiras pressionando meus ombros.

— Veja — eu disse, mostrando-lhe a faca que tinha trazido comigo dos salões de meu pai, aquela entalhada com o rosto de uma leoa. — Que tolo fez isso? Eles nunca viram uma da sua espécie.

Ela abriu a bocarra marrom em um bocejo.

Havia um espelho de bronze no meu quarto, alto como o teto. Quando passava por ele, eu mal me reconhecia. Meu olhar parecia mais vivo, meu rosto mais afiado, e atrás de mim vinha a minha companheira leoa. Podia imaginar o que meus primos diriam se me vissem: os pés sujos de trabalhar no jardim, a saia amarrada em torno dos joelhos, cantando na altura máxima da minha voz frágil.

Desejei que eles viessem. Queria ver seus olhos arregalados enquanto eu caminhava em meio a covis de lobos, nadava no mar onde os tubarões se alimentavam. Eu podia transformar um peixe num pássaro, podia lutar com minha leoa e depois deitar na barriga dela, o cabelo solto ao meu redor. Queria ouvi-los guinchar e exclamar, sem fôlego: *Oh, ela olhou para mim! Agora serei um sapo!*

Era possível que eu tivesse temido tais criaturas? Tinha realmente passado dez mil anos me encolhendo como um rato? Eu entendia agora a ousadia de Aietes, como ele ficara diante de nosso pai como um pico inalcançável. Quando praticava minhas magias, sentia aquela mesma abrangência e autoridade. Acompanhava a biga ardente de meu pai ao longo do céu. *Bem? O que tem a dizer para mim? Jogou-me aos corvos, mas no fim eu os prefiro a você.*

Nenhuma resposta veio, e nada da minha tia Lua também. Aqueles covardes. Minha pele estava brilhando, meus dentes cerrados. A leoa batia seu rabo no chão.

Ninguém tem coragem? Ninguém ousa me enfrentar?

Então, veja bem, de certa forma eu estava ansiosa pelo que aconteceu.

CAPÍTULO 8

O sol se punha, o rosto de meu pai já mergulhava atrás das árvores. Eu estava trabalhando no meu jardim, amarrando as videiras longas, plantando alecrim e acônito. Estava cantando também, alguma melodia a esmo. A leoa estava deitada na grama, sua boca ensanguentada devido ao tetraz que tinha engolido.

— Admito — disse uma voz — que estou surpreso em descobri-la tão simplória depois de tanta empáfia. Um jardim de flores e tranças. Podia ser qualquer garota do campo.

O jovem estava encostado na casa, me observando. Seu cabelo estava solto e desgrenhado, o rosto tão brilhante quanto uma joia. Embora não houvesse luz para refleti-las, suas sandálias douradas reluziam.

Eu sabia quem ele era, é claro que sabia. O poder reluzia de seu rosto, inconfundível, aguçado como uma lâmina desembainhada. Um olimpiano, filho de Zeus e seu mensageiro escolhido. O encrenqueiro zombeteiro dos deuses: Hermes.

Senti-me tremer, mas não o deixaria percebê-lo. Os grandes deuses farejam o medo como tubarões cheiram sangue, e o devoram da mesma forma.

Eu me ergui.

— O que esperava?

— Ah, você sabe. — Um bastão fino girava preguiçosamente em seus dedos. — Algo mais extravagante. Dragontino. Uma trupe de esfinges dançarinas. Sangue pingando do céu.

Eu estava acostumada com meus tios de ombros grossos e barbas brancas, não com aquela beleza negligente e perfeita. Quando escultores moldam suas pedras, eles tentam alcançar a forma dele.

— É isso que dizem de mim?

— É claro. Zeus tem certeza de que você está fabricando venenos contra todos nós, você e seu irmão. Sabe como ele se aflige. — Ele sorriu, casual, conspiratório. Como se a raiva de Zeus fosse apenas um gracejo de menor importância.

— Então você vem como espião de Zeus?

— Prefiro a palavra *enviado*. Mas não, nessa questão meu pai pode fazer seu próprio trabalho. Estou aqui porque meu irmão está bravo comigo.

— Seu irmão — eu repeti.

— Sim — ele disse. — Acho que já ouviu falar dele?

De sua capa ele tirou uma lira, incrustrada com ouro e marfim, brilhando como a aurora.

— Temo que roubei este instrumento — ele disse. — E preciso de um lugar para abrigá-lo até a tempestade passar. Estava esperando que você pudesse se apiedar de mim. Por algum motivo, não acho que ele virá procurar aqui.

Os pelos se eriçaram na minha nuca. Todos que eram sábios temiam a ira do deus Apolo, silencioso como a luz solar, mortal como uma praga. Eu tive o impulso de olhar por cima do ombro, certificar-me de que ele já não estava atravessando o céu, sua seta dourada apontada para o meu coração. Mas havia uma parte de mim que estava cansada de sentir medo e assombro, de olhar para os céus imaginando o que alguém me permitiria fazer.

— Entre — eu disse, e o conduzi para dentro da casa.

Eu crescera ouvindo histórias da ousadia de Hermes: como, ainda bebê, ele tinha saído do berço e roubado o gado de Apolo; como tinha matado o monstruoso guardião Argos depois de colocar cada um dos seus mil olhos para dormir; como ele era capaz de extrair os segredos de uma pedra e encantar até deuses rivais para que fizessem sua vontade.

Era tudo verdade. Ele podia atrair qualquer um, como se estivesse enrolando um fio. Podia desenvolver extensamente uma história até que se estivesse engasgando de rir. Eu quase não tinha conhecido verdadeira inteligência – falara com Prometeu apenas por um instante, e em todo o resto dos salões de Oceano a maior parte do que era tido como esperteza era só petulância e despeito. A mente de Hermes era mil vezes mais arguta e veloz. Ela brilhava como luz sobre as ondas, reluzindo até cegar. Naquela noite, entreteve-me com conto após conto sobre os grandes deuses e sua tolice. O lascivo Zeus transformando-se em touro para atrair uma bela donzela. Ares, deus da guerra, derrotado por dois gigantes que o mantiveram enfiado num jarro por um ano. Hefesto montando uma armadilha para a esposa Afrodite, erguendo-a em uma rede dourada, ainda nua com seu amante Ares, para que todos os deuses os vissem. E continuou assim, através dos vícios absurdos, das altercações bêbadas e das disputas mesquinhas, contando tudo naquela mesma voz escorregadia, com aquele mesmo sorriso largo. Eu me senti corada e atordoada, como se tivesse tomado uma de minhas poções.

— Você não será punido por vir aqui e violar meu exílio?

Ele sorriu.

— Meu pai sabe que eu faço o que quero. De qualquer modo, não estou violando nada. É só você que está confinada. O resto do mundo pode ir e vir como desejar.

Eu fiquei surpresa.

— Mas pensei que... A punição maior não seria me forçar a ficar sozinha?

— Isso depende de quem a visita, não? Mas exílio é exílio. Zeus queria contê-la, e você está contida. Eles não pensaram além disso.

— Como você sabe disso tudo?

— Eu estava lá. Ver Zeus e Hélio negociar é sempre uma boa diversão. Como dois vulcões tentando decidir se devem entrar em erupção.

Ele tinha lutado na grande guerra, eu lembrei. Tinha visto o céu arder e matado um gigante cuja cabeça tocava as nuvens. Apesar de toda a sua leveza, percebi que conseguia imaginar a cena.

— Diga — eu pedi —, você sabe tocar esse instrumento? Ou só roubá-lo?

Ele encostou os dedos nas cordas. As notas saltaram para o ar, doces e nítidas como prata. Ele as reuniu em uma melodia com facilidade, como se fosse um deus da música também, de modo que a sala inteira parecia existir dentro do som.

Ele ergueu os olhos, o fogo capturado no rosto.

— Você canta?

Essa era outra característica dele. Fazia você querer revelar seus segredos.

— Só para mim mesma — respondi. — Minha voz não é agradável aos outros. Já me disseram que soa como o grito de uma gaivota.

— É isso que disseram? Você não é uma gaivota. Soa como uma mortal.

A confusão devia estar óbvia no meu rosto, porque ele riu.

— A maioria dos deuses tem voz de trovão e rocha. Devemos falar suavemente aos ouvidos humanos ou eles se estilhaçam. Para nós, a voz dos mortais soa baixa e débil.

Lembrei-me de como as palavras de Glauco tinham soado gentis quando ele havia falado comigo pela primeira vez. Eu tinha encarado isso como um sinal.

— Não é comum — Hermes acrescentou —, mas, às vezes, ninfas menores nascem com voz humana. Você é uma delas.

— Por que ninguém me disse isso? E como é possível? Não há sangue mortal em mim, sou inteiramente titânica.

Ele deu de ombros.

— Quem pode explicar como as linhagens divinas funcionam? E sobre por que ninguém lhe disse nada, suspeito que não sabiam. Eu passo mais tempo com mortais do que a maioria dos deuses, e me acostumei aos seus sons. Para mim é apenas outro sabor, como tempero na comida. Mas se você se vir entre homens um dia, vai notar: eles não a temerão como temem o resto de nós.

Em um minuto ele tinha desvendado um dos grandes mistérios da minha vida. Ergui os dedos para a garganta como se pudesse tocar a estranheza que existia ali. *Uma deusa com voz de mortal*. Estava chocada, mas havia uma parte de mim que sentia algo quase como reconhecimento.

— Toque — eu disse.

Comecei a cantar e a lira seguiu minha voz com facilidade, seu timbre se erguendo para adoçar cada frase. Quando terminei, as chamas tinham virado brasas e a lua velava. Os olhos dele brilhavam como joias escuras erguidas contra a luz. Eram negros, uma das marcas de poder profundo, procedente da linhagem dos deuses mais antigos. Pela primeira vez me ocorreu como era estranho que separássemos titãs de olimpianos, quando Zeus nascera de pais titãs e o próprio avô de Hermes era o titã Atlas. O mesmo sangue corre em nossas veias.

— Você sabe o nome desta ilha? — perguntei.

— Eu seria um deus dos viajantes medíocre se não conhecesse todos os lugares no mundo.

— E pode me dizer qual é?

— Chama-se Eana — ele disse.

— Eana. — Eu saboreei os sons. Eram macios, dobrando-se suavemente como asas no ar escurecido.

— Você reconhece o nome — ele disse. Estava me observando atentamente.

— É claro. É o lugar onde meu pai uniu suas forças às de Zeus e provou sua lealdade. No céu acima de nós, ele derrotou um gigante titã, encharcando a terra de sangue.

— É uma coincidência e tanto — ele disse — que seu pai a tenha mandado para esta ilha entre todas as outras.

Eu podia sentir o poder dele tentando alcançar meus segredos. Antigamente, eu teria me adiantado com uma taça transbordante de respostas, para dar a ele tudo que queria. Mas eu não era mais a mesma pessoa. Eu não devia nada a ele. Hermes receberia de mim apenas o que eu quisesse lhe dar.

Eu me ergui e fui até ele. Podia sentir meus próprios olhos, amarelos como pedras de um rio.

— Diga-me — eu pedi —, como você sabe que seu pai não tem razão sobre meus venenos? Como sabe que não vou drogá-lo enquanto está sentado aí?

— Eu não sei.

— E apesar disso ousa ficar?

— Eu ouso tudo — ele respondeu.

E foi assim que nos tornamos amantes.

Hermes retornou com frequência nos anos que se seguiram, voando através do crepúsculo. Ele trazia iguarias dos deuses – vinho roubado das despensas do próprio Zeus, e o mel mais doce do monte Hibla, onde as abelhas bebem apenas flores de tomilho e tília. Nossas conversas eram um prazer, e nossas relações também.

— Você terá um filho meu? — ele me perguntou.

Eu ri.

— Não, nunca.

Ele não ficou magoado. Gostava dessa dureza, pois não havia nenhuma parte dele que tivesse sangue para ser derramado. Ele perguntou só por curiosidade, porque era de sua natureza procurar respostas, pressionar os outros para descobrir suas fraquezas. Ele queria ver quão enamorada eu estava dele. Mas todo sentimentalismo em mim tinha sumido. Eu não ficava deitada sonhando com ele durante o dia, não falava o seu nome para o meu travesseiro. Ele não era um marido; mal era um amigo. Era uma cobra venenosa, e eu era outra, e nestes termos nós nos satisfazíamos.

Ele me contava as notícias que eu perdia. Em suas viagens, passava por todo canto do mundo, apanhando fofocas como bainhas acumulam lama. Ele sabia em quais banquetes Glauco bebia. Ele sabia quão alto jorrava o leite nas fontes da Cólquida. Contou-me que Aietes estava bem, e que vestia uma capa de pele de leopardo tingida. Tinha tomado uma mortal como esposa, e tinha um bebê em panos e outro na barriga. Pasifae ainda governava Creta com suas poções, e no meio-tempo tinha parido uma tripulação de navio para o marido, meia dúzia de herdeiros e filhas. Perses mantinha-se no Leste, levantando os mortos com baldes de creme e sangue. Minha mãe tinha superado suas lágrimas e adicionado Mãe de Bruxos a seus títulos, pavoneando-se com ele entre minhas tias. Nós ríamos de tudo isso, e, quando ele partia, eu sabia que contava histórias sobre mim aos outros: minhas unhas pretas de terra, minha leoa almiscarada, os porcos que tinham começado a vir à minha porta, fuçando em busca de lavagem e uma coçada no lombo. E, claro, como eu tinha me jogado sobre ele como uma virgem ruborizada. Bem… Eu não tinha corado, mas o resto era praticamente verdade.

Eu o questionei mais: sobre onde ficava Eana e quão longe era do Egito e da Etiópia e de todos os outros lugares interessantes. Perguntei como variava o humor do meu pai e quais os nomes das minhas sobrinhas e sobrinhos, e que novos impérios floresciam no mundo. Ele respondia a tudo, mas quando lhe perguntei quão longe ficavam aquelas flores que eu dera a Glauco e Cila, riu de mim. *Acha que vou afiar as garras da leoa para ela?*

Tornei minha voz tão desinteressada quanto possível.

— E aquele velho titã Prometeu? Como vai?

— Como acha? Ele perde um fígado por dia.

— Ainda? Eu nunca entendi por que ajudar os mortais enfurece tanto Zeus.

— Diga-me — ele pediu —, quem faz oferendas melhores, um homem miserável ou um homem feliz?

— Um homem feliz, é claro.

— Errado — ele disse. — Um homem feliz está ocupado demais com sua vida. Ele acha que não deve nada a ninguém. Mas faça-o passar frio, mate sua esposa, aleije seu filho, e você ouvirá dele. Ele vai fazer a família passar fome por um mês para comprar-lhe um bezerro todo branco. Se puder pagar, vai comprar-lhe cem.

— Mas certamente — eu disse — é preciso recompensá-lo uma hora. Se não, ele vai parar de fazer oferendas.

— Ah, você se surpreenderia por quanto tempo ele persiste. Mas sim, no fim, é melhor dar-lhe alguma coisa. Então ele ficará feliz outra vez. E você pode começar tudo de novo.

— Então é assim que os olimpianos passam seus dias, pensando em maneiras de tornar os homens infelizes.

— Não há necessidade de toda essa indignação virtuosa — ele retrucou. — Seu pai é melhor nisso que qualquer um. Ele reduziria uma vila inteira a cinzas se pensasse que isso lhe renderia uma vaca a mais.

Quantas vezes eu tinha me vangloriado internamente pelos altares cheios de meu pai? Ergui meu cálice e bebi para que Hermes não visse o rubor em minhas faces.

— Suponho que você poderia visitar Prometeu — eu disse. — Você e suas asas. Levar-lhe um pouco de conforto.

— E por que eu faria isso?

— Pela novidade, é claro. A primeira boa ação em sua vida dissoluta. Não tem curiosidade em saber como é?

Ele riu, mas eu não insisti. Ele ainda era um olimpiano, ainda filho de Zeus. Ele me permitia certas liberdades porque o divertia, mas eu nunca sabia quando essa diversão podia acabar. É possível ensinar uma víbora a comer de suas mãos, mas não tirar dela o gosto de morder.

A primavera se tornou verão. Uma noite, quando Hermes e eu estávamos saboreando nosso vinho, finalmente lhe perguntei sobre Cila.

— Ah. — Os olhos deles brilharam. — Estava me perguntando quando chegaríamos a ela. O que quer saber?

Ela está infeliz? Mas ele teria rido de uma questão tão sentimental, e teria razão de rir. Minha bruxaria, a ilha, minha leoa, tudo era consequência da transformação de Cila. Não havia honestidade em me arrepender do que minha vida tinha me dado até ali.

— Nunca soube o que aconteceu com ela depois que mergulhou no mar. Sabe onde ela está?

— Não longe daqui, menos de um dia de viagem de navio mortal. Ela encontrou um estreito de que gosta. De um lado há um turbilhão que suga navios e peixes e tudo que passa. Do outro, um penhasco com uma caverna onde ela esconde suas cabeças. Qualquer navio que tenta evitar o turbilhão é levado diretamente para suas bocas, e assim ela se alimenta.

— Alimenta — eu repeti.

— Sim. Ela come marinheiros. Seis de uma vez, um para cada cabeça, e se os remos são lentos, ela pega doze. Alguns tentam lutar, mas você pode imaginar como isso termina. É possível ouvir seus gritos a uma distância considerável.

Eu estava congelada em minha poltrona. Sempre a tinha imaginado nadando nas profundezas, sugando a carne fria de lulas. Mas não. Cila sempre desejara a luz do dia. Sempre desejara fazer os outros chorarem. E agora era um monstro devorador cheio de dentes e armada com a imortalidade.

— Ninguém pode impedi-la?

— Zeus poderia, ou seu pai, se quisessem. Mas por que fariam isso? Monstros são um trunfo para os deuses. Imagine só as preces.

Minha garganta tinha se fechado. Aqueles homens que ela comia eram marinheiros como Glauco, esfarrapados, desesperados e exauridos de medo. Todos mortos. Todos fumaça fria, marcada com o meu nome.

Hermes estava me observando, a cabeça inclinada como um pássaro curioso. Ele estava esperando minha reação. Eu seria espuma de leite por chorar ou uma harpia com coração de pedra? Não havia meio-termo. Qualquer outra coisa não caberia perfeitamente no gracejo que ele queria tecer dessa conversa.

Deixei minha mão cair sobre a cabeça de minha leoa, sentindo seu crânio grande e duro sob meus dedos. Ela nunca dormia quando Hermes estava lá. Seus olhos ficavam entreabertos e vigilantes.

— Cila nunca se satisfez com apenas um — eu disse.

Ele sorriu. *Uma cadela com um penhasco no lugar do coração.*

— Eu fiquei de lhe dizer — ele acrescentou. — Ouvi uma profecia sobre você. Eu a recebi de uma antiga vidente que deixara seu templo e vinha vagando pelos campos prevendo o futuro.

Eu estava acostumada aos movimentos velozes de sua mente, e naquele momento fiquei grata por eles.

— E você *por acaso* estava lá quando ela estava falando de mim?

— É claro que não. Eu lhe dei uma taça de ouro para me contar tudo que sabia de Circe, filha de Hélio, bruxa de Eana.

— Então?

— Ela disse que um homem chamado Odisseu, nascido do meu sangue, um dia virá a sua ilha.

— E?

— É isso — ele disse.

— Essa é a pior profecia que já ouvi — eu rebati.

Ele suspirou.

— Eu sei. Acho que perdi minha taça à toa.

Eu não sonhava com ele, como disse. Não trançava seu nome com o meu. À noite deitávamos juntos, e à meia-noite ele já tinha partido, e eu podia me levantar e ir para os bosques. Muitas vezes, minha leoa caminhava ao meu lado. Era o prazer mais intenso que eu tinha, caminhar no ar frio, as folhas úmidas roçando em nossas pernas. Às vezes eu parava para colher uma flor ou outra.

Mas a flor que realmente queria, eu esperei para obter. Deixei passar um mês depois que Hermes e eu conversáramos, então mais um. Eu não queria que ele observasse. Ele não tinha nada a ver com isso. Ela era minha.

Não levei uma tocha. Meus olhos brilhavam no escuro, mais fortes que os de qualquer coruja. Caminhei pelas árvores sombreadas, através dos pomares silenciosos, dos arvoredos e matagais, pelas areias e sobre os penhascos. Os pássaros estavam imóveis, assim como as feras. Os únicos sons eram o ar entre as folhas e minha própria respiração.

E lá ela estava escondida entre musgos e folhas caídas, sob as samambaias e cogumelos: uma florzinha do tamanho de uma unha, branca como leite. O sangue daquele gigante que meu pai derramara no céu. Arranquei um caule do emaranhado. As raízes se agarraram com força por um momento antes de ceder. Eram pretas e grossas, e cheiravam a metal e sal. A flor não tinha nenhum nome que eu conhecesse, então a chamei de *móli* – raiz, na antiga linguagem dos deuses.

Oh, pai, você sabia do presente que me deu? Pois aquela flor, tão delicada que podia dissolver sob uma pisada, carregava em si o poder inexorável de *apotrope*, o banimento do mal. Quebradora de maldições. Proteção e baluarte contra a ruína, venerada como um deus, pois era pura. A única coisa no mundo de que era possível ter a certeza de que não se viraria contra você.

Dia a dia, a ilha florescia. Meu jardim escalava as paredes de minha casa, assoprava seu aroma através de minhas janelas. Eu deixava as cortinas abertas naquela época. Fazia o que queria. Se tivessem me perguntado, eu diria que estava feliz. No entanto, sempre me lembrava.

Fumaça fria, marcada com o meu nome.

CAPÍTULO 9

Era manhã, o sol logo acima das árvores, e eu estava no jardim cortando anêmonas para a mesa. Os porcos chapinhavam na sua lavagem. Um dos javalis ficou irascível, empurrando e grunhindo para impor sua autoridade. Eu lhe dei um olhar severo.

— Ontem vi você soprando bolhas no riacho, e no dia anterior a porca malhada mandou-o embora com uma orelha mordida e nada mais. Então você se comporte.

Ele bufou na terra, então virou de barriga para cima e se acomodou.

— Você sempre conversa com porcos quando não estou aqui?

Hermes estava usando sua capa de viagem, seu chapéu de aba larga puxado sobre os olhos.

— Gosto de pensar que é o contrário — eu disse. — O que o traz aqui na luz honesta do dia?

— Um navio está vindo — ele disse. — Achei que gostaria de saber.

Eu me ergui.

— Aqui? Que navio?

Ele sorriu. Sempre gostava de me ver desorientada.

— O que vai me dar se eu contar?

— Suma daqui — eu disse. — Prefiro você no escuro.

Ele riu e desapareceu.

Eu me esforcei para continuar minha manhã como faria normalmente, caso Hermes estivesse observando, mas sentia a tensão em mim, a antecipação tensa. Não conseguia parar de relancear para o horizonte. Um navio. Um navio com visitantes que divertiam Hermes. Quem?

Eles chegaram no meio da tarde, surgindo do espelho reluzente das ondas. O navio tinha dez vezes o tamanho do de Glauco, e até a distância eu podia ver como era bem-feito: lustroso e pintado com cores fortes, com uma figura de proa enorme. Ele cortava o ar diretamente em minha direção, seus remadores trabalhando num ritmo constante. Conforme se aproximavam, senti aquela antiga inquietação saltar na garganta. Eram mortais.

Os marinheiros lançaram âncora e um único homem pulou da amurada e vadeou até a praia. Ele seguiu pela orla e pelos bosques até encontrar um caminho, uma curta trilha marcada pelos porcos que subia sinuosa em meio às lanças dos acantos e aos bosques de loureiros, passando por arbustos espinhosos. Perdi-o de vista, então, mas sabia aonde essa trilha levava. Esperei.

Ele hesitou quando viu minha leoa, mas só por um momento. Com os ombros retos e sem se inclinar, ele se ajoelhou à minha frente na grama da clareira. Percebi que o conhecia. Ele estava mais velho, com a pele do rosto mais enrugada, mas era o mesmo homem, a cabeça ainda raspada, os olhos claros. De todos os mortais na terra, só de alguns os deuses sequer ouvirão falar. Considere a praticidade. Quando finalmente aprendemos seus nomes, eles já estão mortos. Devem ser verdadeiros meteoros para chamarem nossa atenção. Os meramente bons são poeira para nós.

— Senhora — ele disse —, sinto muito incomodá-la.

— Não é um incômodo ainda — eu respondi. — Por favor, erga-se, se preferir.

Se ele notou minha voz mortal, não deu sinais disso. Ele se levantou – não digo graciosamente, pois era robusto demais para isso, mas com facilidade, como uma porta girando numa dobradiça bem encaixada. Seus olhos encontraram os meus sem estremecer. *Ele estava acostumado com deuses*, pensei. *E com bruxas também*.

— O que traz o famoso Dédalo à minha praia?

— Estou honrado que me conheça. — Sua voz era firme como um vento ocidental, quente e constante. — Venho como mensageiro de sua irmã. Ela está grávida e sua hora se aproxima. Ela pede que a senhora presida o parto.

Eu o encarei.

— Tem certeza de que veio ao lugar certo, mensageiro? Nunca houve amor entre minha irmã e eu.

— Ela não a procura por amor — ele disse.

A brisa soprou, carregando o aroma de flores de tília. Por trás, havia o fedor enlameado dos porcos.

— Ouvi dizer que minha irmã pariu meia dúzia de crianças, uma mais facilmente que a outra. Ela não pode morrer no parto e seus bebês prosperam com a força do seu sangue. Então por que ela precisa de mim?

Ele estendeu as mãos, que pareciam hábeis e eram engrossadas por músculos.

— Perdoe-me, senhora, por não poder dizer mais, mas ela me ordenou lhe informar que, se a senhora não a ajudar, ninguém mais será capaz. É sua arte que ela quer, senhora. A sua e de mais ninguém.

Então Pasifae ouvira falar de meus poderes e decidira que lhe poderiam ser úteis. Era o primeiro elogio que eu já recebera dela.

— Sua irmã me instruiu a dizer, além disso, que tem a permissão de seu pai para que a senhora vá. Seu exílio está suspenso para isso.

Eu franzi o cenho. Era tudo estranho, muito estranho. O que seria importante o suficiente para fazê-la falar com meu pai? E se ela precisava de mais magia, por que não convocar Perses? Parecia algum tipo de truque, mas eu não entendia por que minha irmã se daria ao trabalho. Eu não era uma ameaça para ela.

Eu podia sentir que estava tentada. Estava curiosa, é claro, mas era mais que isso. Essa era uma chance de mostrar a ela o que eu me tornara. Qualquer armadilha que tivesse preparado, eu não seria pega nela, não mais.

— Que alívio saber do meu indulto — eu disse. — Mal posso esperar para libertar-me da minha terrível prisão. — As colinas em terraço ao nosso redor brilhavam com a primavera.

Ele não sorriu.

— Há… mais uma coisa. Fui instruído a lhe dizer que nosso trajeto passa pelo estreito.

— Que estreito?

Mas eu vi a resposta em seu rosto: as manchas escuras sob os olhos, a exaustão e o luto.

Bile se ergueu em minha garganta.

— Onde mora Cila.

Ele assentiu.

— Ela lhe ordenou que viesse por esse caminho também?

— Sim.

— Quantos você perdeu?

— Doze — ele disse. — Não fomos rápidos o bastante.

Como eu podia ter esquecido quem era minha irmã? Ela nunca pediria apenas um favor, sempre devia ter um chicote para forçar os outros a fazer sua vontade. Eu podia vê-la se gabando e rindo para Minos. *Ouvi dizer que Circe tem uma queda tola por mortais.*

Eu a odiei mais do que jamais odiara. Fora tudo organizado de modo tão cruel. Imaginei voltar para dentro de casa, batendo a porta em sua grande dobradiça. *É uma pena, Pasifae. Você vai ter de encontrar outra idiota.*

Mas então outros seis homens, ou doze, morreriam.

Ri de mim mesma. Como saber que eles viveriam se eu fosse? Eu não conhecia nenhum feitiço para repelir monstros. E Cila ficaria enfurecida quando me visse. Eu só atrairia ainda mais a fúria dela sobre eles.

Dédalo estava me observando, seu rosto sombrio. Muito além do seu ombro, a biga de meu pai estava mergulhando no mar. Em seus cômodos palacianos empoeirados, astrônomos rastreavam a glória do pôr-do-sol, torcendo para que seus cálculos estivessem corretos. Seus joelhos ossudos tremiam enquanto pensavam no machado do carrasco.

Eu reuni minhas roupas, minha bolsa de ervas. Fechei a porta atrás de mim. Não havia mais nada a fazer. A leoa podia cuidar de si.

— Estou pronta — disse.

O estilo do navio era novo para mim, esguio e baixo na água. Seu casco era lindamente pintado com ondas quebrando e golfinhos se curvando, e na popa um polvo estendia seus braços serpenteantes. Enquanto o capitão puxava a âncora, fui até a proa examinar a figura esculpida que tinha visto.

Era uma jovem usando um vestido de dança. Seu rosto tinha uma expressão de alegre surpresa, os olhos bem abertos, os lábios apartados e o cabelo solto sobre os ombros. Suas mãos pequenas estavam entrelaçadas em frente ao peito e ela estava na ponta dos pés, como se a música estivesse prestes a começar. Cada detalhe da escultura – os cachos do cabelo, as dobras de tecido – era tão vívido que pensei que a qualquer momento ela poderia realmente dar um passo para o ar. No entanto, esse nem era o milagre verdadeiro. A obra mostrava, não sei dizer como, um vislumbre da personalidade da garota. A astúcia curiosa em seu olhar, a graça determinada de seu cenho. Sua animação e inocência, natural e verde como grama.

Eu nem precisava perguntar quais mãos a moldaram. *Uma maravilha do mundo mortal,* meu irmão dissera de Dédalo, mas aquilo seria uma maravilha em qualquer mundo. Eu me detive sobre os prazeres daquela figura, encontrando algo novo a cada momento: a pequena covinha no queixo, a saliência no tornozelo, desajeitada em sua juventude.

Era uma maravilha, mas também uma mensagem. Eu tinha sido criada aos pés de meu pai e conhecia uma demonstração de poder. Outro rei, se tivesse um tesouro como aquele, o manteria sob guarda em seu salão mais fortificado. Minos e Pasifae a tinham colocado num navio, exposto à maresia, e ao sol, a piratas e naufrágios e monstros. Como que para dizer: *Isso é uma ninharia. Temos mil outras e, ainda melhor, o homem que as produz.*

A batida dos remos desviou minha atenção. Os marinheiros tinham se sentado em seus bancos e eu senti os primeiros trancos de movimento. As águas do porto começaram a deslizar ao nosso redor. Minha ilha diminuía ao longe.

Virei-me para os homens que enchiam o convés à minha volta. Havia trinta e oito no total. Cinco guardas severos andavam de um lado para outro, portando capa e armadura dourada. Tinham o nariz encaroçado, retorcido após muitas quebras. Lembrei-me de Aietes desdenhando deles: *os capangas de Minos, vestidos como príncipes.* Os remadores eram os melhores da poderosa marinha de Cnossos, tão grandes que os remos pareciam delicados em suas mãos. Ao redor deles, os outros marinheiros se moviam rapidamente, erguendo um toldo para protegê-los do sol.

No casamento de Minos e Pasifae, o agrupamento de mortais que eu tinha vislumbrado estivera distante e borrado, todos parecidos, como folhas em uma árvore. Mas aqui, sob o sol, cada rosto era implacavelmente distinto. Este era grosso, este liso, este com barba e um nariz adunco e um queixo estreito. Havia cicatrizes e calos e arranhões, rugas de idade e tufos de cabelo. Um tinha jogado um pano úmido em torno do pescoço para combater o calor. Outro usava um bracelete feito por mãos infantis, e um terceiro tinha a cabeça no formato de um priolo. Fiquei atordoada ao perceber que essa era apenas uma fração de uma fração de todos os homens que o mundo havia criado. Como tanta variação podia persistir, tantas iterações infinitas de mentes e rostos? A terra não ficava louca?

— Posso trazer-lhe um assento? — perguntou Dédalo.

Eu me virei, feliz pela trégua do seu rosto único. Dédalo não podia ser chamado de bonito, mas suas feições tinham uma solidez agradável.

— Prefiro ficar em pé — eu disse. Gesticulei para a figura de proa. — Ela é linda.

Ele inclinou a cabeça, um homem acostumado a tais elogios.

— Obrigado.

— Diga-me uma coisa. Por que minha irmã o vigia? — Quando subimos a bordo, o guarda maior, o líder, o tinha revistado grosseiramente.

— Ah. — Ele sorriu de leve. — Minos e Pasifae temem que eu não… aprecie inteiramente sua hospitalidade.

Lembrei-me de Aietes dizendo: *Pasifae o prendeu em uma armadilha*.

— Certamente você podia ter escapado no caminho.

— Eu poderia escapar com frequência. Mas Pasifae tem algo meu que não deixarei para trás.

Esperei por algo mais, que não veio. As mãos dele se apoiavam na amurada. Os nós dos dedos estavam arranhados, os dedos cortados por linhas brancas de cicatrizes. Como se ele os tivesse enfiado em farpas de madeira ou lascas de vidro.

— No estreito... — eu disse. — Você viu Cila?

— Não claramente. O penhasco estava escondido em borrifos d'água e neblina, e ela se moveu rápido demais. Seis cabeças, atacando duas vezes, com dentes do tamanho de uma perna.

Eu vira as manchas no convés. Tinham sido esfregadas, mas o sangue havia penetrado profundamente. Tudo que restara de doze vidas. Meu estômago se retorceu de culpa, exatamente como Pasifae pretendera.

— Você merece saber que fui eu que fiz isso — eu disse. — Fui eu que transformei Cila no que ela é hoje. É por isso que estou exilada e que minha irmã lhe ordenou que tomasse essa rota.

Eu observei o rosto dele em busca de surpresa ou asco, até terror. Mas ele só assentiu.

— Ela me contou.

É claro que tinha contado. Ela era uma envenenadora, no fundo; queria certificar-se de que eu iria como vilã, não salvadora. Exceto que dessa vez não era nada além da verdade.

— Há algo que não entendo — eu disse. — Apesar de toda a crueldade de minha irmã, ela não é tola. Por que arriscaria você nesta tarefa?

— Eu mereci meu lugar aqui. Estou proibido de dizer mais, mas, quando chegarmos a Creta, acho que a senhora entenderá. — Ele hesitou. — Sabe se há algo que podemos fazer contra ela? Cila?

Acima de nós, o sol queimava as últimas faixas de nuvens. Os homens arfavam, mesmo sob o toldo.

— Não sei — eu disse. — Vou tentar.

Ficamos em silêncio ao lado da garota dançarina enquanto nosso caminho pelo mar ficava para trás.

Naquela noite, acampamos na praia de uma terra verdejante. Ao redor das fogueiras, os homens estavam tensos e quietos, abafados pelo terror. Eu podia ouvir seus sussurros, o barulho do vinho enquanto o passavam de mão em mão. Ninguém queria ficar acordado, imaginando o amanhã.

Dédalo reservara um pequeno espaço para mim com um catre de dormir, mas não fiquei ali. Não suportei ficar cercada por todos aqueles corpos ofegantes e ansiosos.

Era estranho caminhar por um terreno que não era o meu. Onde eu esperava um arvoredo, havia uma moita ocupada por cervos. Onde pensava haver porcos, um texugo mostrava os dentes. O terreno era mais plano que a minha ilha, as florestas baixas, as flores em combinações diferentes. Vi uma amendoeira amarga, uma cerejeira florida. Meus dedos coçavam para colher seu gordo poder. Curvei-me e apanhei uma papoula, só para ter sua cor em minha mão. Podia sentir o pulsar de suas sementes pretas. *Venha, transforme-nos em magia.*

Eu não obedeci. Estava pensando em Cila, tentando construir uma imagem a partir de tudo que ouvira sobre ela: seis bocas, seis cabeças, doze pés balançantes. Mas quanto mais eu tentava, mais a imagem se esvaía. Em vez disso, eu vi o rosto dela como fora em nossos salões, redondo e risonho. A curva do seu pulso era como o pescoço de um cisne. Seu queixo se inclinava delicadamente para sussurrar alguma fofoca no ouvido de minha irmã. Ao lado delas, sentava-se meu irmão Perses, com um sorriso largo. Ele costumava brincar com o cabelo de Cila, enrolando-o no dedo. Ela se virava e dava um tapa em seu ombro e o som ecoava pelo salão. Ambos riam, pois sempre amaram estar no centro de tudo, e lembro-me de ter me perguntado por que minha irmã não se incomodava com essas cenas, pois não permitia ninguém perto de Perses exceto ela mesma. No entanto, ela só observava e sorria.

Eu pensava que tinha passado aqueles anos nos salões de meu pai tão cega quanto uma toupeira, mas agora mais detalhes voltavam à memória. O roupão verde que Cila costumava usar em banquetes especiais, suas sandálias prateadas com lápis-lazúli na alça. Um broche dourado que terminava em um gato segurava seu cabelo acima do pescoço. Ele viera de... Tebas, pensei. Tebas do Egito, de algum admirador de lá, algum deus com cabeça de fera. O que acontecera com aquela joia? Ainda estava na grama ao lado da água, junto com as roupas descartadas de Cila?

Eu chegara a um pequeno monte, repleto de álamos negros. Caminhei entre seus troncos sulcados. Um deles fora recentemente atingido por um raio, e apresentava uma ferida carbonizada e gotejante. Encostei o dedo na seiva queimada. Pude sentir sua força e me arrependi por não ter trazido uma garrafa extra para coletá-la. Isso me fez pensar em Dédalo, aquele homem honesto com fogo nos ossos.

O que ele não deixaria para trás? Seu rosto, quando falara disso, fora cuidadoso, as palavras posicionadas como se fossem ladrilhos em uma fonte. *Deve ser uma amante,* pensei. Alguma bela criada do palácio ou algum rapaz bem-apessoado. Minha irmã sabia farejar tais intrigas a um ano de distância. Talvez até tivesse ordenado que fossem à cama dele, como o anzol para pegar o peixe. Mas quando tentei imaginar-lhes o rosto, percebi que não acreditava neles. Dédalo não parecia um homem recém-apaixonado, nem um amante antigo, com uma esposa de muitos anos acomodada a seu lado. Eu não conseguia imaginá-lo em um par, só singular e sozinho. Ouro, então? Uma invenção que ele fizera?

Pensei: *se eu conseguir mantê-lo vivo amanhã, talvez descubra.*

A lua estava passando acima de nós, e a noite com ela. A voz de Dédalo falou de novo em meu ouvido. *Os dentes dela são do tamanho de uma perna.* Um medo frio percorreu meu corpo. Como eu tinha pensado que poderia enfrentar tal criatura? A garganta de Dédalo seria rasgada, minha própria carne puxada para as bocas dela. O que eu me tornaria depois que ela terminasse comigo? Cinzas, fumaça? Ossos imortais arrastados no fundo do mar.

Meus pés tinham encontrado a praia. Eu caminhei por ela, fria e cinza. Ouvi o murmúrio das ondas, os gritos dos pássaros noturnos, mas, se estou sendo honesta, estava tentando ouvir mais que isso: a lufada veloz de ar que eu passara a conhecer. A cada segundo, torcia que Hermes pousasse diante de mim, imperturbável, rindo, incitando-me. *Então, bruxa de Eana, o que fará amanhã?*

Pensei em implorar a ajuda dele, a areia sob meus joelhos, minhas palmas estendidas. Ou talvez o derrubaria no chão e o agradaria dessa forma, pois ele amava mais que tudo ser surpreendido. Podia ouvir a história que ele contaria depois: *Ela estava tão desesperada que saltou sobre mim como um gato. Ele devia se deitar com minha irmã.* Eles gostariam um do outro. Ocorreu-me pela primeira vez que talvez ele já tivesse. Talvez eles se deitassem juntos com frequência e rissem da minha estupidez. Talvez tudo isso tivesse sido ideia dele e por isso ele viera naquela manhã, para me provocar e tripudiar. Minha mente repassou nossa conversa, em busca de significados ocultos. *Vê quão rápido ele fazia alguém de tolo?* Era isso que desejava mais que tudo: deixar os outros em dúvida, mantê-los se perguntando e duvidando, tropeçando atrás dos seus pés dançantes.

Eu falei na escuridão a quaisquer asas silenciosas que pairassem lá:

— Não me importo se você se deitar com ela. Tome Perses também, ele é o mais bonito dos dois. Nunca terei ciúmes de alguém como você.

Talvez ele estivesse ouvindo, talvez não. Não importava, ele não viria. Seria mais divertido ver a quais extremos eu recorreria, como eu amaldiçoaria e me atrapalharia. Meu pai não ajudaria também. Aietes talvez ajudasse, mesmo que só para exibir o seu poder, mas ele estava a um mundo de distância. Eu não podia alcançá-lo mais do que podia alçar voo.

Eu era ainda mais desolada que minha irmã, pensei. Tinha vindo por ela, mas não havia ninguém que viesse por mim. O pensamento se firmou. Afinal, eu estivera sozinha a vida inteira. Aietes, Glauco – eles foram apenas pausas em meu longo período de solidão. Ajoelhada, afundei os dedos na areia. Senti a aspereza dos grãos sob minhas unhas. Uma lembrança passou por mim. Meu pai entoando a Glauco nossa antiga lei inescapável: nenhum deus pode desfazer o que foi feito por outro.

Mas tinha sido eu quem fizera aquilo.

A lua passou sobre nós. As ondas pressionaram suas bocas frias aos meus pés. *Íluna*, pensei. Freixo e oliva e abeto-prateado. Meimendro com a casca queimada de corniso e, na base de tudo, móli. Móli para quebrar uma maldição, para proteger do meu mau pensamento que a tinha transformado, para começo de conversa.

Eu limpei a areia e me ergui, minha bolsa de ervas pendendo do ombro. Enquanto andava, as garrafas tilintavam suavemente, como cabras balançando seus sinos. Os aromas pairavam ao meu redor, familiares como minha própria pele: terra e raízes se agarrando ao solo, sal e sangue ferroso.

Na manhã seguinte, os homens estavam lívidos e quietos. Um azeitou os encaixes dos remos para evitar que rangessem, outro esfregou o convés manchado, seu rosto vermelho, embora eu não soubesse dizer se do sol ou de sofrimento. Na popa, um terceiro com uma barba preta estava rezando e entornando vinho nas ondas. Nenhum olhou para mim – eu era a irmã de Pasifae, afinal, e eles tinham há muito abandonado qualquer esperança de receber ajuda dela. Mas podia sentir a tensão deles espessa no ar, o terror asfixiante se erguendo neles momento a momento. A morte estava chegando.

Não pense nisso, eu disse a mim mesma. Se você se mantiver firme, ninguém morrerá hoje.

O capitão da guarda tinha olhos amarelados num rosto inchado. Seu nome era Polidamas e ele era grande, mas eu era uma deusa, e nós tínhamos a mesma altura.

— Preciso de sua capa e de sua túnica — eu disse a ele —, imediatamente.

Os olhos dele se estreitaram, e eu podia sentir o *não* reflexivo neles. Eu viria a conhecer esse tipo de homem, enciumado de seu pouco poder, para quem eu era apenas uma mulher.

— Por quê? — ele perguntou.

— Porque não desejo a morte dos seus companheiros. Você tem outra opinião?

As palavras percorreram o convés e trinta e sete pares de olhos se ergueram. Ele tirou roupas e as entregou-as a mim. Eram as mais finas a bordo, lã branca extravagante entremeada com púrpura escuro, varrendo o convés.

Dédalo parou ao meu lado.

— Posso ajudar?

Eu lhe dei a capa para segurar. Atrás dela, me despi e vesti a túnica. Os buracos para os braços eram enormes e a cintura esvoaçava. O cheiro de pele humana azeda me envolveu.

— Pode me ajudar com a capa?

Dédalo a pôs ao meu redor, prendendo-a com seu broche dourado de polvo. O tecido pendia pesado como um cobertor, solto e deslizando dos ombros.

— Sinto dizer que a senhora não parece um homem muito imponente.

— Não devo parecer um homem — eu disse. — Devo parecer meu irmão. Cila o amou no passado, e talvez ainda ame.

Eu levei a pasta que havia preparado aos lábios, jacinto e mel, flores de freixo e acônito triturados com tronco de nogueira. Já tinha lançado ilusões em animais e plantas, mas nunca em mim mesma, e senti uma dúvida súbita e perfurante. Forcei o pensamento para longe. Medo de fracassar era a pior coisa para qualquer feitiço. Foquei-me, em vez disso, em Perses: seu rosto relaxado e presunçoso, seus músculos inchados e pescoço grosso, suas mãos indolentes de dedos longos. Cada um desses aspectos eu invoquei de uma vez, convidando-os a entrar em mim.

Quando abri os olhos, Dédalo estava me encarando.

— Coloque os homens mais firmes nos remos — eu disse a ele. Minha voz havia mudado também; estava grossa e inchada com arrogância divina. — Eles não devem parar por nada. Não importa o que aconteça.

Ele assentiu. Estava segurando uma espada, e vi que os outros homens estavam similarmente armados com lanças e adagas e porretes rudes.

— Não — eu disse. Ergui minha voz para todo o navio. — Ela é imortal. Armas são inúteis, e vocês precisarão de todas as mãos livres para manter o navio em movimento.

Imediatamente ouviu-se o arranhar de lâminas sendo abainhadas, o estrondo das lanças largadas. Até Polidamas, em sua túnica emprestada, obedeceu. Eu quase quis rir. Nunca tinha recebido tanta deferência na vida. Era assim ser Perses? Mas eu já conseguia divisar o contorno fraco do estreito no horizonte. Virei-me para Dédalo.

— Ouça — eu disse. — Há uma chance de que o feitiço não a engane e que ela me reconheça. Se isso acontecer, certifique-se de não ficar perto de mim. Certifique-se de que nenhum deles fique.

A neblina veio primeiro. Ela se fechou ao nosso redor, úmida e pesada, obscurecendo os penhascos e depois o próprio céu. Enxergávamos pouco, e o som do turbilhão devorador encheu nossos ouvidos. Aquele turbilhão, é claro, era o motivo de Cila ter escolhido esse estreito. Para evitar serem atraídos por ele, os navios eram obrigados a se aproximar do penhasco oposto, o que lhes levava diretamente para baixo dos dentes dela.

Prosseguimos através do ar espesso. Enquanto entrávamos no estreito, o som se tornou oco, retornando das paredes de pedra. Minha pele, o convés, a amurada: todas as superfícies ficaram escorregadias com os salpicos do mar. A água espumava e um remo arranhou a parede de rocha. Um som baixo, mas os homens se encolheram como se fosse um trovão. Acima de nós, enterrada na neblina, estava a caverna – e Cila.

Estávamos nos movendo, achei que estávamos, mas naquele cinza era impossível dizer quão longe ou quão rápido. Os remadores tremiam de esforço e medo, e os encaixes rangiam apesar do óleo. Contei os instantes. Certamente estávamos abaixo dela agora. Ela estaria se esgueirando até a abertura da caverna e farejando os mais gordos. Suor empapava as túnicas dos homens, seus ombros curvados. Aqueles que não remavam se agachavam atrás de cordames enrolados, da base do mastro, de qualquer cobertura que pudessem encontrar.

Forcei a vista para cima e ela veio.

Era cinza como o ar, como o próprio penhasco. Sempre tinha imaginado que pareceria com algo: uma cobra ou um polvo, um tubarão. Mas a verdade dela era arrebatadora, uma imensidão que minha mente se esforçava para abarcar. Seus pescoços eram mais longos que mastros de navios. Suas seis cabeças nos encaravam, horrivelmente encaroçadas, como pedra de lava derretida. Línguas negras lamberam dentes do tamanho de espadas.

Seus olhos estavam fixos nos homens, alheios a ela em seu medo suado. Ela se esgueirou para perto, escorregando nas pedras. Um fedor reptiliano me atingiu, pútrido como ninhos subterrâneos. Os pescoços dela ziguezaguearam um pouco no ar, e de uma de suas bocas eu vi um fio brilhante de saliva pender e cair. Seu corpo não estava visível. Escondia-se atrás da neblina junto com suas pernas, aquelas coisas horrendas e desossadas que Selene havia descrito tanto tempo antes. Hermes me contara que elas se agarravam ao interior da caverna como os extremos curvados de caranguejos-ermitões, enquanto ela se abaixava para se alimentar.

Seus pescoços tinham começado a ondular e recuar. Ela estava se preparando para atacar.

— Cila! — eu gritei com minha voz de deus.

Ela gritou. O som era um caos penetrante, como mil cães uivando ao mesmo tempo. Alguns dos marinheiros largaram os remos para cobrir os ouvidos. Pelo canto dos olhos, vi Dédalo empurrar um para o lado e tomar o seu lugar. Não podia me preocupar com ele agora.

— Cila! — gritei de novo. — É Perses! Naveguei um ano para encontrá-la!

Ela me encarou, os olhos buracos mortos na pele cinza. De uma de suas gargantas saiu um som estrangulado. Ela não tinha mais cordas vocais.

— A vadia da minha irmã foi exilada pelo que fez com você — eu disse —, mas ela merecia pior. Que vingança deseja? Diga-me. Pasifae e eu faremos o que quiser.

Eu estava me obrigando a falar devagar. Cada momento era outra batida dos remos. Aqueles doze olhos me mantinham imóvel. Eu podia ver as manchas de sangue seco ao redor da boca dela, os pedaços de pele ainda pendurados nos dentes. Senti bile subir na minha garganta.

— Estamos procurando uma cura para você. Uma droga poderosa para transformá-la de volta. Sentimos falta de você como era.

Meu irmão nunca falaria dessa forma, mas não parecia importar. Ela estava ouvindo, enrolando-se e desenrolando-se ao longo das rochas, acompanhando o navio. Quantas remadas tinham passado? Uma dúzia? Uma centena? Eu podia ver a mente estúpida dela trabalhando. *Um deus? O que um deus faz aqui?*

— Cila! — eu chamei. — Vai aceitar? Vai aceitar nossa cura?

Ela sibilou. O hálito de sua goela era podre e quente como o fogo. Mas eu já tinha perdido a atenção dela. Duas das cabeças tinham se virado para observar os homens nos remos. As outras começavam a fazer o mesmo. Eu vi os pescoços recuarem de novo.

— Veja! — exclamei. — Aqui está!

Eu ergui a garrafa aberta. Só um pescoço se virou para ver, mas foi o suficiente. Eu levantei a poção e a joguei. Ela bateu nos dentes do fundo e vi sua garganta ondular enquanto engolia. Falei o feitiço para transformá-la de volta.

Por um momento, nada aconteceu. Então ela deu um guincho agudo, um som de rachar o mundo. Suas cabeças viraram bruscamente e ela mergulhou em minha direção. Eu só tive tempo de agarrar o mastro. *Corra,* pensei para Dédalo.

Ela acertou a popa do navio. O convés se estilhaçou e um pedaço da amurada foi arrancado. Farpas voaram. Homens estavam rolando ao meu redor e eu teria caído se não tivesse agarrado o mastro. Ouvi Dédalo berrando ordens, mas não conseguia vê-lo. Os pescoços de víbora já estavam recuando de novo e, dessa vez, eu sabia, ela não ia errar. Golpearia o próprio convés, quebraria o navio no meio, então nos puxaria da água um a um.

Mas o golpe não veio. As cabeças dela bateram nas ondas atrás de nós. Ela sofreu um solavanco, atacando a água, mordendo com aquelas mandíbulas enormes como um cão lutando contra a coleira. Meu cérebro enevoado precisou de um momento para entender: ela tinha atingido o máximo do seu alcance. Suas pernas não podiam se estender além do seu apoio na caverna. Nós tínhamos passado.

Ela pareceu perceber isso no mesmo momento que eu. Gritou de raiva, batendo na água atrás de nós com as cabeças, erguendo ondas enormes. O barco mergulhou, engolindo mar sobre as amuradas baixas. Os homens correram aos cordames, os pés escorregando na água, mas seguraram firme e a cada momento nos afastávamos mais.

Ela bateu nas pedras do penhasco, berrando de frustração, até que a neblina se fechou e ela desapareceu.

Encostei a testa contra o mastro. As roupas escorregavam de meus ombros. A capa puxava meu pescoço e minha pele formigava de calor. O feitiço tinha terminado. Eu era eu mesma de novo.

— Deusa.

Dédalo estava se ajoelhando. Os outros homens estavam enfileirados de joelhos atrás dele. Seus rostos – largos e exaustos, com cicatrizes e barbas e queimaduras – estavam pálidos e trêmulos. Eles tinham sofrido arranhões e hematomas por terem sido jogados no convés.

Eu mal os vi. À minha frente estava Cila, com suas bocas devoradoras e aqueles olhos mortos e vazios. *Ela não me reconhecera*, pensei. Nem como Perses nem como nada. Só a novidade de eu ser um deus a tinha distraído por um instante. A mente dela tinha sumido.

— Senhora — Dédalo disse. — Faremos sacrifícios todos os dias de nossa vida por isso. A senhora nos salvou. Trouxe-nos vivos através do estreito. — Os homens o ecoaram, murmurando preces, as mãos grandes erguidas como bandejas. Alguns pressionaram as testas no convés, no estilo oriental. Tal veneração era o pagamento que meu povo demandava por serviços prestados.

Eu me senti nauseada.

— Seus tolos — eu cuspi. — Fui eu quem criei aquela criatura. Eu a fiz por orgulho e ilusão vaidosa. E vocês me agradecem? Doze dos seus homens morreram, e quantos milhares mais no futuro? Aquela droga que eu dei a ela é a mais forte que tenho. Entendem, mortais?

As palavras queimaram o ar. A luz dos meus olhos caía sem misericórdia sobre eles.

— Jamais estarei livre dela. Ela não pode ser transformada de volta, nem agora, nem nunca. Como é, permanecerá. Ela vai se banquetear de mortais por toda a eternidade. Então ergam-se. Ergam-se e vão aos remos e não me deixem ouvi-los falar de novo sobre sua gratidão imbecil ou os farei se arrepender disso.

Eles se encolheram e tremeram como os seres fracos que eram, levantando-se aos tropeços e se afastando humildemente. Acima, o céu estava limpo e o calor prendia o ar no convés. Tirei a capa. Queria que o sol me queimasse. Queria que me carbonizasse até o osso.

CAPÍTULO 10

Por três dias, eu fiquei em pé naquela proa. Não pernoitamos em mais nenhuma ilha. Os remadores trabalhavam em turnos, dormindo no convés. Dédalo consertou a amurada, depois assumiu seu turno entre eles. Ele era sempre educado, oferecendo comida e vinho, um catre de dormir, mas não se demorava. O que eu esperava? Tinha libertado minha ira sobre ele como se fosse meu pai. Mais uma coisa que eu havia arruinado.

Chegamos à ilha de Creta logo antes do meio-dia no sétimo dia. A água refletia o sol em grandes folhas de luz, tornando a vela incandescente. Ao nosso redor, navios ocupavam a baía: barcas micênicas, mercadores fenícios, galeras egípcias, hititas e etíopes e hespérios. Todos os mercadores que atravessavam essas águas queriam a rica cidade de Cnossos como cliente, e Minos sabia disso. Ele os recebia com atracadouros amplos e seguros e agentes para coletar taxas pelo privilégio de usá-los. As estalagens e bordéis pertenciam a Minos também, e o ouro e as joias fluíam como um grande rio para suas mãos.

O capitão nos conduziu ao primeiro ancoradouro, mantido livre para navios reais. O barulho e movimento do cais eram uma algazarra ao meu redor: homens correndo, gritando, carregando caixas para conveses. Polidamas falou algo para o chefe do porto, então se virou para nós.

— A senhora deve ir imediatamente. E deve levar o artesão junto.

Dédalo gesticulou para que eu fosse primeiro. Seguimos Polidamas pelo cais. À nossa frente, enormes escadarias de calcário ondulavam no calor. Homens passavam por nós, tanto criados como nobres, seus ombros nus escurecidos de sol. Acima, o palácio da poderosa Cnossos brilhava em sua colina como uma colmeia. Subimos. Eu ouvia a respiração de Dédalo atrás de mim e a de Polidamas à frente. Os degraus tinham ficado lisos depois de anos de infinitos pés apressados.

Finalmente, chegamos ao topo e atravessamos o limiar para o palácio. A luz ofuscante sumiu. Uma escuridão fresca fluiu sobre minha pele. Dédalo e Polidamas hesitaram, piscando. Meus olhos não eram mortais e não precisaram de tempo para se ajustar. Eu vi imediatamente a beleza daquele lugar, até maior que da última vez que estivera ali. O palácio era realmente como uma colmeia, cada corredor levando a uma câmara ornada, e cada câmara a outro corredor. Janelas foram cortadas nas paredes para deixar entrar grandes quadrados de sol dourado. Murais intricados se desenrolavam de todos os lados: golfinhos e mulheres risonhas, garotos colhendo flores e touros de peito largo avançando com seus chifres. Lá fora, em pavilhões com chão de ladrilhos, jorravam fontes de prata e criados se apressavam entre colunas avermelhadas com hematita. Sobre cada porta havia um *labrys* pendurado, o machado de dupla lâmina de Minos. Lembrei que ele dera a Pasifae um colar com um pingente de *labrys* no dia de seu casamento. Ela o segurara como se fosse um verme, e na hora da cerimônia seu pescoço exibia apenas seu próprio ônix e âmbar.

Polidamas nos guiou por entre passagens sinuosas em direção aos aposentos da rainha. Eles eram ainda mais extravagantes, com pinturas feitas de ocre e azul cúprico, mas as janelas tinham sido cobertas. No lugar delas, havia tochas douradas e braseiros acesos. Claraboias recuadas artificiosamente projetadas deixavam entrar a luz, mas nenhum vislumbre do céu; obra de Dédalo, presumi. Pasifae nunca gostara do olhar intrometido de nosso pai.

Polidamas parou diante de uma porta entalhada com flores e ondas.

— A rainha está aqui dentro — ele disse, então bateu.

Esperamos no ar imóvel e sombreado. Eu não conseguia ouvir nada atrás daquela madeira pesada, mas tornei-me consciente da respiração pesada de Dédalo ao meu lado. A voz dele ficou baixa.

— Senhora — ele disse —, eu a ofendi e sinto muito. Mas sinto ainda mais pelo que encontrará lá dentro. Gostaria de...

A porta se abriu. Uma criada apareceu, sem fôlego, diante de nós, seu cabelo preso no topo da cabeça, no estilo cretense.

— A rainha está em trabalho de parto — ela começou, mas a voz de minha irmã a cortou.

— São eles?

No centro do quarto, Pasifae estava deitada num sofá púrpura. Sua pele brilhava de suor e sua barriga estava chocantemente distendida, inchada como um tumor em sua figura esbelta. Eu tinha me esquecido de quão vívida ela era, quão bela. Mesmo em sua dor, ela dominava o cômodo, atraindo toda a luz para si, sugando a cor do mundo ao redor e deixando-o pálido como cogumelos. Ela sempre fora a mais parecida com o nosso pai.

Entrei pela porta.

— Doze mortos — eu disse. — Doze homens por uma piada e sua vaidade.

Ela sorriu, erguendo-se para me ver.

— Pareceu justo dar a Cila uma chance de confrontá-la, não acha? Deixe-me adivinhar: você tentou transformá-la de volta. — Ela riu com o que viu em meu rosto. — Ah, eu sabia que faria isso! Criou um monstro e só consegue pensar em como está arrependida. *Ah, não, pobres mortais, eu os coloquei em perigo!*

Ela estava tão afiada em sua crueldade como sempre. Era quase um alívio.

— Foi você quem os colocou em perigo — retruquei.

— Mas foi você quem não conseguiu salvá-los. Diga, chorou quando os viu morrer?

Forcei minha voz a permanecer firme.

— Você está enganada — eu disse. — Não vi ninguém morrer. Os doze foram perdidos na ida.

Ela nem hesitou.

— Não importa. Outros morrerão a cada navio que passar. — Ela tamborilou um dedo no queixo. — Quantos você acha que serão em um ano? Cem? Mil?

Ela estava exibindo seus dentes de marta, tentando me fazer derreter como todas aquelas náiades nos salões de Oceano. Mas não havia ferimento que ela pudesse me infligir que eu já não infligira a mim mesma.

— Esse não é o caminho para conseguir minha ajuda, Pasifae.

— Sua ajuda! Por favor. Fui eu quem a tirou daquela ilhota de nada. Ouvi dizer que dorme com leões e javalis como companhia. Mas é uma melhora para você, não é? Depois daquela lula do Glauco.

— Se não precisa de mim — eu disse —, ficarei feliz em retornar à minha ilhota.

— Ora, vamos, irmã, não seja tão azeda, é só um gracejo. E veja como você cresceu, escapando de Cila! Eu sabia que estava certa em chamá-la em vez daquele arrogante do Aietes. Pode parar de fazer essa cara. Já separei ouro para as famílias dos homens que se perderam.

— Ouro não devolve uma vida.

— Vejo que você não é rainha. Acredite, a maioria das famílias prefere o ouro. Agora, algumas outras…

Mas ela não terminou a frase. Grunhiu e fincou as unhas no braço de uma criada ajoelhada aos seus pés. Eu não notara a garota antes, mas vi agora que a pele do seu braço estava arroxeada e manchada de sangue.

— Fora — eu disse a ela. — Todas vocês, fora. Não é lugar para vocês.

Senti uma pontada de satisfação ao ver como as atendentes fugiram depressa.

Encarei minha irmã.

— Bem?

Seu rosto ainda estava contorcido de dor.

— O que acha? Já passaram dias e ele ainda não se mexeu. Precisa ser cortado.

Ela afastou o roupão, revelando a pele inchada. Uma onda passou pela superfície da barriga, da esquerda para a direita, então de volta.

Eu sabia pouco sobre parto de crianças. Nunca acompanhara os de minha mãe nem o de nenhuma prima. Mas me lembrava de ter ouvido algumas coisas.

— Tentou empurrar de joelhos?

— É claro que tentei! — Ela gritou quando sentiu outro espasmo. — Eu tive oito filhos! Só corte essa maldita coisa para fora de mim!

Tirei uma poção para dor da minha bolsa.

— Você é idiota? Não vou dormir como uma criança. Me dê tronco de salgueiro.

— Salgueiro é para dores de cabeça, não cirurgia.

— Me dê a poção!

Eu lhe dei e ela drenou a garrafa.

— Dédalo — ela ordenou —, pegue a faca.

Eu tinha esquecido que ele estava ali. Estava parado na porta, imóvel.

— Pasifae — eu pedi —, não seja perversa. Você me chamou, então me use.

Ela riu um riso selvagem.

— Acha que confio em você com isso? Você é para depois. De todo modo, é apropriado que seja Dédalo, ele sabe por quê. Não sabe, artesão? Vai contar à minha irmã agora ou deixamos que seja uma surpresa?

— Eu corto — Dédalo disse para mim. — É meu dever. — Ele foi até a mesa e pegou a faca. A lâmina estava finamente amolada.

Ela agarrou o pulso dele.

— Só se lembre — ela disse — do que farei se você errar.

Ele assentiu docilmente, mas pela primeira vez eu vi algo parecido com raiva em seus olhos.

Ela correu uma unha ao longo da porção mais baixa da barriga, deixando uma linha vermelha.

— Aí — ordenou.

O cômodo estava quente e abafado. Senti minhas mãos escorregadias de suor. Como Dédalo manteve aquela faca firme, não sei. A ponta perfurou a pele de minha irmã e o sangue transbordou, vermelho e dourado misturados. Os braços dele estavam tensos de esforço, sua mandíbula cerrada. Levou um longo tempo, pois a pele imortal de minha irmã resistiu, mas Dédalo cortou com extrema concentração, e por fim os músculos brilhantes se partiram e a pele por baixo cedeu. O caminho estava livre para o útero de minha irmã.

— Agora você — ela disse, olhando para mim. Sua voz estava rouca de agonia. — Tire-o.

O sofá abaixo dela estava empapado. O quarto preenchera-se com o fedor maduro do seu sangue ambrosíaco. Sua barriga tinha parado de ondular quando Dédalo começara a cortar. Estava tensa, agora. *Como se esperasse*, pensei.

Olhei para minha irmã.

— O que há aí?

O cabelo dourado dela estava emaranhado.

— O que acha? Um bebê.

Enfiei a mão na fenda em sua barriga. O sangue pulsou quente contra mim. Lentamente, pressionei através dos músculos e da umidade. Minha irmã fez um som estrangulado.

Procurei naquela umidade e, finalmente, lá estava: a massa suave de um braço.

Alívio. Eu nem sabia dizer o que tinha temido. *Só um bebê.*

— Encontrei — eu disse. Meus dedos subiram alguns centímetros em busca de apoio. Lembro-me de ter dito a mim mesma que devia tomar cuidado com a cabeça. Não queria que se torcesse quando eu começasse a puxar.

Dor explodiu nos meus dedos, tão chocante que não consegui gritar. Tive um pensamento embaralhado: que Dédalo tinha derrubado a lâmina dentro dela, que um osso tinha se quebrado no parto e me apunhalado. Mas a dor fechou-se com mais força, perfurando fundo minha mão, triturando.

Dentes. Eram dentes.

Então eu gritei. Tentei puxar a mão, mas a coisa tinha me prendido em sua mandíbula. Em pânico, eu puxei. Os lábios do corte de minha irmã se afastaram e a coisa deslizou para fora. Ela se debatia como um peixe num anzol, e fluido ensanguentado voou em nossos rostos.

Minha irmã dava gritos agudos. A coisa era como uma âncora puxando meu braço e senti as articulações de meus dedos se arrebentando. Gritei de novo, a agonia incandescente, e caí em cima da criatura, tentando desesperadamente agarrar sua garganta. Quando a encontrei, pressionei para baixo, prendendo seu corpo sob mim. Seus cascos batiam na pedra, sua cabeça virava de um lado para outro. Finalmente eu a via com clareza: o nariz amplo e chato, brilhando com fluido uterino. O rosto peludo e desgrenhado coroado com dois chifres pontiagudos. Por baixo, o corpo de bebê deformado dava pinotes com força sobrenatural. Seus olhos eram negros e estavam fixos nos meus.

Deuses, pensei, *o que é isto?*

A criatura fez um som engasgado e abriu a boca. Puxei a mão, ensanguentada e mutilada. Tinha perdido os dois últimos dedos e uma parte de um terceiro. A mandíbula da coisa abria e fechava, engolindo o que tinha tomado. Seu queixo se debatia em meu aperto, tentando morder-me de novo.

Uma sombra ao meu lado. Dédalo, pálido e coberto de sangue.

— Estou aqui.

— A faca — eu disse.

— O que está fazendo? Não o machuque, ele deve viver! — Minha irmã estava tentando se erguer em seu sofá, mas não conseguia se mover com os músculos cortados.

— O cordão — eu expliquei. Ele ainda corria, grosso como cartilagem, entre a criatura e o útero de minha irmã. Eu o serrei. Meus joelhos estavam úmidos onde tinha me ajoelhado. Minhas mãos eram uma massa triturada de dor e sangue.

— Agora, um cobertor — eu disse. — Um saco.

Ele trouxe uma manta de lã grossa e a pôs no chão ao meu lado. Com meus dedos mutilados, arrastei a coisa até o centro. Ela ainda lutava, gemendo de raiva, e duas vezes eu quase a soltei, pois parecia ter ficado mais forte mesmo naqueles poucos instantes. Mas Dédalo ergueu os cantos da manta e, quando os reuniu, eu afastei as mãos. A criatura se contorceu nas dobras do pano, incapaz de levantar. Eu tirei o tecido das mãos de Dédalo, erguendo-o do chão.

Podia ouvir a respiração rouca de Dédalo.

— Uma jaula — ele disse. — Precisamos de uma jaula.

— Vá pegar — ordenei. — Eu o seguro.

Ele correu. Dentro do seu saco, a criatura se torcia como uma cobra. Vi seus membros contra o tecido, aquela cabeça grossa, as pontas dos chifres.

Dédalo retornou com uma gaiola de pássaros, tentilhões ainda voejando lá dentro. Mas era sólida e grande o bastante. Enfiei o cobertor lá dentro e ele fechou a portinhola com um clangor. Jogou outro cobertor em cima e a criatura ficou escondida.

Olhei para minha irmã. Ela estava coberta de sangue; sua barriga, um matadouro. As gotas caíam no tapete ensopado abaixo dela. Seus olhos estavam desvairados.

— Você não o feriu?

Eu a encarei.

— Está louca? Ele tentou comer minha mão! Conte-me como gerou uma abominação dessas.

— Costure-me.

— Não — eu disse. — Vai me contar ou deixarei que vaze todo o seu sangue.

— Vadia — ela cuspiu. Mas estava resfolegando. A dor a estava exaurindo. Até minha irmã tinha um limite, um lugar aonde não iria. Nós nos encaramos, dois pares de olhos amarelos. — Bem, Dédalo? — ela disse por fim. — Este é o seu momento. Conte à minha irmã de quem é a culpa pela existência dessa criatura.

Ele olhou para mim, o rosto exausto e coberto de sangue.

— Minha — ele disse. — É minha. Sou o motivo dessa besta viver.

Da gaiola, um som úmido de mastigação. Os tentilhões tinham silenciado.

— Os deuses enviaram um touro, todo branco, para abençoar o reino de Minos. A rainha admirou a criatura e desejou vê-la mais de perto, mas o touro fugia de todos que se aproximavam. Então eu construí uma imitação oca de uma vaca, com um lugar dentro para que ela entrasse. Dei-lhe rodas para que pudéssemos rolar à praia enquanto a criatura dormia. Achei que seria só… Não pensei que…

— Oh, por favor — minha irmã cuspiu. — O mundo vai acabar antes que você termine de gaguejar. Eu fodi o touro sagrado, certo? Agora, pegue o fio.

Eu costurei minha irmã. Soldados vieram, seus rostos cuidadosamente neutros, e levaram a gaiola até um armário fechado. Minha irmã gritou para eles:

— Ninguém se aproxima sem ordens minhas. E deem-lhe algo para comer!

Criadas silenciosas enrolaram o tapete encharcado e levaram o sofá arruinado, como se fizessem tais tarefas todos os dias. Queimaram olíbano e violetas doces para disfarçar o fedor, então carregaram minha irmã para o banho.

— Os deuses a punirão — eu havia dito a ela enquanto a costurava. Mas ela só riu, com uma alegria intoxicante.

— Você não sabe? — ela rebatera. — Os deuses amam seus monstros.

As palavras me deram um susto.

— Você falou com Hermes?

— Hermes? O que ele tem a ver com isso? Não preciso que um olimpiano me diga o que está bem diante de mim. Todos sabem disso. — Ela dera um sorrisinho. — Menos você, como de costume.

Uma presença ao meu lado me trouxe de volta. Dédalo. Estávamos sozinhos, pela primeira vez desde que ele fora à minha ilha. Havia gotas marrons salpicadas em sua testa. Seus braços estavam manchados até o cotovelo.

— Posso atar seus dedos?

— Não — eu disse. — Obrigada. Eles vão se consertar sozinhos.

— Senhora. — Ele hesitou. — Estou em dívida pelo resto de meus dias. Se não tivesse vindo, teria sido eu.

Os ombros dele estavam retesados, tensos como que em preparação para um golpe. A última vez que ele tinha me agradecido, eu havia gritado. Mas agora entendia melhor: ele também sabia o que era criar monstros.

— Fico feliz que não tenha sido — eu disse. Acenei para suas mãos, cobertas de sangue seco, como todo o resto. — Os seus dedos não crescem de volta.

Ele abaixou a voz.

— A criatura pode ser morta?

Pensei em minha irmã, gritando para que eu fosse cuidadosa.

— Não sei. Pasifae parece acreditar que sim. Mas, mesmo que seja possível, ele é filho do touro branco. Pode ser protegido por um deus, ou trazer uma maldição sobre qualquer um que o ferir. Preciso pensar.

Ele esfregou a cabeça e eu vi a esperança de uma solução fácil ser drenada.

— Preciso de outra jaula, então. Essa não vai contê-lo por muito tempo.

Ele saiu. O sangue estava secando em meu rosto, e meus braços estavam oleosos com o fedor da criatura. Eu me sentia anuviada e pesada, nauseada com a poluição de todo aquele sangue. Se chamasse as criadas, elas me preparariam um banho, mas eu sabia que isso não seria suficiente. Por que minha irmã criara uma abominação daquelas? E por que me convocar? A maioria das náiades teria fugido, mas uma das nereidas poderia ter ajudado, elas estavam acostumadas com monstros. Ou Perses. Por que ela não o chamara?

Minha mente não tinha respostas. Estava exausta e entorpecida, tão inútil quanto meus dedos faltantes. Uma coisa ficou clara: eu precisava fazer alguma coisa. Não podia ficar parada enquanto aquele horror era libertado no mundo. Tive a ideia de procurar a oficina de trabalho de minha irmã. Talvez lá houvesse algo que poderia me ajudar, algum antídoto, alguma droga poderosa de reversão.

Não era longe, um cômodo fora dos seus aposentos, separado por uma cortina. Eu nunca vira a oficina de outra bruxa, e percorri suas estantes esperando não sei o quê: mil coisas aterradoras, fígados de krakens, dentes de dragões, a pele esfolada de gigantes. Mas tudo que vi foram ervas, e rudimentares ainda por cima: venenos, papoulas, algumas raízes de cura. Não tinha dúvida de que minha irmã podia fazer muito com elas, pois sempre fora determinada. Mas ela era preguiçosa, e ali estava a prova. Aquelas poucas ervas eram velhas e fracas como folhas mortas. Tinham sido colhidas de forma aleatória, algumas em broto, outras já murchas, cortadas com uma faca a qualquer hora do dia.

Eu entendi algo naquele momento. Minha irmã podia ser duas vezes a deusa que eu era, mas eu era duas vezes a bruxa. Aquele lixo esfacelado não iria me ajudar. E minhas próprias ervas de Eana não seriam suficientes, por mais fortes que fossem. O monstro estava preso em Creta, e, o que quer que fosse feito, Creta deveria me guiar.

Voltei pelos cômodos e corredores até o centro do palácio. Lá eu tinha visto escadas que levavam não ao porto, mas ao interior, a jardins e pavilhões amplos e iluminados, que por sua vez se abriam para campos distantes.

Ao meu redor, homens e mulheres ocupados varriam ladrilhos, colhiam frutas, carregavam cestas de cevada. Mantiveram os olhos diligentemente abaixados enquanto eu passava. Suponho que, vivendo com Minos e Pasifae, estavam acostumados a ignorar coisas mais sangrentas que eu. Passei pelas casas afastadas de camponeses e pastores, arvoredos e rebanhos pastando. As colinas estavam verdejantes e tão douradas com sol que a luz parecia se erguer delas, mas não parei para admirar a vista. Meus olhos estavam fixos no contorno negro que se erguia contra o céu.

Monte Dicte, ele era chamado. Nenhum urso ou lobo ou leão ousava caminhar por lá, apenas as cabras sagradas, seus grandes chifres se curvando como conchas de caramujo. Mesmo na estação mais quente, as florestas permaneciam escuras e frias. Diziam que, à noite, a caçadora Ártemis vagava pelas colinas com seu arco brilhante, e em uma daquelas cavernas escuras o próprio Zeus nasceu e foi escondido de seu pai devorador.

Havia ervas lá que não cresciam em nenhum outro lugar. Eram tão raras que poucas receberam nomes. Eu as sentia inchando em suas fendas, expirando gavinhas de magia no ar. Uma pequena flor amarela com um centro verde. Um lírio pendente que florescia laranja-amarronzado. E, melhor que tudo, o dictamo peludo, a rainha da cura.

Eu não caminhava como mortal, mas como uma deusa, e os quilômetros desapareceram sob meus pés. O crepúsculo caía quando atingi o sopé das colinas e comecei a subir. Os galhos se enlaçavam acima de mim. A sombra se erguia alta como água, formigando em minha pele. Abaixo, a montanha toda parecia zumbir. Mesmo ensanguentada e dolorida como estava, senti uma pontada de empolgação. Localizei os musgos, os montículos que brotavam da terra e, na base de um choupo-branco, encontrei um ramo florescente de dictamo. Suas folhas estavam entremeadas de poder, e as pressionei contra meus dedos arruinados. O feitiço se firmou com uma palavra; minha mão estaria inteira pela manhã. Reuni algumas raízes e sementes em minha bolsa e continuei. O fedor e o peso do sangue ainda se agarravam a mim, e por fim encontrei uma lagoa, fria e límpida, alimentada por gelo derretido. Senti com alegria o choque de suas águas, sua dor limpa e purificante. Realizei aqueles pequenos ritos de purificação que todos os deuses conhecem. Com pedras da margem, esfreguei a imundície do corpo.

Depois, sentei na margem sob as folhas prateadas e pensei na questão de Dédalo. *A criatura pode ser morta?*

Entre os deuses, há alguns que têm o dom da profecia, a habilidade de perscrutar as trevas e vislumbrar quais destinos virão a ser. Nem tudo pode ser previsto. A maioria dos deuses e dos mortais tem vidas que não são ligadas a nada; elas se emaranham e serpenteiam ora aqui, ora lá, sem seguir nenhum plano traçado. Mas também há aqueles que portam seus destinos como forcas, e cujas vidas seguem tão retas quanto tábuas, não importa como tentem desviar. São esses que nossos profetas conseguem ver.

Meu pai tinha tal presciência, e a vida inteira eu ouvira que o dom foi passado a seus filhos também. Nunca pensei em testar. Tinha sido criada para pensar que não possuía nenhuma das forças dele. Mas, naquele momento, toquei a água e disse: *Mostre-me.*

Uma imagem se formou, delicada e pálida, como se feita dos fios de névoa. Uma tocha soltando fumaça percorria longos corredores. Um fio se desenrolava por uma passagem de pedra. A criatura rugiu, mostrando seus dentes desnaturais. Tinha a altura de um homem e estava vestida em trapos puídos. Um mortal, com espada em mãos, pulou das sombras para matá-la.

A névoa se dissipou e a lagoa clareou outra vez. Eu tinha minha resposta, mas não era a que havia esperado. A criatura era mortal, mas não podia morrer como bebê, pela minha mão ou pela de Dédalo. Tinha um destino de muitos anos no futuro e deveria viver para cumpri-lo. Até lá, só poderia ser contida. Isso seria trabalho de Dédalo, mas talvez eu ainda tivesse como ajudá-lo. Andei entre as árvores sombreadas, pensando naquela criatura e em quais fraquezas poderia ter. Lembrei-me de seus olhos negros e ávidos fixos em mim. Sua fome consumidora enquanto lutava para devorar minha mão. O que seria preciso para saciar seu apetite? Se eu não fosse uma deusa, ele teria rastejado por meu braço e me consumido centímetro a centímetro.

Senti uma ideia erguer-se em mim. Precisaria de todas as plantas secretas do Dicte, e com elas as ervas com maior poder de contenção, raiz de ílex e junco, funcho e cicuta, acônito e heléboro. Precisaria também do resto do meu suprimento de móli. Passei por entre aquelas árvores sem errar o caminho, caçando os ingredientes um de cada vez. Se Ártemis perambulou naquela noite, manteve-se fora do meu caminho.

Levei as folhas e raízes de volta à lagoa e triturei-as em suas rochas. A pasta eu coloquei em uma das garrafas e acrescentei um pouco da água da lagoa. Suas ondas ainda continham o sangue que eu havia lavado das mãos, meu e de minha irmã. Como se soubesse, a poção se revirou, ficando vermelho-escura.

Eu não dormi naquela noite. Fiquei no Dicte até que o céu se tornou cinza, então comecei a voltar para Cnossos. Quando cheguei ao palácio, o sol estava brilhando forte nos campos. Passei num pátio que tinha atraído a minha atenção no dia anterior e parei para examiná-lo mais de perto. Havia nele um grande círculo de dança, rodeado por loureiros e carvalhos que forneciam sombra contra o sol ardente. Eu pensara então que o piso era feito de pedra, mas vi que era madeira, mil ladrilhos tão alisados e polidos que pareciam uma única peça. Estavam pintados com uma espiral, que partia do centro como a crista de uma onda. Obra de Dédalo, não podia ser de outro.

Uma garota estava dançando sobre ele. Nenhuma música tocava, mas seus pés mantinham um ritmo perfeito, cada passo a batida de um tambor silencioso. Ela própria se movia como uma onda, graciosa, mas com um movimento incansável e impetuoso. Em sua cabeça brilhava o diadema de uma princesa. Eu a teria reconhecido em qualquer lugar. Era a jovem da proa de Dédalo.

Seus olhos se arregalaram quando me viu, exatamente como os da estátua. Ela inclinou a cabeça.

— Tia Circe — cumprimentou. — Fico feliz em conhecê-la. Sou Ariadne.

Eu podia ver traços de Pasifae nela, mas só se procurasse com cuidado: o queixo, a delicadeza da clavícula.

— Você é habilidosa — eu disse.

Ela sorriu.

— Obrigada. Meus pais a estão procurando.

— Sem dúvida. Mas preciso encontrar Dédalo.

Ela assentiu, como se eu fosse apenas uma entre mil que desejavam vê-lo em vez de seus pais.

— Eu a levarei. Mas devemos tomar cuidado. Os guardas estão de olho.

Ela entrelaçou os dedos nos meus, quentes e um pouco úmidos devido ao seu exercício. Conduziu-me por dezenas de passagens laterais estreitas, seus pés silenciosos nas pedras. Chegamos enfim a uma porta de bronze. Ela bateu seis vezes, num ritmo.

— Não posso brincar agora, Ariadne — disse uma voz. — Estou ocupado.

— Estou com a senhora Circe — ela disse.

A porta se abriu, revelando Dédalo coberto de fuligem e sujeira. Atrás dele havia uma oficina de trabalho, meio aberta para o céu. Vi estátuas ainda protegidas com tecidos, equipamentos e instrumentos que não reconheci. Nos fundos, uma forja soltava fumaça, e metal brilhava quente num molde. Uma espinha de peixe jazia numa mesa, uma estranha lâmina serrilhada ao seu lado.

— Fui para o monte Dicte — eu disse. — Vislumbrei o destino da criatura. Ela pode morrer, mas não agora. Virá um mortal que está destinado a despachá-la. Não sei quanto tempo isso vai levar. A criatura estava inteiramente crescida na minha visão.

Eu o vi absorver a notícia. Todos os dias vindouros em que deveria manter a guarda. Ele inspirou fundo.

— Então devemos contê-la.

— Sim. Preparei um encantamento que vai ajudar. A criatura deseja... — Eu pausei, sentindo Ariadne atrás de mim. — Ela deseja aquela carne que você a viu comer. É parte de sua natureza. Não posso anular essa fome, mas posso colocar limites nela.

— Qualquer coisa — ele disse. — Eu sou grato.

— Não fique grato ainda — eu disse. — Por três estações de cada ano, o feitiço manterá o apetite dele controlado. Mas a cada colheita vai retornar, e deverá ser saciado.

Os olhos dele relancearam para Ariadne atrás de mim.

— Compreendo — ele disse.

— O resto do tempo ele ainda será perigoso, mas só como uma fera selvagem.

Ele assentiu, mas vi que estava pensando no tempo da colheita e no que deveria ocorrer. Olhou para os moldes atrás de si, levemente vermelhos de calor.

— Terminarei a jaula amanhã de manhã.

— Bom — eu disse. — Quanto antes, melhor. Lançarei o feitiço quando estiver pronta.

Quando a porta se fechou, Ariadne ficou em pé, esperando.

— Vocês estavam falando do bebê que nasceu, não é? É ele que deve ser mantido até ser morto?

— É.

— Os criados dizem que é um monstro e meu pai gritou comigo quando perguntei sobre ele. Mas ainda é meu irmão, não é?

Eu hesitei.

— Eu sei sobre minha mãe e o touro branco — ela disse.

Nenhuma filha de Pasifae poderia permanecer inocente por muito tempo.

— Suponho que você possa dizer que ele é seu meio-irmão — concedi. — Agora, venha. Leve-me ao rei e à rainha.

Grifos desfilavam, delicados e elegantes, nas paredes. As janelas derramavam sol. Minha irmã estava deitada no seu sofá prateado, brilhando com saúde. Ao seu lado, em uma cadeira de alabastro, Minos parecia velho e inchado, como algo morto deixado nas ondas. Seus olhos se agarraram a mim como aves de rapina tomam peixes.

— Onde esteve? O monstro precisa de cuidados. É por isso que a trouxemos aqui!

— Fiz uma poção — eu disse. — Para que possamos transferi-lo à sua nova jaula com mais segurança.

— Uma poção? Eu o quero morto!

— Querido, você está histérico — Pasifae disse. — Nem ouviu a ideia de minha irmã. Continue, Circe, por favor. — Ela apoiou o queixo na mão, esperando dramaticamente.

— A poção irá conter a fome da criatura por três estações de cada ano.

— Só isso?

— Vamos, Minos, assim você vai ferir os sentimentos de Circe. Acho que é um belo feitiço, irmã. O apetite de meu filho é um pouco descontrolado, não é? Ele já devorou a maioria dos nossos prisioneiros.

— Eu quero a criatura morta, sem discussão!

— Ela não pode ser morta — eu disse a Minos. — Não agora. Tem um destino no futuro distante.

— Um destino! — Minha irmã bateu palmas, encantada. — Ah, conte-nos qual é! Ele escapa e devora alguém que conhecemos?

Minos empalideceu, embora tentasse esconder.

— Quero que se assegurem... — ele disse a mim. — Você e o artesão, quero que se assegurem de que ele fique preso.

— Sim — minha irmã ecoou. — Assegurem-se. Eu odiaria pensar no que aconteceria se ele escapasse. Meu marido pode ser um filho de

Zeus, mas sua pele é completamente mortal. A verdade é — ela abaixou a voz para um sussurro — que acho que ele teme a criatura.

Uma centena de vezes eu vira algum tolo preso entre as garras de minha irmã. Minos lidava com isso pior que a maioria. Ele apontou um dedo para mim.

— Está ouvindo isso? Ela me ameaça abertamente. Isso é sua culpa, sua e de toda a sua família mentirosa. Seu pai deu sua irmã a mim como se fosse um tesouro, mas se você soubesse as coisas que ela fez comigo!...

— Oh, conte-lhe algumas delas! Acho que Circe apreciaria a bruxaria envolvida. Que tal as cem garotas que morreram enquanto você resfolegava em cima delas?

Eu podia sentir Ariadne, imóvel ao meu lado. Desejei que ela não estivesse lá.

O ódio no olhar de Minos era uma coisa viva.

— Harpia sórdida! Foi o seu feitiço que causou a morte delas! Tudo que você gera é maléfico! Eu devia ter arrancado aquela fera do seu útero amaldiçoado antes que pudesse nascer!

— Mas não ousou, não é mesmo? Sabe como seu querido pai Zeus estima tais criaturas. De que outra forma todos os heróis bastardos dele mereceriam suas reputações? — Ela inclinou a cabeça. — Aliás, você não deveria estar ansioso para pegar em armas também? Ah, sim, esqueci. Você não tem pendor para matar a não ser que as vítimas sejam serviçais. Irmã, de verdade, você devia aprender esse feitiço. Requer apenas...

Minos se erguera do assento.

— Eu a proíbo de falar mais sobre isso!

Minha irmã riu, aquele seu som de fonte prateada. Era calculado, como tudo o mais que ela fazia. Minos continuou gritando, mas eu observava minha irmã. Eu tinha considerado sua relação com o touro apenas um capricho perverso, mas ela não era governada por seus apetites; ao contrário, governava-os. Quando fora a última vez que eu vira emoção real no rosto dela? Lembrei-me então daquele momento na cama de parto, quando, com o rosto retorcido de urgência, ela gritara que o monstro devia viver. Por quê? Não por amor, não havia nem um pouco disso nela. Então a criatura deveria de alguma forma servir aos seus propósitos.

Foram minhas horas com Hermes que me ajudaram a responder, todas as notícias que ele havia me trazido do mundo. Quando Pasifae tinha se casado com Minos, Creta era o reino mais rico e famoso do mundo. No entanto, desde então, a cada dia mais reinos poderosos estavam surgindo, em Micenas e Troia, na Anatólia e na Babilônia. Desde então, além disso, um dos irmãos dela tinha aprendido a levantar os mortos, o outro a domar dragões, e sua irmã havia transformado Cila. Ninguém mais falava sobre Pasifae. Agora, com um único golpe, ela fizera sua estrela decadente brilhar de novo. O mundo todo ouviria a história da rainha de Creta, criadora e mãe do grande touro comedor de carne.

E os deuses não fariam nada. Pense nas preces que receberiam.

— É que é tão engraçado — Pasifae estava dizendo. — Você levou tanto tempo para entender! Achou que elas estavam morrendo pelo prazer de seus empenhos? Por puro êxtase? Acredite em mim...

Eu me virei para Ariadne, parada ao meu lado tão quieta quanto o ar.

— Venha — eu disse. — Terminamos aqui.

Voltamos para o círculo de dança. Acima de nós, os loureiros e carvalhos estendiam suas folhas verdes.

— Quando seu feitiço for lançado — ela disse —, meu irmão não será mais tão monstruoso.

— É o que espero — eu disse.

Um momento passou. Ela ergueu os olhos para mim, as mãos unidas em frente ao peito como se guardasse um segredo ali.

— Você pode ficar um pouquinho?

Eu a observei dançar, os braços curvando-se como asas, as pernas jovens e fortes apaixonadas pelo próprio movimento. *Era assim que os mortais encontravam a fama*, pensei. Por meio de prática e diligência, cuidando de suas habilidades como jardins até brilharem sob o sol. Mas deuses são nascidos de icor e néctar, sua excelência já explodindo da ponta dos dedos. Então encontram fama provando o que podem avariar: destruindo cidades, começando guerras, gerando pragas e monstros. Toda aquela fumaça e sabor erguendo-se tão delicadamente de nossos altares – ela deixa apenas cinzas para trás.

Os pés leves de Ariadne cruzavam e se recruzavam no círculo. Cada passo era perfeito, como um presente que ela se dava, e ela sorria ao recebê-lo. Eu queria sacudi-la pelos ombros. O que quer que faça, eu queria dizer, não seja feliz demais. Isso trará fogo sobre sua cabeça.

Mas não disse nada e deixei-a dançar.

CAPÍTULO 11

Quando o sol tocou os campos distantes, guardas vieram buscar Ariadne. *A princesa está sendo chamada pelos pais.* Eles marcharam com ela e eu fui levada ao meu quarto. Era pequeno e perto dos aposentos dos criados. A intenção, claro, era ser um insulto, mas eu gostei do alívio das paredes sem cores, da janela estreita que mostrava apenas uma faixa do sol implacável. Era silencioso também, pois todos os criados passavam na ponta dos pés, sabendo quem estava lá dentro. *A irmã bruxa.* Eles deixavam comida para mim quando eu não estava e tiravam a bandeja só quando eu havia saído de novo.

Eu dormi, e na manhã seguinte Dédalo veio me procurar. Ele sorriu quando abri a porta e me vi retribuindo o sorriso. Era algo pelo qual eu podia agradecer à criatura: a familiaridade entre nós tinha voltado. Eu o segui por uma escadaria até os corredores sinuosos que corriam debaixo do palácio. Passamos por celeiros de grãos e depósitos com fileiras de *pithoi* – as grandes jarras de cerâmica que guardavam o enorme estoque de óleo, vinho e cevada do palácio.

— O que aconteceu com o touro branco, você sabe?

— Não. Ele desapareceu quando Pasifae começou a inchar. Os sacerdotes disseram que era a bênção final do touro. Hoje ouvi alguém dizer que o monstro é um presente dos deuses para nos ajudar a prosperar. — Ele balançou a cabeça. — Eles não são tolos, naturalmente, é só que estão presos entre dois escorpiões.

— Ariadne é diferente — eu disse.

Ele assentiu.

— Eu tenho esperanças por ela. Ouviu que eles decidiram dar um nome à coisa? O Minotauro. Dez navios partem com o anúncio ao meio-dia e mais dez zarpam amanhã.

— Esperto — eu comentei. — Minos o reivindica, e em vez de ser o marido traído, partilha da glória de minha irmã. Ele se torna o grande rei que gera monstros e lhes dá o próprio nome.

Dédalo emitiu um som no fundo da garganta.

— Exatamente.

Tínhamos chegado ao grande depósito que abrigava a nova jaula da criatura. Era tão larga quanto o convés de um navio e com metade do comprimento. Encostei as mãos nas barras, lisas e grossas como mudas de árvores. Podia sentir o cheiro do ferro, mas o que mais havia nelas eu não sabia dizer.

— É uma nova substância — Dédalo explicou. — Mais difícil de trabalhar, mas mais resistente. Mesmo assim, não vai segurar a criatura para sempre. Ela já está anormalmente forte, e acabou de nascer. Mas isso me dará tempo para pensar em algo mais permanente.

Os soldados vinham atrás, carregando a antiga gaiola com barras para manter distância. Eles a apoiaram dentro da nova jaula com um clangor de metal e sumiram antes que os ecos tivessem desaparecido.

Eu me ajoelhei ao lado. O Minotauro estava maior do que antes, seu corpo robusto pressionando as grades de metal. Limpo de fluidos corporais e seco, o limite entre touro e bebê era mais notável, como se algum louco tivesse cortado a cabeça de um boi e a costurado numa criança. Ele fedia a carne velha, e longos ossos chacoalhavam no fundo da gaiola. Senti uma onda de náusea. *Um dos prisioneiros de Creta.*

A criatura estava me observando com olhos enormes. Ela se ergueu e farejou o ar diante de si, o nariz trabalhando. Um gemido saiu dela, agudo e empolgado. Lembrava-se de mim. Do meu cheiro e do gosto da minha carne. Abriu a boca larga como um bebê pássaro implorando. *Mais.*

Aproveitei a chance: falei as palavras de poder e verti a poção através da jaula, pela garganta aberta. A criatura engasgou e atacou as barras, mas mesmo enquanto o fazia seus olhos já estavam mudando, a fúria neles recuando. Eu mantive seu olhar e estendi a mão. Ouvi Dédalo inspirar fundo. Mas a criatura não pulou sobre mim. Seus membros rígidos tinham relaxado. Esperei por mais um momento, então destranquei o cadeado e abri a gaiola.

Ela andou de um lado para outro, os ossos chacoalhando abaixo dos pés.

— Está tudo bem — eu murmurei, se para mim mesma, Dédalo ou a criatura, não sei dizer. Lentamente, estendi a mão na direção dela. Suas narinas se alargaram. Toquei-lhe o braço e ela deu uma bufada de surpresa, mas nada mais.

— Venha — sussurrei, e ela veio, agachando-se e tropeçando um pouco enquanto atravessava a pequena abertura da gaiola. Ergueu os olhos para mim, com ansiedade, quase doçura.

Meu irmão, Ariadne o chamara. Mas o Minotauro não fora feito para nenhuma família. Era o triunfo de minha irmã, sua ambição transformada em corpo, seu açoite para usar contra Minos. Graças a isso, aquela criatura não conheceria companhia ou amor. Nunca veria o sol nem daria um passo livre. Não conheceria nada do mundo exceto ódio, escuridão e seus dentes.

Peguei a gaiola antiga e recuei. Ele me observou enquanto eu me afastava. Fechei a porta da jaula e sua orelha estremeceu com o som metálico. Quando a colheita chegasse, ele uivaria de raiva. Atacaria as grades, tentando destroçá-las.

Dédalo soltou o ar devagar.

— Como fez isso?

— Ele é metade fera — eu disse. — Todos os animais em Eana são mansos.

— O feitiço pode ser desfeito?

— Não por outra pessoa.

Trancamos a jaula. O tempo inteiro, a criatura nos observou. Fez um som baixo e esfregou uma bochecha peluda com uma das mãos. Então, fechamos a porta de madeira do aposento e não a vimos mais.

— E a chave?

— Planejo jogá-la fora. Quando tivermos de movê-lo, vou cortar as grades.

Percorremos de volta as passagens subterrâneas sinuosas até os corredores acima. No salão pintado, a brisa estava soprando, e o ar, iluminado. Nobres bonitos passavam por todos os lados, murmurando seus segredos. Será que sabiam o que vivia abaixo deles? Tinham de saber.

— Haverá um banquete esta noite — disse Dédalo.

— Eu não vou — respondi. — Não devo mais nada à corte de Creta.

— Vai partir em breve, então?

— Estou à mercê do rei e da rainha, são eles que têm os navios. Mas imagino que não levará muito mais tempo. Acho que Minos ficará contente em ter uma bruxa a menos em Creta. Será bom voltar para casa.

Era verdade, mas, naqueles corredores ornados, a ideia de voltar a Eana era estranha. Suas colinas e litoral, a casa de pedra com meu jardim – tudo parecia muito distante.

— Devo mostrar a cara esta noite — ele disse. — Mas espero me retirar antes da refeição. — Ele hesitou. — Deusa, sei que me atrevo, mas me daria a honra de jantar comigo?

Dédalo tinha me dito para ir quando a lua estivesse no céu. Seus aposentos no palácio ficavam no extremo oposto aos de minha irmã. Se isso era acaso ou intencional, eu não sabia dizer. Ele estava usando um manto mais elegante do que o anterior, mas seus pés estavam descalços. Levou-me a uma mesa e serviu vinho tão escuro quanto amoras. Bandejas estavam dispostas, com pilhas de frutas e um queijo branco salgado.

— Como foi o banquete?

— Estou feliz por ter saído. — Seu tom era azedo. — Eles chamaram um cantor para narrar o nascimento do glorioso homem-touro. Aparentemente, ele caiu de uma estrela.

Um menino saiu correndo de um quarto interior. Eu não conhecia idades mortais muito bem naquela época, mas acho que devia ter cerca de quatro anos. Seu cabelo negro formava cachos espessos e desgrenhados ao redor das orelhas, e seus membros ainda retinham sua gordura infantil. Ele tinha o rosto mais doce que eu já vira, deuses inclusos.

— Meu filho — Dédalo apresentou.

Eu olhei, boquiaberta. Sequer havia cogitado que o segredo de Dédalo pudesse ser uma criança. O garoto se ajoelhou como um pequeno cortesão.

— Nobre senhora — ele entoou —, eu lhe dou as boas-vindas à casa de meu pai.

— Obrigada — eu disse. — E você é um bom menino para o seu pai?

Ele assentiu, seriamente.

— Ah, sim.

Dédalo riu.

— Não acredite em uma palavra do que ele diz. Parece doce como creme, mas faz o que quer. — O menino sorriu para o pai. Era uma velha piada entre eles.

O garoto ficou ali por algum tempo, tagarelando sobre o trabalho do pai e sobre como o ajudava. Trouxe as pinças que gostava de usar e me mostrou, com um jeito experiente, como sabia segurá-las acima do fogo e não se queimar. Eu assenti, mas era o pai que estava observando. O rosto de Dédalo ficara suave como uma fruta madura, seus olhos grandes e brilhantes. Nunca pensei em ter filhos, mas, olhando para ele, por um momento pude imaginar como seria – como se perscrutasse um poço e, muito abaixo, vislumbrasse um pouco de água.

Minha irmã, é claro, teria percebido um amor daqueles em um instante.

Dédalo pôs a mão no ombro do filho.

— Ícaro — disse —, é hora de dormir. Vá encontrar sua ama.

— Vem me dar um beijo de boa-noite?

— É claro.

Nós o observamos se afastar, os pequenos calcanhares roçando na bainha de sua túnica grande demais.

— Ele é bonito — eu disse.

— Tem o rosto da mãe — disse. Então, respondeu à pergunta antes que eu a fizesse: — Ela faleceu no parto. Uma boa mulher, embora eu não a tivesse conhecido por muito tempo. Sua irmã arranjou o casamento.

Então eu não estivera tão errada, no fim das contas. Minha irmã tinha lançado a isca, mas pegara o peixe de outra forma.

— Sinto muito — eu disse.

Ele inclinou a cabeça.

— É difícil, admito. Faço o melhor que posso para ser um pai para ele, e mãe também, mas sei que ele sente falta. Toda vez que encontramos uma mulher, ele pergunta se me casarei com ela.

— E vai se casar?

Ele ficou em silêncio por um momento.

— Acho que não. Pasifae já tem o suficiente com que me atormentar, e eu nunca teria me casado, para começo de conversa, se ela não tivesse insistido. Sei que sou um marido inadequado, pois fico mais feliz quando minhas mãos estão ocupadas trabalhando, e então volto para casa tarde e imundo.

— Bruxaria e invenção têm isso em comum — eu disse. — Não acho que eu seria uma boa esposa também. Não que estejam batendo à minha porta. Aparentemente, a procura por feiticeiras em desgraça está escassa.

Ele sorriu.

— Sua irmã parece ter ajudado a envenenar esse poço.

Era fácil conversar abertamente com ele. Seu rosto era uma lagoa plácida que manteria tudo a salvo em suas profundezas.

— Você já sabe como manterá a criatura contida quando estiver crescida?

Ele assentiu.

— Estive pensando. Você viu como o subterrâneo do palácio é um favo de mel. Há uma centena de depósitos que não são usados, pois toda a riqueza de Creta encontra-se no ouro ultimamente, não em grãos. Acho que posso transformá-los em um tipo de labirinto. Fechar as duas saídas e deixar a criatura vagar. Está tudo entalhado no leito de rochas, então ele não terá por onde fugir.

Era uma boa ideia. E pelo menos a criatura teria mais espaço que uma jaula estreita.

— Será uma maravilha — eu disse. — Um labirinto capaz de conter um monstro inteiramente crescido. Você terá de inventar um bom nome para esse lugar.

— Tenho certeza de que Minos terá uma sugestão, envolvendo ele próprio.

— Sinto muito por não poder ficar para ajudar.

— A senhora ajudou mais do que eu mereço. — O olhar dele se ergueu para tocar o meu.

Uma garganta pigarreou. A ama estava na porta.

— Seu filho, senhor.

— Ah — Dédalo disse. — Com licença.

Eu me sentia inquieta demais para sentar pacientemente. Percorri o cômodo. Tinha imaginado que estaria repleto com mais maravilhas, estátuas e joias em cada canto, mas era simples, a mobília de madeira sem adornos. No entanto, olhando com mais cuidado, eu vi a marca de Dédalo. O verniz da mobília reluzia, e os nós foram esfregados até ficarem macios como pétalas de flores. Quando passei a mão em uma cadeira, não consegui encontrar seus encaixes.

Ele voltou.

— O beijo de boa-noite — explicou.

— Uma criança feliz.

Dédalo se sentou e bebeu um gole de vinho.

— Por enquanto, sim. Ele é pequeno demais para saber que é um prisioneiro. — Aquelas cicatrizes brancas pareceram se inflamar em suas mãos. — Uma jaula dourada ainda é uma jaula.

— E para onde iria, se pudesse escapar?

— Para qualquer lugar que me recebesse. Mas, se pudesse escolher, o Egito. Estão construindo coisas lá que fazem Cnossos parecer um pântano. Venho aprendendo a língua com alguns mercadores no porto. Acho que eles nos receberiam bem.

Encarei o seu rosto bom. Não bom porque era belo, mas porque era ele mesmo, como metal de qualidade, endurecido e batido até ficar forte. Tínhamos lutado lado a lado, e ele não vacilara. *Venha a Eana*, eu queria dizer. Mas sabia que não havia nada para ele lá.

Em vez disso, eu lhe disse:

— Espero que vá ao Egito um dia.

Terminamos nossa refeição e percorri os corredores escuros de volta ao meu quarto. A noite fora agradável, mas eu me sentia perturbada e confusa, minha mente como sedimentos misturados no leito de um rio. Eu não conseguia parar de ouvir Dédalo falando de sua liberdade. Houvera um desejo tão intenso em sua voz – e amargura também. Pelo menos eu havia merecido meu exílio, mas Dédalo era inocente, mantido apenas como um troféu pela vaidade de minha irmã e de Minos. Pensei nos olhos dele quando falara de Ícaro, naquele amor puro e brilhante. Para minha irmã, a criança não era nada além de uma ferramenta, uma espada para segurar sobre a cabeça do pai e torná-lo seu escravo. Lembrei o prazer no rosto dela quando ordenara que Dédalo cortasse sua barriga. Era o mesmo olhar que me dirigiu quando eu entrei pela porta.

Eu estivera tão consumida pelo Minotauro que não tinha percebido como tudo aquilo fora um triunfo para ela. Não só o monstro e sua nova fama, mas tudo aquilo que os acompanhava: Dédalo forçado a se tornar cúmplice, Minos temeroso e humilhado, e toda a Creta tornada refém do medo. E eu, eu era um triunfo também. Ela poderia ter convocado outros, mas eu sempre fora o cão que gostava de açoitar. Ela soubera como eu seria útil, obedientemente limpando suas bagunças, protegendo Dédalo, garantindo que o monstro fosse seguramente contido. E o tempo todo ficaria rindo do seu sofá dourado. *Gostou do meu novo bichinho de estimação? Eu não lhe dou nada exceto tabefes, mas veja como ela corre ao som do meu apito!*

Meu estômago ardia. Eu me afastei de meus aposentos. Caminhei como uma deusa, sem ser vista, passando pelos guardas sonolentos, pelos criados do turno da noite. Cheguei à porta do quarto de minha irmã e a ultrapassei. Parei diante da cama dela. Pasifae estava sozinha. Minha irmã não confiava seu sono a ninguém exceto a si mesma. Eu tinha sentido os feitiços quando passara pelo limiar, mas eles não podiam me impedir.

— Por que me chamou até aqui? — demandei. — Deixe-me ouvi-la admitir.

Os olhos dela se abriram imediatamente, ávidos, como se ela estivesse me esperando.

— Foi um presente, é claro. Quem mais teria gostado de me ver sangrar tanto?

— Posso pensar em mil outros.

Ela sorriu, do jeito que gatos sorriem. Era sempre mais divertido brincar com um rato vivo.

— Que pena que não pode usar seu novo feitiço de contenção em Cila. Mas, é claro, você precisaria do sangue da mãe dela. Não acho que aquela vadia da Krataiis vai consentir em ajudá-la.

Eu já tinha pensado nisso. Pasifae sempre sabia onde mirar sua lança.

— Você queria me humilhar — eu disse.

Ela bocejou, a língua rosa contra os dentes brancos.

— Estive pensando — ela disse — em chamar meu filho de Asterion. O que acha?

Significava *Estrelado*.

— O nome mais bonito que já ouvi para um canibal.

— Não seja tão dramática. Ele não pode ser um canibal, uma vez que não há outros Minotauros para comer. — Ela franziu um pouco o cenho, erguendo o queixo. — Entretanto, estive pensando: centauros contam? Eles devem ter algum parentesco, não acha?

Eu não seria atraída para aquele jogo.

— Você podia ter chamado Perses.

— Perses. — Ela acenou com a mão. O que isso significava, eu não soube dizer.

— Ou Aietes.

Ela se sentou e as cobertas deslizaram para o chão. Ela estava nua, exceto por um colar feito de quadrados de ouro batido. Cada qual estava gravado em relevo: um sol, uma abelha, um machado, o grande contorno do Dicte.

— Ah, espero que continue falando a noite toda — ela disse. — Eu vou trançar seu cabelo e nós podemos rir sobre nossos pretendentes. — Ela abaixou a voz. — Acho que Dédalo a aceitaria sem hesitar.

Minha raiva transbordou.

— Não sou seu cachorro, Pasifae, nem seu urso para ser domado. Vim em seu auxílio, apesar do nosso passado, apesar dos homens que você mandou para a morte. Ajudei-a com seu monstro. Fiz seu trabalho por você, e tudo que me oferece é zombaria e desdém. Uma só vez em sua vida perversa, fale a verdade. Você me trouxe aqui para me fazer de tola.

— Oh, isso não exige nenhum esforço da minha parte — ela disse. — Você cuida disso sozinha.

Mas a resposta foi um reflexo, não real. Eu esperei.

— É engraçado — ela disse — que mesmo depois de todo esse tempo, você ainda acredite que deve ser recompensada só porque foi obediente. Pensei que teria aprendido essa lição nos salões de nosso pai. Ninguém se encolhia e rastejava como você, e no entanto o grande Hélio andava sobre você ainda mais por isso, porque já estava curvada aos seus pés.

Ela se inclinou para a frente, seu cabelo dourado solto, bordando os lençóis ao seu redor.

— Deixe-me contar uma verdade sobre Hélio e o resto. Eles não se importam se você for boazinha. Mal se importam se for má. A única coisa que escutam é poder. Não é suficiente ser a favorita de um tio, agradar algum deus na cama. Sequer é suficiente ser bela, pois quando você vai a eles e se ajoelha e diz: "Eu fui boa, pode me ajudar?", eles franzem o cenho. "Oh, querida, não pode ser feito. Oh, querida, você terá de viver com isso. E perguntou a Hélio? Sabe que eu não faço nada sem a permissão dele."

Ela cuspiu no chão.

— Eles tomam o que querem e em troca lhe dão apenas seus próprios grilhões. Mil vezes eu vi você esmagada. Eu mesma a esmaguei. E toda vez, pensava: será a última, ela vai pôr um fim nisso, vai chorar até virar uma pedra ou um pássaro grasnando no céu, vai nos deixar e já vai tarde. Mas você sempre retornava no dia seguinte. Todos ficaram surpresos quando você se revelou uma bruxa, mas eu sabia o tempo todo. Apesar de sua choradeira, eu vi que você não seria reduzida a pó. Você os detestava tanto quanto eu. Acho que é daí que vem o nosso poder.

As palavras dela caíam em minha cabeça como uma grande catarata. Eu mal conseguia absorvê-las. Ela odiava a nossa família? Para mim, tinha sempre parecido ser a destilação deles, um monumento brilhante à crueldade vaidosa do nosso sangue. Mas era verdade o que tinha dito: ninfas só podiam trabalhar mediante o poder de outros. Nunca podiam esperar qualquer poder para si mesmas.

— Se isso é verdade — eu perguntei —, por que foi tão cruel comigo? Aietes e eu estávamos sozinhos, você poderia ter sido nossa amiga.

— Amiga — ela desdenhou. Seus lábios eram de um vermelho-sangue perfeito, a cor que todas as outras ninfas tinham de pintar. — Não existem amigos naqueles salões. E Aietes nunca gostou de uma mulher na vida.

— Isso não é verdade — eu disse.

— Por que acha que ele gostava de você? — Ela riu. — Ele a tolerava porque você era um macaco domado, aplaudindo cada palavra que ele dizia.

— Você e Perses não eram diferentes — eu disse.

— Você não sabe nada sobre Perses. Sabe como eu o mantinha feliz? As coisas que tive de fazer?

Eu não queria ouvir mais. Seu rosto estava mais aberto do que eu jamais vira e cada palavra era afiada como se ela tivesse passado anos entalhando-a naquela forma.

— Então nosso pai me deu para aquele asno do Minos. Bem, eu podia trabalhar com ele, e trabalhei. Ele está enquadrado agora, mas tem sido um longo caminho e eu nunca vou voltar ao que era. Então me diga, irmã, quem eu devia ter chamado em vez de você? Algum deus que mal poderia esperar para zombar de mim e me fazer implorar por migalhas? Ou alguma ninfa que cruzaria o mar inutilmente? — Ela riu de novo. — Ambos teriam saído correndo ao primeiro dente. Eles não sabem suportar a dor. Não são como nós.

As palavras foram um choque, como se o tempo todo as mãos dela estivessem vazias e agora ela exibisse sua faca. Bile encheu minha garganta. Eu recuei um passo.

— Eu não sou como você.

Por um instante, eu vi a surpresa no rosto dela. Então desapareceu, como onda lavando uma praia.

— Não — ela disse. — Não é. Você é como nosso pai, estúpida e categórica, fechando os olhos a tudo que não entende. Diga-me, o que acha que aconteceria se eu não fizesse monstros e venenos? Minos não quer uma rainha, só uma geleia afetada para guardar numa jarra e parir seus filhos até morrer. Ele ficaria contente em me manter em grilhões pela eternidade, e só precisaria dizer uma palavra ao nosso próprio pai para fazê-lo. Mas não faz. Ele sabe o que eu faria com ele primeiro.

Lembrei-me de meu pai falando de Minos: *Ele vai mantê-la em seu lugar.*

— Mas nosso pai não daria tanta liberdade a Minos.

A risada dela arranhou meus ouvidos.

— Nosso pai me colocaria em grilhões pessoalmente, se isso salvasse sua preciosa aliança. Você é prova disso. Zeus tem pavor de bruxaria e queria um sacrifício. Nosso pai escolheu você porque era a menos valiosa. E agora você está presa naquela ilha e nunca sairá dela. Eu devia saber que você não me serviria de nada. Saia. Saia daqui e não me deixe vê-la outra vez.

Eu voltei por aqueles corredores. Minha mente estava vazia, minha pele arrepiada como se fosse sair do corpo. Cada som, cada toque, as pedras sob meus pés, o borrifo das fontes atrás de uma janela, sobrepujavam malignamente meus sentidos.

Quando a figura se separou das sombras de minha porta, eu estava entorpecida demais para gritar. Minha mão tentou alcançar a bolsa de poções, mas então a luz das tochas distantes caiu sobre o rosto encapuzado.

Ele falou tão suavemente que só um deus poderia ter ouvido.

— Estava esperando por você. Diga uma palavra e eu irei.

Levei um momento para entender. Eu não tinha imaginado que ele fosse tão ousado. Mas é claro que era. Artista, criador, inventor, o maior que o mundo já conhecera. Timidez não cria nada.

O que eu teria dito, se ele tivesse vindo antes? Não sei. Mas sua voz naquele momento foi como um bálsamo em minha pele esfolada. Eu desejava suas mãos, ele inteiro, por mais que fosse mortal, por mais que sempre fosse estar distante e morrendo.

— Fique — eu disse.

Não acendemos nenhuma vela. O cômodo estava escuro e quente depois do calor do dia. Sombras cobriam a cama. Nenhum sapo coaxou e nenhum pássaro piou. Era como se tivéssemos encontrado o coração imóvel do universo. Nada se mexia, exceto nós.

Depois, deitamos ao lado um do outro, a brisa noturna fazendo cócegas em nossos membros. Considerei contar a ele sobre a briga com Pasifae, mas não a queria junto a nós. Lá fora, as estrelas estavam veladas e um criado passou pelo pátio com uma tocha tremeluzente. Achei que tinha imaginado, no começo: um leve tremor balançando o quarto.

— Sentiu isso?

Dédalo assentiu.

— Nunca são fortes. Algumas rachaduras no reboco. Vêm acontecendo com mais frequência nos últimos tempos.

— Não vão danificar a jaula, imagino.

— Não — ele confirmou. — Teriam que piorar muito. — Um momento se passou. A voz dele veio baixa através da escuridão. — Na colheita — ele disse —, quando a criatura estiver crescida. Quão ruim será?

— Até quinze em uma lua.

Ouvi-o inspirar com força.

— Eu sinto o peso disso a todo momento — ele disse. — Todas aquelas vidas. Eu ajudei a criar aquela criatura, e agora não posso desfazê-la.

Eu conhecia o peso de que ele falava. Sua mão estava ao lado da minha. Era calejada, mas não áspera. Na escuridão, corri os dedos sobre ela, procurando as linhas pálidas que eram suas cicatrizes.

— Como você suporta? — ele perguntou.

Seus olhos emanavam uma leve luz e por ela eu podia ver seu rosto. Foi uma surpresa perceber que ele estava esperando uma resposta. Que acreditava que eu tivesse uma. Pensei em outro cômodo escuro, com outro prisioneiro. Ele fora um artesão também. Sobre a fundação do seu conhecimento, a civilização tinha sido construída. As palavras de Prometeu, correndo profundamente como raízes, haviam esperado em mim todo aquele tempo.

— Suportamos o melhor que podemos — eu disse.

Minos era parcimonioso com seus navios, e, agora que o monstro estava contido, fez-me esperar à sua conveniência.

— Um dos meus mercadores passa perto de Eana. Ele zarpa em alguns dias. Você poderá ir então.

Não vi minha irmã de novo, exceto ao longe, carregada para os seus piqueniques e prazeres. Tampouco vi Ariadne, embora a procurasse no círculo de dança. Perguntei a um dos guardas se poderia me levar a ela. Não acho que imaginei seu sorrisinho.

— A rainha proibiu.

Pasifae e suas vinganças mesquinhas. Meu rosto ardeu, mas eu não daria a ela a satisfação de saber que sua crueldade tinha me atingido. Percorri as áreas do palácio, suas colunas, suas sendas e campos. Observei os mortais enquanto passavam com seus rostos interessantes e indomados. Toda noite Dédalo batia secretamente à minha porta. Era tempo emprestado, nós sabíamos, e isso o tornava mais doce.

Os guardas vieram logo depois da aurora no quarto dia. Dédalo já tinha saído; gostava de estar em casa quando Ícaro acordava. Os homens ficaram parados diante de mim, rígidos em suas capas púrpuras, assomando como se eu pudesse tentar passar por eles e correr para as colinas. Eu os segui pelos salões pintados e pela grande escadaria abaixo. Dédalo estava esperando em meio ao caos do píer.

— Pasifae o punirá por isso — eu disse.

— Não mais do que já pune. — Ele deu um passo para o lado quando as oito ovelhas que Minos enviara como agradecimento foram conduzidas ao navio. — Vejo que o rei foi tão generoso como sempre. — Ele gesticulou para duas caixas enormes, já dispostas no convés. — Lembrei que gosta de se manter ocupada. É uma criação minha.

— Obrigada — eu disse. — Você me honra.

— Não — ele falou. — Eu sei o que lhe devemos. O que eu devo.

O fundo da minha garganta ardia, mas eu podia sentir os olhos nos observando. Não queria piorar a situação dele.

— Pode dizer adeus a Ariadne por mim?

— Direi — ele prometeu.

Subi no navio e ergui a mão. Ele ergueu a dele. Eu não tinha me enganado com falsas esperanças. Eu era uma deusa e ele um mortal, e ambos estávamos presos. Mas gravei o rosto dele em minha mente, como sinetes são gravados em cera, para poder carregá-lo comigo.

Não abri aquelas caixas até estarmos fora de vista. Queria ter aberto, para poder lhe agradecer adequadamente. Em uma delas havia lãs e fios não tingidos de todos os tipos. Na outra, o tear mais lindo que eu já vira, feito de cedro polido.

Ainda o tenho. Ele fica perto de minha lareira, e até foi tema de canções. Talvez não seja surpreendente; os poetas gostam de tais simetrias: a bruxa Circe, igualmente habilidosa em tecer feitiços e fios, em fiar encantamentos e tecidos. Quem sou eu para estragar um hexâmetro tão natural? Mas qualquer maravilha em meus tecidos vem daquele tear e do mortal que o fez. Mesmo depois de tantos séculos, suas dobradiças são fortes, e quando a naveta desliza através da urdidura, o aroma de cedro enche o ar.

Depois que parti, Dédalo realmente construiu seu grande labirinto, cujas paredes confundiram a fúria do Minotauro. Colheita seguiu-se a colheita, e as passagens tortuosas se encheram de ossos. Se a pessoa escutasse, diziam os criados do palácio, poderia ouvir a criatura chacoalhando de um lado para outro. E, durante todo esse tempo, Dédalo trabalhou. Ele emplastrou duas molduras de madeira com cera amarela e nelas pressionou penas que havia coletado dos grandes pássaros marinhos que se alimentavam no litoral de Creta, penas longas, largas e brancas. Dois conjuntos de asas elas formaram. Ele amarrou um par nos próprios braços e um nos do filho. Eles subiram no mais alto penhasco do litoral de Cnossos e pularam.

As brisas do oceano os pegaram e eles foram erguidos. Seguiram para o leste, em direção ao nascer do sol e da África. Ícaro vibrou, pois era um jovem e esse era seu primeiro gosto de liberdade. O pai riu ao vê-lo mergulhar e girar. O rapaz subiu ainda mais alto, deslumbrado pela vastidão do céu, pelo calor desimpedido do sol nos ombros. Ele não ouviu os gritos de alerta do pai. Não notou a cera que derretia. As penas se soltaram e ele caiu em seguida, atingindo as ondas que o afogaram.

Eu fiquei de luto pela morte daquele doce menino, e ainda mais por Dédalo, que continuou voando, determinado, arrastando aquela dor desesperada atrás de si. Foi Hermes quem me contou, é claro, bebericando meu vinho, os pés apoiados em minha lareira. Fechei os olhos para recuperar aquela impressão que tomara do rosto de Dédalo. Quis que tivéssemos concebido um filho que fosse algum conforto para ele. Mas aquele era um pensamento juvenil e tolo: como se crianças fossem sacos de grão para serem substituídas umas por outras.

Dédalo não viveu muito mais que o filho. Seus membros se tornaram cinzentos e fracos, toda a sua força transmutada em fumaça. Eu não tinha direito de reivindicá-lo, sabia disso. Mas, em uma vida solitária, há raros momentos em que outra alma mergulha perto da sua, como estrelas roçando a terra uma vez por ano. Ele foi para mim uma dessas constelações.

CAPÍTULO 12

Tomamos o caminho longo para Eana, evitando Cila. Levamos onze dias. O céu curvava-se sobre nós, claro e brilhante. Eu encarei as ondas ofuscantes, o clarão branco do sol. Ninguém me perturbou. Os homens desviavam o olhar quando eu passava, e os vi lançarem às ondas uma corda que eu havia tocado. Não podia culpá-los. Eles viviam em Cnossos e já sabiam o bastante sobre bruxaria.

Quando atracamos em Eana, eles carregaram o tear obedientemente pelo bosque e o colocaram diante da minha lareira. Conduziram as oito ovelhas também. Eu ofereci vinho e uma refeição, mas é claro que eles não aceitaram. Apressaram-se de volta ao seu navio e forçaram os músculos nos remos, ansiosos para desaparecer além do horizonte. Eu observei até que eles sumiram de repente, como uma chama abafada.

A leoa me encarou do umbral. Ela batia a cauda como que para dizer: *É bom que essa tenha sido a última vez.*

— Será — eu disse.

Depois dos pavilhões ensolarados e vastos de Cnossos, minha casa era aconchegante como uma toca. Eu caminhei pelos quartos arrumados, sentindo o silêncio, a quietude, o arranhar de nenhum pé fora o meu. Encostei a mão em cada superfície, em cada armário e taça. Estavam todos exatamente como antes. Como sempre estariam.

Fui para o jardim. Arranquei as mesmas ervas daninhas que sempre cresciam e plantei as ervas que havia coletado no monte Dicte. Elas tinham um aspecto estranho longe de seus buracos banhados de luar, atulhadas entre meus canteiros lustrosos e coloridos. Seu zumbido parecia mais fraco, suas cores desbotadas. Eu não tinha cogitado que talvez seus poderes pudessem não sobreviver à realocação.

Nos anos em que vivera em Eana, nunca havia me irritado com minhas restrições. Depois dos salões de meu pai, a ilha parecera uma liberdade selvagem e intoxicante. Suas praias, seus picos, tudo se abria para o horizonte, repletos de magia. Mas olhando aqueles brotos frágeis, pela primeira vez eu senti o peso real do meu exílio. Se eles morressem, eu não poderia coletar outros. Nunca andaria de novo pelas encostas cheias de zumbidos do Dicte. Não poderia tirar água da sua lagoa prateada. Todos aqueles lugares de que Hermes me falara – Arábia, Assur, Egito – estavam perdidos para sempre.

Você nunca sairá, minha irmã dissera.

Em desafio, eu me atirei de volta à minha velha vida. Fazia tudo que queria, no instante em que pensava nisso. Cantava nas praias, reorganizava meu jardim. Chamava os porcos e coçava seus dorsos eriçados, escovava as ovelhas e convocava os lobos para deitarem resfolegantes no chão. A leoa revirava os olhos amarelos para eles, mas se comportava, pois era minha lei que todos os animais suportassem uns aos outros.

Toda noite eu ia cavar minhas ervas e raízes. Lançava quaisquer feitiços que viessem à mente, só para sentir o prazer de tecê-los em minhas mãos. Pela manhã, cortava flores para a cozinha. Nas noites após o jantar, sentava diante do tear de Dédalo. Levei algum tempo para entendê-lo, pois era diferente de qualquer tear que já vira nos salões dos deuses. Havia um assento e a trama era puxada para baixo em vez de para cima. Se minha avó o tivesse visto, teria oferecido sua serpente marinha por ele; o tecido que produzia era mais fino que os melhores dela. Dédalo estivera certo ao imaginar que eu ia gostar de todo o trabalho, da simplicidade e da habilidade ao mesmo tempo, do aroma da madeira, do sussurro da naveta, do modo satisfatório como trama empilhava-se sobre trama. *Era um pouco como feitiçaria*, pensei, *pois as mãos deviam ficar ocupadas e a mente, afiada e livre*. Mas minha parte preferida não era o tear, e sim a feitura dos corantes. Ia caçar as melhores cores, raízes de garança e açafrão, insetos quermes escarlates e moluscos cor de vinho, e pó de alume para fixá-los na lã. Eu os espremia, triturava e embebia em grandes bacias ferventes até que os líquidos malcheirosos criassem uma espuma brilhante como flores: carmesim, amarelo croco e o púrpura forte que os príncipes usam. Se tivesse a habilidade de Atena, poderia ter tecido uma grande tapeçaria de Íris, deusa do arco-íris, atirando suas cores do céu.

Mas eu não era Atena. Ficava feliz com simples lenços, com mantos e cobertores que dispunha como joias em minhas cadeiras. Cobri minha leoa com um e a chamei de rainha da Fenícia. Ela se sentou, virando a cabeça para um lado e para outro, como que para exibir o modo como o púrpura fazia seu pelo brilhar dourado.

Você nunca verá a Fenícia.

Levantei-me do banco e me obriguei a caminhar pela ilha, admirando as mudanças que cada hora trazia: as aranhas-d'água roçando a superfície das lagoas, as pedras tornadas verdes e lisas pela correnteza do rio, as abelhas voando baixo, carregadas de pólen. As baías estavam cheias de peixes; as sementes estouravam de suas vagens. Meu dictamo e meus lírios de Creta floresceram, no fim das contas. *Viu?*, perguntei à minha irmã.

Foi a lembrança de Dédalo quem respondeu. *Uma jaula dourada ainda é uma jaula.*

A primavera tornou-se verão, e o verão, outono fragrante. Agora havia neblina pela manhã e, às vezes, tempestades à noite. O inverno chegaria em breve com sua própria beleza, as folhas de heléboro verdes brilhando entre as marrons, e os ciprestes altos e negros contra o céu de metal. Nunca ficava realmente frio, não como no cume do monte Dicte, mas fiquei contente por ter comigo minhas novas capas enquanto escalava as rochas e parava entre os ventos. No entanto, não importava quantas belezas eu procurasse, quais prazeres encontrasse, as palavras de minha irmã me seguiam, provocantes, esgueirando-se profundamente em meus ossos e sangue.

— Você está errada sobre a feitiçaria — eu disse a ela. — Não vem do ódio. Eu lancei meu primeiro feitiço por amor a Glauco.

Podia ouvir a voz de marta dela como se estivesse diante de mim. *Mas foi um desafio a nosso pai, um desafio a todos aqueles que a insultaram e que a proibiram de realizar seus desejos.*

Eu vira a expressão de meu pai quando soube enfim o que eu era. Estava pensando que devia ter me matado no berço.

Exatamente. Veja como eles secaram o útero de nossa mãe. Nunca reparou quão facilmente ela manipulava nosso pai e nossas tias?

Eu *tinha* reparado. Parecia ir além da beleza, além de quaisquer truques de alcova que ela pudesse conhecer.

— Ela é esperta.

Esperta! Pasifae riu. *Você sempre a subestimou. Eu não ficaria surpresa se ela tivesse sangue de bruxa também. Não recebemos nosso dom de Hélio.*

Eu tinha me perguntado sobre isso.

Agora você está arrependida por tê-la desprezado. Por ter passado todo dia lambendo os pés de nosso pai, esperando que ele a largasse.

Eu percorri as rochas. Tinha caminhado pela terra por cem gerações, mas ainda era uma criança para mim mesma. Fúria e luto, desejo frustrado, luxúria, autocomiseração: essas são emoções que os deuses conhecem bem. Mas culpa e vergonha, remorso, ambivalência – esses territórios nos são estrangeiros e devem ser aprendidos pedra a pedra. Eu não conseguia parar de pensar no rosto de minha irmã, o choque paralisado quando lhe dissera que nunca seria como ela. O que ela havia esperado? Que trocaríamos mensagens na boca de pássaros marinhos? Que compartilharíamos feitiços, que lutaríamos contra os deuses? Que poderíamos ser, do nosso próprio jeito, irmãs enfim?

Tentei imaginar a cena: nossas cabeças curvadas sobre ervas, a risada dela enquanto inventava alguma artimanha. Desejei então... ah, uma dúzia de coisas impossíveis. Que eu tivesse descoberto antes o que ela era. Que tivéssemos crescido em outro lugar que não aqueles salões cintilantes. Eu poderia ter suavizado seus venenos, afastando-a de seus abusos, ensinando a ela como coletar as melhores ervas.

Ah!, ela disse. *Não aceitarei lições de uma tola como você. É fraca e cega, e é ainda pior porque escolheu ser assim. Vai se arrepender no fim.*

Era sempre mais fácil quando ela era odiosa.

— Eu não sou fraca. E nunca me arrependerei de não ser como você. Está ouvindo?

Não ouve resposta, é claro. Só o ar, comendo minhas palavras.

Hermes retornou. Eu não achava mais que ele tinha conspirado com Pasifae. Era só de sua natureza alardear seu conhecimento e rir do que os outros não sabiam. Ele se recostou na minha cadeira prateada.

— Então, o que achou de Creta? Ouvi que passou por alguma emoção.

Eu lhe dei comida e vinho e o levei para a cama naquela noite. Ele estava tão belo quanto sempre, ávido e brincalhão em nossas relações. Mas um desgosto se erguia em mim agora, quando olhava para ele. Num momento eu estava rindo, e no seguinte seus gracejos se tornavam azedos em minha garganta. Quando suas mãos se estendiam para mim, sentia um deslocamento estranho. Elas eram perfeitas e sem cicatrizes.

Minha ambivalência, é claro, só o incentivou. Todo desafio era um jogo, e todo jogo, um prazer. Se eu o amasse, ele teria partido, mas minha repulsa o trazia de volta vez após vez. Ele se esforçou para me envolver, trazendo presentes e notícias, desvelando toda a história do Minotauro sem que eu perguntasse.

Depois que eu parti, ele disse, o filho mais velho de Minos e Pasifae, Andrógeo, visitou o continente e foi morto perto de Atenas. Àquela altura, o povo de Creta estava inquieto por ter de perder seus filhos e filhas a cada colheita e ameaçavam revolta. Minos aproveitou-se da oportunidade. Exigiu, como pagamento pelo filho, que o rei ateniense enviasse sete rapazes e sete donzelas para alimentar o monstro, ou a marinha de Creta faria guerra. O rei atemorizado concordou, e um dos jovens escolhidos foi seu próprio filho, Teseu.

Esse príncipe era o mortal que eu vira na lagoa da montanha. Mas minha visão não me contara tudo: que ele teria morrido se não fosse pela princesa Ariadne. Ela se apaixonou por ele e, para salvar sua vida, contrabandeou uma espada e lhe ensinou o caminho pelo Labirinto, que aprendera do próprio Dédalo. Mas quando ele saiu de lá com as mãos cobertas de sangue do monstro, ela chorou, e não foi de alegria.

— Ouvi dizer — explicou Hermes — que ela tinha um amor anormal pela criatura. Ia com frequência à sua jaula e falava baixinho através das grades, oferecendo quitutes da própria mesa. Certa vez, aproximou-se demais e os dentes da fera a pegaram no ombro. Ela escapou e Dédalo costurou o ferimento, mas o ataque deixou uma cicatriz na base do pescoço, na forma de uma coroa.

Lembrei-me do rosto dela quando dissera *meu irmão*.

— Ela foi punida? Por ajudar Teseu?

— Não. Ela fugiu com ele depois que a criatura estava morta. Teseu teria se casado com ela, mas meu irmão decidiu que a queria para si. Você sabe como ele ama os mortais com pés leves. Ele ordenou a Teseu que a deixasse numa ilha, e ele viria reivindicá-la.

Eu sabia de qual irmão ele falava. Dioniso, senhor da hera e da uva. Filho desenfreado de Zeus, que os mortais chamavam de Libertador, pois os livrava de suas preocupações. *Pelo menos*, pensei, *com Dioniso ela dançaria toda noite.*

Hermes balançou a cabeça.

— Ele chegou tarde demais. Ela adormeceu e Ártemis a matou.

Ele falou tão casualmente que achei que tinha ouvido errado.

— O quê? Ela está morta?

— Eu a levei para o submundo pessoalmente.

Aquela garota ágil e esperançosa.

— Por qual motivo?

— Não consegui extrair uma resposta direta de Ártemis. Você sabe como ela é mal-humorada. Alguma ofensa incompreensível. — Ele deu de ombros.

Minha feitiçaria não era páreo para um olimpiano, eu sabia. Mas, naquele momento, eu quis tentar. Quis reunir todos os meus encantamentos, lançar minha vontade sobre os espíritos da terra, sobre as feras e os pássaros, e projetá-los contra Ártemis até que ela soubesse o que era ser caçada de verdade.

— Vamos — disse Hermes. — Se chorar toda vez que um mortal morre, vai se afogar em um mês.

— Saia — ordenei.

Ícaro, Dédalo, Ariadne. Todos foram para aqueles campos sombrios, onde as mãos trabalhavam apenas o ar, onde os pés não mais tocavam a terra. *Se ao menos eu tivesse estado lá*, pensei. Mas o que teria mudado? O que Hermes dissera era verdade. A todo momento os mortais morriam, por naufrágio e pela espada, por feras selvagens e homens selvagens, por doença, abandono e idade. Era o destino deles, como Prometeu me contara; a história que todos eles compartilhavam. Não importava quão vívidos fossem em vida, não importava quão brilhantes, não importava quais maravilhas realizassem, no fim tornavam-se pó e fumaça. Enquanto isso, cada deus mesquinho e inútil continuaria sugando o ar iluminado até que as estrelas se escurecessem.

Hermes voltou, como sempre. Eu permiti. Quando ele cintilava em minha sala, as praias não pareciam tão estreitas, meu exílio não pesava tanto.

— Conte-me as novidades — eu pedi. — Conte-me de Creta. Como Pasifae lidou com a morte do Minotauro?

— O boato é que ela enlouqueceu. Só usa preto agora, de luto.

— Não seja tolo. Ela só está louca se isso lhe serve de algo — eu disse.

— Dizem que ela amaldiçoou Teseu e ele foi acometido por desgraças desde então. Sabe como o pai dele morreu?

Eu não me importava com Teseu, queria ouvir sobre minha irmã. Hermes devia estar rindo enquanto me servia uma história após a outra. Como ela tinha banido Minos de sua cama e sua única alegria era a filha mais jovem, Fedra. Como estava assombrando as encostas do monte Dicte, escavando a montanha inteira em busca de novos venenos. Eu acumulava cada migalha como um dragão protegendo seu tesouro. Estava procurando por algo, percebi, embora não pudesse dizer o quê.

Como todo bom contador de histórias, Hermes sabia que tinha de guardar o melhor para o fim. Uma noite, ele me contou de uma brincadeira que Pasifae tinha feito com Minos nos primeiros dias de casamento. Minos costumava mandar qualquer garota que desejasse para seus aposentos, bem na cara dela. Então minha irmã o amaldiçoou com um feitiço que transformava sua semente em cobras e escorpiões. Sempre que ele se deitava com uma mulher, eles a mordiam por dentro e causavam sua morte.

Lembrei-me da briga que ouvira entre eles. Cem garotas, Pasifae dissera. Elas teriam sido escravas, criadas, filhas de mercadores, qualquer uma cujos pais não ousariam fazer um estardalhaço contra o rei. Todas exterminadas por motivo algum além de prazer mesquinho e vingança.

Mandei Hermes embora e fechei minhas cortinas como nunca fizera antes. Alguém poderia ter pensado que eu estava lançando um grande feitiço, mas não procurei nenhuma erva. Eu sentia uma alegria libertadora. A história era tão feia, tão extravagante e asquerosa, que era como sarar de uma febre. Se eu estava presa naquela ilha, pelo menos não tinha que partilhar o mundo com ela e outros como ela. Andando ao lado da minha leoa, eu disse:

— Acabou. Não pensarei mais neles. Renego-os e não terei mais nada a ver com eles.

A gata pressionou a bochecha sobre as patas dobradas e manteve os olhos no chão. Talvez ela soubesse, então, o que eu não sabia.

CAPÍTULO 13

Era primavera e eu estava na encosta leste, colhendo os primeiros morangos da estação. Os ventos marinhos sopravam com força ali, e a doçura das frutas sempre tinha um toque de sal. Os porcos começaram a grunhir e eu ergui os olhos. Um navio estava vindo em nossa direção através da luz oblíqua da tarde. Havia um vento contrário, mas a embarcação não reduziu o ritmo nem mudou de rumo. Os remadores a conduziam diretamente, como uma seta bem atirada.

Meu estômago se revirou. Hermes não me dera nenhum aviso e eu não imaginava o que isso poderia significar. O barco era construído no estilo micênico e tinha uma figura de proa tão grande que devia ter alterado seu calado. Um par de olhos contornados de preto soltavam fumaça no seu casco. Captei um odor estranho e distante no vento. Hesitei um momento, então limpei as mãos e fui até a praia.

O navio estava próximo à costa a essa altura, sua proa projetando uma sombra como uma agulha sobre as ondas. Contei cerca de três dúzias de homens a bordo. Mais tarde, é claro, milhares alegariam que estavam lá ou inventariam genealogias para rastrear seu sangue até eles. Os maiores heróis de sua geração, aquela tripulação era chamada. Ousados e intrépidos, mestres de uma centena de aventuras audazes. Certamente tinham o aspecto de heróis: principescos e altos, de ombros largos, com capas elegantes e cabelo espesso, criados com o melhor que seus reinos tinham a oferecer. Usavam armas como a maioria dos homens usa roupas. Sem dúvida lutavam com javalis e matavam gigantes desde o berço.

Mas os rostos na amurada estavam esqueléticos e tensos. Aquele cheiro estava mais forte agora e havia um peso no ar, que os arrastava para baixo e parecia pairar sobre o próprio mastro. Eles me viram, mas não fizeram nenhum som nem deram quaisquer cumprimentos.

A âncora caiu com um borrifo de água e a prancha se seguiu. Acima, as gaivotas voavam em círculos, gritando. Duas figuras desceram, os braços se tocando, as cabeças inclinadas. Um homem, largo e musculoso, seu cabelo negro erguendo-se na brisa. E – o que me surpreendeu – uma mulher, alta e envolta em preto, um longo véu esvoaçando atrás de si. A dupla se moveu em minha direção graciosamente e sem hesitação, como se fossem convidados esperados. Ajoelharam-se aos meus pés e a mulher ergueu as mãos, seus dedos longos e livres de qualquer adorno. O véu estava arrumado de modo que nenhuma mecha de cabelo era visível por baixo. Seu queixo permaneceu resolutamente curvado, escondendo seu rosto.

— Deusa — ela disse —, bruxa de Eana. Viemos por seu auxílio. — Sua voz era baixa, mas nítida, com musicalidade, como se ela estivesse acostumada a cantar. — Fugimos de um grande mal, e para escapar dele cometemos um grande mal. Estamos maculados.

Eu podia sentir. Aquele ar pernicioso tinha engrossado, recobrindo tudo com um peso oleoso. *Miasma,* ele é chamado. Poluição. Surgia de crimes não purificados, de ofensas cometidas contra os deuses e do derramamento impuro de sangue. Tinha me coberto depois do nascimento do Minotauro, até que as águas do Dicte me livraram da impureza. Mas esse era mais forte: um contágio fétido e transbordante.

— A senhora nos ajudará? — ela perguntou.

— Ajude-nos, grande deusa. Estamos à sua mercê — o homem ecoou.

Não era magia que eles pediam, mas o rito mais antigo dos deuses. *Katharsis.* A limpeza por fumo e prece, água e sangue. Era proibido para mim questioná-los ou demandar suas transgressões, se de fato existissem. Meu papel era apenas dizer sim ou não.

O homem não tinha a disciplina de sua companheira. Ao falar, seu queixo havia se erguido um pouco e eu captara um vislumbre de seu rosto. Ele era jovem, até mais jovem do que eu tinha pensado, a barba ainda rala. Sua pele estava vermelha do vento e do sol, mas brilhava com saúde. Ele era belo – como um deus, os poetas diriam. Mas foi sua determinação mortal que mais me impressionou, a disposição corajosa do pescoço, apesar dos fardos sobre ele.

— Ergam-se — eu disse. — E venham. Ajudarei como puder.

* * *

Eu os conduzi pelas trilhas dos porcos. A mão dele apertava o braço dela de modo solícito, como se quisesse firmá-la, mas ela nunca tropeçou. Na verdade, seus pés eram mais confiantes que os dele. E ela ainda tomava o cuidado de manter o rosto abaixado.

Eu os levei para dentro. Eles passaram pelas cadeiras e se ajoelharam silenciosamente nas pedras do piso. Dédalo poderia ter entalhado uma bela estátua dos dois: *Humildade.*

Fui à porta dos fundos e os porcos correram até mim. Encostei em um, um leitãozinho que não completara ainda meio ano, puro e sem marcas. Se eu fosse um sacerdote, o teria drogado para que ele não se assustasse e resistisse, maculando o ritual. Em minhas mãos, ele ficou tão dócil quanto uma criança adormecida. Eu o lavei, amarrei os cordões sagrados em sua cabeça, teci uma guirlanda para o seu pescoço, e o tempo todo ele ficou em silêncio, como se soubesse e concordasse com o que viria.

Apoiei a bacia dourada no chão e peguei a grande faca de bronze. Eu não tinha um altar, mas não precisava de um: qualquer lugar onde estivesse se tornava meu templo. A garganta do animal se abriu facilmente sob minha lâmina. Ele chutou, mas só por um momento. Eu o segurei com firmeza até suas pernas se imobilizarem, enquanto o jorro vermelho caía na tigela. Cantei os hinos e lavei as mãos e o rosto deles em água sagrada enquanto ervas fragrantes queimavam. Senti o peso se erguendo. O ar ficou limpo e o aroma oleoso se dissipou. Eles rezaram enquanto eu levava o sangue para entorná-lo sobre as raízes enrugadas de uma árvore. Mais tarde, eu cortaria o corpo e o assaria para a refeição deles.

— Está feito — eu lhes disse quando voltei.

O homem ergueu a bainha da minha capa e levou-a aos lábios.

— Grande deusa.

Era a mulher que eu observava. Queria ver seu rosto, liberto enfim de sua custódia cuidadosa.

Ela ergueu os olhos. Eles brilhavam tão fortes quanto tochas. Ela afastou o véu, revelando cabelos como o sol nas colinas de Creta. Uma semideusa, ela era, aquela mistura potente de ser humano e divindade.

E mais: ela fazia parte da minha família. Ninguém tinha um aspecto dourado como aquele exceto a linha direta de Hélio.

— Sinto muito pela mentira — ela disse. — Mas não podia arriscar que me mandasse embora. Não quando desejei conhecê-la a vida toda.

Ela tinha uma qualidade que é difícil descrever, um fervor, um calor que subia à cabeça. Eu tinha imaginado que seria bela, pois caminhava como uma rainha dos deuses, mas era uma beleza estranha, diferente daquela de minha mãe ou irmã. Cada uma de suas feições por si só não era nada – seu nariz afilado demais, seu queixo excessivamente forte. Mas juntas compunham um todo como o coração de uma chama. Era impossível desviar o olhar.

Os olhos dela se agarraram a mim como se fossem me descascar.

— A senhora e meu pai eram próximos quando crianças. Eu não tinha como saber quais mensagens ele podia ter enviado sobre sua filha rebelde.

Sua força, sua certeza. Eu devia ter reconhecido quem era à primeira vista, apenas pela disposição de seus ombros.

— Você é filha de Aietes — eu disse. Procurei o nome que Hermes me dissera. — Medeia, não é?

— E a senhora é minha tia Circe.

Ela parecia com o pai, eu pensei. Aquela testa alta e aquele olhar afiado e inflexível. Eu não disse mais nada, só me levantei e fui para a cozinha. Coloquei pratos e pão numa bandeja e acrescentei queijo e azeitonas, cálices e vinho. Dizia a lei que os convidados deveriam ser saciados antes da curiosidade do anfitrião.

— Refresquem-se — eu disse. — Haverá tempo para esclarecer tudo.

Ela serviu o homem primeiro, dispensando-lhe os pedaços mais macios, um bocado após o outro. Ele comeu o que ela lhe ofereceu avidamente, e, quando eu enchi a bandeja novamente, ele devorou a nova porção também, sua mandíbula de herói se movendo constantemente. Ela comeu pouco. Seus olhos estavam abaixados, um segredo outra vez.

Por fim, o homem afastou seu prato.

— Meu nome é Jasão. Sou herdeiro por direito do reino de Iolcos. Meu pai foi um rei virtuoso, mas de coração mole, e quando eu era criança, meu tio tomou seu trono. Ele disse que o devolveria a mim quando eu crescesse, se eu lhe apresentasse uma prova do meu valor: um velocino dourado, mantido por um feiticeiro em sua terra da Cólquida.

Eu acreditava que fosse um príncipe. Ele sabia o truque de falar como um, rolando palavras como grandes pedras, perdido nos detalhes da própria lenda. Tentei imaginá-lo ajoelhando-se diante de Aietes, entre as fontes de leite e os dragões enrodilhados. Meu irmão o teria achado tedioso, e arrogante ainda por cima.

— A senhora Hera e o senhor Zeus abençoaram meu propósito. Guiaram-me até meu navio e me ajudaram a reunir meus companheiros. Quando chegamos à Cólquida, ofereci ao rei Aietes um tesouro justo em pagamento pelo velocino, mas ele recusou. Disse que eu só poderia tê-lo se realizasse uma tarefa para ele. Deveria atrelar dois touros ao jugo, arar e semear um grande campo em um único dia. Eu estava disposto, é claro, e aceitei imediatamente. No entanto…

— No entanto, a tarefa era impossível. — A voz de Medeia deslizou entre as palavras dele com a facilidade da água. — Uma trama para evitar que ele conquistasse o velocino. Meu pai não tinha intenção de dá-lo, pois é um objeto de grande história e poder. Nenhum mortal, por mais valoroso e corajoso — nisso ela virou-se para Jasão e tocou a mão dele —, poderia realizar tais coisas sem auxílio. Os touros possuíam a magia de meu próprio pai; eram entalhados de bronze afiado como uma lâmina e sopravam fogo. Mesmo se Jasão os prendesse ao jugo, as sementes que ele tinha de semear eram outra armadilha. Elas se tornariam guerreiros que tentariam matá-lo.

O olhar dela estava fixo apaixonadamente no rosto de Jasão. Eu falei mais para trazê-la de volta do que por outro motivo.

— Então você planejou um truque — eu disse.

Jasão não gostou disso. Ele era um herói da grande era de ouro. Truques eram para covardes, homens que não eram fortes o bastante para demonstrar verdadeira coragem. Medeia falou rapidamente enquanto ele franzia o cenho.

— Meu amor teria recusado toda ajuda — ela disse. — Mas eu insisti, pois não suportei vê-lo em perigo.

Isso o apaziguou. Era um conto mais agradável: a princesa desfalecida a seus pés, renegando o pai cruel para ficar com ele. Indo até ele à noite, em silêncio, seu rosto a única luz. Quem poderia dizer não?

Mas o rosto dela estava escondido agora. Sua voz era baixa, direcionada apenas às suas mãos apertadas.

— Eu tenho alguma habilidade naquelas artes que a senhora e meu pai conhecem. Fiz uma simples poção que protegeria a pele de Jasão do fogo dos touros.

Agora que eu sabia quem ela era, aquela docilidade parecia absurda, como uma grande águia tentando se encolher para caber no ninho de um pardal. Simples, ela chamava aquela poção? Eu nunca tinha imaginado que um mortal poderia realizar qualquer magia, muito menos um encantamento tão poderoso. Mas Jasão estava falando de novo, rolando mais pedras, prendendo os touros ao jugo, arando e semeando o campo.

Quando os guerreiros brotaram, disse o rapaz, ele sabia o segredo para subjugá-los, que Medeia lhe contara. Ele devia jogar uma pedra entre eles e, em sua raiva, eles atacariam uns aos outros. Então o herói fez isso, mas Aietes ainda não cedeu o velocino. Ele disse que Jasão deveria primeiro derrotar o dragão imortal que o guardava. Medeia produziu outra poção e colocou a minhoca para dormir. Jasão correu para o navio com o tesouro e com Medeia também – sua honra nunca lhe permitiria abandonar uma garota inocente a um tirano tão cruel.

Em sua mente, ele já estava contando a história para sua corte, nobres de olhos arregalados e donzelas lívidas. Ele não agradeceu a Medeia pela ajuda; mal olhava para ela. Como se ter uma semideusa salvando-o a cada dificuldade fosse apenas o que lhe fosse devido.

Ela deve ter sentido meu desgosto, pois falou:

— Ele é honrado de fato, pois se casou comigo no navio naquela mesma noite, mesmo com as forças de meu pai em perseguição. Quando tiver seu trono novamente em Iolcos, eu serei sua rainha.

Era imaginação minha ou a alegria de Jasão diminuiu um pouco com isso? Houve um silêncio.

— E o sangue que eu lavei de suas mãos?

— Sim — ela disse baixinho. — Chego a esse ponto. Meu pai estava enfurecido. Ele zarpou atrás de nós, sua feitiçaria atraindo os ventos para sua vela, e pela manhã estava muito próximo. Eu sabia que meus feitiços não eram páreo para os dele. Nosso navio, por mais abençoado que fosse, não poderia despistá-lo. Eu só tinha uma esperança: meu irmão mais novo, que eu levara conosco. Ele era herdeiro de meu pai e eu tinha pensado em trocá-lo como refém por nossa segurança. Mas quando vi meu pai em sua proa, gritando maldições sobre a água, soube que não ia funcionar. A sede de morte estava nítida em seu rosto. Ele não ficaria satisfeito com nada exceto nossa ruína. Soltava feitiços no ar, erguia seu cajado para os lançar sobre nossas cabeças. Senti um grande temor me percorrer. Não por mim mesma, mas por Jasão, que não tinha nenhuma culpa, e por sua tripulação.

Ela olhou para Jasão, mas o rosto dele estava voltado para o fogo.

— Naquele momento... não sei descrever. Uma loucura me tomou. Eu me virei para Jasão e lhe ordenei que matasse meu irmão. Então cortei o corpo em pedaços e os joguei nas ondas. Por mais furioso que meu pai estivesse, eu sabia que ele deveria parar para dar ao filho um funeral adequado. Quando acordei de meu surto, os mares estavam vazios. Pensei que tinha sido um sonho até ver minhas mãos cobertas de sangue do meu irmão.

Ela as ergueu para mim, como que para provar. Elas estavam limpas. Eu as tinha lavado.

O rosto de Jasão tinha ficado cinza como chumbo.

— Marido — ela disse. Ele se assustou, embora ela não tivesse falado alto. — Seu cálice está vazio. Posso enchê-lo para você? — Ela se ergueu, movendo-se com o cálice até a tigela transbordante. Jasão não observou e eu não teria notado se não fosse uma bruxa também: a pitada de pó que ela despejou no vinho, a palavra sussurrada.

— Aqui, meu amor — ela disse.

Seu tom era persuasivo como o de uma mãe. Ele aceitou o vinho e bebeu. Quando a cabeça dele tombou para trás e o cálice quase caiu de suas mãos, ela o apanhou. Cuidadosamente o apoiou na mesa e tomou seu lugar de novo.

— A senhora entende — ela disse. — É difícil demais para ele. Ele se culpa.

— Não houve nenhuma loucura — eu disse.

— Não. — Os olhos dourados dela perfuraram os meus. — Mas alguns dizem que os amantes são loucos.

— Se eu soubesse, não teria realizado o rito.

Ela assentiu.

— A senhora e a maioria das pessoas. Talvez seja por isso que os suplicantes não podem ser questionados. Quantos de nós receberiam perdão se a verdade de nossos corações fosse conhecida?

Ela removeu a capa preta e a apoiou na cadeira ao seu lado. Seu vestido por baixo era da cor de lápis-lazúli, amarrado com um fino cinto prateado.

— Não sente nenhum remorso?

— Suponho que possa chorar e esfregar os olhos para agradá-la, mas escolho não viver tão falsamente. Meu pai teria destruído o navio inteiro se eu não tivesse agido. Meu irmão era um soldado. Ele se sacrificou para vencer a guerra.

— Exceto que ele não se sacrificou. Você o assassinou.

— Eu dei a ele uma poção para que não sofresse. É mais do que a maioria dos homens recebe.

— Ele era do seu sangue.

Os olhos dela arderam, brilhantes como um cometa no céu noturno.

— Uma vida vale mais que outra? Eu nunca achei isso.

— Ele não tinha de morrer. Você poderia ter se entregado com o velocino. Voltado para junto de seu pai.

O olhar que cruzou o rosto dela... Como um cometa de fato, quando desvia em direção à terra e transforma os campos em cinzas.

— Eu teria sido obrigada a assistir enquanto meu pai destroçava Jasão e sua tripulação membro a membro, então também sofreria meus próprios tormentos. Perdoe-me se não chamo isso de escolha.

Ela viu o olhar em meu rosto.

— Não acredita em mim?

— Você disse muitas coisas de meu irmão que eu não reconheço.

— Permita-me apresentá-lo, então. Sabe qual é a diversão favorita do meu pai? Homens vêm com frequência à nossa ilha, procurando se provar contra um feiticeiro maligno. Meu pai gosta de jogar os capitães desses navios para seus dragões e observá-los correr. A tripulação ele escraviza, roubando-lhes a mente de modo que não tenham mais vontade do que pedras. Para entreter seus convidados, já vi meu pai acender um ferro ardente e segurá-lo contra o braço de alguns desses homens. O escravo fica lá queimando até que meu pai o liberte. Eu me pergunto se eles são meras cascas vazias ou se entendem o que está sendo feito com eles e gritam por dentro. Se meu pai me capturar, vou descobrir, pois é isso que ele fará comigo.

Não era a voz que ela tinha usado com Jasão, aquela doçura enjoativa. Tampouco era sua autoconfiança reluzente. Cada palavra era sombria como a lâmina de um machado, pesada e implacável, e meu sangue se esvaía a cada golpe.

— Certamente ele não feriria a própria filha.

Ela bufou.

— Eu não sou uma filha para ele. Sou uma posse que pode empregar de acordo com sua vontade, como seus guerreiros de semente ou seus touros que sopram fogo. Como minha mãe, que ele despachou assim que ela lhe deu um herdeiro. Talvez fosse diferente se eu não tivesse nenhum poder. Mas quando tinha dez anos já podia domar as víboras em seus ninhos, matar cordeiros com uma palavra e trazê-los de volta com outra. Ele me puniu por isso. Dizia que tornava impossível me encontrar um partido, mas a verdade é que não queria que eu levasse seus segredos para meu marido.

Ouvi Pasifae como se ela sussurrasse em meu ouvido: *Aietes nunca gostou de uma mulher na vida*.

— O maior desejo de meu pai era me trocar com algum deus-feiticeiro como ele mesmo, que pagaria por mim com venenos exóticos. Nenhum foi encontrado, exceto seu irmão, Perses, então fui oferecida a ele. Faço uma prece em agradecimento toda noite por aquela fera não ter aceitado. Ele já tem uma deusa da Suméria que mantém em grilhões como esposa.

Eu me lembrei das histórias que Hermes me contara: Perses e seu palácio de cadáveres. Pasifae dizendo: *Sabe como eu o mantinha feliz? As coisas que tive de fazer?*

— Estranho — eu disse, as palavras fracas até a meus próprios ouvidos. — Aietes sempre odiou Perses.

— Não mais. Eles são grandes amigos agora, e, quando Perses o visita, eles só falam sobre erguer os mortos e destruir o Olimpo.

Eu me sentia anestesiada, infértil como um campo invernal.

— Jasão sabe de tudo isso?

— É claro que não, está louca? Toda vez que olhasse para mim ele pensaria em venenos e pele ardente. Os homens querem uma esposa como grama nova, fresca e verde.

Ela não vira Jasão se encolher? Ou não queria ver? *Ele já está se afastando de você.*

Ela se ergueu, o vestido claro como a crista de uma onda.

— Meu pai ainda nos persegue. Devemos partir imediatamente e seguir até Iolcos. Eles possuem um exército que nem Aietes pode enfrentar, pois a deusa Hera luta ao seu lado. Ele será forçado a dar meia-volta. Então Jasão se tornará rei e eu serei rainha ao seu lado.

O rosto dela era incandescente. Falava cada palavra como se fosse uma pedra com a qual construísse seu futuro. Mas, pela primeira vez, ela me parecia uma criatura agarrando-se a um precipício, desesperada, suas garras já escorregando. Era jovem, mais jovem do que Glauco quando eu o tinha conhecido.

Olhei para Jasão, drogado e boquiaberto.

— Está certa da estima dele?

— Está sugerindo que ele não me ama? — Sua voz se tornou brusca em um instante.

— Ele ainda é quase uma criança, e inteiramente mortal. Não pode entender sua história nem sua bruxaria.

— Não precisa entendê-las. Estamos casados agora e eu lhe darei herdeiros, e ele se esquecerá de tudo isso como se fosse um sonho febril. Eu serei sua boa esposa e nós iremos prosperar.

Encostei os dedos no braço dela. Sua pele estava fria, como se ela tivesse andado muito tempo ao vento.

— Sobrinha, temo que você não veja as coisas claramente. Sua recepção em Iolcos pode não ser o que imagina.

Ela afastou o braço, franzindo o cenho.

— Como assim? Por que não seria? Eu sou uma princesa, digna de Jasão.

— Você é uma estrangeira. — Pude ver o futuro, de repente, tão nítido como se estivesse pintado diante de mim. Os nobres divididos esperando em casa pelo retorno de Jasão, cada um tentando casar sua filha com o novo herói e reivindicar uma parte de sua glória. Medeia seria a única coisa sobre a qual eles concordariam. — Eles vão se ressentir de você. Pior, vão suspeitar de você, pois é filha de um feiticeiro e uma bruxa em seu próprio direito. Você só viveu na Cólquida, não sabe como a *pharmakeia* é temida entre os mortais. Eles tentarão solapá-la a cada instante. Não vai importar que você tenha ajudado Jasão. Eles vão ignorar isso, ou então usar o fato contra você como prova de sua anormalidade.

Ela me encarava, mas eu não parei. Minhas palavras estavam rolando e pegando fogo enquanto saíam.

— Você não encontrará segurança lá, nenhuma paz. Mas ainda pode ficar a salvo de seu pai. Não posso desfazer as crueldades dele, mas posso garantir que elas não a persigam mais. Ele disse uma vez que a feitiçaria não pode ser ensinada. Estava errado. Escondeu seu conhecimento de você, mas eu lhe darei tudo que sei. Quando ele vier, podemos rechaçá-lo juntas.

Ela ficou quieta por um momento.

— E Jasão?

— Deixe-o ser um herói. Você é outra coisa.

— E o que é isso?

Em minha mente eu já nos via, as cabeças inclinadas sobre as flores púrpuras de acônito, as raízes pretas de móli. Eu a salvaria de seu passado maculado.

— Uma bruxa — eu disse. — Com poder irrestrito. Que não precisa responder a ninguém exceto a si mesma.

— Entendo — ela disse. — Como você? Uma exilada patética, que fede a solidão? — Ela viu o choque em meu rosto. — O que foi? Acha que porque se cerca de gatos e porcos está enganando alguém? Você me conhece há uma tarde, mas já está desesperada para me manter aqui. Alega querer me ajudar, mas quem está realmente ajudando? "Oh, querida sobrinha! Seremos melhores amigas e praticaremos magia lado a lado. Eu a manterei comigo a fim de ocupar meus dias sem filhos." — Ela curvou o lábio. — Eu não vou me sentenciar a uma morte em vida.

Inquieta, eu tinha pensado. Eu estava apenas inquieta naqueles dias, e um pouco triste. Mas ela tinha me exposto por completo, e agora eu me via pelos olhos dela: uma megera amarga e abandonada, uma aranha tramando para sugar a sua vida.

Com o rosto ardendo, eu me ergui para replicar.

— É melhor do que ficar casada com Jasão. Você é cega por não ver a planta débil que ele é. Ele já se afasta de você. E estão o quê, casados há três dias? O que ele fará daqui a um ano? Ele é guiado pelo amor que tem por si mesmo. Você foi só um recurso conveniente. Em Iolcos sua posição vai depender da boa vontade dele. Quanto tempo acha que ela vai durar quando os homens dele vierem clamando que o assassinato de seu irmão traz uma maldição à terra deles?

Os punhos dela estavam apertados.

— Ninguém saberá da morte do meu irmão. Eu fiz a tripulação jurar silêncio.

— Um segredo desses não pode ser mantido. Se você não fosse uma criança, saberia disso. No segundo em que esses homens estiverem fora de seu alcance, vão começar a fofocar. Em um dia, o reino todo saberá, e eles irão sacudir seu trêmulo Jasão até que ele ceda. "Grande rei, não foi culpa sua que o rapaz morreu. Foi aquela vilã, aquela bruxa estrangeira. Ela retalhou o próprio irmão, que maldades piores está planejando agora mesmo? Expulse-a, purifique a terra e tome uma esposa melhor no lugar dela."

— Jasão nunca escutaria tais calúnias! Eu lhe dei o velocino! Ele me ama! — Ela se ergueu em sua revolta, brilhante e desafiadora. Todo meu discurso só a tinha tornado mais obstinada. Devo ter parecido minha avó quando ela me disse: *Essas são duas coisas diferentes*.

— Medeia — eu disse. — Escute-me. Você é jovem e Iolcos a tornará velha. Não há segurança para você lá.

— Todo dia me torna velha — ela disse. — Eu não tenho os seus anos para desperdiçar. Quanto à segurança, não a quero. É apenas mais um grilhão. Deixe que me ataquem, se ousarem. Nunca vão tirar Jasão de mim. Eu tenho meus poderes e os usarei.

Toda vez que ela falava o nome dele, um amor feroz de águia reluzia em seus olhos. Ela o tinha em suas mãos e o apertaria até que ele morresse.

— E se tentar me segurar aqui — ela disse —, lutarei com você também.

Ela faria isso, eu pensei. Embora eu fosse uma deusa e ela mortal. Ela lutaria contra o mundo todo.

Jasão se remexeu. O feitiço estava se dissipando.

— Sobrinha — eu disse —, eu não a manteria contra a sua vontade. Mas se um dia…

— Não — ela disse. — Eu não quero mais nada de você.

Ela levou Jasão à praia. Eles não pararam para descansar nem comer, não esperaram a aurora. Ergueram âncora e velejaram para a escuridão, seu caminho iluminado apenas pela lua velada e o ouro inabalável dos olhos de Medeia. Eu fiquei entre as árvores para que ela não me visse observando e me desprezasse por isso também. Mas não precisava ter me preocupado. Ela não olhou para trás.

Na praia, a areia estava fria e a luz das estrelas manchava minha pele. As ondas estavam ocupadas lavando as pegadas deles. Fechei os olhos e deixei a brisa se mover sobre mim, carregando seus aromas de maresia e algas marinhas. Acima, eu sentia as constelações se virando em suas rotas distantes. Esperei ali por um longo tempo, ouvindo, estendendo minha mente às ondas. Não ouvi nada, nenhum som de remos, nenhum estalar de vela, nenhuma voz no vento. Mas soube quando ele veio. Abri os olhos.

O casco de bico curvo separava as ondas do meu porto. Ele estava em pé na proa, seu rosto dourado delineado contra a aurora. Um prazer se ergueu em mim, tão antigo e afiado que pareceu doer. Meu irmão.

Ele ergueu a mão e o navio parou, ficando perfeitamente imóvel nas ondas.

— Circe! — ele gritou sobre a água entre nós. Sua voz ressoou no ar como bronze batido. — Minha filha veio para cá.

— Sim — respondi. — Ela veio.

A satisfação brilhou em seu rosto. Quando era criança, sua cabeça sempre parecera a mim delicada como vidro. Eu costumava correr um dedo em seus ossos enquanto ele dormia.

— Eu sabia que viria. Está desesperada. Tentou me prender, mas prendeu a si mesma. Seu fratricídio pesará sobre ela por todos os seus dias.

— Sinto muito pela morte de seu filho — eu disse.

— Ela pagará por isso — ele respondeu. — Mande-a sair.

Os bosques tinham ficado silenciosos atrás de mim. Todos os animais estavam imóveis, encolhidos no chão. Quando criança, ele gostava de inclinar a cabeça em meu ombro e observar as gaivotas mergulhando para pegar seu peixe. Sua risada era tão brilhante quanto o sol da manhã.

— Eu conheci Dédalo — eu disse.

Ele franziu o cenho.

— Dédalo? Ele morreu há anos. Onde está Medeia? Entregue-a a mim.

— Ela não está aqui — eu disse.

Se eu tivesse transformado o mar em pedra, não acho que ele teria ficado mais chocado. Seu rosto ruborizou-se de incredulidade e fúria.

— Você a deixou ir?

— Ela não queria ficar.

— Não *queria*? Ela é uma criminosa e uma traidora! Era seu dever mantê-la aqui para mim!

Eu nunca o vira tão bravo. Nunca o vira bravo de nenhuma forma. Até assim, seu rosto era belo, como as ondas quando se erguem numa tempestade. Eu podia pedir o perdão dele, não era tarde demais. Podia dizer que ela havia me enganado. Eu era sua irmã tola, que confiava rápido demais e não conseguia enxergar nas fendas do mundo. Então ele viria para a praia e nós poderíamos... Mas minha imaginação não terminou o pensamento. Atrás dele, em seus bancos de remos, estavam seus homens. Eles olhavam fixamente para a frente. Não haviam se mexido, nem para afastar uma mosca ou coçar um comichão. Seus rostos eram flácidos e vazios, seus braços cobertos de cicatrizes e cascas de feridas. Antigas queimaduras.

Eu o perdera havia muito tempo.

O ar estalou ao nosso redor.

— Ouviu o que disse? — ele gritou. — Eu devia punir você.

— Não — eu disse. — Na Cólquida você pode exercer sua vontade. Mas esta é Eana.

Um segundo momento de real surpresa no rosto dele. Então sua boca se retorceu.

— Você não fez nada. Eu a terei no fim.

— Talvez isso seja verdade. Mas não acho que ela tornará isso fácil para você. Ela é como você, Aietes, assim como um carvalho é igual a outro. Ela deve viver com isso, e, ao que parece, você também.

Ele fez um som de desdém, então se virou e ergueu o braço. Seus marinheiros moveram as articulações como um único ser. Os remos bateram na água e o carregaram para longe de mim.

CAPÍTULO 14

Lá fora, as chuvas do inverno tinham começado a cair. Minha leoa deu cria e seus filhotes rolavam diante da lareira sobre as patas novas e desajeitadas. Eu não conseguia sorrir para a cena. A terra parecia ecoar onde eu caminhava. Acima de mim, o céu estendia suas mãos vazias.

Eu esperei por Hermes para lhe perguntar o que acontecera com Medeia e Jasão, mas ele sempre parecia saber quando eu o queria, e manteve distância. Tentei tecer, mas minha mente parecia perfurada por agulhas. Agora que Medeia tinha nomeado minha solidão, ela pairava sobre tudo, agarrando-se como teias de aranha, inevitável. Eu corria pela praia, subia e descia as trilhas da floresta ofegando, tentando livrar-me dela. Passava e repassava minhas lembranças de Aietes, todas aquelas horas em que tínhamos nos inclinado um sobre o outro. Aquela velha sensação nauseante retornou: de que, em cada momento da minha vida, eu tinha sido uma tola.

Eu ajudara Prometeu, lembrei a mim mesma. Mas isso soava patético até a meus ouvidos. Por quanto tempo eu me agarraria àqueles poucos minutos, como se tentasse me cobrir com um cobertor puído? Não importava o que eu tinha feito naquela ocasião. Prometeu estava em seu penhasco e eu me encontrava ali.

Os dias passavam lentamente, caindo como pétalas de uma rosa ao vento. Eu apertei o tear de cedro e me obriguei a respirar seu aroma. Tentei recordar a sensação das cicatrizes de Dédalo sob meus dedos, mas as lembranças eram construídas de ar e voaram para longe. *Alguém virá*, eu pensei. *Todos os navios no mundo, todos os homens. Alguém tem de vir.* Eu olhava para o horizonte até meus olhos borrarem, esperando por pescadores, por cargas, até por um naufrágio. Não havia nada.

Pressionava o rosto contra o pelo de minha leoa. Certamente devia haver algum truque divino para fazer as horas passarem mais rápido.

Para permiti-las deslizar invisíveis, para dormir por anos de modo que, quando eu acordasse outra vez, o mundo fosse novo. Fechei os olhos. Através da janela, ouvi as abelhas cantando no jardim. A cauda da leoa batia contra as pedras. Uma eternidade depois, quando abri os olhos, as sombras ainda não tinham se movido.

Ela estava em pé diante de mim, franzindo o cenho. Cabelo escuro, olhos escuros, com membros rechonchudos e uma cabeça delicada como o peito de um rouxinol. Um cheiro familiar emanava de sua pele. Óleo de rosas e o rio de meu avô.

— Eu vim servi-la — ela disse.

Eu estivera cochilando em minha poltrona. Ergui os olhos sonolentos, pensando que ela devia ser uma aparição, um delírio da minha solidão.

— O quê?

Ela torceu o nariz. Aparentemente, toda sua humildade fora gasta naquelas palavras.

— Eu sou Alke — ela disse. — Esta não é Eana? Você não é a filha de Hélio?

— Sou.

— Fui condenada a ser sua criada.

Eu sentia como se sonhasse. Lentamente, pus-me de pé.

— Condenada? Por quem? Não ouvi nada sobre isso. Diga, que poderes a enviaram?

Náiades demonstram seus sentimentos como a água exibe ondulações. Como quer que ela tivesse imaginado aquela conversa, não estava se desenrolando da forma esperada.

— Os grandes deuses me enviaram.

— Zeus?

— Não — ela disse. — Meu pai.

— E quem é ele?

Ela nomeou um deus fluvial menor no Peloponeso. Eu tinha ouvido dele, talvez até o conhecido, mas ele nunca se sentara nos salões de meu pai.

— Por que a enviou a mim?

Ela me olhou como se eu fosse a maior idiota que já tivesse conhecido.

— Você é uma filha de Hélio.

Como eu podia ter esquecido como era viver entre os deuses menores? As tentativas desesperadas de ganhar qualquer vantagem. Mesmo desgraçada, eu tinha o sangue do sol nas veias, o que me tornava uma senhora desejável. Na verdade, para alguém como o pai dela, minha desgraça teria sido um incentivo, rebaixando-me o suficiente para que ele ousasse tentar me alcançar.

— Por que você foi punida?

— Eu me apaixonei por um mortal — ela explicou. — Um nobre pastor. Meu pai desaprovou e agora eu devo cumprir um ano de penitência.

Eu a examinei. Suas costas estavam retas, seus olhos erguidos. Ela não demonstrava medo, nem de mim, nem de meus lobos e leões. E o pai a desaprovava.

— Sente-se — eu disse. — Seja bem-vinda.

Ela se sentou, mas a boca se franziu como se chupasse uma azeitona azeda. Olhou ao redor com desgosto. Quando lhe ofereci comida, virou a cabeça para o lado como um bebê emburrado. Quando tentei falar com ela, cruzou os braços e fez biquinho. Seus lábios só se abriram para expressar suas reclamações: o cheiro dos corantes borbulhando no fogão, os pelos da leoa nos tapetes, até o tear de Dédalo. E apesar de todas as suas alegações sobre servir, ela não se ofereceu para carregar um único prato.

Não há por que se surpreender, eu disse a mim mesma. *Ela é uma ninfa, o que significa um poço seco*.

— Vá para casa, então — eu disse —, se está tão infeliz. Eu a liberto de sua sentença.

— Não pode. Os grandes deuses me deram a ordem. Não há nada que você possa fazer para me libertar. Ficarei por um ano.

Isso devia tê-la chateado, mas ela estava dando um sorrisinho. Empertigando-se como que em vitória diante de uma plateia. Eu a observei. Quando falara que os deuses a exilaram, não tinha demonstrado nenhuma raiva e nenhuma dor. Ela aceitava a autoridade deles como natural, tão irresistível quanto os movimentos das esferas. Mas eu era uma ninfa como ela, e exilada também, filha de um grande pai, sim, mas sem marido e com dedos sujos e cabelos arrumados de um jeito estranho. Isso me colocava ao seu alcance, ela julgou. Então seria eu que ela combateria.

Você está sendo tola. Não sou sua inimiga, e fazer caretas não é poder real. Eles a convenceram... Mas mesmo enquanto as palavras se formavam em minha boca, eu as deixei morrer. Seria como falar persa. Ela não entenderia nem em mil anos. E eu estava farta de dar lições.

Eu me inclinei para a frente e falei a língua que ela conhecia.

— Vai funcionar assim, Alke. Eu não vou ouvi-la. Eu não vou cheirar seu óleo de rosas nem encontrar fios de seu cabelo na minha casa. Você vai se alimentar sozinha, cuidar de si mesma, e, se me causar mais um único momento de incômodo, eu a transformarei num verme e a lançarei no fundo do oceano para os peixes.

O sorrisinho dela se apagou. Ela ficou lívida, levou os dedos à boca e fugiu. Depois disso, manteve distância como eu tinha ordenado. Mas tinha se espalhado entre os deuses o boato de que Eana era um bom lugar para onde enviar filhas difíceis. Uma dríade chegou após fugir de seu marido prometido. Duas oréades de rosto pétreo se seguiram, exiladas de suas montanhas. Agora, sempre que eu tentava lançar um feitiço, só conseguia ouvir braceletes tilintando. Quando me sentava ao tear, elas surgiam e sumiam dos ângulos de minha visão. Sussurravam e farfalhavam de todos os cantos. Sempre havia algum rosto redondo se curvando sobre uma lagoa quando eu queria nadar. Quando eu passava, os risinhos desdenhosos delas batiam em meus calcanhares. Eu não viveria desse jeito outra vez. Não em Eana.

Fui à clareira e chamei Hermes. Ele apareceu, já sorrindo.

— Então? Está gostando de suas novas aias?

— Não — respondi. — Vá a meu pai e veja como elas podem ser levadas daqui.

Eu temi que ele poderia objetar em ser enviado em uma tarefa, mas era divertido demais para perder. Quando voltou, ele disse:

— O que esperava? Seu pai está encantado. Ele diz que é certo que seu sangue seja servido por divindades menores. Vai incentivar mais pais a enviarem suas filhas.

— Não — eu disse. — Não aceitarei mais. Diga a meu pai.

— Prisioneiros geralmente não ditam suas próprias condições.

Meu rosto ardeu, mas eu sabia que não podia demonstrar.

— Diga a meu pai que farei algo terrível com elas se não forem embora. Transformarei todas em ratos.

— Imagino que Zeus não gostaria disso. Você já não foi exilada por atos contra outros deuses? Devia atentar para não receber outros castigos.

— Você podia falar em meu nome. Tentar persuadi-lo.

Os olhos negros dele reluziram.

— Temo que eu seja apenas um mensageiro.

— Por favor — roguei. — Eu não as quero aqui, de verdade. Não estou sendo engraçada.

— Não — ele concordou —, não está. Está sendo extremamente maçante. Use sua imaginação, elas devem ser boas para algo. Leve-as para a cama.

— Não seja absurdo — retruquei. — Elas sairiam correndo e gritando.

— Ninfas sempre correm — ele disse. — Mas vou lhe contar um segredo: elas são péssimas em escapar.

Em um banquete no Olimpo tal gracejo teria sido recebido com um rugido de risadas. Hermes esperou, sorrindo como um bode. Mas tudo que eu sentia era uma fúria branca e fria.

— Estou farta de você — eu disse. — Estou farta há muito tempo. Não me deixe vê-lo outra vez.

O sorriso dele só aumentou. Ele desapareceu e não retornou. Não era obediência. Ele estava farto de mim também, pois eu cometera o pecado imperdoável de ser maçante. Podia imaginar as histórias que estava contando sobre mim, sem graça, irritadiça e cheirando a porcos. De tempos em tempos, eu podia sentir sua presença fora de vista, encontrando minhas ninfas nas colinas e mandando-as de volta coradas e risonhas, deslumbradas porque um grande olimpiano lhes tinha demonstrado preferência. Ele parecia pensar que eu ficaria louca de ciúmes e solidão, e que realmente as transformaria em ratos. Por cem anos ele viera à minha ilha, e em todo esse tempo nunca se importara com nada além de seu próprio entretenimento.

As ninfas permaneceram. Quando terminavam suas sentenças, outras chegavam para assumir seus postos. Às vezes eram quatro, às vezes seis ou sete. Elas tremiam quando eu passava, encolhendo-se e chamando-me de senhora, mas não significava nada. Eu tinha sido colocada no meu lugar. Com uma palavra e um capricho de meu pai, todo meu suposto poder sumiu. E não era apenas meu pai: qualquer deus fluvial tinha o direito de povoar minha ilha e eu não podia impedi-lo.

As ninfas flutuavam ao meu redor. Seus risos abafados vinham pelos corredores. Pelo menos, eu disse a mim mesma, não eram os irmãos delas, que teriam ficado se gabando e brigando e caçando meus lobos. Mas é claro que isso nunca fora um perigo real. Filhos não eram punidos.

Eu ficava sentada diante da lareira, observando as estrelas girarem pela janela. Fria, eu me sentia. Fria como um jardim no inverno, enterrado profundamente. Realizava meus feitiços. Cantava e trabalhava no tear e cuidava de meus animais, mas tudo parecia encolhido ao tamanho de formigas. A ilha nunca precisara da minha mão. Prosperava independentemente do que eu fizesse. As ovelhas se multiplicavam e vagavam livremente. Moviam-se sobre a grama, empurrando para o lado os filhotes de lobo com seus rostos arredondados. Minha leoa ficava dentro de casa, ao lado do fogo. Pelos brancos manchavam sua boca. Seus netos tinham seus próprios netos, e suas ancas tremiam quando ela caminhava. Por cem anos, pelo menos, ela deve ter vivido comigo, caminhando ao meu lado, sua vida estendida pelo pulsar próximo da minha divindade. Uma década, esse tempo parecera a mim. Supus que haveria muitas outras, mas uma manhã acordei e a encontrei fria ao lado da cama. Encarei seu corpo imóvel, meu cérebro estúpido de descrença. Quando eu a sacudi, uma mosca saiu voando. Forcei sua mandíbula rígida a se abrir e enfiei ervas garganta abaixo, entoando um feitiço depois de outro. Ela continuou imóvel, toda sua força dourada esmaecida. Talvez Aietes pudesse tê-la trazido de volta, ou Medeia. Eu não pude.

Construí a pira com minhas próprias mãos. Era de cedro, teixo e freixo das montanhas que eu mesma tinha cortado, sua medula branca voando onde a lâmina do machado golpeara. Eu não era capaz de erguer a leoa, então construí um trenó com o tecido púrpura que costumava enrolar ao redor do seu pescoço. Arrestei-a pelo salão, passando pelas pedras alisadas pelas almofadas de suas grandes patas. Levei-a ao topo da pira e acendi o fogo. Não havia vento naquele dia e as chamas aumentaram devagar. Levou a tarde inteira para seu pelo escurecer, até que seu longo corpo amarelo virasse cinzas. Pela primeira vez o submundo frio dos mortais pareceu uma misericórdia. Pelo menos alguma parte deles continuava viva. Ela estava inteiramente perdida.

Observei até que a última chama se apagasse, então voltei para dentro. Uma dor estava roendo meu peito. Pressionei as mãos sobre ele, nos ocos e nos ossos duros. Sentei diante do meu tear e senti-me enfim como a criatura que Medeia havia me nomeado: velha, abandonada e sozinha, sem graça e cinza como as próprias pedras.

Eu cantava muito nesses dias, pois era a melhor companhia que tinha. Naquela manhã era um antigo hino em honra da agricultura. Eu gostava da forma da canção em meus lábios, das listas calmantes de plantas e safras, de terrenos e pombais, bandos e rebanhos, e das estrelas que giravam acima deles. Deixei as palavras flutuarem no ar enquanto misturava os corantes na bacia fervente. Eu tinha visto uma raposa e queria recriar a cor do seu pelo. O líquido borbulhou, açafrão misturado com garança. Minhas ninfas tinham fugido do fedor, mas eu gostava dele: da ardência aguda na garganta, do marejar dos olhos.

Foi a canção que chamou a atenção deles, minha voz descendo até as trilhas para a praia. Eles a seguiram por entre as árvores e avistaram a fumaça de minha chaminé.

A voz de um homem chamou.

— Há alguém aí?

Lembro-me do meu choque. *Visitantes.* Virei tão rápido que o corante salpicou e uma gota ardente caiu em minha mão. Eu a limpei enquanto corria até a porta.

Havia vinte deles, surrados pelo vento e queimados de sol. Suas mãos tinham calos grossos; seus braços, os franzidos de antigas cicatrizes. Depois de tanto tempo em meio ao aspecto idêntico e perfeito das ninfas, cada imperfeição era um prazer: as rugas ao redor de seus olhos, as cascas de ferida em suas pernas, os dedos quebrados nas juntas. Admirei suas roupas puídas, seus rostos desgastados. Aqueles não eram heróis, nem a tripulação de um rei. Tinham de lutar pela sobrevivência assim como Glauco fizera no passado: erguendo redes, transportando cargas diversas, caçando qualquer jantar que pudessem encontrar.

Senti um calor me preencher. Meus dedos formigavam como que por agulha e linha. Ali estava algo rasgado que eu podia consertar.

Um homem deu um passo à frente. Era alto e grisalho, seu corpo magro. Muitos dos homens atrás dele ainda tinham as mãos no cabo da espada. Era sábio. Ilhas eram lugares perigosos. Nelas se encontrava monstros com a mesma frequência que amigos.

— Senhora, estamos famintos e perdidos — ele disse. — E esperávamos que uma deusa como a senhora nos ajudasse em nosso momento de necessidade.

Eu sorri. Era uma sensação estranha em meu rosto, depois de tanto tempo.

— Vocês são bem-vindos aqui. São muito bem-vindos. Entrem.

Eu enxotei os lobos e os leões para fora. Nem todos os homens eram tão inabaláveis quanto Dédalo, e aqueles marinheiros já pareciam ter sofrido sustos suficientes. Eu os levei às minhas mesas, então corri para a cozinha para trazer bandejas repletas de figos cozidos e peixe assado, queijo em salmoura e pão. Os homens tinham relanceado para meus porcos no caminho, acotovelando uns aos outros e sussurrando alto que esperavam que pudessem comer um deles. Mas quando o peixe e as frutas lhes foram oferecidos, estavam tão ávidos que não reclamaram, nem pararam para lavar as mãos ou remover as espadas. Saltaram e empurraram, a gordura e o vinho escurecendo suas barbas. Eu levei mais peixe, mais queijo. Cada vez que passava, eles curvavam a cabeça para mim. *Deusa. Senhora. Nossos agradecimentos.*

Eu não conseguia parar de sorrir. A fragilidade dos mortais gerava gentileza e boas maneiras. Eles sabiam como valorizar a amizade e uma mão generosa. *Se apenas mais deles viessem,* pensei. Eu alimentaria um navio por dia, alegremente. Dois navios. Três. Talvez começasse a me sentir como eu mesma outra vez.

As ninfas espiaram da cozinha, os olhos arregalados. Eu me apressei e as expulsei antes que fossem notadas. Aqueles homens eram meus, meus convidados para receber como eu quisesse, e gostei de providenciar todos os confortos pessoalmente. Levei água fresca em bacias para que lavassem os dedos. Uma faca caiu ao chão e eu a apanhei. Quando o cálice do capitão estava seco, eu o enchi da tigela transbordante. Ele o ergueu para mim.

— Obrigado, doçura.

Doçura. A palavra me fez hesitar por um momento. Eles haviam me chamado de deusa antes, e assim eu acreditava que me considerassem. Mas percebi que não demonstravam assombro nem deferência religiosa. O título fora apenas uma cortesia lisonjeira para uma mulher sozinha. Lembrei-me do que Hermes me dissera muito tempo antes. *Você soa como uma mortal. Eles não a temerão como temem o resto de nós.*

E, de fato, não temiam. Na verdade, pensavam que eu era igual a eles. Eu fiquei parada ali, encantada pela ideia. O que meu eu mortal seria? Uma herborista empreendedora, uma viúva independente? Não, não uma viúva, pois eu não queria uma história sombria. Talvez eu fosse uma sacerdotisa. Mas não de um deus.

— Dédalo visitou este lugar uma vez — eu contei ao homem. — Eu mantenho seu santuário aqui.

Ele assentiu. Fiquei decepcionada por ele ter ficado tão pouco impressionado. Como se houvesse santuários para heróis mortos em todo canto. Bem, talvez houvesse. Como eu saberia?

O apetite dos homens estava diminuindo, e as cabeças se ergueram dos pratos. Eu os vi começarem a olhar ao redor, para a prata das bacias, os cálices de ouro, as tapeçarias. Minhas ninfas encaravam tais riquezas como o que lhes era devido, mas os olhares dos homens estavam brilhando de espanto, procurando cada nova maravilha. Pensei em como tinha baús cheios com travesseiros de pena, suficientes para fazer camas para eles no chão. Quando os entregasse, eu diria *Foram feitos para deuses*, e os olhos deles se arregalariam.

— Senhora? — Era o líder de novo. — Quando seu marido retornará para casa? Desejamos brindar a uma hospitalidade tão generosa.

Eu ri.

— Ah, não tenho marido.

Ele sorriu de volta.

— É claro — disse. — É jovem demais para ser casada. Então é a seu pai que devemos agradecer.

Estava inteiramente escuro lá fora, e a sala brilhava com uma luz calorosa.

— Meu pai vive muito longe — eu disse. Esperei que eles perguntassem quem ele era. "Um acendedor de lâmpadas", isso seria um bom gracejo. Sorri comigo mesma.

— Então talvez haja outro anfitrião a quem devemos agradecer? Um tio, um irmão?

— Se querem agradecer a seu anfitrião — eu disse —, agradeçam a mim. Esta casa é só *minha*.

Com esta palavra, o ar mudou na sala.

Eu peguei a tigela de vinho.

— Está vazia — eu disse. — Deixe-me trazer mais. — Eu podia ouvir minha própria respiração enquanto me virava. Podia sentir seus vinte corpos preenchendo o espaço atrás de mim.

Na cozinha, peguei uma de minhas poções. *Você está sendo tola*, pensei. *Eles ficaram surpresos ao encontrar uma mulher sozinha, é só isso*. Mas meus dedos já estavam se movendo. Tirei a tampa de uma jarra, misturei seu conteúdo no vinho, então acrescentei mel e leite para encobrir o gosto. Levei a tigela para fora. Vinte pares de olhos me seguiam.

— Aqui — eu disse. — Guardei o melhor para o fim. Devem beber um pouco, todos vocês. Vem do melhor vinhedo de Creta.

Eles sorriram, contentes com aquele luxo solícito. Observei cada homem encher seu cálice. Observei-os beber. Àquela altura, cada um devia ter um tonel na barriga. As bandejas estavam vazias, inteiramente lambidas. Os homens se inclinaram juntos, falando baixo.

Minha voz pareceu alta demais.

— Vamos, eu os alimentei bem. Vocês me dirão seus nomes?

Eles ergueram os olhos. Seus olhos relanceavam como furões para o líder. Ele se ergueu, o banco raspando na pedra.

— Diga-nos o seu primeiro.

Havia algo na voz dele. Eu quase a disse então, a palavra enfeitiçada que os faria dormir. Mas mesmo depois de todos os anos que se passaram, havia uma parte de mim que só falava em resposta ao que me perguntavam.

— Circe — respondi.

O nome não significava nada para eles; caiu no chão como uma pedra. Os bancos rasparam de novo. Todos os homens estavam se erguendo agora, os olhos fixos em mim. E ainda assim eu não disse nada.

Ainda assim, dizia a mim mesma que estava enganada. Tinha de estar enganada. Eu os tinha alimentado. Eles haviam me agradecido. Eram meus convidados.

O capitão veio em minha direção. Era mais alto que eu, cada tendão endurecido pelo trabalho. Eu pensei o quê? Que estava sendo tola. Que alguma outra coisa fosse acontecer. Que eu tinha bebido demais do meu próprio vinho e esse era o medo que a bebida conjurara. Que meu pai viria. Meu pai! Eu não queria ser tola, fazer um escândalo por nada. Podia ouvir Hermes contando a história depois. *Ela sempre foi histérica.*

O capitão estava próximo agora. Eu podia sentir o calor de sua pele. Seu rosto era sulcado, rachado como o leito de velhos riachos. Esperei que ele dissesse alguma coisa normal, que me agradecesse, fizesse uma pergunta. Em algum lugar no seu palácio, minha irmã estava rindo. *Você foi dócil a vida toda, e agora vai se arrepender. Sim, pai, sim, pai – veja aonde isso a levará.*

Minha língua tocou meus lábios.

— Há alguma...

O homem me jogou contra a parede. Minha cabeça bateu na pedra irregular e o cômodo explodiu em estrelas. Abri a boca para gritar o feitiço, mas ele forçou o braço contra minha traqueia e o som ficou engasgado. Eu não podia falar. Não podia respirar. Lutei contra ele, mas ele era mais forte do que eu pensava, ou talvez eu fosse mais fraca. Seu peso súbito me chocou, o empurrão oleoso de sua pele contra a minha. Minha mente ainda estava atordoada, descrente. Com a mão direita, ele rasgou minhas roupas, um gesto habitual. Com a mão esquerda, ele manteve o peso contra minha garganta. Eu tinha dito que não havia ninguém na ilha, mas ele aprendera a não arriscar. Ou talvez só não gostasse de gritaria.

Não sei o que seus homens fizeram. Assistiram, talvez. Se minha leoa estivesse lá, teria arranhado a porta, mas ela era cinzas aos ventos. Do lado de fora, ouvi os porcos grunhindo. Lembro-me do que pensei, nua sobre a pedra áspera: *sou apenas uma ninfa, afinal de contas, e nada é mais comum entre nós do que isso.*

Uma mortal teria desmaiado, mas fiquei acordada durante cada momento. Por fim, senti o homem tremer e seu braço relaxou. Minha garganta estava amassada para dentro como um tronco podre. Eu parecia não conseguir me mover. Uma gota de suor caiu do cabelo dele em meu peito nu e começou a escorregar. Eu me tornei consciente dos homens falando atrás dele. Ela está morta? Um deles perguntou. É melhor que não esteja, é minha vez. Um rosto espiou sobre o ombro do capitão. Os olhos dela estão abertos.

O capitão recuou e cuspiu no chão. A bolha gelatinosa estremeceu na pedra. A gota de suor deslizou, entalhando um sulco pegajoso. Uma porca gritou no jardim. Eu engoli convulsivamente. Minha garganta estalou. Senti um espaço abrir-se em mim. O feitiço de sono que pretendera dizer tinha sumido, secado, eu não seria capaz de lançá-lo mesmo se quisesse. Mas eu não queria. Meus olhos se ergueram e encontraram o rosto sulcado dele. Aquelas ervas tinham outro uso e eu sabia qual era. Inspirei fundo e falei minha palavra.

Os olhos dele estavam embotados e confusos.

— O que…

Ele não terminou a frase. Sua caixa torácica quebrou e começou a se expandir. Ouvi o som úmido de pele rasgando, o estalar de ossos quebrando. Seu nariz inchou no rosto e suas pernas se encolheram como uma mosca sugada por uma aranha. Ele caiu de quatro. Gritou, e seus homens gritaram com ele. Isso durou um longo tempo.

No fim das contas, eu realmente matei porcos naquela noite.

CAPÍTULO 15

Endireitei os bancos caídos, limpei o piso encharcado. Empilhei as bandejas e levei-as para a cozinha. Tinha me esfregado nas ondas com areia até limpar o sangue. Encontrei a bolha de cuspe no piso de pedra e a esfreguei também. Não adiantou. Com cada movimento eu podia sentir a impressão dos dedos dele.

Os lobos e leões tinham se esgueirado de volta, sombras na escuridão. Eles deitaram, pressionando o rosto ao chão. Por fim, quando não havia mais nada a limpar, sentei-me ante as cinzas da lareira. Eu não estava mais tremendo. Não fazia nenhum movimento. Minha carne parecia ter congelado ao meu redor. Minha pele se estendia sobre ela como uma coisa morta, borrachenta e vil.

O céu se aproximava da aurora, quando os cavalos prateados da lua voltam a seus estábulos. A biga de minha tia Selene estivera cheia a noite toda, sua luz forte no céu. Sob seu rosto reluzente, eu havia arrastado aquelas carcaças monstruosas até o barco, acendido uma pederneira e assistido às chamas se erguerem. Ela já teria contado a Hélio a essa altura. Meu pai apareceria a qualquer momento, o patriarca indignado com o insulto à sua filha. Meu teto iria ranger quando seus ombros se pressionassem contra ele. Pobre criança, pobre filha exilada. Eu nunca devia ter deixado Zeus enviá-la para cá.

O cômodo se tornou cinza, então amarelo. Uma brisa marinha se agitou, mas não foi suficiente para dissipar o fedor de carne queimada. Meu pai jamais falara daquela forma em toda a sua vida, eu sabia disso. *Mas certamente,* pensei, *ele ainda teria de vir, mesmo que só para me censurar.* Eu não era Zeus, não tinha permissão de fulminar vinte homens em um momento. Falei para a borda pálida da biga em ascensão de meu pai. *Ouviu falar do que eu fiz?*

As sombras se moveram pelo chão. A luz se esgueirou sobre meus pés, tocou a bainha do meu vestido. Cada momento se alongou para o próximo. Ninguém veio.

Talvez a surpresa verdadeira, pensei, *era que não tivesse acontecido antes.* Os olhos de meus tios costumavam rastejar sobre mim enquanto eu lhes servia o vinho. Suas mãos encontravam minha pele. Um beliscão, uma alisada, uma mão deslizando sob a manga do meu vestido. Todos eles tinham esposas, não era casamento em que pensavam. Uma hora, um deles teria vindo atrás de mim e compensado meu pai generosamente. Honra para todos os lados.

A luz tinha atingido o tear e seu aroma de cedro estava se erguendo no ar. A lembrança das mãos riscadas de cicatrizes brancas de Dédalo, e o prazer que eu tirara delas, eram como arame enfiado em meu cérebro. Afundei as unhas no pulso. Há oráculos espalhados por nossas terras. Santuários onde sacerdotisas respiram vapores sagrados e entoam as verdades que encontram neles. *Conhece-te a ti mesmo* está entalhado acima de suas portas. Mas eu fora uma estranha a mim mesma, transformada em pedra sem saber o motivo.

Certa vez, Dédalo me contara uma história sobre os senhores de Creta que costumavam contratá-lo para ampliar suas casas. Ele chegava com suas ferramentas, começava a derrubar as paredes e a arrancar os pisos. Mas quando encontrava algum problema embaixo que devia ser consertado primeiro, eles franziam o cenho. *Isso não estava no acordo!*

É claro que não, ele dizia, pois estava escondido nas fundações, mas veja, aqui está, claro como o dia. Vê esta viga rachada? Vê os besouros comendo o piso? Vê como a pedra está afundando no pântano?

Isso só os deixava mais enfurecidos. *Estava tudo bem até você arrancá-los! Não vamos pagar! Feche isso e reboque. Se durou até agora, vai durar mais tempo.*

Então ele selava aquela falha e na estação seguinte a casa desabava, e os homens iam até ele exigindo seu dinheiro de volta.

— Eu os avisava — ele disse a mim. — Avisava e avisava. Quando há podridão nas paredes, só há um remédio.

O hematoma roxo na minha garganta estava ficando verde nas bordas. Eu o pressionei, sentindo a dor aguda.

Derrubar, pensei. *Derrubar e construir de novo.*

Eles vinham, não sei dizer por quê. Alguma revolução das Moiras, alguma mudança nas rotas de comércio e transporte. Algum aroma no ar, flutuando: *aqui há ninfas e elas vivem sozinhas.* Os barcos voavam até meu porto como que puxados por uma corda. Os homens vadeavam até a praia e olhavam ao redor, satisfeitos. Água fresca, caça, peixe, frutas. *E acho que vi fumaça acima das árvores. Alguém está cantando?*

Eu poderia ter lançado uma ilusão sobre a ilha para mantê-los afastados, tinha o poder para isso. Poderia cobrir minhas praias suaves com uma imagem de rochas afiadas e turbilhões, de penhascos escarpados e impossíveis de escalar. Eles seguiriam em frente e eu nunca precisaria vê-los, nem ninguém mais, outra vez.

Não, pensei. *É tarde demais para isso. Eu fui encontrada. Deixe-os ver o que sou. Deixe-os aprender que o mundo não é como pensam.*

Eles escalavam os caminhos. Percorriam as pedras da trilha através do meu jardim. Todos contavam a mesma história desesperada: estavam perdidos, estavam cansados, estavam sem comida. Ficariam tão agradecidos pela minha ajuda.

Alguns, tão poucos que posso contar nos dedos, eu deixei partir. Eles não me viam como seu jantar. Eram homens devotos, sinceramente perdidos, e eu os alimentava – e se havia algum belo entre eles, até o levava para a minha cama. Não era desejo, nem um pouco. Era um tipo de fúria, uma faca que eu usava sobre mim mesma. Fazia isso para provar que minha pele ainda era minha. Se gostei da resposta que encontrei?

— Vá — eu lhes dizia.

Eles se ajoelhavam nas areias amarelas.

— Deusa — rogavam —, pelo menos nos dê seu nome para que possamos enviar nossas preces agradecidas.

Eu não queria nem suas preces nem meu nome em suas bocas. Queria que eles sumissem. Queria me esfregar no mar até que o sangue transparecesse por baixo de minha pele.

Queria que a próxima tripulação chegasse, para que eu pudesse ver sua carne se rasgando mais uma vez.

Sempre havia um líder. Ele não era o maior, nem necessariamente o capitão, mas era aquele para quem os outros olhavam em busca de instrução em sua crueldade. Ele tinha um olhar frio e uma tensão enrodilhada. Como uma cobra, os poetas poderiam dizer, mas eu conhecia bem as cobras àquela altura. Prefiro uma víbora honesta, que me ataca se eu a incomodar e não antes disso.

Eu não afugentava mais meus animais quando os homens vinham. Deixava-os deitar onde queriam, no jardim, sob as mesas. Agradava-me ver os homens caminhando entre eles, tremendo à vista de seus dentes e sua docilidade pouco natural. Eu não fingia ser mortal. Exibia meus olhos amarelos e reluzentes a toda oportunidade. Nada disso fazia diferença. Eu estava sozinha e era uma mulher, isso era tudo que importava.

Colocava meus banquetes diante deles, as carnes e queijo, as frutas e peixes. Colocava também minha maior tigela de bronze, cheia até a borda com vinho. Eles engoliam e mastigavam, apanhavam cortes suculentos de carneiro e os enfiavam garganta abaixo. Serviam-se e serviam-se de novo, encharcando os lábios, manchando a mesa de vermelho. Grãos de cevada e ervas grudavam-se em seus lábios. *A tigela está vazia*, eles diziam para mim. *Acrescente mais mel desta vez, a safra tem um toque amargo.*

É claro, eu dizia.

Sua fome amainava. Eles começavam a olhar ao redor. Eu os via notar o piso de mármore, as bandejas, a tecelagem fina das minhas roupas. Abriam sorrisinhos. Se aquilo era o que eu ousava mostrar a eles, imagine o que haveria escondido nos fundos.

— Senhora? — o líder chamava. — Não me diga que tal beldade vive sozinha?

— Ah, sim — eu respondia. — Inteiramente sozinha.

Ele sorria. Não conseguia evitar. Nunca havia qualquer medo nele. Por que deveria haver? Ele já tinha notado por si mesmo que não existia nenhuma capa de homem pendurada ao lado da porta, nenhum arco de caçador, nenhum cajado de pastor. Nenhum sinal de irmãos ou pais ou filhos, nenhuma vingança que se seguiria. Se eu fosse valiosa a alguém, não me permitiriam viver sozinha.

— Sinto muito por ouvir isso — ele dizia.

O banco raspava e ele se erguia. Os homens observavam com olhos brilhantes. Queriam ver o momento de choque, o encolhimento, as súplicas que viriam.

Era meu momento favorito, vê-los franzindo o cenho e tentando entender por que eu não estava com medo. Em seus corpos eu podia sentir minhas ervas como cordas esperando ser puxadas. Eu saboreava sua confusão, seu medo crescente. Então, as puxava.

Suas cabeças se inclinavam, forçando-os a cair de mãos e joelhos, os rostos inchando como cadáveres afogados. Eles se debatiam e os bancos se viravam, vinho salpicando o chão. Seus gritos se tornavam guinchos. Tenho certeza de que doía.

Eu deixava o líder por último, para que observasse. Ele se encolhia, pressionado contra a parede. *Por favor. Poupe-me, poupe-me, poupe-me.*

Não, eu dizia. *Ah, não.*

Quando terminava, só restava conduzi-los ao chiqueiro. Eu erguia meu cajado de madeira de freixo e eles corriam. O portão se fechava e eles se pressionavam contra os postes, seus olhos suínos ainda úmidos com as últimas lágrimas humanas.

Minhas ninfas não diziam uma palavra, embora eu suspeitasse que assistissem às vezes pelo vão da porta.

— Senhora Circe, outro navio. Devemos voltar a nossos aposentos?

— Por favor. E tirem o vinho para mim antes de ir.

Eu ia de uma tarefa a outra, tecendo, trabalhando, servindo a lavagem aos porcos, cruzando e recruzando a ilha. Andava com as costas eretas, como se segurasse uma grande bacia transbordante nas mãos. O líquido escuro ondulava conforme eu caminhava, sempre prestes a verter, mas nunca derramando. Só se eu parasse, se eu me deitasse, eu sentia que começaria a sangrar.

Noivas, as ninfas são chamadas, mas não era realmente assim que o mundo nos via. Éramos um banquete infinito disposto numa mesa, lindo e renovado. E péssimas em escapar.

As cercas de meu chiqueiro rangiam de idade e uso. De tempos em tempos a madeira cedia e um porco escapava. Na maioria das vezes, ele se jogava dos penhascos. Os pássaros marinhos agradeciam; pareciam vir de meio mundo de distância para se banquetear nos ossos suculentos. Eu ficava assistindo enquanto eles estripavam a gordura e os tendões. Um pedacinho rosa de pele do rabo pendia de um dos bicos como uma minhoca. Se fosse um homem, eu me perguntava se sentiria pena dele. Mas não era um homem.

Quando eu passava de volta pelo chiqueiro, seus amigos me encaravam com rostos suplicantes. Eles gemiam e guinchavam, apertavam os focinhos na terra. *Sentimos muito, sentimos muito.*

Sentiam muito por terem sido pegos, eu dizia. *Sentiam muito por terem pensado que eu era fraca, mas estavam errados.*

Na minha cama, os leões descansavam seus queixos no meu estômago. Eu os afastava. Erguia-me e caminhava de novo.

Ele me perguntou uma vez por que porcos. Estávamos sentados diante da lareira, em nossas cadeiras habituais. Ele gostava daquela coberta em couro de vaca, incrustrada com prata. Às vezes esfregava os padrões distraidamente sob o dedão.

— Por que não? — perguntei.

Ele me deu um sorriso singelo.

— Estou falando sério. Quero saber.

Eu sabia que ele estava falando sério. Ele não era um homem devoto, mas a busca das coisas escondidas era sua maior adoração.

Havia respostas em mim. Eu as sentia, enterradas tão fundo quanto os bulbos do ano anterior, crescendo gordos. Suas raízes se entrelaçavam com aqueles momentos que eu tinha passado contra a parede, quando meus leões tinham partido e meus feitiços se trancaram dentro de mim, enquanto os porcos gritavam no jardim.

Depois que eu transformava uma tripulação, eu os observava se atrapalhando e chorando no chiqueiro, caindo uns sobre os outros, estúpidos de horror. Eles odiavam tudo: seu novo corpo voluptuoso, seus pés fendidos e delicados, suas barrigas inchadas se arrastando na lama da terra. Era uma humilhação, uma degradação. Eles doíam de saudades por suas mãos, aqueles apêndices que os homens usam para mitigar o mundo.

Vamos, eu dizia a eles, *não é tão ruim. Vocês deviam apreciar as vantagens de um porco. Escorregadios de lama e velozes, eles são difíceis de capturar. Próximos ao chão, não podem ser derrubados com facilidade. Não são como cachorros, não precisam do seu amor. Podem prosperar em qualquer lugar, comendo qualquer coisa, restos e lixo. Parecem estúpidos e embotados, o que desarma seus inimigos, mas são inteligentes. Vão se lembrar do seu rosto.*

Eles nunca escutavam. A verdade é que homens dão péssimos porcos.

Em minha cadeira ao lado da lareira, ergui meu cálice.

— Às vezes — eu disse a ele —, você deve se contentar com a ignorância.

Ele não gostou daquela resposta, mas essa era a sua perversidade: de certa forma, ele gostou dessa resposta mais que tudo. Eu tinha visto como podia extrair verdades dos homens como conchas de ostras, como podia perscrutar um peito com um olhar e uma palavra bem colocada. Tão pouco do mundo não se rendia às suas indagações. No fim, acho que o fato de que eu não o fazia era sua coisa preferida sobre mim.

Mas estou me adiantando agora.

Um navio, as ninfas disseram. Muito remendado, com olhos no casco.

Isso chamou minha atenção. Piratas comuns não tinham ouro para desperdiçar com tinta. Mas não fui olhar. A expectativa era parte do prazer. O momento em que a batida viria e eu me ergueria de minhas ervas e abriria a porta. Não havia mais homens devotos, há muito tempo. O feitiço estava polido em minha boca como uma pedra de rio.

Acrescentei algumas raízes à poção que estava fazendo. Havia móli nela e o líquido reluziu.

A tarde passou e os marinheiros não apareceram. Minhas ninfas relataram que estavam acampados na praia com fogueiras acesas. Outro dia se passou e finalmente, no terceiro dia, chegou a batida.

Aquele navio pintado era a parte mais refinada deles. Seus rostos tinham rugas como avôs. Seus olhos eram injetados e mortos. Eles se encolhiam diante de meus animais.

— Deixem-me adivinhar — eu disse. — Estão perdidos? Estão famintos e cansados e tristes?

Eles comeram bem. Beberam mais. Seus corpos eram cheios aqui e ali com gordura, embora os músculos por baixo fossem duros como árvores. Suas cicatrizes eram longas, estriadas e finas. Eles tiveram uma boa temporada, mas depois provavelmente encontraram alguém que não apreciou seus roubos. Eram saqueadores, disso eu não tinha dúvida. Seus olhos nunca pararam de contar meus tesouros e eles sorriram com a soma a que chegaram.

Eu não esperava mais que eles se levantassem e viessem até mim. Ergui meu cajado e falei a palavra. Eles foram chorando para o chiqueiro como o resto.

As ninfas estavam me ajudando a endireitar os bancos caídos e limpar as manchas de vinho quando uma delas relanceou para a janela.

— Senhora, outro na trilha.

Eu tinha pensado que a tripulação era pequena demais para manejar um navio inteiro. Alguns deles deviam ter esperado na praia, e agora um tinha sido enviado para procurar os companheiros. As ninfas tiraram mais vinho e se afastaram silenciosamente.

Abri a porta à batida do homem. O sol tardio caiu sobre ele, destacando o rubro em sua barba curta, a prata suave em seu cabelo. Ele usava uma espada de bronze na cintura. Não era tão alto quanto alguns, mas forte, eu vi, suas juntas bem temperadas.

— Senhora — ele disse —, minha tripulação tomou abrigo aqui. Espero que eu também possa?

Coloquei o esplendor de meu pai em meu sorriso.

— É tão bem-vindo quanto seus amigos.

Eu o observei enquanto enchia nossos cálices. *Outro ladrão*, pensei. Mas seus olhos só relancearam meus adornos caros. Eles pausaram, em vez disso, em um banco ainda virado no chão. Ele se inclinou e o endireitou.

— Obrigada — eu disse. — Meus gatos estão sempre derrubando algo.

— É claro — ele respondeu.

Eu lhe trouxe comida e vinho e o levei à lareira. Ele aceitou o cálice e se sentou na cadeira prateada que lhe indiquei. Vi que estremeceu um pouco enquanto se inclinava, como se ferimentos recentes estivessem se repuxando. Uma cicatriz serrilhada subia por sua panturrilha musculosa, do calcanhar à coxa, mas era velha e esmaecida. Ele gesticulou com o cálice.

— Nunca vi um tear como esse — ele disse. — É um projeto oriental?

Mil outros mortais haviam passado por aquela sala. Eles tinham catalogado cada centímetro de ouro e prata, mas nenhum jamais havia notado o tear.

Hesitei por um breve momento.

— Egípcio.

— Ah. Eles produzem as melhores coisas, não é? É esperto usar um segundo tambor em vez de pesos. Muito mais eficiente para descer a trama. Eu adoraria ter um rascunho do projeto. — Sua voz era ressoante, calorosa, com uma atração que lembrava as marés. — Minha esposa ficaria encantada. Aqueles pesos costumavam enlouquecê-la. Ela sempre dizia que alguém tinha de inventar algo melhor. Infelizmente, não encontrei tempo para me dedicar a isso. Uma das minhas muitas falhas como marido.

Minha esposa. As palavras me surpreenderam. Se algum dos homens naquelas tripulações tinha uma esposa, nunca a mencionou. Ele sorriu para mim, seus olhos escuros pousados nos meus. Seu cálice estava segurado relaxadamente na mão, como se a qualquer momento ele fosse beber.

— Mas a verdade é que a parte preferida de minha esposa sobre tecer é que, enquanto ela trabalha, todos ao seu redor pensam que ela não consegue ouvir o que estão dizendo. Fica sabendo das melhores notícias desse jeito. Pode dizer-lhe quem vai se casar, quem está grávida e quem está prestes a começar uma rixa.

— Sua esposa parece uma mulher inteligente.

— Ela é. Não posso justificar o fato de ter casado comigo, mas, como é em meu benefício, tento não trazer o fato à sua atenção.

As palavras me surpreenderam e eu soltei uma risada baixa. Que homem falava daquela maneira? Nenhum que eu já tivesse conhecido. Mas, ao mesmo tempo, havia algo nele que parecia quase familiar.

— Onde está sua esposa agora? No seu navio?

— Em casa, graças aos deuses. Eu não a faria viajar com um grupo tão grosseiro. Ela comanda a casa melhor que qualquer regente.

Minha atenção estava afiada agora. Marinheiros comuns não falavam sobre regentes, nem pareciam tão confortáveis ao lado de prata incrustrada. Ele estava se recostando no braço entalhado da cadeira como se fosse sua cama.

— Chama sua tripulação de grosseira? — perguntei. — Eles não pareceram diferentes de outros homens para mim.

— É gentil de sua parte, mas metade do tempo temo que eles se comportem como feras. — Ele suspirou. — A culpa é minha. Como seu capitão, deveria mantê-los na linha. Mas estivemos em guerra, e a senhora sabe como isso pode afetar mesmo os melhores homens. E estes, embora eu os ame sinceramente, nunca serão chamados de melhores.

Ele falava com confiança, como se eu entendesse. Mas tudo que eu sabia da guerra vinha das histórias de meu pai sobre os titãs. Beberiquei meu vinho.

— A guerra sempre me pareceu uma escolha tola por parte dos homens. O que quer que ganhem com ela, só terão alguns anos para aproveitar antes de morrer. Mais provável que morram tentando.

— Bem, há a questão da glória. Mas gostaria que pudesse ter falado com nosso general. A senhora nos teria poupado muitos problemas.

— Por que estavam brigando?

— Deixe-me ver se consigo recordar a lista. — Ele contou nos dedos. — Vingança. Luxúria. Húbris. Ganância. Poder. O que esqueci? Ah, sim, vaidade e despeito.

— Parece um dia normal entre os deuses — eu disse.

Ele riu e ergueu a mão.

— É seu privilégio divino dizê-lo, minha senhora. Só agradeço por muitos desses deuses terem lutado ao nosso lado.

Privilégio divino. Ele sabia que eu era uma deusa, então. Mas não mostrava nenhum assombro. Eu poderia ter sido sua vizinha, sobre cuja cerca ele se inclinava para discutir a colheita de figos.

— Deuses lutaram entre os mortais? Quem?

— Hera, Posêidon, Afrodite. Atena, é claro.

Franzi o cenho. Eu não ouvira nada sobre isso. Mas, é claro, não tinha mais como ouvir. Hermes partira havia muito tempo, minhas ninfas não se importavam com as notícias do mundo, e os homens que sentavam à minha mesa só pensavam em seus apetites. Meus dias haviam se estreitado ao alcance de meus olhos e dedos.

— Não tema — ele disse. — Não vou sobrecarregar seus ouvidos com a longa história, mas é por isso que meus homens estão tão desalinhados. Ficamos dez anos lutando nas praias de Troia, e agora eles estão desesperados para voltar ao lar.

— Dez anos? Troia deve ser uma fortaleza.

— Ah, era robusta o bastante, mas foi nossa fraqueza que estendeu a guerra, não sua força.

Isso também me surpreendeu. Não que fosse essa a verdade, mas que ele estava disposto a admiti-la. Essa depreciação irônica era desarmadora.

— É muito tempo para ficar longe de casa.

— E agora ainda mais. Partimos de Troia há dois anos. Nossa jornada de retorno tem sido um pouco mais difícil do que eu teria desejado.

— Então não há necessidade de se preocupar com o tear — eu disse. — A essa altura sua esposa terá desistido de você e inventado um melhor sozinha.

A expressão dele permaneceu simpática, mas vi algo mudar nela.

— A senhora provavelmente tem razão. Ela terá duplicado nossas terras também, eu não ficaria surpreso.

— E onde ficam essas terras?

— Perto de Argos. Vacas e cevada, sabe?

— Meu pai cria vacas também — eu disse. — Ele favorece as de pelagem toda branca.

— São difíceis de procriar. Ele deve cuidar muito bem delas.

— Ah, sim — confirmei. — Ele não se importa com mais nada.

Eu o estava observando. Suas mãos eram largas e calejadas. Ele gesticulava com o cálice, vez por outra, misturando o vinho um pouco, mas nunca o derramando. E jamais o levando aos lábios.

— Sinto muito — eu disse — se minha safra não é do seu agrado.

Ele olhou para baixo, como que surpreso ao ver o cálice ainda em sua mão.

— Meus perdões. Estive apreciando tanto a hospitalidade que esqueci. — Ele tamborilou os nós dos dedos na têmpora. — Meus homens dizem que eu esqueceria minha cabeça se não estivesse ligada ao pescoço. Aonde disse que eles foram, mesmo?

Eu queria rir. Sentia-me exultante, mas mantive a voz tão calma quanto a dele.

— No jardim dos fundos. Há uma sombra excelente para repousar.

— Confesso que estou assombrado — ele disse. — Eles nunca ficam tão quietos para mim. A senhora deve ter tido um efeito e tanto sobre eles.

Ouvi um zumbido, como antes de um feitiço ser lançado. O olhar dele era uma lâmina afiada. Tudo aquilo fora o prólogo. Como se estivéssemos em uma peça, nós nos erguemos.

— Você não bebeu — eu disse. — Isso foi esperto. Mas eu ainda sou uma bruxa e você está em minha casa.

— Eu espero que possamos resolver isso racionalmente. — Ele tinha apoiado o cálice. Não desembainhou a espada, mas a mão descansava sobre o cabo.

— Armas não me assustam, nem a visão de meu próprio sangue.

— É mais corajosa que a maioria dos deuses, então. Uma vez vi Afrodite abandonar o filho à morte no campo por causa de um arranhão.

— Bruxas não são tão delicadas — eu disse.

O cabo de sua espada estava cortado por dez anos de batalhas, seu corpo cheio de cicatrizes, tenso e preparado. Suas pernas eram curtas, mas rígidas com músculos. Meus pelos se arrepiaram. Reparei que ele era bonito.

— Diga-me — eu pedi —, o que há nessa bolsa que mantém presa à cintura?

— Uma erva que encontrei.

— Raízes pretas — eu disse. — Flores brancas.

— Exatamente.

— Mortais não podem colher móli.

— Não — ele disse simplesmente. — Não podem.

— Quem foi? Não, deixe para lá, eu sei. — Pensei em todas as vezes que Hermes me observara colher e me fizera perguntas sobre meus feitiços. — Se tinha a móli, por que não bebeu? Ele deve ter dito a você que nenhum feitiço poderia tocá-lo.

— Ele me disse — ele admitiu. — Mas eu tenho um hábito de prudência que é difícil de quebrar. O Senhor dos Truques, por mais que eu lhe seja grato, não é conhecido por sua confiabilidade. Ajudar a senhora a me transformar em um porco seria exatamente o tipo de gracejo que lhe agradaria.

— Você é sempre tão desconfiado?

— O que posso dizer? — Ele abriu as mãos. — O mundo é um lugar feio. Temos de viver nele.

— Acho que você é Odisseu — eu disse. — Nascido do sangue daquele mesmo deus enganador.

Ele não se surpreendeu com o conhecimento sobrenatural. Era um homem acostumado com deuses.

— E a senhora é a deusa Circe, filha do Sol.

Meu nome em sua boca. Aquilo despertou uma sensação em mim, afiada e ávida. *Ele era de fato como as marés do oceano*, pensei. Se você olhasse para cima, a praia teria sumido.

— A maioria dos homens não me reconhece pelo que sou.

— A maioria dos homens, em minha experiência, é tola — ele disse. — Confesso que quase me fez abrir o jogo. Seu pai, o criador de vacas?

Ele estava sorrindo, convidando-me a rir, como se fôssemos duas crianças travessas.

— Você é um rei? Um senhor?

— Um príncipe.

— Então, príncipe Odisseu, estamos em um impasse. Pois você tem a móli e eu tenho seus homens. Eu não posso feri-lo, mas se me atacar eles nunca voltarão ao normal.

— Era o que eu temia — ele admitiu. — E, é claro, seu pai Hélio é zeloso em suas vinganças. Imagino que eu não gostaria de experimentar a sua fúria.

Hélio nunca me defenderia, mas eu não diria isso a Odisseu.

— Você deve entender que seus homens teriam roubado tudo que tenho.

— Sinto muito por isso. Eles são tolos, e jovens, e eu tenho sido leniente demais com eles.

Não era a primeira vez que ele se desculpava por isso. Deixei meus olhos pousarem nele, perscrutá-lo. Ele me lembrava um pouco de Dédalo, com sua calma e perspicácia. Mas sob sua tranquilidade eu podia sentir um turbilhão que Dédalo nunca tivera. Eu queria vê-lo revelado.

— Talvez possamos encontrar um jeito diferente — eu disse.

A mão de Odisseu ainda estava apoiada no cabo da espada, mas ele falou como se estivéssemos apenas decidindo o que comer no jantar.

— O que propõe?

— Sabia que Hermes me contou uma profecia sobre você uma vez? — eu perguntei.

— Ah? E o que era?

— Que você estava destinado a chegar a meus salões.

— E?

— Isso foi tudo.

Ele ergueu uma sobrancelha.

— Temo que essa seja a profecia mais maçante que já ouvi.

Eu ri. Sentia-me empoleirada como um falcão num penhasco. Minhas garras ainda seguravam a rocha, mas minha mente estava no ar.

— Proponho uma trégua — eu disse. — Um teste, de certa forma.

— Que tipo de teste? — Ele se inclinou um pouco para a frente. Era um gesto que eu viria a conhecer. Mesmo ele não podia esconder tudo. Se havia um desafio, ele corria para encontrá-lo. Sua pele cheirava a trabalho duro e mar. Ele conhecia dez anos de histórias. Eu me sentia ávida e faminta como um urso na primavera.

— Ouvi dizer — eu respondi — que muitos encontram confiança no amor.

Isso o surpreendeu e, ah, como gostei daquele instante antes que ele ocultasse a expressão.

— Minha senhora, só um tolo recusaria tal honra. Mas, verdade seja dita, penso que só um tolo também aceitaria. Eu sou um mortal. No momento em que largar a móli para deitar-me em sua cama, pode lançar seu feitiço. — Ele hesitou. — A não ser, é claro, que a senhora fizesse um juramento de que não me feriria, pelo rio dos mortos.

Um juramento pelo rio Stíx obrigaria até mesmo Zeus.

— Você é cuidadoso — eu disse.

— Parece que compartilhamos essa característica.

Não, pensei. Eu não era cuidadosa. Eu era imprudente, precipitada. Ele era outra faca, eu podia sentir. De um tipo diferente, mas ainda uma faca. Eu não me importava. Pensei: *dê-me a lâmina. Por certas coisas vale a pena derramar sangue.*

— Farei o juramento — eu disse.

Capítulo 16

Muitos, muitos anos depois eu ouviria uma canção sobre nosso primeiro encontro. O garoto que a cantava era inexperiente, errando notas com mais frequência que acertava, mas a música doce dos versos transparecia através de sua ineptidão. Eu não fiquei surpresa com o retrato que a canção pintava de mim: a bruxa orgulhosa desfeita diante da espada do herói, ajoelhando-se e pedindo misericórdia. Humilhar mulheres parece ser um dos passatempos preferidos dos poetas. Como se não pudesse haver uma história se não rastejarmos e choramingarmos.

Deitamos juntos em minha cama larga e dourada. Eu queria vê-lo relaxado de prazer, ardente, exposto. Ele nunca se expunha, mas o resto eu vi. Encontramos de fato alguma medida de confiança.

— Na verdade, eu não sou de Argos — ele admitiu. A luz do fogo tremeluzia sobre nós, projetando longas sombras nos lençóis. — Minha ilha é Ítaca. É pedregosa demais para vacas. Recorremos a cabras e olivais.

— E a guerra? Uma ficção também?

— A guerra foi verdade.

Não havia repouso nele. Parecia capaz de defender um golpe de lança vindo das sombras. Mas a exaustão tinha começado a transparecer, como pedras quando a maré recua. Pela lei dos convidados, eu não deveria questioná-lo antes que ele tivesse comido e se refrescado, mas estávamos além de tais observâncias.

— Você disse que a jornada foi difícil.

— Partimos de Troia com doze navios. — Seu rosto na luz amarela era como um velho escudo, batido e vincado. — Somos tudo que restou.

Aquilo me chocou. Onze navios significavam mais de quinhentos homens perdidos.

— Como tal desastre lhes acometeu?

Ele recitou a história como se estivesse dando uma receita de carne. As tempestades que os haviam soprado através de meio mundo. As terras cheias de canibais e selvagens vingativos, com sibaritas que os drogaram e tiraram seu juízo. Eles tinham sido emboscados pelo ciclope Polifemo, um gigante selvagem de um olho só que era filho de Posêidon; ele tinha comido meia dúzia de homens e sugado seus ossos. Odisseu tivera que cegá-lo para escapar, e agora Posêidon os caçava sobre as ondas em vingança.

Não era à toa que ele mancava, não era à toa que estava grisalho. *Este é um homem que enfrentou monstros.*

— E agora Atena, que sempre foi minha guia, virou as costas para mim.

Não fiquei surpresa em ouvir seu nome. A filha astuta de Zeus honrava os ardis e a invenção acima de tudo. Ele era exatamente o tipo de homem que ela estimaria.

— O que a ofendeu?

Não tive certeza se o herói iria responder, mas ele inspirou fundo.

— A guerra gera muitos pecados e eu não fui o último a cometê-los. Quando pedia seu perdão, ela sempre o dava. Mas então veio o saque da cidade. Templos foram derrubados, sangue derramado em altares.

Era o maior sacrilégio, sangue sobre os objetos sagrados dos deuses.

— Eu tomei parte de tais coisas com os demais, mas quando os outros ficaram para oferecer-lhe preces, não permaneci com eles. Estava... impaciente.

— Lutou por dez anos — eu disse. — É compreensível.

— É gentil de sua parte, mas acho que ambos sabemos que não é. Assim que subi a bordo, os mares ao meu redor ergueram cabeças iradas. O céu se escureceu, tornando-se da cor do ferro. Tentei dar meia-volta com a frota, mas era tarde demais. A tempestade dela nos soprou para muito longe de Troia. — Ele esfregou os nós dos dedos como se doessem. — Agora, quando falo com Atena, ela não responde.

Desastre após desastre. E mesmo assim ele entrara na casa de uma bruxa, exausto como estava, e sofrendo de luto. Tinha sentado diante de minha lareira sem demonstrar nada além de charme e sorrisos. Que determinação devia ter sido necessária, que vontade vigilante. Mas nenhum homem é infinito. A exaustão manchava seu rosto. Sua voz estava rouca. Uma faca, eu o chamara, mas vi que ele estava fatiado até o osso. Senti uma dor no peito em resposta. Quando o levara para a cama, tinha sido um tipo de aposta, mas a sensação que tremeluzia em mim agora era muito mais antiga. Lá estava ele, sua carne aberta à minha frente. *Isto é algo rasgado que eu posso consertar.*

Segurei o pensamento na mão. Quando aquela primeira tripulação viera, eu era uma coisa desesperada, pronta para adular qualquer um que sorrisse para mim. Agora eu era uma bruxa inclemente, provando meu poder com um chiqueiro depois do outro. Lembrei-me de repente daqueles antigos testes que Hermes fazia comigo. Eu seria espuma de leite ou uma harpia? Uma gaivota tola ou uma vilã monstruosa?

Essas não podiam ser minhas únicas escolhas.

Estendi a mão para as dele e o ergui.

— Odisseu, filho de Laerte, você suportou muitas agruras. Está seco como as folhas no inverno. Mas há um porto seguro aqui.

O alívio nos olhos dele correu quente sobre minha pele. Eu o levei para meu salão e ordenei a minhas ninfas que lhe providenciassem confortos encher-lhe uma banheira prateada e lavar seus membros suados, trazer-lhe roupas limpas. Depois, ele se ergueu brilhante e limpo diante das mesas que tínhamos abarrotado de comida. Mas não tomou seu lugar.

— Perdoe-me — ele disse, os olhos nos meus. — Não posso comer.

Eu sabia o que ele queria. Ele não se enfureceu nem implorou, apenas aguardou minha decisão.

O ar parecia salpicado em ouro ao meu redor.

— Venha — eu disse.

Percorri o corredor e saí para o chiqueiro. Seu portão se escancarou ao meu toque. Os porcos guincharam, mas quando o viram atrás de mim seu terror cessou. Eu esfreguei cada focinho com óleo e falei um encantamento. Seus pelos eriçados caíram e eles se ergueram como homens. Correram até ele, chorando e apertando-lhe as mãos. Ele chorou também, não alto, mas em grandes torrentes, até que sua barba estava úmida e escura. Pareciam um pai e seus filhos desvirtuados. Quantos anos deviam ter quando partiram para Troia? Teriam sido pouco mais que meninos, a maioria. Eu fiquei um pouco apartada, como uma pastora observando um rebanho.

— Sejam bem-vindos — eu disse, quando as lágrimas tinham diminuído. — Tragam seu navio à praia e chamem seus companheiros. Todos são bem-vindos.

Eles comeram bem naquela noite, rindo e brindando. Pareciam mais jovens, recém-formados em seu alívio. A exaustão de Odisseu também tinha sumido. Eu o observei do tear, interessada em ver mais uma faceta: o comandante com seus homens. Ele era tão bom nisso quanto em todo o resto, entretido com as peripécias deles, gentilmente censurador, reconfortantemente tranquilo. Eles o circulavam como abelhas em sua colmeia.

Quando as bandejas estavam vazias e os homens adormecendo em seus bancos, dei-lhes cobertores e lhes disse para encontrar camas onde quer que ficassem confortáveis. Alguns se estiraram em quartos vazios, mas a maioria saiu para dormir sob as estrelas de verão.

Só Odisseu permaneceu. Eu o levei à cadeira prateada diante da lareira e servi vinho. Seu rosto estava agradável, e ele se inclinou para a frente outra vez, como se estivesse ávido por tudo quanto eu pudesse oferecer.

— O tear que admirou — eu disse. — Ele foi feito pelo artesão Dédalo. Conhece o nome?

Fiquei satisfeita em ver surpresa e prazer genuínos em seu rosto.

— Não é à toa que é uma maravilha. Posso?

Inclinei a cabeça e ele se ergueu de imediato. Com uma mão traçou os tambores, da base ao topo. Seu toque era reverente, como um sacerdote em um altar.

— Como veio a possuí-lo?

— Foi um presente.

Havia especulação em seus olhos, curiosidade intensa, mas ele não insistiu. Em vez disso, falou:

— Quando eu era garoto e todos brincavam de lutar com monstros como Héracles, eu sonhava em ser Dédalo. Parecia mais genial olhar para madeira e ferro brutos e imaginar maravilhas. Fiquei decepcionado ao descobrir que não tinha talento para isso. Estava sempre cortando meus dedos.

Pensei nas cicatrizes brancas nas mãos de Dédalo, mas me contive. A mão dele pousou no tambor lateral como que sobre a cabeça de um cão amado.

— Posso vê-la tecer com ele?

Eu não estava acostumada a ter alguém tão perto enquanto trabalhava. Os fios pareciam engrossar e se emaranhar em meus dedos. Seus olhos seguiam cada movimento. Ele me fez perguntas sobre o que cada parte fazia e como era diferente de outros teares. Eu lhe respondi o melhor que pude, mas por fim tive de confessar que não tinha com o que comparar.

— Este é o único tear que já usei.

— Imagine tal felicidade! Como beber vinho a vida toda em vez de água. Como ter Aquiles fazendo suas tarefas domésticas.

Eu não conhecia o nome.

A voz dele rolou como a de um bardo: Aquiles, príncipe da Ftia, o mais veloz de todos os gregos, melhor dos guerreiros aqueus em Troia. Belo, brilhante, nascido da terrível nereida Tétis, gracioso e mortal como o próprio mar. Os troianos caíam diante dele como grama diante da foice, e o grande príncipe Heitor morrera na ponta de sua lança de freixo.

— Você não gostava dele — eu disse.

Um divertimento interior tocou seu rosto.

— Eu o apreciava, do seu jeito. Mas ele era um soldado terrível, por mais homens que conseguisse sangrar. Tinha uma série de ideias inconvenientes sobre lealdade e honra. Cada dia era uma nova batalha para atrelá-lo a nosso propósito, mantê-lo em seu caminho. Então a melhor parte de Aquiles morreu, e ele ficou ainda mais difícil depois disso. Mas, como eu disse, sua mãe era uma deusa, e profecias pendiam dele como algas. Ele lutava com questões maiores do que eu jamais entenderei.

Não era uma mentira, mas não era verdade também. Ele havia nomeado Atena como sua protetora. Tinha caminhado com aqueles que podiam rachar o mundo como ovos.

— Qual era a melhor parte dele?

— Seu amante, Pátroclo. Ele não gostava muito de mim, mas os bons nunca gostam. Aquiles ficou louco quando ele morreu; quase louco, pelo menos.

Eu tinha me virado do tear a essa altura. Queria observar seu rosto enquanto falava. Através das janelas, o céu escuro se tornava cinza. Um lobo suspirou sobre as patas. Por fim, eu o vi hesitar.

— Senhora Circe — ele disse. — Bruxa dourada de Eana. Mostrou-nos misericórdia e precisávamos dela. Nosso navio está destroçado. Os homens estão quase quebrando. Tenho vergonha de pedir mais, mas creio que serei obrigado. Minha maior esperança é ficarmos um mês. É tempo demais?

Uma explosão de alegria, como mel na garganta. Mas mantive meu rosto firme.

— Não acho que um mês seja demais.

Ele passava os dias trabalhando no navio. Ao anoitecer, sentávamos diante da lareira enquanto os homens comiam sua ceia, e à noite ele vinha à minha cama. Seus ombros eram grossos, entalhados em suas horas de guerreiro. Eu corria as mãos por suas cicatrizes rugosas. Havia prazeres lá, mas na verdade o maior prazer vinha depois, quando deitávamos juntos na escuridão e ele me contava histórias de Troia, conjurando a guerra para mim, lança a lança. O orgulhoso Agamêmnon, líder do exército, quebradiço como ferro mal temperado. Menelau, seu irmão, cujo rapto da esposa Helena tinha começado a guerra. O corajoso e simplório Ájax, com o físico de uma montanha. Diomedes, a mão direita implacável de Odisseu. E os troianos: o belo Páris, ladrão risonho do coração de Helena. Seu pai, Príamo da barba branca, rei de Troia, amado pelos deuses por sua gentileza. Hécuba, sua rainha com espírito de guerreiro, cujo útero tinha gerado tantos frutos nobres. Heitor, o mais velho, nobre herdeiro e baluarte de sua cidade murada.

E Odisseu, pensei. A concha em espiral. Sempre uma curva fora de vista.

Comecei a entender o que ele quis dizer quando falara da fraqueza do seu exército. Não eram seus tendões que haviam vacilado, mas sua disciplina. Nunca houvera um desfile de homens mais orgulhosos, divididos e inflexíveis, todos certos de que a guerra fracassaria sem eles.

— Sabe quem realmente vence as guerras? — ele me perguntou uma noite.

Deitávamos em tapetes ao pé da minha cama. Momento a momento, a vitalidade dele vinha retornando. Seus olhos estavam brilhantes agora, iluminados pela tempestade. Quando ele falava, era advogado e bardo e charlatão de encruzilhada, tudo ao mesmo tempo, defendendo seu argumento, entretendo, puxando o véu para revelar os segredos do mundo. Não eram apenas suas palavras, embora elas fossem sagazes. Era tudo junto: seu rosto, seus gestos, os tons insinuantes de sua voz. Eu diria que era um feitiço que ele lançava, mas eu não conhecia nenhum feitiço como esse. O dom era apenas dele.

— Os generais tomam o crédito, é claro, e de fato eles provêm o ouro. Mas estão sempre chamando você para a tenda deles e pedindo relatórios do que está fazendo em vez de deixá-lo agir. As canções dizem que são os heróis. Eles são apenas outra peça. Quando Aquiles coloca o elmo e abre um caminho vermelho através do campo, o coração dos homens comuns incha no peito. Eles pensam nas histórias que serão contadas e anseiam por estar nelas. *Eu lutei ao lado de Aquiles. Eu ergui meu escudo ombro a ombro com Ájax. Senti o vento e o movimento de suas grandes lanças.* Esses soldados, é claro, são mais uma peça, pois, embora sejam fracos e instáveis, quando são atrelados vão carregá-lo à vitória. Mas há ainda uma mão que deve juntar todas essas peças e torná-las um todo. Uma mente para guiar o propósito e não recuar das necessidades da guerra.

— E esse é o seu papel — eu disse. — O que significa que você é como Dédalo, afinal. Exceto que, em vez de madeira, trabalha com homens.

O olhar que ele me deu... Como o vinho mais puro e não diluído.

— Depois que Aquiles morreu, Agamêmnon nomeou-me o melhor dos gregos. Outros homens lutaram corajosamente, mas se encolhiam perante a verdadeira natureza da guerra. Só eu tinha estômago para ver o que precisava ser feito.

Seu peito estava nu e riscado de cicatrizes. Corri o dedo por ele de leve, como se sondasse o que havia por dentro.

— Como o quê?

— Você promete misericórdia aos espiões para que abram o bico, então os mata no fim das contas. Espanca homens que se amotinam. Convence os heróis emburrados a sair da tenda. Mantém os ânimos em alta a qualquer custo. Quando o grande herói Filoctetes se viu aleijado com uma ferida pustulenta, os homens perderam a coragem. Então eu o deixei para trás em uma ilha e aleguei que ele tinha pedido para ser abandonado. Ájax e Agamêmnon teriam batido nos portões trancados de Troia até morrer, mas fui eu quem pensei no truque do cavalo gigante e criei a história que convenceu os troianos a puxá-lo para dentro. Fiquei agachado na barriga de madeira com meus homens escolhidos, e quando um deles tremia de terror e esforço, encostava minha faca em sua garganta. Quando os troianos finalmente dormiram, nós os destroçamos como raposas entre galinhas de penas macias.

Essas não eram canções para serem recitadas diante de uma corte, não eram histórias da grande era de ouro. No entanto, de alguma forma, na boca dele não pareciam desonrosas, mas justas e inspiradas e sabiamente pragmáticas.

— Por que você foi para a guerra, para começo de conversa, se sabia como os outros reis eram?

Ele esfregou a bochecha.

— Ah, por causa de um juramento tolo que fiz. Tentei me esquivar dele. Meu filho tinha um ano e eu ainda era recém-casado. Haveria outras glórias, pensei, e quando o homem de Agamêmnon veio me recrutar, eu fingi ser louco. Saí nu e comecei a arar um campo de inverno. Ele colocou meu filho no caminho da lâmina. Eu parei, é claro, e então fui recrutado como o resto.

Um paradoxo amargo, pensei: *para manter o filho teve de perdê-lo.*

— Deve ter ficado furioso.

Ele ergueu as mãos, então deixou-as cair.

— O mundo é um lugar injusto. Veja o que aconteceu com aquele conselheiro de Agamêmnon. Palamedes, era seu nome. Ele servia bem ao exército, mas caiu num poço enquanto fazia a ronda noturna. Alguém tinha colocado estacas afiadas no fundo. Uma perda terrível.

Seus olhos brilhavam. Se o bom Pátroclo estivesse ali, poderia ter dito: o senhor não é um verdadeiro herói, nenhum Héracles, nenhum Jasão. Não faz discursos honestos de coração puro. Não realiza façanhas nobres à luz brilhante do sol.

Mas eu conhecera Jasão. E sabia que tipos de façanhas podiam ser feitas à vista do sol. Não disse nada.

Os dias passaram, e as noites com eles. Minha casa estava ocupada com cerca de quatro dúzias de homens, e pela primeira vez em minha vida encontrei-me mergulhada em carne mortal. Aqueles corpos frágeis requeriam atenção constante, comida e bebida, sono e repouso, a limpeza de membros e fluxos. Que paciência os mortais devem ter, eu pensei, para se arrastar por tudo isso hora após hora. No quinto dia, a sovela de Odisseu deslizou e perfurou seu dedão. Eu lhe dei um unguento e lancei meus encantamentos para evitar infecção, mas ainda levou meia lua para sarar. Observava a dor passando pelo rosto dele. Agora doía, e agora ainda doía, e agora e agora. E esse era apenas um entre os desconfortos dele, junto com o pescoço rígido e o estômago ácido e a dor de antigos ferimentos. Passei as mãos sobre suas cicatrizes estriadas, suavizando suas dores o melhor que podia. As cicatrizes em si, eu me ofereci para remover. Ele balançou a cabeça.

— Como eu me reconheceria?

Secretamente, fiquei feliz. Elas lhe caíam bem. O persistente Odisseu, ele era, o nome costurado à sua pele. Quem quer que o visse devia saudar e dizer: *este é um homem que viu o mundo. Um capitão com histórias para contar.*

Eu poderia ter-lhe contado, naquelas horas, minhas próprias histórias. Cila e Glauco, Aietes, o Minotauro. A parede de pedra raspando minhas costas. O piso do meu salão úmido de sangue, refletindo a lua. Os corpos que eu tinha arrastado um a um colina abaixo e queimado com seu navio. O som que a carne faz quando se rasga e reforma e como, quando você transforma um homem, pode parar a transformação na metade, e então aquela coisa monstruosa e bestial vai morrer.

Seu rosto ficaria atento ao ouvir, sua mente incansável examinando, pesando e catalogando. Por mais que eu fingisse ser capaz de ocultar meus pensamentos tão bem quanto ele, sabia que não era verdade. Ele enxergaria até meus ossos. Coletaria minhas fraquezas e as guardaria com o resto de sua coleção, ao lado das de Aquiles e Ájax. Ele as mantinha perto de si como outros homens mantêm suas facas.

Olhei para meu corpo, nu à luz do fogo, e tentei imaginá-lo escrito com sua história: minha palma com a cicatriz de raio, minha mão sem os dedos, os milhares de cortes do meu trabalho de bruxa, os sulcos na cartilagem devido ao fogo de meu pai, a pele do rosto como uma vela meio derretida. E essas eram só as coisas que haviam deixado marcas.

Ninguém me saudaria. Como Aietes tinha se referido a uma ninfa feia? *Uma mancha sobre o mundo*.

Minha barriga lisa reluzia sob minha mão, a cor de mel brilhando ao sol. Eu o puxei até mim. Era uma bruxa dourada, que não tinha nenhum passado.

Eu comecei a conhecer seus homens um pouco, aqueles corações inconstantes de que ele tinha falado, aqueles navios esburacados. Polites era mais bem-educado que o resto; Euríloco, teimoso e birrento. Elpenor, de rosto fino, tinha a risada de uma coruja estridente. Eles lembravam filhotes de lobo, suas dores apaziguadas quando as barrigas estavam cheias. Abaixavam os olhos quando eu passava, como que para se certificar de que suas mãos ainda lhes pertenciam.

Passavam todos os dias em jogos. Apostavam corridas pelas colinas e na praia. Estavam sempre correndo até Odisseu, ofegantes. *O senhor vai julgar nossa competição de arco? Nosso lançamento de disco? Nossas lanças?*

Às vezes o herói ia sorrindo com eles, mas às vezes gritava ou então lhes batia. Ele não era tão calmo e controlado quanto fingia ser. Viver com ele era como ficar ao lado do mar. Cada dia uma cor diferente, uma altura de espuma diferente, mas sempre a mesma intensidade incansável puxando em direção ao horizonte. Quando a amurada quebrou em seu navio, ele a chutou em fúria e jogou os pedaços no mar. No dia seguinte foi sombriamente para a floresta com seu machado, e quando Euríloco ofereceu ajuda, rangeu os dentes. Ainda conseguia se controlar, exibir o rosto que devia ter mostrado todos os dias para conter Aquiles, mas isso lhe custava, e depois ele tendia a ficar mal-humorado e ácido. Os homens se esquivavam, e eu via a confusão em seus rostos. Dédalo me dissera uma vez: *Até o melhor ferro se torna quebradiço se for batido demais.*

Eu era suave como óleo, calma como água sem vento. Tirava-o de seu mau humor, pedia-lhe histórias de suas viagens entre terras e homens estrangeiros. Ele me contou dos exércitos de Mêmnon, filho da Aurora, rei da Etiópia, e das amazonas com seus escudos de crescente. Tinha ouvido dizer que, no Egito, alguns faraós eram mulheres vestidas em roupas de homens. Na Índia, haviam lhe contado, existiam formigas do tamanho de raposas que escavavam ouro entre as dunas. E ao norte havia um povo que não acreditava que o rio de Oceano circundava a terra, que em vez disso seria cingida por uma enorme serpente, grossa como um barco e sempre faminta. Ela nunca podia ficar imóvel, pois seu apetite sempre a impelia para a frente, devorando tudo mordida a mordida, e um dia, quando tivesse comido o mundo todo, ela devoraria a si mesma.

Mas por mais longe que viajasse, ele sempre voltava a Ítaca. Seus olivais e suas cabras, seus criados leais e os excelentes cães de caça que ele criara pessoalmente. Seus pais nobres, sua antiga ama e sua primeira caça ao javali, que lhe dera a longa cicatriz que eu tinha visto em sua perna. Seu filho, Telêmaco, estaria trazendo os rebanhos das montanhas a essa altura. *Ele será bom nisso, eu sempre fui. Todo príncipe precisa conhecer suas terras, e não há jeito melhor de aprender do que levando as cabras para pastar.* Ele nunca disse *E se eu voltar para casa e tudo forem cinzas?* Mas eu via o pensamento ali, vivendo como um segundo corpo e se alimentando no escuro.

Era outono àquela altura, a luz se enfraquecia, a grama estalava sob os pés. O mês estava quase acabando. Estávamos deitados em minha cama.

— Acho que devemos partir muito em breve, ou então ficar durante o inverno.

A janela estava aberta; a brisa passou sobre nós. Era um truque dele, dispor uma frase como um prato sobre a mesa e ver o que você colocaria nele. Mas ele me surpreendeu ao continuar:

— Eu gostaria de ficar — ele disse. — Se me aceitar. Será apenas até a primavera. Irei assim que os mares estiverem navegáveis. Quase não será um atraso.

Essa última parte foi dita não para mim, mas para alguma pessoa com quem ele discutia em silêncio. Seus homens, talvez, ou sua esposa. Eu não me importava. Mantive o rosto virado para que ele não visse meu prazer.

— Eu o aceitarei — eu disse.

Algo se soltou nele depois disso, a libertação de uma tensão que eu não percebera que ele segurava. No dia seguinte Odisseu foi cantarolando até a praia com a tripulação. Eles puxaram o navio para uma caverna.

Fixaram-no, enrolaram a vela e guardaram todos os equipamentos para mantê-los a salvo ao longo das tempestades de inverno, até a primavera.

Às vezes, eu o surpreendia me observando. Uma atenção intensa tomava seu rosto, e ele começava a me fazer suas perguntas casuais e oblíquas. Sobre a ilha, sobre meu pai, o tear, minha história, bruxaria. Eu viera a conhecer aquela expressão muito bem: era a mesma que ele usava quando avistava um caranguejo com uma garra tripla ou se perguntava sobre as marés da baía oriental de Eana. O mundo era feito de mistérios e eu era apenas mais um enigma entre milhões. Eu não respondia, e embora ele fingisse estar frustrado, comecei a ver que isso lhe agradava, de um jeito estranho. Uma porta que não se abria à sua batida era uma novidade por si só, e um tipo de alívio também. O mundo todo se confessava para ele. Ele se confessava comigo.

Algumas histórias ele me contava à luz do dia. Outras surgiam apenas quando o fogo estava apagado e não havia ninguém para ver seu rosto, exceto as sombras.

— Foi depois dos ciclopes — ele disse. — Tivemos um pouco de sorte, afinal. Aterrissamos na Ilha dos Ventos. Conhece-a?

— O rei Éolo — eu disse. Um dos protegidos de Zeus, cujo trabalho era monitorar as rajadas que impelem navios ao redor do mundo.

— Eu lhe agradei e ele nos mandou seguir caminho. Além disso, deu-me uma grande bolsa contendo todos os ventos contrários, para que não nos incomodassem. Por nove dias e nove noites, voamos rente sobre as ondas. Eu não dormi, nem por uma hora, pois estava guardando a bolsa. Tinha contado a meus homens o que era, é claro, mas... — Ele balançou a cabeça. — Eles decidiram que era um tesouro que eu não queria dividir. Os butins que haviam ganhado em Troia tinham se perdido nas ondas havia muito tempo. Eles não queriam chegar em casa de mãos vazias. Bem. — Ele respirou fundo. — Você pode imaginar o que aconteceu.

Imaginei, de fato. Seus homens estavam mais ingovernáveis do que nunca agora, excitados com a perspectiva de ócio por um inverno inteiro. À noite, gostavam de fazer uma brincadeira de jogar borras de vinho. Escolhiam alguma bandeja como alvo, mas sua mira era terrível, pois sempre tinham bebido uma tigela após a outra. A mesa ficava manchada como se houvesse ocorrido um massacre, e eles olhavam para minhas ninfas para que a limpassem. Quando eu lhes disse que limpassem eles mesmos, entreolharam-se, e, se eu fosse qualquer outra pessoa, teriam me desafiado. Mas ainda se lembravam de seus focinhos.

— Por fim, quando não aguentei mais — Odisseu continuou —, adormeci. Não os senti tirá-la da minha mão. Foi o rugido dos ventos que me despertou. As rajadas saíram rodopiando da bolsa e nos sopraram de volta como se nunca tivéssemos partido. Cada légua desfeita. Eles pensam que sofro por seus companheiros mortos, e sofro. Mas às vezes tenho que me controlar para não os matar pessoalmente. Eles têm rugas, mas nenhuma sabedoria. Eu os levei para a guerra antes que pudessem fazer qualquer uma daquelas coisas que tornam um homem sóbrio. Não eram casados quando partimos. Não tinham filhos. Não haviam enfrentado anos de colheita magra, quando teriam de raspar o fundo de suas despensas, e nenhum ano bom em que aprenderiam a economizar. Não tinham visto os pais envelhecer e começar a definhar. Não os tinham visto morrer. Temo que lhes roubei não só a juventude, mas a idade também.

Ele esfregou os nós dos dedos. Tinha sido um arqueiro na juventude, e a força exigida para puxar e atirar sobrecarregava as mãos como nada mais. Ele havia deixado seu arco para trás quando foi para a guerra, mas a dor o seguira. Uma vez me contou que, se tivesse trazido o arco, teria sido o melhor arqueiro dos dois exércitos.

— Então, por que o deixou?

Política, ele explicara. O arco era a arma de Páris. Páris, o belo ladrão de esposas.

— Entre heróis, ele era visto como covarde. Nenhum arqueiro jamais teria sido declarado o melhor dos gregos, por mais habilidoso que fosse.

— Heróis são tolos — eu tinha dito.

Ele rira.

— Estamos de acordo.

Seus olhos estavam fechados. Ele ficou em silêncio por tanto tempo que pensei que dormia. Então sussurrou:

— Se pudesse ver como estávamos próximos de Ítaca. Eu podia sentir o cheiro dos peixes assando na praia.

* * *

Comecei a pedir pequenos favores a ele. Poderia matar um cervo para o jantar? Pegar alguns peixes? Meu chiqueiro estava caindo aos pedaços, será que podia consertar o cercado? Eu sentia um prazer intenso ao vê-lo entrar pela porta com redes cheias, com cestas de frutas dos meus pomares. Ele se juntava a mim no jardim e amarrávamos as videiras em estacas. Falávamos sobre quais ventos estavam soprando, sobre como Elpenor tinha começado a dormir no telhado e se devíamos proibi-lo.

— Aquele idiota — ele disse. — Vai quebrar o pescoço.

— Eu direi a ele que só tem permissão quando estiver sóbrio.

Ele bufou.

— Isso será nunca.

Eu sabia que estava sendo tola. Mesmo se ele permanecesse além daquela primavera até a próxima, um homem daquele jamais ficaria contente limitado a minhas praias estreitas. E, mesmo se eu encontrasse um modo de mantê-lo feliz, ainda havia limites, pois ele era mortal e não jovem. *Agradeça,* eu dizia a mim mesma. *Um inverno é mais do que teve com Dédalo.*

Eu não agradeci. Descobri suas comidas preferidas e sorri ao ver o prazer que ele tirava delas. À noite sentávamos diante da lareira e conversámos sobre o dia.

— O que pensa — eu lhe perguntei — sobre o grande carvalho, atingido por um raio? Acha que está podre por dentro?

— Vou olhar — ele disse. — Se estiver, não será difícil de derrubar. Farei isso antes do jantar amanhã.

Ele o derrubou, então passou o resto do dia podando silveiras.

— Tinham crescido demais. O que você precisa mesmo é de algumas cabras. Um rebanho de quatro as deixaria planas em um mês. E as manteria planas.

— E onde encontrarei cabras?

A palavra entre nós, *Ítaca*, como um feitiço se rompendo.

— Deixe para lá — eu disse, finalmente. — Vou transformar algumas das ovelhas, isso vai resolver.

No jantar, minhas ninfas tinham começado a ficar perto dos homens e levar aqueles de que gostavam para a cama. Eu apreciava isso também.

Minha família se mesclando à dele. Uma vez eu dissera a Dédalo que nunca me casaria, porque minhas mãos eram sujas e gostava demais do meu trabalho. Mas Odisseu era um homem com suas próprias mãos sujas.

E onde, Circe, você acha que ele aprendeu todas essas habilidades domésticas?

Minha esposa, ele sempre dizia quando falava dela. *Minha esposa, minha esposa.* Ele carregava essas palavras à sua frente como um escudo. Como aquele povo do interior que não diz o nome do deus da morte, com medo de que ele venha levar seus entes mais queridos.

Penélope, ela se chamava. Quando ele dormia, às vezes eu falava essas sílabas para o ar negro. Era um desafio – ou talvez uma prova. *Viu? Ela não vem. Ela não tem os poderes que você lhe atribui.*

Eu resisti ao máximo, mas no fim ela era a ferida que eu tinha que cutucar. Esperei o som de sua respiração indicar que ele estava acordado o bastante para falar.

— Como ela é?

Ele me contou sobre o seu jeito gentil, o modo como uma ordem branda fazia os homens pularem mais rápido que qualquer grito. Era uma nadadora excelente. Sua flor preferida era o croco e ela usava o primeiro broto da estação no cabelo para dar sorte. Ele tinha o costume de falar dela como se ela estivesse no quarto ao lado, como se eles não estivessem a doze anos e mares extensos de distância.

Ela era prima de Helena, ele disse. Mil vezes mais esperta e sábia, embora Helena fosse esperta a seu modo, mas, é claro, volúvel. Eu já tinha ouvido suas histórias de Helena, a rainha de Esparta, filha mortal de Zeus, a mulher mais linda do mundo. Páris, príncipe de Troia, a havia roubado do marido Menelau e começado a guerra.

— Ela partiu com Páris por escolha ou foi forçada? — perguntei.

— Quem pode dizer? Por dez anos ficamos acampados fora de seus portões e ela nunca tentou fugir, até onde sei. Mas no momento em que Menelau invadiu a cidade ela se jogou sobre ele, nua e jurando que fora tudo um tormento e que queria o marido de volta. Você nunca tira uma verdade completa dela. Tem mais volteios que uma cobra e mantém um olho sempre nas vantagens para si mesma.

Não muito diferente de você, pensei.

— Mas minha esposa — ele continuou —, ela é constante. Constante em todas as coisas. Até homens sábios às vezes perdem o caminho, mas ela jamais. É uma estrela fixa, um arco bem-feito. — Um silêncio, no qual o senti se mover profundamente entre suas lembranças. — Nada que ela diz tem um único significado, nem uma única intenção, mas ela é firme. Conhece a si mesma.

As palavras me penetraram, suaves como uma faca polida. Eu sabia que ele a amava desde o momento em que falara sobre sua tecelagem. Mas ele tinha ficado, um mês depois do outro, e eu me deixara ser enganada. Agora via mais claramente: todas aquelas noites em minha cama foram apenas sua sabedoria de viajante. Quando está no Egito, a pessoa idolatra Ísis; na Anatólia, mata um cordeiro para Cibele. Isso não é uma violação a sua Atena, ainda em casa.

Mas mesmo enquanto pensava nisso, sabia que não era a resposta completa. Lembrei-me de todas as horas que ele passara na guerra, controlando os temperamentos volúveis de reis, as birras de príncipes, equilibrando cada guerreiro orgulhoso contra seu companheiro. Era um feito equivalente a domar os touros sopradores de fogo de Aietes, mas tendo apenas a própria perspicácia para ajudar. Mas em casa, em Ítaca, não haveria heróis divididos, nenhum conselho, nenhum ataque de madrugada, nenhum estratagema desesperado que ele precisaria inventar para evitar a morte de homens. E como um homem desses retornaria para casa, para sua lareira e suas azeitonas? Sua harmonia doméstica comigo era mais como um ensaio, percebi. Quando ele se sentava diante do fogo, quando trabalhava em meu jardim, estava tentando se lembrar do truque. Como seria golpear um machado na madeira e não em carne? Como ele poderia se encaixar com Penélope de novo, suave como uma das dobradiças de Dédalo?

Ele dormia ao meu lado. De vez em quando sua respiração ficava presa na garganta. *Tique*.

Pasifae teria me aconselhado a fazer uma poção de amor e o prendê-lo junto a mim. Aietes diria que eu deveria roubar sua mente. Imaginei seu rosto vazio de todos os pensamentos exceto os que eu colocasse ali. Ele sentaria a meus pés, olhando para cima, fátuo e adorador e vazio.

* * *

As chuvas de inverno começaram, e a ilha toda cheirava a terra. Eu amava a estação, as areias frias, o heléboro branco florescendo. Odisseu tinha ganhado um pouco de peso e não estremecia com tanta frequência ao se mover. O pior de seu humor tinha amansado. Tentei encontrar satisfação nisso. *Como ver um jardim bem cuidado*, disse a mim mesma. *Como assistir a cordeiros recém-nascidos se esforçando para se pôr de pé.*

Os homens ficavam próximos à casa, bebendo para se aquecer. Para entretê-los, Odisseu lhes contava histórias heroicas sobre Aquiles, Ájax, Diomedes, fazendo-os viver de novo no ar do crepúsculo e realizar suas façanhas gloriosas. Os homens ficavam enlevados, os rostos maravilhados. *Lembrem-se*, eles sussurravam em assombro. *Caminhamos entre eles. Lutamos contra Heitor. Nossos filhos contarão a história.*

Ele sorria como um pai indulgente, mas à noite bufava de escárnio.

— Eles eram capazes de lutar contra Heitor tanto quanto de voar. Qualquer um com um cérebro corria ao vê-lo.

— Até você?

— É claro. Ájax mal conseguia resistir a ele, e só Aquiles poderia tê-lo derrotado. Eu sou um guerreiro decente, mas conheço meus limites.

E conhecia mesmo, pensei. Tantos fechavam os olhos e teciam fantasias de uma força desejada. Mas ele era mapeado e examinado, cada pedra e rede notada com precisão exata. Ele media seus dons com escrúpulo.

— Conheci Heitor, uma vez — ele contou. — Foi nos primeiros dias da guerra, quando ainda fingíamos que podia haver uma trégua. Ele estava ao lado do pai, Príamo, sentado em um banquinho bambo que fazia parecer um trono. Não brilhava como ouro. Não era polido e perfeito. Mas era o mesmo por inteiro, como um bloco de mármore cortado de uma pedreira. Sua esposa, Andrômaca, serviu nosso vinho. Mais tarde, ouvimos que ela lhe gerou um filho. Astíanax, *comandante da cidade*. Mas Heitor o chamava de Escamandro, como o rio que corria além de Troia.

Algo na voz dele.

— O que aconteceu com ele?

— O mesmo que acontece com todos os filhos na guerra. Aquiles matou Heitor e depois, quando o filho de Aquiles, Pirro, invadiu o palácio, pegou o bebê e abriu sua cabeça. Foi um horror, como tudo que Pirro fazia. Mas necessário. A criança teria crescido com uma lâmina no coração. O maior dever de um filho é vingar seu pai. Se ele tivesse vivido, teria juntado homens e vindo atrás de nós.

A lua tinha se estreitado, tornando-se uma lasca fora da janela. Ele ficou em silêncio, revirando seus pensamentos.

— É estranho como essa ideia é reconfortante para mim. Que, se eu for morto, meu filho vai tomar os mares. Vai caçar os homens que me derrubaram. Vai ficar diante deles e dizer: "Vocês ousaram derramar o sangue de Odisseu, e agora o seu será derramado".

O quarto estava imóvel. Era tarde, as corujas já tinham partido para suas árvores.

— Como ele era? Seu filho?

Ele esfregou a base do dedão, onde tinha se ferido com a sovela.

— Nós o chamamos de Telêmaco, em razão de minha habilidade com o arco. — *Guerreiro distante*, queria dizer. — Mas a piada era que ele gritou durante seu primeiro dia inteiro, como se estivesse vivendo no coração do campo de batalha. As mulheres tentaram todos os truques que conheciam, balançar, caminhar, enfaixar seus braços, oferecer-lhe um dedão molhado em vinho para chupar. A parteira disse que nunca vira paixão igual. Até minha antiga ama estava cobrindo os ouvidos. Minha esposa ficou preocupada, pois temeu que houvesse algo errado com ele. Dê-o a mim, eu disse. Eu o ergui diante de mim e olhei seu rosto que berrava. "Querido filho", eu disse, "tem razão, este mundo é um lugar selvagem e terrível e vale a pena gritar por isso. Mas você está a salvo agora e todos nós precisamos dormir. Pode nos dar um pouco de paz?" E ele se acalmou. Ficou quieto em minhas mãos. Depois disso, não se encontrava uma criança mais tranquila. Ele estava sempre sorrindo, rindo para qualquer um que falasse com ele. As amas inventavam desculpas para vir apertar suas bochechas gordas. "Que rei ele será um dia!" elas diziam. "Gentil como o vento ocidental, ah!"

Ele prosseguiu com suas lembranças. A primeira mordida de pão de Telêmaco, sua primeira palavra, como ele amava cabras e se esconder sob cadeiras, rindo até ser encontrado. *Tinha mais histórias sobre o filho de um único ano*, pensei, *do que meu pai teria de mim em toda a eternidade.*

— Sei que a mãe vai manter-me na mente de Telêmaco, mas eu estava liderando caçadas na idade dele. Tinha matado um javali sozinho.

Só espero que ainda haja algo para ensinar quando voltar. Quero deixar alguma marca nele.

Eu disse algo vago e reconfortante, tenho certeza. *Você deixará uma marca. Todo garoto deseja um pai, ele esperará por você.* Mas estava pensando de novo na implacabilidade das vidas mortais. Enquanto falávamos, os momentos estavam passando. O doce bebê tinha sumido. Seu filho estava envelhecendo, crescendo, afiando-se num homem. Treze anos Odisseu perdera de sua vida. Quantos mais?

Meus pensamentos voltaram com frequência àquele menino de olhos tranquilos e observadores. Perguntei-me se ele sabia o que seu pai esperava dele, se sentia o peso dessas esperanças. Imaginei-o nos penhascos todo dia, rezando por um navio. Imaginei seu cansaço, seu luto suave e interior toda noite antes de dormir, enrolando-se em sua cama do jeito que já fora segurado nas mãos do pai.

Uni minhas próprias mãos no escuro. Eu não tinha mil ardis e não era nenhuma estrela fixa, mas pela primeira vez senti algo naquele espaço entre as mãos. Uma esperança, um respiro vivo, que poderia ainda crescer no meio.

CAPÍTULO 17

As árvores estavam apenas começando a florescer. O mar ainda estava coberto de espuma, mas logo as ondas se acalmariam, seria primavera e hora de Odisseu partir. Ele se lançaria ao mar, desviando de tempestades e da grande mão de Posêidon, seu olhar fixo no lar. E minha ilha cairia em silêncio outra vez.

Toda noite eu me deitava ao seu lado, ao luar. Só mais uma estação, imaginei-me dizendo a ele. Só até o fim do verão, quando sopram os melhores ventos. Isso o surpreenderia. Eu captaria uma leve centelha de decepção em seus olhos. Bruxas douradas não deveriam implorar. Então deixei que a ilha implorasse no meu lugar, falando com sua beleza eloquente. A cada dia as pedras liberavam mais de sua cobertura gélida e os botões de flor inchavam. Fazíamos piqueniques sobre a grama verde. Caminhávamos na areia aquecida pelo sol e nadávamos na baía iluminada. Eu o levei à sombra de uma macieira, para que o aroma flutuasse sobre ele enquanto dormia. Desenrolei todas as maravilhas de Eana diante dele como um tapete, e o vi começar a vacilar.

Seus homens também viram. Treze anos haviam passado ao seu lado, e embora os pensamentos sinuosos de Odisseu estivessem, na maior parte, além de sua compreensão, sentiram uma mudança, do modo como cães sentem o humor de seu mestre. A cada dia, ficavam mais inquietos. *Ítaca,* diziam em voz alta, a toda chance que tinham. *Rainha Penélope. Telêmaco.* Euríloco espreitava meus salões com um olhar furioso. Eu o via sussurrando nos cantos com os outros. Quando eu passava por eles, ficavam em silêncio, os olhos abaixados. Sozinhos ou em duplas, eles se esgueiravam até Odisseu. Eu esperava que seu capitão os mandasse embora, mas ele só olhava por cima de seus ombros para o ar empoeirado do crepúsculo. *Eu os devia ter mantido como porcos*, pensei.

* * *

"Irmão da morte" é o nome que os poetas dão ao sono. Para a maioria dos homens, essas horas escuras são um lembrete da quietude que os aguarda no fim dos dias. Mas o sono de Odisseu era como sua vida, agitado e inquieto, pesado com murmúrios que faziam meus lobos espicharem as orelhas. Eu o observava na luz cinza perolada da aurora: os tremores do seu rosto, a tensão empenhada em seus ombros. Ele retorcia os lençóis como se fossem oponentes que tentava derrubar em uma luta. Um ano de dias pacíficos passou comigo e, mesmo assim, toda noite ele ia para a guerra.

As janelas estavam abertas. *Devia ter chovido à noite*, pensei. O ar que fluía para dentro parecia lavado e muito límpido. Cada som – os trinados de pássaros, as folhas farfalhando, o murmúrio das ondas – pairava no ar como um repique. Eu me vesti e segui essa glória para o lado de fora. Elpenor estava no telhado, enrolado em um dos meus melhores cobertores. O vento ondulava sobre mim como notas de lira, e minha própria respiração parecia soar em harmonia. Uma gota de orvalho caiu de um ramo. Ela atingiu a terra como o toque de um sino.

Senti a boca secar.

Ele emergiu de trás de um loureiro. Cada linha do seu corpo era bela, graciosa e perfeita. Seu cabelo escuro e solto era cingido por louros. De seu ombro pendia um arco brilhante de prata, entalhado de madeira de oliveira.

— Circe — disse Apolo, e foi o maior repique de todos. Todas as melodias no mundo pertenciam a ele.

Ele ergueu uma mão elegante.

— Meu irmão me avisou sobre sua voz. Acho que seria melhor se falasse o mínimo possível.

Suas palavras não continham malícia. Mas talvez fosse assim que malícia soasse naqueles tons perfeitos.

— Não serei silenciada em minha própria ilha.

Ele estremeceu.

— Hermes disse que você era difícil. Venho com uma profecia para Odisseu.

Eu me senti tensionar. Enigmas olimpianos sempre tinham dois gumes.

— Ele está na casa.

— Sim — ele disse. — Eu sei.

O vento me atingiu no rosto. Eu não tive tempo de gritar. A rajada invadiu minha garganta, golpeando minha barriga como se todo o céu estivesse sendo canalizado através de mim. Eu engasguei, mas sua força crescente continuou jorrando, expulsando o ar de meus pulmões, afogando-me em seu estranho poder. Apolo assistiu, seu rosto plácido.

A clareira da ilha foi varrida. Odisseu estava em uma praia com penhascos se erguendo ao redor. A distância, havia cabras e olivais. Vi uma casa com salões amplos, seus pátios pavimentados com pedras, suas paredes reluzindo com armas ancestrais. Ítaca.

No momento seguinte, Odisseu estava em uma praia diferente. Areia escura e um céu que nunca viu a luz de meu pai. Álamos sombreados assomavam e salgueiros roçavam suas folhas em água negra. Nenhum pássaro cantava, nenhum animal se movia. Eu reconheci o lugar imediatamente, embora nunca tivesse estado lá. Uma grande caverna se abria, e em sua boca havia um velho com olhos que não viam. Ouvi seu nome em minha mente: *Tirésias*.

Eu me joguei na terra do meu canteiro. Desesperada, puxei raízes de móli e enfiei algumas na boca, a terra marrom ainda se agarrando a elas. Imediatamente o vento cessou, morrendo tão rápido quanto surgira. Eu tossi, o corpo inteiro tremendo. Minha língua tinha o gosto de lama e cinzas. Esforcei-me para ficar de joelhos.

— Como ousa? — demandei. — Como ousa me maltratar em minha própria ilha? Eu tenho sangue de titã! Isso trará guerra. Meu pai...

— Foi ele quem deu a ideia. Meus hospedeiros devem ter profecia no sangue. Você devia se sentir honrada — ele disse. — Presenciou uma visão de Apolo.

Sua voz era um hino. Seu belo rosto demonstrava apenas uma leve confusão. Eu queria arranhá-lo com as unhas. Os deuses e suas regras incompreensíveis – sempre havia um motivo pelo qual você devia se ajoelhar.

— Eu não contarei a Odisseu.

— Isso não me concerne — ele disse. — A profecia está entregue.

Ele se foi. Pressionei a testa ao tronco enrugado de uma oliveira. Meu peito estava ofegante. Eu tremia de raiva e humilhação. Quantas vezes teria de aprender? Cada momento de minha paz era uma mentira, pois ela existia ao prazer dos deuses. Não importava o que eu fizesse, quanto tempo vivesse, a seu bel-prazer eles poderiam me alcançar e fazer o que quisessem comigo.

O céu ainda não estava inteiramente azul. Odisseu ainda dormia. Eu o acordei e o conduzi ao salão. Não lhe contei da profecia. Observei-o comer e toquei minha raiva como se fosse o gume de uma faca. Queria mantê-la afiada o máximo possível, pois sabia o que viria depois. Na visão, ele estivera de volta a Ítaca. As últimas de minhas parcas esperanças tinham sumido.

Servi os melhores pratos, abri meu vinho mais antigo. Mas nada tinha sabor. O rosto dele estava distraído. O dia todo ficara se virando para olhar pela janela, como se alguém fosse chegar. Conversamos educadamente, mas senti que ele estava esperando que os homens fossem comer e depois dormir. Quando a última voz morreu com a chegada do sono, Odisseu se ajoelhou.

— Deusa — ele disse.

Ele nunca me chamava assim, então eu soube. Soube sem sombra de dúvida. Talvez alguma divindade o tivesse visitado também. Talvez ele tivesse sonhado com Penélope. Nosso idílio tinha terminado. Olhei para seu cabelo entremeado de fios grisalhos. Seus ombros estavam firmados, os olhos no chão. Senti uma raiva entorpecida. No mínimo, ele podia me olhar de frente.

— O que é, mortal? — Minha voz saiu alta e meus leões se remexeram.

— Devo partir — ele disse. — Fiquei tempo demais. Meus homens estão impacientes.

— Então parta. Eu sou uma anfitriã, não uma carcereira.

Ele olhou para mim, então.

— Eu sei, senhora. Sou-lhe mais grato do que posso expressar.

Seus olhos eram castanhos e quentes como a terra no verão. Suas palavras eram simples. Não havia arte nelas – o que, é claro, também era uma arte. Ele sempre sabia como se apresentar na melhor luz. Pareceu um tipo de vingança dizer:

— Tenho uma mensagem para você, dos deuses.

— Uma mensagem. — Seu rosto ficou cauteloso.

— Você chegará em casa, eles dizem. Mas primeiro ordenam que fale com o profeta Tirésias na casa da morte.

Nenhum homem poderia ouvir tal coisa sem vacilar. Ele ficou rígido e pálido como pedra.

— Por quê?

— Os deuses têm seus próprios motivos, que não consideraram necessário compartilhar.

— Haverá fim um dia?

A voz dele estava crua. Seu rosto era como uma ferida que se abrira de novo. Minha raiva foi drenada. Ele não era meu adversário. Seu caminho seria difícil o suficiente sem a dor que poderíamos infligir um ao outro.

Toquei seu peito, onde o grande coração de capitão batia.

— Venha — eu disse. — Não vou abandoná-lo.

Eu o levei a meu quarto e lá compartilhei o conhecimento que estivera se erguendo em mim o dia todo, rápido e incessante, como bolhas num riacho.

— Os ventos o carregarão além de terras e mares, até a borda do mundo vivente. Há uma faixa lá, com um álamo preto, e águas escuras e imóveis cobertas por salgueiros. A entrada para o submundo. Cave um fosso, do tamanho que mostrarei. Encha-o com o sangue de uma ovelha e de um carneiro negros e faça libações ao redor. As sombras famintas virão correndo. Ficarão desesperadas por aquela vida borbulhante depois de tanto tempo no escuro.

Os olhos dele estavam fechados. Imaginando, talvez, as almas jorrando de seus salões cinzentos. Ele conheceria algumas delas. Aquiles e Pátroclo, Ájax, Heitor. Todos os troianos que ele tinha matado e todos os gregos também, e sua tripulação que fora devorada, ainda clamando por justiça. Mas isso não seria o pior. Haveria também almas lá que ele não poderia prever: aquelas de casa, que tinham morrido em sua ausência. Talvez seus pais ou Telêmaco. Talvez a própria Penélope.

— Você deve mantê-las longe do sangue até Tirésias chegar. Ele vai beber sua parte e compartilhar sua sabedoria. Então você deve retornar aqui, por um único dia, já que pode haver mais ajuda que poderei lhe dar.

Ele assentiu. Suas pálpebras estavam cinza. Toquei seu rosto.

— Durma — eu disse. — Vai precisar do descanso.

— Não posso — ele disse.

Eu entendia. Ele estava se preparando, convocando sua força para ir à batalha mais uma vez. Ficamos deitados lado a lado em vigília silenciosa durante as longas horas da noite. Quando amanheceu, eu o ajudei a se vestir com minhas próprias mãos. Prendi a capa ao redor de seus ombros. Cingi seu cinto e lhe dei sua espada. Quando abrimos a porta da frente, encontramos Elpenor deitado sobre as pedras do chão. Ele tinha finalmente caído do telhado. Olhamos seus lábios azulados, o ângulo feio do seu pescoço.

— Já começou. — A voz de Odisseu estava sombria com resignação. Eu sabia o que ele queria dizer. As Moiras o tinham em seu jugo outra vez.

— Eu o guardarei para você. Não tem tempo para um funeral agora.

Carregamos o corpo até uma das minhas camas, enrolado em um lençol. Então levei suprimentos para a jornada, e os animais de que ele precisaria para o rito. O navio já estava preparado; seus homens o tinham aparelhado dias antes. Então carregaram os mantimentos e o empurraram até as ondas. Os mares estavam revoltos e frios; o ar enevoado com borrifos de água. Eles teriam de lutar por cada légua, e à noite seus ombros estariam cheios de nós. *Eu devia ter preparado unguentos para a viagem,* pensei. Mas era tarde demais.

Vi o navio lutar para superar o horizonte, então voltei e levantei o lençol do corpo de Elpenor. Os únicos cadáveres que já vira eram aqueles que haviam jazido em meu chão, irreconhecíveis como homens. Toquei o peito dele. Estava duro e frio. Eu tinha ouvido que na morte os rostos pareciam mais jovens do que eram, mas Elpenor tinha rido com frequência, e sem a centelha da vida seu rosto estava enrugado. Eu o lavei e esfreguei óleos em sua pele, com todo o cuidado que usaria se ele ainda conseguisse sentir meus dedos. Cantei enquanto trabalhava, uma melodia para acompanhar sua alma enquanto ele esperava para atravessar o grande rio para o submundo. Eu o enrolei de novo em sua mortalha, entoei um encantamento para evitar a decomposição e fechei a porta atrás de mim.

Em meu jardim, as folhas verdes estavam tão novas que brilhavam como lâminas. Corri os dedos pelo solo. O verão úmido estava se aproximando e logo eu deveria começar a atar as videiras. No ano anterior

Odisseu tinha me ajudado. Toquei o pensamento como um machucado, testando a dor que causava. Quando ele se fosse, eu ficaria como Aquiles, lamentando seu amante perdido Pátroclo? Tentei me imaginar correndo pelas praias, arrancando os cabelos, agarrada a algum pedaço velho de túnica que ele tivesse deixado para trás. Chorando a perda de metade da minha alma.

Não conseguia imaginar. Esse fato trouxe sua própria dor. Mas talvez devesse ser assim. Nas histórias, deuses e mortais nunca ficavam juntos por muito tempo.

Naquela noite, permaneci na cozinha arrancando flores de acônito. Odisseu já estaria enfrentando seus mortos. Quando ele partira, eu empurrara um frasco para sua mão e lhe pedira para me trazer sangue do fosso que abriria. As sombras o infundiriam com sua presença gélida e eu queria sentir aquele poder sobrenatural das cinzas. Agora estava arrependida. Era algo que Perses ou Aietes teriam pedido, alguém que tinha apenas bruxaria nas veias e nenhum calor.

Eu me movi cuidadosamente pelo meu trabalho, meus dedos precisos. Estava consciente de cada sensação. De suas estantes, minhas ervas me observavam. Fileira após fileira de ervas cujos poderes eu tinha coletado com minhas próprias mãos. Eu gostava de vê-las ali, em suas tigelas e garrafas: sálvia e rosa, marroio, chicória, louro-selvagem, a móli em seu vidro com rolha. E a última de todas, ainda em sua caixa de cedro: sílfio triturado com losna, a poção que eu tinha tomado todas as luas desde a primeira vez que me deitara com Hermes. Todas as luas, exceto a última.

Minhas ninfas e eu esperávamos na praia, observando o navio se aproximar. Os homens vadearam até a costa em silêncio. Seus corpos estavam vergados como se pesados por pedras, doentios e envelhecidos. Examinei o rosto de Odisseu. Estava terrível, não consegui lê-lo. Até as roupas deles estavam esmaecidas, o tecido apagado e cinzento. Eles pareciam peixes presos sob uma camada de gelo invernal.

Dei um passo à frente, projetando o brilho de meus olhos sobre eles.

— Bem-vindos! — exclamei. — Bem-vindos de volta, homens de coração de ouro. Homens de carvalho! São heróis para as lendas. Realizaram um dos trabalhos de Héracles: viram a casa da morte e viveram.

Venham, há cobertores aqui, dispostos para vocês na grama macia. Há vinho e comida. Descansem e se recuperem!

Eles se moviam devagar, como velhos, mas se sentaram. As bandejas de assado estavam ao redor e o vinho era vermelho profundo. Servimos e vertemos até que suas faces ganharam cor. O sol ardia, queimando a névoa fria da morte.

Puxei Odisseu para uma clareira verde.

— Conte-me — eu disse.

— Eles vivem — ele disse. — Essa é a melhor notícia que tenho. Meu filho e minha esposa vivem. Meu pai também.

Mas não sua mãe. Eu esperei.

Ele olhou por sobre os joelhos cheios de cicatrizes.

— Agamêmnon estava lá. Sua esposa tinha tomado um amante e, quando ele voltou, ela o assassinou na banheira como um touro. Vi Aquiles e Pátroclo, e Ájax com o ferimento que deu a si mesmo. Eles invejavam minha vida, mas pelo menos suas batalhas tinham terminado.

— As suas também terminarão. Você chegará a Ítaca. Eu vi.

— Chegarei, mas Tirésias disse que quando o fizer vou encontrar homens sitiando minha casa. Comendo a comida de minhas despensas e usurpando meu lugar. Eu devo encontrar um jeito de matá-los. Mas então vou morrer do mar, enquanto ainda ando sobre a terra. Os deuses amam suas charadas.

Sua voz estava mais amarga do que eu jamais a ouvira.

— Não pode pensar nisso — eu disse. — Só irá atormentá-lo. Pense, em vez disso, no caminho à sua frente, que o carrega para casa e para sua esposa e filho.

— Meu caminho… — ele disse, sombrio — Tirésias o apresentou a mim. Eu devo passar pela Trinácia.

A palavra foi uma seta acertando em cheio. Quantos anos tinham se passado desde que eu ouvira o nome daquela ilha? A lembrança se ergueu diante de mim: minhas irmãs douradas, e Querida e Bonita e todas as outras, balançando como lírios no crepúsculo dourado.

— Se eu não perturbar o gado, chegarei em casa com meus homens. Mas se qualquer vaca for tocada, seu pai libertará sua fúria. Serão anos antes que eu veja Ítaca e todos os meus homens morrerão.

— Então não pare — eu disse. — Nem aporte na praia.

— Não vou parar.

Mas não era tão simples, e ambos sabíamos disso. As Moiras atraíam e enganavam. Colocavam obstáculos para levar a pessoa até suas maquinações. Qualquer coisa lhes poderia servir: os ventos, as ondas, os corações fracos dos homens.

— Se encalhar — eu disse —, mantenha-se na praia. Não vá olhar o rebanho. Não imagina como elas vão tentar sua fome. Tais criaturas estão para as vacas como deuses estão para os mortais.

— Eu vou resistir.

Não era a força de vontade dele que eu temia. Mas de que serviria dizê-lo, sentando-me sobre sua porta como uma coruja ominosa? Ele sabia o que seus homens eram. E um novo pensamento estava se erguendo em mim. Estava me lembrando das rotas do mar que Hermes desenhara para mim havia tanto tempo. Tracei-as na mente. Se ele fosse pela Trinácia, então...

Fechei os olhos. Outra punição dos deuses. Para ele... e para mim.

— O que é?

Abri os olhos.

— Escute-me — eu disse. — Há coisas que precisa saber. — Eu desenhei a jornada para ele. Um a um, apresentei os perigos que ele deveria evitar: os baixios, as ilhas de bárbaros, as sereias – aqueles pássaros com cabeça de mulher que atraem os homens para a morte com canções. Por fim, não podia mais adiar. — Seu caminho também o fará passar por Cila. Conhece-a?

Ele conhecia. Eu vi o golpe atingir. Seis homens, talvez doze.

— Deve haver algum jeito de evitá-la — ele disse. — Alguma arma que eu possa usar.

Era uma das minhas coisas preferidas sobre ele: como sempre lutava por uma chance. Virei-me para não ter de ver seu rosto quando eu disse:

— Não. Não há nada. Nem para um mortal como você. Eu a enfrentei uma vez, há muito tempo, e apenas escapei graças à minha magia e divindade. Mas com as sereias você pode usar seus truques. Tape os ouvidos de seus homens com cera e deixe os seus livres. Se puder se amarrar ao mastro, será o primeiro homem a ouvir a canção delas e sobreviver. Isso não seria uma boa história para sua esposa e filho?

— Seria. — Mas sua voz estava tão embotada quanto uma lâmina arruinada. Não havia nada que eu pudesse fazer. Ele estava escorregando das minhas mãos.

Carregamos Elpenor à sua pira. Fizemos os ritos para ele, cantamos seus feitos de guerra, gravamos seu nome no registro dos homens que viveram. Minhas ninfas se descabelaram e os homens choraram, mas ele e eu ficamos em pé, secos e silenciosos. Depois carregamos o navio com todos os suprimentos que a embarcação poderia aguentar. Seus homens foram aos cordames e remos. Estavam ansiosos agora, entreolhando-se, raspando os pés no convés. Eu me sentia oca, escavada como uma praia sob o casco de uma embarcação.

Odisseu, filho de Laerte, o grande viajante, príncipe dos ardis e truques e dos mil caminhos. Ele me mostrou suas cicatrizes e em troca deixou-me fingir que eu não tinha nenhuma.

Ele subiu em seu navio, e quando se virou para olhar para mim, eu não estava mais lá.

CAPÍTULO 18

Como as canções pintariam a cena? A deusa em seu promontório solitário, seu amante diminuindo à distância. Os olhos dela úmidos, mas inescrutáveis, como se voltados para dentro, para pensamentos privados. Feras reunidas na bainha de suas vestes. As tílias florescendo. E, por último, logo antes que ele desaparecesse além do horizonte, ela ergueria uma mão e tocaria a barriga.

Minhas entranhas começaram a ferver no momento em que a âncora foi erguida. Eu, que nunca me sentira enjoada na vida, agora estava enjoada o tempo todo. Vomitava até minha garganta ficar dilacerada, meu estômago chacoalhando como uma noz velha, minha boca rachada nos cantos. Como se meu corpo fosse regurgitar tudo que tinha comido nos últimos cem anos.

Minhas ninfas torciam as mãos e se abraçavam. Nunca tinham visto algo assim. Na gravidez, nós brilhávamos e inchávamos como botões de flor. Elas achavam que eu estava envenenada, ou então amaldiçoada com alguma transformação profana, meu corpo se virando do avesso. Quando tentaram me ajudar, eu as afastei. A criança que eu carregava seria chamada de semideus, mas essa palavra era enganadora. Do meu sangue ele receberia algumas graças especiais, beleza ou velocidade, força ou charme. Mas todo o resto viria de seu pai, pois a mortalidade sempre suplantava a divindade. Seu corpo estaria sujeito aos mesmos milhares de picadas e fatalidades que ameaçam todos os homens. Eu não confiava tal fragilidade a nenhum deus, a nenhum dos meus parentes, a ninguém exceto a mim mesma.

— Vão embora — eu disse a elas em minha voz nova e rouca. — Não importa como. Falem com seus pais e vão. Isto é para mim apenas.

O que elas pensaram de tais palavras, eu nunca soube. Fui tomada de ânsia outra vez, meus olhos cegos e marejados. Quando consegui voltar à casa, elas tinham partido. Suponho que seus pais as aceitaram porque temiam que engravidar de um mortal pudesse ser contagioso. A casa parecia estranha sem elas, mas eu não tinha tempo para pensar nisso; e não tinha tempo para sentir falta de Odisseu também. O enjoo não cessava. A cada hora, uma nova onda me percorria. Eu não entendia por que me atacava com tanta força. Perguntei-me se era o sangue mortal lutando contra o meu, ou se eu estava amaldiçoada de fato, se alguma praga de Aietes tinha me rodeado todo esse tempo e me encontrado por fim. Mas a náusea não cedeu a nenhum contrafeitiço, nem à móli. *Não era nenhum mistério,* eu disse a mim mesma. *Você não insiste sempre em ser difícil em tudo que faz?*

Eu não era capaz de me defender de marinheiros nesse estado e sabia disso. Arrastei-me até meu pote de ervas e lancei o feitiço em que tinha pensado havia tanto tempo: uma ilusão para fazer que a ilha parecesse rochas hostis e destruidoras a qualquer navio que passasse. Depois deitei no chão, respirando com dificuldade. Eu seria deixada em paz.

Paz. Teria rido se não estivesse tão doente. O travo amargo de queijo na cozinha, o fedor de sal das algas marinhas na brisa, a terra cheia de minhocas depois da chuva, as rosas doentias apodrecendo no arbusto. Tudo isso fazia a bile arder em minha garganta. Dores de cabeça se seguiram, como espinhos de ouriços-do-mar enfiados em meus olhos. *Zeus devia ter se sentido assim antes de Atena pular do seu crânio*, pensei. Arrastei-me até meu quarto e deitei no escuro, com as janelas fechadas, sonhando com como seria doce cortar minha garganta e pôr um fim nisso.

No entanto, por mais estranho que possa soar, mesmo em tais extremos de infelicidade eu não estava inteiramente infeliz. Eu estava acostumada com um sofrimento disforme e opaco, estendendo-se até cada horizonte. Mas essa dor de agora tinha limites, profundidades, um propósito e uma forma. Havia esperança nela, pois acabaria e me traria minha criança. Meu filho. Pois, fosse por bruxaria ou sangue profético, eu sabia que era isso que ele era.

Ele cresceu, e sua fragilidade cresceu com ele. Nunca fiquei tão contente por minha carne imortal, disposta como armadura ao seu redor. Ficava extasiada sentindo seus primeiros chutes e falava com ele a todo momento – enquanto triturava minhas ervas, enquanto cortava roupas para o seu corpo, enquanto trançava seu berço com juncos. Imaginei-o andando ao meu lado, a criança e o menino e o homem que ele seria. Eu lhe mostraria todas as maravilhas que tinha reunido para ele, esta ilha e o céu, as frutas e as ovelhas, as ondas e os leões. O perfeito isolamento que nunca mais seria solidão.

Toquei minha barriga. *Seu pai disse uma vez que ele queria mais filhos, mas não é por isso que você vive. Você é para* mim.

Odisseu tinha me contado que as dores de Penélope começaram tão leves que ela pensou ser dor de estômago por comer peras demais. As minhas caíram do céu como um raio. Lembro-me de me arrastar do jardim até a casa, encurvada sobre a contração dilacerante. Eu tinha uma poção de salgueiro pronta e bebi um pouco, depois tudo, e por fim estava lambendo o gargalo da garrafa.

Eu sabia tão pouco sobre partos, seus estágios e progressão. As sombras mudaram, mas era tudo um único momento infinito, a dor como pedras me triturando. Eu gritei e me debati contra a dor por horas, e mesmo assim o bebê não vinha. As parteiras têm truques para ajudar a criança a se mover, mas eu não os conhecia. Só uma coisa eu entendia: se demorasse demais, meu filho morreria.

E aquilo continuou. Em minha agonia, virei uma mesa no chão. Mais tarde, encontraria a sala arrasada como que por ursos, tapeçarias arrancadas das paredes, bancos estilhaçados, bandejas quebradas. Não me lembro disso. Minha mente estava perdida entre mil terrores. *O bebê já estava morto? Ou eu era como minha irmã, criando algum monstro dentro de mim?* A dor incansável só parecia uma confirmação. *Se o bebê estava intacto e era natural, por que não vinha?*

Fechei os olhos. Colocando uma das mãos dentro de mim, senti a curva lisa da cabeça da criança. Não tinha chifres nem nenhum outro horror que eu pudesse sentir. Estava apenas presa na abertura interna, apertada entre meus músculos e ossos.

Eu rezei a Ilítia, deusa dos partos. Ela tinha o poder de soltar a pressão do útero e trazer a criança ao mundo. Diziam que presidia o nascimento de todo deus e semideus. *Ajude-me,* eu gritei. Mas ela não veio. Os animais gemiam em seus cantos e eu comecei a me lembrar dos sussurros dos meus primos nos salões de Oceano, tanto tempo antes. Se um deus não desejava que seu filho nascesse, podia impedir Ilítia de ir até você.

O pensamento dominou minha mente soçobrada. Alguém a estava mantendo longe de mim. Alguém ousava tentar ferir meu filho. Isso me deu a força de que precisava. Rosnei no escuro e rastejei até a cozinha. Peguei uma faca e arrastei um grande espelho de bronze diante de mim, pois não havia nenhum Dédalo para ajudar. Inclinei-me contra a parede de mármore, entre as pernas quebradas da mesa. A frieza da pedra me acalmou. Aquela criança não era um minotauro, mas um mortal. Eu não devia cortar fundo demais.

Tive medo de que a dor do corte pudesse me desfazer, mas, no fim das contas, mal a senti. Houve um som de raspagem, como pedra sobre pedra, que eu percebi ser minha própria respiração. As camadas de carne se afastaram e eu o vi por fim: os membros curvados como um caracol em sua concha. Olhei fixamente, com medo de movê-lo. E se ele já estivesse morto? E se não estivesse e eu o matasse com meu toque? Mas eu o puxei e sua pele encontrou o ar, e ele começou a chorar. Eu chorei com ele, pois nunca ouvira um som mais doce. Apoiei-o sobre o peito. As pedras sob nós pareciam penas. Ele estava tremendo e tremendo, pressionando minha pele com seu rosto úmido e vivo. Eu cortei o cordão, segurando-o.

— Viu? — eu disse a ele. — Não precisamos de ninguém.

Em resposta, ele fez um som como o coaxar de um sapo e fechou os olhos. Meu filho, Telégono.

A chegada da maternidade não foi fácil para mim. Enfrentei-a como soldados enfrentam seus inimigos, armada com cintos e braçadeiras, a espada erguida contra os golpes iminentes. Mas todas as minhas preparações não foram suficientes. Naqueles meses que passara com Odisseu, achara que tinha aprendido alguns truques da vida mortal. Três refeições por dia, os fluxos, a lavagem e a limpeza. Vinte fraldas de pano eu tinha cortado e me acreditado sábia. Mas o que eu sabia de bebês mortais? Aietes fora criança de colo por menos de um mês. Vinte panos só duraram o primeiro dia.

Graças aos deuses, eu não precisava dormir. A todo minuto tinha de lavar e ferver e limpar e esfregar e pôr de molho. Mas como podia fazer isso quando a todo minuto ele também precisava de alguma coisa, comida e fralda e sono? Esse último eu sempre tinha achado a coisa mais natural para os mortais, tão fácil quanto respirar, mas ele não parecia ser capaz disso. Não importava como eu o embrulhasse, como o ninasse e cantasse, ele gritava, arfando e tremendo tanto que até os leões fugiam, tanto que eu chegava a sentir medo de que ele fosse se machucar. Eu fiz uma tipoia para carregá-lo, para que ele pudesse deitar contra o meu coração. Dei-lhe ervas tranquilizantes, queimei incensos, chamei pássaros para cantar à nossa janela. A única coisa que ajudava era caminhar com ele – pelos salões, pelas colinas, pelas praias. Então, por fim, ele se exauria, fechava os olhos e dormia. Mas se eu parasse, se tentasse deitá-lo, ele despertava imediatamente. Mesmo quando eu andava sem parar, ele acordava em pouco tempo, gritando de novo. Dentro dele havia um oceano de dor, que só podia ser contido por um instante, mas nunca esvaziado. Quantas vezes, naqueles dias, eu pensei na criança sorridente de Odisseu? Tentei o truque dele, além de todos os outros. Ergui o corpo mole de meu filho no ar e lhe prometi que estava a salvo. Ele só gritou mais alto. *O que quer que tornasse o príncipe Telêmaco tão doce*, pensei, *devia ter vindo de Penélope*. Esta era a criança que eu merecia.

Nós encontramos alguns momentos de paz. Quando ele finalmente dormia, quando mamava no meu peito, quando sorria para o voo dos pássaros que se erguiam de uma árvore. Eu olhava para ele e sentia um amor tão agudo que parecia que meu peito estava aberto. Fiz uma lista de todas as coisas que eu faria por ele. Escaldar minha pele. Arrancar meus olhos. Andar até esfolar os pés. Qualquer coisa para que ele ficasse feliz e bem.

Ele não era feliz. *Um momento*, eu pensei, *só preciso de um momento sem sua raiva úmida em meus braços*. Mas não havia nenhum. Ele odiava o sol. Ele odiava o vento. Ele odiava banhos. Ele odiava ser vestido, ficar nu, deitar de barriga e de costas. Odiava este grande mundo e tudo nele; e odiava a mim, parecia, mais do que tudo.

Pensei em todas aquelas horas que tinha passado trabalhando em meus feitiços, cantando, tecendo. Sentia a perda desse tempo como um membro arrancado. Disse a mim mesma que sentia falta até de transformar homens em porcos, pois pelo menos eu era boa nisso. Eu queria jogá-lo para longe de mim, mas, em vez disso, marchei para aquela escuridão com ele, andando de um lado para o outro diante das ondas, e a cada passo ansiava por minha antiga vida. Falei amargamente ao ar noturno enquanto ele chorava:

— Pelo menos não me preocupo que esteja morto.

Bati a mão na boca, pois o deus do submundo vem com muito menos convite. Segurei seu rostinho feroz contra o meu. As lágrimas estavam se erguendo em seus olhos, seu cabelo estava bagunçado, havia um pequeno arranhão em sua bochecha. Como ele o tinha adquirido? Que vilão ousava feri-lo? Tudo que eu tinha ouvido sobre bebês mortais voltou de uma vez: como eles morriam sem nenhum motivo, por qualquer motivo, porque estavam com frio demais, com fome demais, porque deitaram de um jeito ou de outro. Eu sentia cada respiração em seu peito fino, como era improvável que aquela criatura frágil, que nem conseguia erguer a cabeça, pudesse sobreviver nesse mundo tão duro. Mas ele sobreviveria. Mesmo que eu tivesse de lutar com o deus velado pessoalmente.

Eu encarava a escuridão. Escutava do jeito que os lobos escutam, atenta a qualquer perigo. Tecia de novo aquelas ilusões que faziam minha ilha parecer rochas selvagens. Mas ainda temia. Às vezes os homens são imprudentes em seu desespero. Se desembarcassem nas rochas mesmo assim, ouviriam os gritos dele e viriam. E se eu tivesse esquecido meus truques e não conseguisse fazê-los beber? Lembrei-me das histórias que Odisseu me contara sobre o que soldados faziam com crianças. Astíanax e todos os filhos de Troia, esmagados e cuspidos, dilacerados, pisoteados por cavalos, todos mortos para que não vivessem e crescessem e ganhassem força e um dia saíssem em busca de vingança.

Minha vida inteira, eu tinha esperado a tragédia me encontrar. Nunca duvidara de que me encontraria, pois trazia em mim mais desejos e desafios e poderes do que os outros pensavam que eu merecia – todas as coisas que atraíam o raio. Uma dúzia de vezes a dor tinha me chamuscado, mas seu fogo jamais me atravessara a pele. Minha loucura naqueles dias se erguia de uma nova certeza: finalmente eu encontrara a coisa que os deuses poderiam usar contra mim.

Eu batalhei e ele cresceu. Isso é tudo que posso dizer. Ele se acalmou, e isso me acalmou, ou talvez tenha sido o contrário. Eu não o observava com tanta concentração, não pensava tanto em me escaldar. Ele sorriu pela primeira vez e começou a dormir no seu berço. Passou uma manhã inteira sem gritar e eu pude trabalhar no meu jardim. *Criança esperta,* eu disse. *Você estava me testando, não estava?* Ele ergueu os olhos da grama ao som da minha voz e sorriu de novo.

Sua mortalidade estava sempre comigo, constante como um segundo coração batendo no peito. Agora que ele podia se sentar, estender as mãos e pegar as coisas, todos os objetos da minha casa mostraram seus dentes ocultos. As panelas fervendo no fogo pareciam pular para os seus dedos. As lâminas escorregavam da mesa a um centímetro da sua cabeça. Se eu o colocava no chão, uma vespa vinha zunindo, um escorpião corria de algum vão escondido e erguia a cauda. As centelhas do fogo sempre pareciam estourar em arcos na direção de sua carne tenra. Todos os perigos eu afastava a tempo, pois nunca estava a mais que um passo dele, mas isso só me deixou com mais medo de fechar os olhos, de deixá-lo sozinho por um instante sequer. A pilha de lenha iria cair sobre ele. Uma loba que fora gentil a vida toda iria atacar. Eu veria uma víbora curvada sobre o berço dele, as mandíbulas abertas.

Era um sinal, acredito, de quão aturdida eu estava de amor e medo e falta de sono; de que levei tanto tempo para perceber que insetos venenosos não viriam em batalhões, e dez panelas caindo em uma manhã era demais até para mim, por mais desajeitada e exausta que estivesse. Para lembrar-me de como, na longa agonia do parto, Ilítia fora mantida longe de mim. Para me perguntar se, contrariado, o deus que fizera aquilo poderia tentar de novo.

Coloquei Telégono na tipoia e fui até a lagoa que ficava a metade do caminho para o topo da colina. Havia sapos nela, vairões prateados e aranhas-d'água. As algas eram um emaranhado grosso. Eu não sabia dizer por que era água que eu queria naquele momento. Talvez alguma relíquia do meu sangue de náiade.

Encostei o dedo na superfície da lagoa.

— Um deus busca ferir meu filho?

A lagoa estremeceu e uma imagem de Telégono se formou. Ele jazia embrulhado em uma mortalha de lã, cinzento e sem vida. Eu recuei, ofegante, e a visão se estilhaçou. Por um momento não pude fazer nada exceto respirar e pressionar o rosto contra a cabeça de Telégono. Seus finos fios de cabelo estavam ralos na nuca, devido a suas infinitas roladas no berço.

Encostei a mão trêmula na água outra vez.

— Quem?

A água apenas mostrou o céu acima.

— Por favor — implorei. Mas nenhuma resposta veio, e eu senti o pânico subindo pela garganta. Tinha imaginado que era alguma ninfa ou deus fluvial que nos ameaçava. Truques com insetos e fogo e animais estavam dentro dos limites do poder natural de uma divindade menor. Até havia me perguntado se era minha mãe, em um surto de inveja por eu poder ter filhos quando ela não podia. Mas esse deus tinha a força para escapar de minha visão. Havia poucas divindades que podiam fazê-lo em todo o mundo. Meu pai. Meu avô, talvez. Zeus e alguns dos grandes olimpianos.

Apertei Telégono contra mim. Móli podia proteger contra um feitiço, mas não um tridente ou um raio. Eu cairia diante daqueles poderes como uma haste de trigo.

Fechei os olhos e lutei contra o medo estrangulador. Eu teria de ser lúcida e esperta. Teria de me lembrar de todos os truques que os deuses menores usavam contra os maiores desde o início dos tempos. Odisseu não me contara certa vez uma história sobre a mãe de Aquiles, uma ninfa do mar que encontrou um modo de barganhar com Zeus? Mas ele não dissera que modo foi esse. E, no fim, o filho dela morreu.

Minha respiração parecia uma lâmina de serra em meu peito. *Preciso saber quem é*, disse a mim mesma. *Isso é o principal. Não posso me proteger contra sombras. Dê-me algo para enfrentar e combater.*

De volta à casa, acendi um fogo baixo na lareira, embora não precisássemos dele. A noite estava quente, o verão tornando-se outono, mas eu queria o cheiro de cedro no ar e o travo das ervas que tinha borrifado sobre as chamas. Estava ciente de um formigamento na pele. Em qualquer outra hora eu o teria considerado uma mudança no tempo, mas agora o ar parecia azedado com malícia. Meu pescoço se arrepiou. Andei de um lado para o outro sobre o chão de pedra, segurando Telégono contra mim até que, enfim, exausto de chorar, ele dormiu. Era o que eu esperava. Eu o deitei no berço, então o levei para perto do fogo e pus meus leões e lobos ao redor. Eles não poderiam impedir um deus, mas a maioria das divindades é covarde. Garras e dentes me garantiriam algum tempo.

Parei diante da lareira, meu cajado na mão. O ar estava espesso com um silêncio atento.

— Você que tenta matar meu filho, mostre-se. Mostre-se e fale na minha cara. Ou só comete seus assassinatos a partir das sombras?

A sala estava absolutamente imóvel. Eu não ouvia nada exceto a respiração de Telégono e o sangue em minhas veias.

— Não preciso de sombras. — A voz fatiou o ar. — E não cabe a alguém como você questionar meus propósitos.

Ela atingiu a sala num fulgor branco, alta e ereta, uma garra de raio no céu da meia-noite. Seu elmo de crina de cavalo tocava o teto. Sua armadura espelhada lançava faíscas. A lança em sua mão era longa e fina, o gume afiado reluzia à luz do fogo. Ela era uma certeza ardente, e diante dela a confusão e o refugo sujo do mundo deveriam se encolher. A filha inteligente e favorita de Zeus, Atena.

— O que desejo ocorrerá. Não há mitigação. — Aquela voz de novo, como metal cortante. Eu já estivera na presença de grandes deuses: meu pai e meu avô, Hermes, Apolo. Mas o olhar dela me penetrou como o deles não tinha feito. Odisseu me dissera uma vez que ela era como uma lâmina tão fina quanto um fio de cabelo, tão delicada que a pessoa nem saberia que tinha sido atingida, ainda que, momento a momento, seu sangue se esvaísse no chão.

Ela estendeu a mão imaculada.

— Dê-me a criança.

Todo o calor na sala foi drenado. Até o fogo estalando ao meu lado parecia apenas uma pintura na parede.

— Não.

Os olhos dela estavam trançados com prata e o cinza de pedras.

— Ousa ficar contra mim?

O ar tinha engrossado. Eu sentia que resfolegava. No peito dela brilhava sua famosa égide, a armadura de couro debruada com fios dourados. Diziam que era feita da pele de um titã que ela tinha esfolado e curtido pessoalmente. Seus olhos cintilantes prometiam: *da mesma forma usarei você, se não se submeter e implorar por misericórdia.* Minha língua murchou e eu me senti tremer. Mas se havia uma única coisa que eu sabia no mundo, era que não existia misericórdia entre deuses. Torci minha pele entre os dedos. A dor aguda me firmou.

— Ouso — repliquei. — Embora mal pareça uma batalha justa, você contra uma ninfa desarmada.

— Dê-me a criança voluntariamente e não precisa haver uma batalha. Eu garantirei que seja rápido. Ele não vai sofrer.

Não ouça seu inimigo, Odisseu me dissera uma vez. *Olhe para ele. Isso lhe dirá tudo.*

Eu olhei. Ela estava armada da cabeça aos pés, elmo, lança, égide, grevas. Uma visão aterrorizante: a deusa da guerra, preparada para a batalha. Mas por que vestira essa panóplia contra mim, que não sabia nada de combate? A não ser que houvesse alguma outra coisa que ela temesse, algo que de alguma forma a fizesse se sentir exposta e fraca.

O instinto me levou adiante, as milhares de horas que eu passara nos salões de meu pai e com Odisseu *polimetis*, o homem dos muitos ardis.

— Grande deusa, toda a minha vida ouvi histórias de seu poder. Então devo me perguntar: você quer meu filho morto há algum tempo, e no entanto ele vive. Como isso é possível?

Ela começou a inchar como uma cobra, mas continuei:

— Só posso imaginar, então, que não lhe é permitido. Que algo a impede. As Moiras, por seus próprios motivos, não lhe permitem matá-lo diretamente.

Àquela palavra, *Moiras*, seus olhos reluziram. Ela era a deusa da argumentação, nascida da mente brilhante e incansável de Zeus. Se algo lhe era proibido, até pelas três deusas cinza, não iria simplesmente se submeter. Começaria a esmiuçar seus limites até os átomos e tentar encontrar um caminho.

— Então é por isso que trabalhou dessa forma. Com vespas e panelas. — Eu a observei. — Como tais métodos baixos devem ter afligido seu espírito guerreiro...

A mão dela brilhou branca no cabo da lança.

— Isso não muda nada. A criança deve morrer.

— E irá, quando tiver cem anos.

— Diga-me, quanto tempo acha que suas bruxarias vão resistir contra mim?

— O tempo que for necessário.

— É muito rápida nas respostas. — Ela deu um passo em minha direção. A crina de cavalo sibilou contra o teto. — Mas esquece seu lugar, ninfa. Eu sou uma filha de Zeus. Talvez não possa atacar seu filho diretamente, mas as Moiras não dizem nada sobre o que posso fazer com você.

Ela dispôs as palavras na sala com a precisão de pedras em um mosaico. Mesmo entre os deuses, Atena era conhecida por sua fúria. Aqueles que a desafiavam eram transformados em pedras e aranhas, enlouqueciam, eram levados por turbilhões, encurralados e amaldiçoados até os confins do mundo. E se eu morresse, então Telégono...

— Sim — ela disse. Seu sorriso era fino e frio. — Começa a entender sua situação.

Ela ergueu a lança do chão. A arma não brilhava agora, mas fluía como uma escuridão líquida de sua mão. Eu recuei contra a lateral trançada do berço, a mente trabalhando furiosamente.

— É verdade, pode me ferir — eu disse. — Mas eu tenho um pai também, e uma família. Eles não veem com tranquilidade punições abusivas ao nosso sangue. Ficariam indignados. Podem até ser levados a agir.

A lança ainda pairava sobre o chão, mas ela não a brandiu.

— Se houver guerra, titã, o Olimpo vencerá.

— Se Zeus quisesse guerra, teria lançado seu raio contra nós há muito tempo. Mas ele aguarda. O que vai pensar quando você destruir sua paz conquistada a duras penas?

Vi nos olhos dela o clique das pedras computadas, de um lado e de outro.

— Suas ameaças são vulgares. Tinha esperado que pudéssemos discutir racionalmente.

— Não pode haver razão enquanto tenta assassinar meu filho. Está brava com Odisseu, mas ele nem sabe que o garoto existe. Matar Telégono não o punirá.

— Você presume demais, bruxa.

Se a vida de meu filho não estivesse em risco, eu teria rido do que vi em seus olhos. Apesar de toda a sua esperteza, ela não tinha nenhuma habilidade em esconder suas emoções. E por que teria? Quem ousaria ferir a grande Atena por seus pensamentos? Odisseu dissera que ela estava brava com ele, mas não entendia a verdadeira natureza dos deuses. Ela não estava brava. Sua ausência era só aquele antigo truque de que Hermes falara: dê as costas para um favorito e o deixe se desesperar. Então retorne em glória e se regozije quando ele se prostrar.

— Se não é para ferir Odisseu, por que busca a morte do meu filho?

— Esse conhecimento não lhe compete. Eu vi o que virá a ser e digo que esta criança não pode viver. Caso contrário, você se arrependerá pelo resto dos seus dias. Sente afeto pela criança e não lhe culpo por isso. Mas não deixe o amor exagerado de mãe anuviar sua mente. Pense, filha de Hélio. Não é mais sábio dá-lo a mim agora, quando mal entrou no mundo, quando sua carne infantil e sua afeição por ele ainda estão meio formadas? — A voz dela se suavizou. — Imagine como será pior para você em um ano, ou dois, ou dez, quando seu amor estiver inteiramente maduro. Melhor mandá-lo para a casa das almas agora. Melhor gerar outra criança e começar a esquecer-se dele com novas alegrias. Nenhuma mãe deveria testemunhar a morte do filho. No entanto, se isso ocorrer, se não houver outro jeito, ainda pode existir recompensa.

— Recompensa.

— É claro. — Seu rosto brilhou sobre mim como o coração de uma forja. — Não acha que eu pediria tal sacrifício sem oferecer uma gratificação? Você terá a amizade de Palas Atena. Minha boa vontade até o fim dos tempos. Eu erigirei um monumento para ele nesta ilha. Após um tempo, mandarei outro homem bom a você, outro pai para outro filho. Vou abençoar o nascimento, proteger a criança de todos os males. Ele será um líder entre os mortais, temido em batalha, sábio em conselho, honrado por todos. Deixará herdeiros e cumprirá todas as suas esperanças maternais. Eu me certificarei de que seja assim.

Era o prêmio mais rico em todo o mundo, raro como as maçãs douradas das hespérides: a amizade jurada de um olimpiano. Eu teria todo conforto, todo prazer. Nunca temeria outra vez.

Encarei aquele olhar cinzento e brilhante, seus olhos como duas joias refletindo a luz. Ela estava sorrindo, a mão aberta em minha direção, como que pronta para receber a minha. Quando tinha falado de crianças, quase cantarolou, como se ninasse seu próprio bebê. Mas Atena não tinha filhos e nunca teria. Seu único amor era a razão. E isso nunca seria o mesmo que sabedoria.

Crianças não são sacos de grão para serem substituídas umas por outras.

— Vou ignorar o fato de que me considera uma égua para procriar a um capricho seu. O verdadeiro mistério é por que a morte de meu filho vale tanto para você. O que ele fará que a poderosa Atena pagaria tão caro para evitar?

Toda a sua suavidade sumiu num instante. Ela puxou a mão de volta, como uma porta se fechando.

— Você se coloca contra mim, então. Você, com suas ervas daninhas e sua parca divindade.

O poder dela me pressionou, mas eu tinha Telégono e não abriria mão dele por nada neste mundo.

— Sim — afirmei.

Os lábios dela se repuxaram para trás, exibindo os dentes brancos por baixo.

— Não pode vigiá-lo o tempo todo. Eu o levarei no fim.

Ela sumiu. Mesmo assim eu falei, para aquela grande sala vazia, para os ouvidos sonhadores de meu filho:

— Você não sabe do que sou capaz.

CAPÍTULO 19

Todo o resto daquela noite, eu andei de um lado para o outro, repassando as palavras de Atena. Meu filho cresceria e faria algo que ela temia, algo que a tocava profundamente. Mas o quê? Algo de que eu também me arrependeria, ela dissera. Fiquei andando, examinando a questão incessantemente, mas não consegui encontrar uma resposta. Por fim, forcei-me a deixá-la de lado. Não havia vantagem em perseguir charadas das Moiras. A questão era: ela viria de novo.

Eu tinha me gabado de que Atena não sabia do que eu era capaz, mas a verdade era que eu também não sabia. Eu não podia matá-la, e não podia transformá-la. Não podíamos fugir dela e não podíamos nos esconder. Nenhuma ilusão que eu lançasse seria capaz de nos proteger do seu olhar penetrante. Logo Telégono iria andar e correr, e como eu poderia mantê-lo a salvo? Um terror negro começou a se erguer em meu cérebro. Se eu não pensasse em algo, a visão na lagoa se tornaria verdade, o corpo dele cinzento e frio em sua mortalha.

Lembro-me desses dias apenas em trechos. Meus dentes cerrados de concentração enquanto eu vasculhava a ilha, cavando flores e triturando folhas, procurando cada pena e pedra e raiz na esperança de que uma delas pudesse me ajudar. Elas balançavam em pilhas pela casa, e o ar da cozinha ficou granuloso de poeira. Eu fatiei e fervi, meus olhos arregalados como os de um cavalo forçado além da conta. Mantive Telégono amarrado em mim enquanto trabalhava, pois tinha medo de colocá-lo no chão. Ele odiava ficar preso e gritava, esmurrando meu peito com seus punhos inchados.

Aonde quer que eu fosse, sentia o cheiro de ferro chamuscado da pele de Atena. Não sabia dizer se ela estava me provocando ou se meu pânico me fazia imaginar aquilo, mas me impeliu adiante. Em desespero, tentei me lembrar de todas as histórias de olimpianos prostrados que meus tios contavam. Pensei em chamar minha avó, as ninfas do mar ou meu pai, em me jogar aos pés deles. Mas mesmo que estivessem dispostos a me ajudar, não ousariam enfrentar Atena em sua fúria. Aietes poderia ter ousado, mas me odiava agora. E Pasifae? Nem valia a pena perguntar.

Não sabia que estação era, não sabia a hora do dia. Via apenas minhas mãos trabalhando incessantemente diante de mim, minhas facas manchadas, as ervas amassadas e trituradas na mesa, a móli que eu fervia sem parar. Telégono tinha adormecido, a cabeça inclinada para trás, o rubor da fúria ainda em suas faces. Pausei para respirar e me controlar. Minhas pálpebras coçavam quando eu piscava. As paredes já não pareciam de pedra, mas suaves como tecido, curvando-se para dentro. Eu tinha forjado uma ideia, por fim, mas precisava de algo: um item da casa de Hades. Os mortos passavam onde a maioria dos deuses não pode ir, e portanto podem nos conter como os vivos não conseguem. Mas não havia como adquirir um item desses. Nenhum deus, exceto os que governam almas, são capazes de andar no submundo. Passei horas ruminando conjecturas inúteis: como poderia tentar subornar uma divindade infernal para colher um punhado de asfódelos cinza ou apanhar algumas ondas do Stíx, ou então como poderia construir uma jangada e levá-la à borda do mundo, e depois usar o truque de Odisseu para atrair os fantasmas e pegar um pouco de sua fumaça. O pensamento me fez lembrar do frasco que Odisseu havia enchido para mim, com sangue do seu fosso. Sombras haviam tocado os lábios ávidos nele, que talvez ainda fedesse com seu hálito. Eu o tirei de sua caixa e o segurei contra a luz. O líquido escuro nadava em seu vidro. Verti uma gota e o dia todo trabalhei nela, destilando, extraindo aquele aroma fraco. Acrescentei móli para fortalecê-la, moldá-la. Meu coração batia alternadamente em esperança e desespero: vai funcionar, não vai.

Esperei até Telégono dormir de novo, pois não conseguia atingir o foco necessário enquanto ele lutava contra mim. Fiz dois feitiços naquela noite. Um com a gota de sangue e móli; o outro com fragmentos de todas as partes da ilha, dos penhascos aos salares. Trabalhei em um grande frenesi, e quando o sol se ergueu tinha dois frascos tampados diante de mim.

Meu peito arfava de exaustão, mas eu não esperaria nem mais um momento. Com Telégono ainda amarrado a mim, subi ao pico mais alto, uma faixa nua de rocha sob o céu. Pisei sobre a pedra.

— Atena quer matar meu filho, então o defendo — exclamei. — Testemunhe agora o poder de Circe, bruxa de Eana!

Entornei a poção de sangue na rocha. Ela chiou como bronze derretido na água. A fumaça branca criou um vagalhão no ar, erguendo-se, espalhando-se. Então concentrou-se, formando um grande arco sobre a ilha e se fechando sobre nós. Uma camada de morte viva. Se Atena viesse atrás de nós, seria obrigada a desviar, como um tubarão encontrando água doce.

O segundo feitiço eu lancei embaixo do primeiro. Era um encantamento tecido na própria ilha, em cada pássaro e fera e grão de areia, cada folha e pedra e gota d'água. Eu os marquei, e a todas as gerações em suas barrigas, com o nome de Telégono. Se ela rompesse aquela fumaça, a ilha se ergueria em defesa dele, as feras e os pássaros, os galhos e pedras, as raízes na terra. Então resistiríamos juntos.

Fiquei em pé sob o sol, esperando uma resposta: um raio faiscante. A lança cinza de Atena prendendo meu coração à rocha. Podia me ouvir resfolegando um pouco. O peso daqueles feitiços vergava meu pescoço como um jugo. Eram grandes demais para se manterem sozinhos, e hora após hora eu teria de carregá-los comigo, suportá-los com minha força de vontade, e renová-los completamente todo mês. Três dias, eu levaria. Um para coletar novamente todos aqueles pedaços da ilha – praia e bosque e campo, escamas e penas e pelos. Outro para misturá-los. Um terceiro de concentração máxima para extrair o fedor da morte das gotas de sangue que eu guardava. E o tempo todo Telégono choraria e se debateria contra mim, e os feitiços triturariam meus ombros. Nada disso importava. Eu tinha dito que faria qualquer coisa por ele, e agora provaria e sustentaria o céu.

Esperei a manhã toda, tensa, mas não veio nenhuma resposta. Estava feito, percebi finalmente. Estávamos livres. Não só de Atena, mas de todos eles. Os feitiços pesavam sobre mim, mas eu me sentia leve. Pela primeira vez, Eana era só nossa. Atordoada de alegria, eu me ajoelhei e desembrulhei meu filho irrequieto. Coloquei-o no chão, livre.

— Você está a salvo. Podemos ser felizes, enfim.

Como eu era tola. Todos aqueles dias do meu medo e da sua restrição eram como uma dívida que devia ser paga. Ele saía correndo pela ilha, recusando-se a sentar ou mesmo parar por um momento. Atena tinha sido banida, mas ainda restavam todos os perigos comuns da ilha, pedras e penhascos e criaturas peçonhentas que eu tinha de tirar das mãos dele. Sempre que eu tentava pegá-lo ele corria, veloz e desafiador, em direção a algum precipício. Ele parecia bravo com o mundo. Com a pedra que não conseguia lançar na distância desejada, ou com as próprias pernas, que não corriam rápido o bastante. Ele queria escalar as árvores como os leões, em um grande salto, e quando não conseguia batia nos troncos com os punhos.

Eu tentava erguê-lo nos braços, dizer: *Seja paciente, sua força virá com o tempo.* Mas ele se arqueava para longe de mim, gritando, e nada o consolava, pois não era uma daquelas crianças a quem se pode abanar algo brilhante até que esqueçam. Eu lhe dei ervas e bebidas tranquilizantes, até poções do sono, mas elas não faziam nenhum efeito. A única coisa que o acalmava era o mar. O vento que era tão inquieto quanto ele, as ondas cheias de movimento. Ele ficava em pé na arrebentação, sua mãozinha na minha, e apontava. O horizonte, eu nomeava. O céu aberto. As ondas e marés e correntes. Ele sussurrava os sons para si mesmo pelo resto do dia, e se eu tentava puxá-lo, mostrar-lhe outra coisa, frutas ou flores, algum pequeno feitiço, ele pulava para longe de mim, contorcendo o rosto. *Não!*

Os piores dias eram aqueles em que eu tinha que moldar os dois feitiços de novo. Ele corria de mim sempre que eu o queria, mas no momento em que começava meu trabalho, batia os calcanhares no chão, chorando por minha atenção. Amanhã eu o levarei ao mar, eu prometia. Mas isso não significava nada para ele, e ele destruía a casa para atrair meu olhar. Estava mais velho a essa altura, grande demais para ser amarrado ao meu peito, e o nível dos desastres que podia causar tinha crescido também. Tombava uma mesa cheia de pratos; subia pelas estantes e estilhaçava meus frascos. Eu colocava os lobos para vigiá-lo, mas Telégono era demais para eles, e os animais fugiam para o jardim. Eu sentia meu pânico aumentando. O feitiço iria se desfazer antes que eu conseguisse lançá-lo. Atena chegaria furiosa.

Sei o que eu era naqueles dias: um arco instável, inconstante e malfeito. Cada falha em mim era exposta enquanto ele crescia. Cada egoísmo, cada fraqueza. Um dia, quando os feitiços estavam para vencer, ele pegou uma grande tigela de vidro e a estilhaçou sobre os pés descalços. Corri para tirá-lo dali, varrer e esfregar, mas ele bateu em mim como se eu tivesse tirado seu amigo mais querido. Por fim, tive de colocá-lo em um quarto e fechar a porta entre nós. Ele gritou e gritou, então vieram batidas como se ele golpeasse a cabeça contra a parede. Terminei a limpeza e tentei trabalhar, mas minha própria cabeça estava batendo sozinha. Pensei que, se o deixasse se enfurecer o suficiente, por fim ele se cansaria e dormiria. Mas ele só continuou, cada vez mais selvagem, conforme as sombras se alongavam. O dia estava passando e o feitiço não estava terminado. Seria fácil dizer que minhas mãos se moveram sozinhas, mas não foi assim que aconteceu. Eu estava furiosa, ardendo.

Sempre tinha jurado a mim mesma que não usaria magia nele. Parecia algo que Aietes faria, impor minha vontade sobre a dele. Mas naquele momento peguei a papoula, as drogas de sono, todo o resto, e as misturei e fervi. Fui ao quarto. Ele estava chutando os pedaços de cortina que tinha arrancado das janelas. *Venha,* eu disse. *Beba isto.*

Ele bebeu e voltou à sua destruição. Eu não me importava agora. Era quase um prazer assistir. Ele aprenderia a lição. Ele entenderia quem era sua mãe. Eu falei a palavra.

Ele tombou como uma pedra. Sua cabeça atingiu o chão com um som tão alto que eu ofeguei. Corri até ele. Tinha pensado que seria como o sono, seus olhos gentilmente fechados. Mas seu corpo inteiro estava rígido, congelado no meio do movimento, seus dedos curvados em garras, a boca aberta. Sua pele estava fria sob meus dedos. Medeia tinha dito que não sabia se aqueles escravos nos salões de seu pai podiam perceber o que acontecia com eles. Eu sabia. Por trás dos olhos vazios dele, podia sentir sua confusão e terror.

Eu gritei de horror e o feitiço se quebrou. O corpo dele ficou flácido, então ele se afastou correndo, olhando-me com olhos selvagens, como uma fera encurralada. Eu chorei. Minha vergonha era quente como sangue. *Sinto muito,* eu dizia sem parar. Ele deixou eu me aproximar, pegá-lo nos braços. Gentilmente, toquei o caroço que tinha se formado quando ele bateu a cabeça. Falei uma palavra para alisá-lo.

O quarto estava escuro àquela altura. Lá fora, o sol tinha sumido. Eu o segurei no colo tanto quanto ousei, murmurando para ele, cantando. Então o carreguei para a cozinha e lhe dei o jantar. Ele comeu, agarrado a mim, e reviveu. Deslizou para o chão e começou a correr de novo, batendo portas, puxando das estantes tudo que conseguia alcançar. Eu sentia um cansaço tão grande que pensei que afundaria para a terra. E a cada momento que passava, o feitiço contra Atena se desfazia.

Ele ficava me olhando sobre o ombro. Como se me desafiasse a ir até ele, a enfeitiçá-lo, bater nele, não sei. Em vez disso, ergui a mão à prateleira mais alta e peguei a grande jarra de barro com mel que ele sempre tentava alcançar. Aqui, eu disse. Pegue.

Ele correu até ela, rolando-a em círculos até quebrar em pedaços. Então chafurdou nas poças grudentas e saiu correndo, arrastando fios para os lobos lamberem. Assim, eu terminei os feitiços. Levei um longo tempo para dar banho nele e levá-lo para a cama, mas por fim ele deitou sob as mantas. Segurou minha mão, seus dedinhos quentes enrolados ao redor dos meus. Culpa e vergonha me remoíam. *Ele me odiaria*, pensei. Fugiria. Mas eu era tudo que ele tinha. Sua respiração começou a ficar pesada e seus membros relaxaram.

— Por que você não pode ser mais tranquilo? — sussurrei. — Por que tem de ser tão difícil?

Como que em resposta, uma visão dos salões de meu pai se ergueu: o chão de terra estéril, o brilho negro de obsidiana. O som das peças do jogo se movendo em seu tabuleiro e as pernas douradas de meu pai ao meu lado. Eu ficava quieta e imóvel, mas lembrava a fome voraz que sempre havia em mim: de subir no colo do meu pai, levantar e correr e gritar, roubar as damas do tabuleiro e batê-las contra a parede. Encarar a lenha até que explodissem em chamas, sacudi-lo para que revelasse todos os seus segredos, como frutas são sacudidas de uma árvore. Mas se eu tivesse feito mesmo uma dessas coisas não teria havido misericórdia. Ele teria me queimado até eu virar cinzas.

A lua se deitara na testa do meu filho. Eu vi as manchas que água e tecido não tinham limpado inteiramente. Por que ele deveria ser tranquilo? Eu nunca fui, nem seu pai, quando o conheci. A diferença era que ele não tinha medo de ser queimado.

* * *

Nos longos dias que se seguiram eu me agarrei àquele pensamento como um mastro que me salvaria das ondas. E ajudou um pouco. Pois quando ele me encarava, furioso e desafiador, seu espírito inteiro rebelado contra mim, eu podia pensar naquilo e inspirar mais uma vez.

Mil anos eu tinha vivido, mas eles não pareceram tão longos quanto a infância de Telégono. Eu tinha rezado para que ele falasse cedo, mas então me arrependi quando aconteceu, pois isso só deu voz a suas tempestades. *Não, não, não,* ele gritava, desvencilhando-se de mim. Então, um momento depois, ele subia no meu colo, gritando *Mãe* até que meus ouvidos doessem. *Estou aqui,* eu dizia a ele, *bem aqui.* Mas não era perto o suficiente. Eu podia caminhar com ele o dia todo, fazer todas as brincadeiras que ele pedia, mas se minha atenção desviava mesmo que por um instante, ele se enfurecia e berrava, agarrando-se a mim. Nesses momentos eu ansiava por minhas ninfas, por qualquer um que eu pudesse pegar pelo braço e perguntar: "Qual é o problema dele?". Mas no momento seguinte, ficava feliz que ninguém podia ver o que eu tinha feito com ele, deixando todos aqueles meses iniciais do meu terror traumatizarem sua cabeça. Não era à toa que ele se enfurecia.

Venha, eu chamava. *Vamos fazer algo divertido. Vou lhe mostrar magia. E se eu transformar essa frutinha para você?* Mas ele a jogava para longe e corria ao mar outra vez. Toda noite, quando ele dormia, eu ficava em pé ao lado da cama e dizia a mim mesma: "amanhã farei melhor". Às vezes, até era verdade. Às vezes, ele ia rindo até a praia e se aconchegava em meu colo enquanto observávamos as ondas. Seus pés ainda chutavam, suas mãos puxavam incansavelmente a pele dos meus braços. Mas seu rosto se apoiava no meu peito e eu sentia os movimentos de sua respiração. Minha paciência transbordava. *Grite e grite,* eu pensava. *Posso suportar.*

Era força de vontade, a cada hora. Vontade. Como um feitiço, no fim, mas um que eu tinha de lançar sobre mim mesma. Ele era um grande rio transbordante e eu devia ter canais prontos a todo momento para atrair sua corrente de modo seguro. Comecei a lhe contar histórias, coisas simples sobre um coelho que procura comida e a encontra, sobre um bebê à espera da mãe. Ele clamava por mais, então continuei. Eu esperava que tais contos gentis apaziguassem sua alma aguerrida, e talvez o fizessem.

Um dia percebi que a lua tinha vindo e sumido desde que ele se lançara ao chão pela última vez. Outra lua passou, e em algum momento naqueles meses foi sua última gritaria. Gostaria de me lembrar quando foi. Não, gostaria, na verdade, de poder dizer a mim mesma no passado quando aquele momento finalmente viria, para que em todos aqueles dias sem esperança eu pudesse ter olhado para esse horizonte.

Sua mente gerava folhas, pensamentos e palavras que pareciam brotar do ar. Seis anos ele tinha. Seu cenho havia clareado e ele me observava trabalhar no jardim, puxando alguma raiz.

— Mãe — ele dizia, pondo a mão no meu ombro —, tente cortar aqui. — Ele pegava a faquinha que tinha começado a carregar e a raiz cedia a seus esforços. — Viu? — ele dizia, sério. — É fácil.

Ele ainda amava o mar. Conhecia cada concha e peixe. Criava jangadas com troncos e flutuava na baía. Soprava bolhas nas poças de maré e observava os caranguejos correrem.

— Veja esse — ele dizia, puxando-me pela mão. — Eu nunca vi um maior, eu nunca vi um menor. Esse é o mais brilhante, esse é o mais preto. Esse caranguejo perdeu uma garra e tem outra crescendo para tomar o lugar dela. Não é esperto?

Novamente desejei que houvesse mais alguém na ilha. Não para sentir pena de mim, agora, mas para estimá-lo comigo. Eu diria: "Veja só, acredita nisso? Nós superamos as rochas e os ventos. Eu falhei com ele, e mesmo assim ele é uma doce maravilha deste mundo".

Ele fez uma careta, pois viu que meus olhos estavam úmidos.

— Mãe — ele disse —, o caranguejo vai ficar bem. Eu disse, a garra já está crescendo. Agora venha aqui e veja este. Tem manchas como olhos. Será que consegue ver com eles? O que você acha?

À noite, ele não queria mais as minhas histórias; criava as suas próprias. Acho que para aí foi toda a sua ferocidade, pois todo conto era repleto de criaturas extraordinárias: grifos e leviatãs e quimeras que vinham comer da sua mão, que ele liderava em aventuras ou derrotava com estratagemas astutos. Talvez qualquer criança que tivesse apenas a mãe por companhia fosse tão imaginativa. Não sei dizer, mas o rosto dele ficava enlevado enquanto conjurava essas visões. Ele parecia envelhecer a cada dia, oito e dez e doze. Seu olhar ficou sério, seus membros altos e fortes. Ele tinha um hábito de bater um dedo na mesa enquanto dava lições de moral como um velho. Gostava especialmente das histórias de coragem e virtude recompensada. *E é por isso que você não deve nunca, que você deve sempre, é por isso que a pessoa deve se certificar de…*

Eu amava as suas certezas, seu mundo que era um lugar simples, de ações corretas nitidamente separadas das erradas, de erro e consequência, de monstros derrotados. Não era um mundo que eu conhecia, mas eu viveria ali enquanto ele me permitisse.

Foi em uma dessas noites; era verão e os porcos chafurdavam tranquilamente abaixo da janela. Ele tinha treze anos. Eu ri e disse:

— Você tem mais histórias que seu pai.

Eu o vi hesitar, como se eu fosse um pássaro raro que ele temia afugentar. Ele tinha perguntado sobre o pai antes, mas eu sempre dizia: *ainda não.*

— Pergunte — eu disse, sorrindo. — Vou responder. Chegou a hora.

— Quem era ele?

— Um príncipe que veio para esta ilha. Ele tinha mil e um truques.

— Como ele era?

Eu pensava que minhas lembranças de Odisseu teriam gosto de sal. Mas senti prazer ao recordá-lo.

— Cabelos escuros, olhos escuros, com pelos ruivos na barba. Suas mãos eram grandes, e suas pernas, curtas e fortes. Ele sempre era mais rápido do que eu esperava.

— Por que ele se foi?

A pergunta era como uma muda de carvalho, pensei. Um simples broto verde por cima, mas por baixo a raiz afundava, espalhando-se profundamente. Respirei fundo.

— Quando partiu, ele não sabia que eu o carregava. Ele tinha uma esposa em casa, e um filho também. Mas era mais que isso. Deuses e mortais não vivem felizes por muito tempo juntos. Ele teve razão em partir quando foi.

Seu rosto se franziu em pensamento.

— Quantos anos ele tinha?

— Não muito mais que quarenta.

Eu o vi contar.

— Então nem sessenta ainda. Ele ainda vive?

Era estranho pensar na cena: Odisseu andando pelo litoral de Ítaca, respirando o ar. Eu tivera tão pouco tempo para sonhar desde que Telégono nascera. Mas a imagem parecia sólida, verdadeira, diante de mim.

— Acredito que sim. Ele era muito forte. Em espírito, quero dizer.

Agora que os portões estavam abertos, ele queria tudo que eu conseguisse lembrar de Odisseu, sua linhagem, seu reino, sua esposa, seu filho, seus passatempos na infância, suas honrarias na guerra. As histórias ainda estavam em mim, vívidas como quando Odisseu as contara, aquelas mil conspirações e peripécias capciosas. Mas uma coisa estranha aconteceu quando comecei a recitá-las para Telégono. Vi-me hesitando, omitindo, alterando. Com o rosto de meu filho diante de mim, suas brutalidades transpareciam como nunca tinham antes. O que eu vira como uma aventura agora parecia ensopada em sangue, feia. Até o próprio Odisseu parecia mudado, impiedoso em vez de impávido. As poucas vezes que eu deixava uma história como a tinha escutado, meu filho franzia o cenho.

— Você não contou certo — ele dizia. — Meu pai nunca teria feito tal coisa.

— Tem razão — eu costumava dizer. — Seu pai deixou aquele espião troiano com seu chapéu de doninha partir, e ele voltou a salvo para a família. Seu pai sempre mantinha a palavra.

Telégono abria um sorriso largo.

— Eu sabia que ele era um homem honrado. Me conte mais das suas nobres façanhas.

Então eu tecia outra mentira. Odisseu teria me repreendido por isso? Eu não sabia e não me importava. Teria feito muito, muito pior para deixar meu filho feliz.

De tempos em tempos, naqueles dias, eu me perguntava o que contaria a Telégono se ele me pedisse minhas próprias histórias. Como eu poderia polir Aietes, Pasifae, Cila, os porcos. No fim, não tive de tentar. Ele nunca perguntou.

Ele começou a passar longas horas afastado na ilha. *Quando voltava,* estava ruborizado e transbordando palavras. Seus membros estavam se alongando e eu ouvia sua voz rachar. *Conte-me mais sobre meu pai,* ele dizia. *Onde fica Ítaca? Como ela é? Quão longe daqui? Quais os perigos no caminho?*

* * *

Era outono, e eu estava fervendo as frutas em xarope para o inverno. Podia ter feito as árvores florescerem a qualquer momento, mas eu tinha passado a apreciar tudo aquilo: os açúcares borbulhantes, as cores como joias translúcidas, o armazenamento de uma boa estação em minhas jarras.

— Mãe! — Ele entrou correndo na casa. — Tem um navio que precisa de nós! Eles estão na nossa costa, meio naufragados. Vão afundar se não desembarcarem!

Não era a primeira vez que ele avistava marinheiros. Eles passavam com frequência por nossa ilha. Mas era a primeira vez que queria ajudá-los. Eu o deixei me puxar para o penhasco. Era verdade, o navio estava torto e o casco tomava água.

— Viu? Só dessa vez, pode suspender o feitiço? Tenho certeza de que eles ficarão muito gratos.

Como você saberia?, eu quis dizer. *Muitas vezes os homens mais necessitados são os que mais odeiam ser gratos, e atacam só para se sentir inteiros de novo.*

— Por favor — ele insistiu. — E se for alguém como meu pai?

— Não há ninguém como seu pai.

— Eles vão afundar, mãe. Vão se afogar! Não podemos só ficar parados aqui assistindo, precisamos fazer alguma coisa!

Seu rosto estava desolado. Os olhos brilhavam com lágrimas.

— Por favor, mãe! Não vou suportar vê-los morrer.

— Desta vez — eu disse. — Só desta vez.

Ouvimos seus gritos carregados no vento. *Uma praia, uma praia!* Eles viraram o barco, vindo aos trancos em nossa direção. Eu fiz Telégono prometer que ficaria escondido enquanto eles subiam a trilha até a casa. Ele devia ficar no quarto até que o vinho fosse bebido e ir embora de novo ao meu menor sinal. Ele concordou com tudo, teria concordado com qualquer coisa. Fui à cozinha e misturei minha antiga poção. Sentia como se estivesse em dois cômodos ao mesmo tempo. Lá estava eu misturando as ervas que tinha misturado uma centena de vezes, meus dedos encontrando suas antigas formas. E lá estava meu filho, pulando e selvagem. *De onde eles são, você sabe dizer? Em que rochas você acha que eles bateram? Podemos ajudá-los a consertar o casco?*

Não sei como respondi. Meu sangue tinha ficado sólido nas veias. Estava tentando me lembrar daquele truque de comando que eu costumava usar. *Vamos, é claro que os ajudarei. Aceitam mais vinho?*

Embora a esperasse, tomei um susto quando a batida veio. Abri a porta e lá estavam eles: surrados, famintos, desesperados como sempre. O capitão – ele parecia uma cobra enrodilhada? Não sabia dizer. Senti um asco súbito e nauseante. Queria bater a porta na cara deles, mas era tarde demais para isso. Eles já tinham me visto, e meu filho estava pressionado contra a parede, ouvindo tudo. Eu o avisara de que talvez precisasse usar magia neles. Ele tinha assentido. *É claro, mãe, eu entendo.* Mas ele não tinha ideia. Nunca tinha ouvido o estalo de costelas se refazendo, o rasgar úmido de carne que mudava de forma.

Eles se sentaram em meus bancos. Comeram e o vinho desceu por suas gargantas. Eu ainda observava o capitão. Seus olhos estavam ávidos. Eles se demoraram na sala, em mim. Ele se ergueu.

— Senhora? — perguntou. — Seu nome? A quem devemos honrar por nossa refeição?

Eu teria feito então, arrancado aqueles homens de si mesmos. Mas Telégono já estava emergindo do corredor. Ele usava uma capa e uma espada na cintura. Portava-se ereto como um homem. Tinha quinze anos.

— Vocês estão na casa da deusa Circe, filha de Hélio, e do seu filho, chamado Telégono. Vimos seu navio afundando e permitimos que viessem à nossa ilha, embora geralmente permaneça fechada aos mortais. Ficaremos felizes em ajudá-los em tudo que for possível enquanto ficarem aqui.

Sua voz não falhou, firme como tábuas secas. Seus olhos eram escuros como os do pai, mas pontos amarelos brilhavam neles. Os homens encararam. Eu também encarei. Pensei em Odisseu, separado de Telêmaco por anos, no choque que devia ter sido vê-lo subitamente crescido.

O capitão se ajoelhou.

— Deusa, grande senhor. As abençoadas Moiras devem ter nos trazido aqui.

Telégono gesticulou para que o homem se erguesse. Ele se sentou na cabeceira da mesa e se serviu da comida das bandejas. Os homens quase não comeram. Estavam crescendo em direção a ele como trepadeiras para o sol, os rostos assombrados, competindo para lhe contar suas histórias. Eu assisti, perguntando-me onde tal dom havia se escondido nele todo esse tempo. Mas, é claro, eu mesma não tinha realizado nenhuma magia até ter plantas com que trabalhar.

Eu o deixei ir à praia com eles e ajudá-los com os reparos. Não me preocupei; pelo menos, não muito. Meu feitiço sobre as feras da ilha o protegeria, mas, mais que isso, seu próprio feitiço o guardaria, pois aqueles homens eram como criaturas encantadas. Ele era mais jovem que todos eles, mas os marinheiros balançavam a cabeça a cada palavra de seus lábios. Ele lhes mostrava onde ficavam os melhores pomares, quais árvores podiam cortar. Mostrava-lhes os riachos e as sombras. Três dias eles ficaram enquanto consertavam o buraco em seu barco e comiam de nossas despensas. Em todo aquele tempo, ele os deixava apenas quando iam dormir. *Senhor,* eles o chamavam, quando falavam dele, quando solicitavam sua opinião sinceramente, como se ele fosse um mestre carpinteiro de noventa anos e não um menino vendo seu primeiro casco. *Senhor Telégono, senhor, o que acha, vai servir?*

Ele examinava o remendo.

— Perfeitamente, acredito. Bem construído.

Eles sorriam amplamente, e quando partiram, inclinaram-se na amurada, gritando seus agradecimentos e preces. O rosto dele permaneceu extasiado enquanto conseguia ver o navio. Então sua alegria foi drenada.

Por muitos anos, confesso, eu tinha esperado que ele pudesse ser um bruxo. Tentei ensiná-lo sobre minhas ervas, seus nomes e propriedades. Realizava pequenos feitiços em sua presença, esperando que um deles captasse a sua atenção. Mas ele nunca mostrou o menor interesse. Agora eu via por quê. A bruxaria transforma o mundo. Telégono só queria juntar-se a ele.

Tentei dizer algo, não sei o quê. Mas ele já estava dando as costas para mim, dirigindo-se aos bosques.

Telégono passou todo aquele inverno fora de casa, e toda aquela primavera e o verão também. Do primeiro raio de luz no céu até o pôr do sol, eu não o via. Algumas vezes perguntava aonde ele ia, e ele acenava vagamente em direção à praia. Eu não insistia. Ele estava preocupado, sempre correndo para algum lugar sem fôlego, voltando para casa corado com carrapichos na túnica. Eu via a força se erguendo em seus ombros, sua mandíbula ficando mais larga.

— Aquela caverna na praia — ele disse. — Onde meu pai guardava seu navio. Posso tê-la?

— Tudo aqui é seu — eu disse.

— Mas pode ser só minha? Promete não entrar nela?

Eu lembrava como minhas privacidades juvenis eram importantes para mim.

— Prometo — eu disse.

Desde então, eu me perguntei se ele usava em mim aqueles mesmos charmes que tinham funcionado nos marinheiros. Pois eu era como uma vaca bem alimentada, plácida e sem questionamentos. *Deixe-o ir*, dizia a mim mesma. *Ele está contente, está crescendo. Que mal pode encontrá-lo aqui?*

— Mãe — ele chamou. Era logo depois da aurora, a luz pálida aquecia as folhas. Eu estava ajoelhada no jardim, arrancando as ervas daninhas. Geralmente ele não acordava tão cedo, mas era seu aniversário. Ele estava com dezesseis anos.

— Fiz peras com mel para você — eu disse.

Ele ergueu a mão, mostrando uma fruta meio comida, brilhando com o suco.

— Encontrei, obrigado. — Ele parou. — Tenho algo para lhe mostrar.

Limpei a terra e o segui pela trilha da floresta até a caverna. Dentro havia um pequeno barco, próximo em tamanho ao que fora de Glauco.

— De quem é isso? — eu quis saber. — Onde estão?

Ele balançou a cabeça. Suas faces estavam coradas e os olhos brilhantes.

— Não, mãe, é meu. Tive a ideia antes de os homens chegarem, mas observá-los fez tudo ir muito mais rápido. Eles me deram algumas ferramentas e me mostraram como fazer as outras. O que acha?

Agora que eu olhava, podia ver que sua vela fora costurada a partir de meus lençóis, suas tábuas planadas rudemente, ainda cheias de farpas. Eu estava brava, mas um orgulho assombrado brilhava em mim também. Meu filho tinha construído aquilo sozinho, sem nada exceto ferramentas rústicas e sua vontade.

— É muito elegante — eu disse.

Ele sorriu.

— É, não é? Ele disse que eu não devia falar nada. Mas não queria esconder de você. Pensei que...

Ele parou ao ver minha expressão.

— Quem disse?

— Está tudo bem, mãe, ele não quer me machucar. Tem me ajudado. Disse que costumava visitá-la bastante. Que vocês eram velhos amigos.

Velhos amigos. Como eu não vira esse perigo? Lembrava-me agora da empolgação de Telégono quando chegava em casa à noite. Minhas ninfas costumavam voltar com aquela mesma cara. Atena não podia atravessar meu feitiço; não, ela não tinha poderes no submundo. Mas ele caminhava em todo lugar. Quando não estava rolando seus dados, conduzia os espíritos à porta de Hades pessoalmente. Deus das intromissões, deus da mudança.

— Hermes não é amigo meu. Conte-me tudo que ele lhe disse. Agora.

O rosto dele estava vermelho de vergonha.

— Ele disse que podia me ajudar, e ajudou. Disse que devia ser de repente. "Se é preciso tirar a casca de uma ferida", ele disse, "o melhor jeito é fazer depressa". Não vou levar nem meio mês e estarei de volta na primavera. Testamos na baía, e o barco é sólido.

As palavras rolavam dele tão rápido que eu tive dificuldade em acompanhar.

— Do que está falando? O que não vai levar meio mês?

— A jornada — ele disse. — Para Ítaca. Hermes disse que pode me ajudar a contornar os monstros, então você não tem de se preocupar com isso. Se eu velejar na maré do meio-dia, chegarei à próxima ilha antes de escurecer.

Eu estava sem palavras, como se ele tivesse arrancado a língua da minha boca.

Ele tocou meu braço.

— Não precisa se preocupar. Vou estar a salvo. Hermes me contou que é meu ancestral por parte de pai. Não iria me trair. Mãe, está ouvindo? — Ele me observava ansiosamente por baixo do cabelo.

Meu sangue gelou ao ver sua inexperiência. Eu já fora jovem daquele jeito?

— Ele é um deus de mentiras — eu disse. — Só tolos põem fé em suas palavras.

Ele corou, mas um desafio tinha surgido em seu rosto.

— Eu sei o que ele é. Não confio apenas nele. Peguei meu arco. E ele vem me ensinando a usar a lança. — Ele indicou um graveto apoiado no canto com uma das minhas velhas facas de cozinha presa na extremidade. Devia ter visto meu horror, pois acrescentou: — Não que eu vá precisar dela. São só alguns dias até Ítaca, e daí estarei a salvo com meu pai.

Ele se inclinava para a frente, com sinceridade. Pensava que tinha respondido a todas as minhas objeções. Como estava orgulhoso de si, satisfeito com seus planos recém-forjados. Como aquelas palavras vertiam facilmente de sua boca: *a salvo, meu pai*. Eu me sentia percorrida por uma fúria veloz e afiada.

— O que o faz pensar que será bem recebido em Ítaca? Tudo que conhece de seu pai são histórias. E ele já tem um filho. O que acha que Telêmaco vai pensar do seu irmão bastardo aparecendo por lá de repente?

Ele se encolheu um pouco com o *bastardo*, mas respondeu corajosamente.

— Não acho que vá se importar. Não vou em busca do seu reino ou de sua herança, e explicarei isso a ele. Vou ficar o inverno todo, então teremos tempo para nos conhecer.

— Então é isso. Está decidido. Você e Hermes têm um plano, e agora você acha que tudo que falta é eu lhe desejar ventos favoráveis.

Ele me observou, incerto.

— Diga-me — eu pedi. — O que o onisciente Hermes diz sobre a irmã dele que quer vê-lo morto? Sobre o fato de que você será assassinado no instante em que sair desta ilha?

Ele quase suspirou.

— Mãe, foi há tanto tempo. Com certeza ela já esqueceu.

— Esqueceu? — Minha voz arranhou as paredes da caverna. — Você é um idiota? Atena não esquece. Ela vai devorá-lo em uma única mordida, como uma coruja pega um rato estúpido.

Seu rosto ficou lívido, mas ele insistiu, como o coração valente que era.

— Eu vou aceitar o risco.

— Não vai. Eu o proíbo.

Ele me encarou. Eu nunca tinha lhe proibido nada antes.

— Mas tenho de ir a Ítaca! Eu construí o barco. Estou pronto.

Eu dei um passo em sua direção.

— Deixe-me explicar mais claramente. Se partir, você vai morrer. Então não vai velejar. E, se tentar, vou queimar esse seu barco até virar uma pilha de cinzas.

Seu rosto ficou congelado com o choque. Eu me virei e me afastei.

Ele não velejou naquele dia. Eu andei de um lado para outro na cozinha e ele se manteve em seus bosques. Era crepúsculo quando voltou para casa. Ele bateu a tampa dos baús, pegou sua roupa de cama com barulho. Tinha vindo só para me mostrar que não ficaria sob o meu teto.

Quando passou por mim eu disse:

— Você quer que eu o trate como um homem, mas age como uma criança. Ficou protegido aqui sua vida inteira. Não entende os perigos que existem para você no mundo. Não pode simplesmente fingir que Atena não existe.

Ele estava pronto para mim, como um pavio para a centelha.

— Tem razão. Não conheço o mundo. Como poderia? Você não me deixa sair de sua vista.

— Atena ficou diante daquela lareira e exigiu que eu o entregasse a ela, para que pudesse matá-lo.

— Eu sei — ele disse. — Você me contou uma centena de vezes. Mas ela não tentou desde então, não é? Estou vivo, não estou?

— Graças aos feitiços que eu lanço e carrego! — Eu me ergui para encará-lo. — Sabe o que eu tive de fazer para mantê-los fortes, as horas que passei agonizando sobre eles, testando-os para garantir que ela não conseguisse atravessar?

— Você gosta de fazer isso.

— Gosto? — A risada saiu rouca de mim. — Eu *gosto* de fazer meu próprio trabalho, para o qual eu mal tive tempo desde que você nasceu!

— Então vá para os seus feitiços! Vá fazê-los e me deixe partir! Seja honesta, você nem sabe se Atena ainda está brava. Tentou falar com ela? Já se passaram dezesseis anos!

Ele disse isso como se fossem dezesseis séculos. Não conseguia imaginar o escopo dos deuses, a falta de misericórdia que decorre de ver gerações se erguerem e caírem ao seu redor. Ele era mortal e jovem. Uma tarde lenta parecia um ano para ele.

Eu podia sentir meu rosto se acendendo, ganhando calor.

— Você acha que todos os deuses são como eu. Que você pode ignorá-los à vontade, tratá-los como seus criados, que os desejos deles são moscas para serem afastadas. Mas eles o esmagarão por prazer, por despeito.

— Medo e os deuses, medo e os deuses! É só disso que você fala. É só disso que já falou. Mas centenas de milhares de homens e mulheres caminham neste mundo e vivem até ficar velhos. Alguns até são felizes, mãe. Eles não se agarram a portos seguros com rostos desesperados. Eu quero ser um deles. Pretendo ser. Por que não consegue entender isso?

O ar ao meu redor tinha começado a crepitar.

— É você que não entende. Eu disse que não vai partir, e está decidido.

— Então é isso? Eu fico aqui minha vida inteira? Até morrer? Sem nem tentar partir?

— Se necessário.

— Não! — Ele esmurrou a mesa entre nós. — Não farei isso! Não há nada para mim aqui. Mesmo se outro navio chegar e eu implorar para você deixá-lo aportar, o que vem depois? Um repouso de alguns dias, e então eles vão partir e eu ainda estarei preso. Se isso é a vida, prefiro morrer. Prefiro que Atena me mate, está ouvindo? Pelo menos terei visto uma coisa na vida além desta ilha!

Minha visão ficou turva.

— Não me importo com o que você *prefere*. Se é estúpido demais para proteger a própria vida, eu farei isso por você. Meus feitiços o farão.

Pela primeira vez, ele hesitou.

— O que quer dizer?

— Quero dizer que você nem saberia o que está perdendo. Que nunca pensaria em partir de novo.

Ele recuou um passo.

— Não. Eu não vou beber seu vinho. Não vou tocar em nada que me der.

Eu podia sentir o gosto de veneno na boca. Era um prazer vê-lo finalmente assustado.

— Acha que isso vai me impedir? Você nunca entendeu como eu sou forte.

Vou me lembrar da expressão dele por toda a minha vida: um homem que viu o véu se erguer e agora encara o verdadeiro rosto do mundo.

Ele abriu a porta bruscamente e fugiu para a escuridão.

Eu fiquei parada lá um longo tempo, uma árvore atingida por um raio e queimada até as raízes. Então fui até a praia. O ar estava frio, mas a areia ainda retinha o calor do dia. Lembrei de todas as horas que o tinha carregado até ali, sua pele contra a minha. Eu havia desejado que ele caminhasse livre no mundo, sem se queimar nem temer, e tinha realizado meu desejo. Ele não podia conceber uma deusa implacável com sua lança apontada para seu coração.

Eu não tinha lhe contado sobre sua infância, como tinha sido furiosa e difícil. Não tinha lhe contado as histórias da crueldade dos deuses, da crueldade de seu próprio pai. *Devia ter contado*, pensei. Por dezesseis anos, eu tinha sustentado o céu, e ele não percebera. Eu devia tê-lo obrigado a ir comigo coletar aquelas plantas que protegiam a sua vida. Devia tê-lo feito ficar ao lado do fogão enquanto eu falava as palavras de poder. Ele tinha de entender tudo que eu carregara em silêncio, tudo que fizera para protegê-lo.

Mas e depois? Ele estava em algum lugar nas árvores, escondido de mim. Tão facilmente aqueles feitiços tinham se erguido em minha mente, os feitiços que me permitiriam remover os seus desejos, como cortar a podridão de uma fruta.

Cerrei a mandíbula. Queria gritar e me dilacerar e chorar. Queria amaldiçoar Hermes por suas meias-verdades e tentações, mas Hermes não era nada. Eu tinha visto o rosto de Telégono quando ele olhava para o mar e sussurrava *horizonte*.

Fechei os olhos. Eu conhecia a praia tão bem que não precisava ver para andar. Quando ele era criança, eu fazia listas de todas as coisas que faria para mantê-lo a salvo. Não era um jogo muito interessante, porque a resposta era sempre a mesma. Qualquer coisa.

Certa vez, Odisseu me contara uma história sobre um rei que tinha um ferimento que não podia ser curado por nenhum médico nem pelo tempo. Ele foi a um oráculo e ouviu sua resposta: só o homem que causara o ferimento podia curá-lo, com a mesma lança que tinha usado para golpeá-lo. Então o rei mancara pelo mundo até encontrar seu inimigo, que o curou.

Queria que Odisseu estivesse lá para poder lhe perguntar: mas como o rei fez aquele homem ajudá-lo, o homem que o ferira tão profundamente?

A resposta que me veio pertencia a uma história diferente. Muito tempo antes, na minha cama ampla, eu tinha perguntado a Odisseu:

— O que você fazia? Quando não conseguia fazer Aquiles e Agamêmnon escutarem?

Ele sorrira à luz do fogo.

— É fácil. Criava um plano em que eles não precisassem fazê-lo.

CAPÍTULO 20

Eu o encontrei no olival. Os cobertores estavam embolados ao seu redor, como se ele tivesse lutado contra mim em seus sonhos.

— Meu filho — eu disse. As palavras soaram altas no ar imóvel. Não era aurora ainda, mas eu a sentia chegando, o rolar das grandes rodas da biga de meu pai. — Telégono.

Seus olhos se abriram e as mãos se ergueram para me afastar. A dor foi como a ponta de uma adaga.

— Vim dizer que você pode ir, eu o ajudarei. Mas deve haver condições.

Será que ele sabia quanto aquelas palavras me custaram? Acho que não era capaz. É a dádiva da juventude não sentir suas responsabilidades. A alegria já o dominava. Ele se jogou sobre mim, pressionou o rosto contra meu pescoço. Fechei os olhos. Ele cheirava a folhas verdes e seiva corrente. Nós tínhamos respirado apenas um ao outro por dezesseis anos.

— Haverá um atraso de dois dias — eu disse. — E três coisas nesse meio-tempo.

Ele assentiu avidamente.

— Qualquer coisa. — Agora que eu tinha perdido, ele estava complacente. Pelo menos foi gracioso na vitória. Eu o levei para a casa e enchi seus braços com ervas e garrafas. Juntos, as carregamos tilintando até o navio. Ali, sobre o convés, eu comecei a cortar, triturar, misturar minhas pastas. Ele me surpreendeu ao assistir. Normalmente se afastava quando eu fazia feitiços.

— O que isso vai fazer?

— É uma proteção.

— Contra o quê?

— Tudo em que consigo pensar. O que quer que Atena possa convocar. Tempestades, leviatãs, buracos no casco.

— Leviatãs?

Fiquei feliz ao vê-lo empalidecer um pouco.

— Isso os manterá afastados. Se Atena quiser atacá-lo no mar, ela terá de fazer isso pessoalmente, de modo direto, e acredito que não possa, pois é impedida pelas Moiras. Você deve se manter no barco e, assim que desembarcar em Ítaca, falar com seu pai e pedir a ele que interceda com Atena por você. Ela é a protetora dele e pode escutá-lo. Jure.

— Eu juro. — O rosto dele estava solene nas sombras.

Eu verti aquelas poções sobre cada tábua áspera, cada centímetro de vela, falando meus encantamentos.

— Posso tentar? — ele perguntou.

Eu lhe dei a sobra de uma poção. Ele ensopou um trecho do convés e falou as palavras que me ouvira dizer.

Então cutucou a madeira.

— Funcionou?

— Não — eu disse.

— Como você sabe quais palavras usar?

— Eu falo o que tem sentido para mim.

Seu rosto se franziu de esforço, como se empurrasse uma pedra colina acima. Ele encarou as tábuas e falou palavras diferentes, então outras. O convés permaneceu inalterado. Ele me olhou, acusatório.

— É difícil.

Apesar de tudo, eu ri.

— Não achou que fosse? Ouça. Quando você começou a construir este navio, não ergueu um machado uma vez e esperou que tudo terminasse. Foi tudo fruto de bastante trabalho, um dia após o outro. Feitiçaria é a mesma coisa. Eu me esforço há séculos e ainda não a dominei.

— Mas é mais que isso — ele disse. — Também tem o fato de que não sou um bruxo como você.

Foi em meu pai que pensei. Todos aqueles anos antes, quando ele tinha transformado a lenha de nossa lareira em cinzas e dissera: *E esse é o menor dos meus poderes.*

— É provável que você não seja um bruxo — eu disse. — Mas você é outra coisa. Algo que ainda não descobriu. E é por isso que vai embora.

Seu sorriso me lembrou do de Ariadne, quente como a grama no verão.

— Sim — ele disse.

* * *

Eu o levei a uma parte sombreada da praia. Enquanto ele comia a última pera, eu marquei sua rota com pedras, traçando as paradas e os perigos. Ele não passaria por Cila. Havia outros caminhos para Ítaca. O fato de Odisseu não ter podido tomá-los fora parte da vingança de Posêidon.

— Se Hermes resolver ajudá-lo, tudo bem, mas você nunca deve depender dele. Tudo que ele diz está escrito no vento. E sempre deve tomar cuidado com Atena. Ela pode aparecer sob outras formas. Uma bela donzela, talvez. Ou um lindo jovem. Você não deve ser seduzido por nenhuma tentação que ela oferecer.

— Mãe. — O rosto dele ficou vermelho. — Estou procurando meu pai. Isso é tudo em que penso.

Eu não disse mais nada. Estávamos mais gentis um com o outro naqueles dias do que tínhamos sido em qualquer momento antes da briga. À noite, sentávamos diante da lareira. Ele tinha um pé preso sob um dos leões. Era outono, mas as noites já estavam frias. Eu servi sua comida preferida, peixe recheado com ervas assadas e queijos. Ele comeu e me deixou lhe passar um sermão.

— Penélope — eu disse. — Dê-lhe todas as honras. Ajoelhe-se diante dela, ofereça-lhe elogios e presentes. Eu lhe darei alguns apropriados. Ela é sensata, mas nenhuma mulher fica contente quando o filho do marido com outra mulher aparece em sua casa. E Telêmaco. Tome cuidado com ele acima de tudo. Ele é quem mais tem a perder com você. Muitos bastardos já se tornaram reis, e ele saberá disso. Não confie nele. Não dê as costas para ele. Ele será inteligente e rápido, treinado pelo próprio pai.

— Eu sou bom com um arco.

— Contra troncos de carvalho e faisões. Você não é um guerreiro.

Ele respirou fundo.

— De toda forma, o que quer que ele tente, seus poderes me protegerão.

Eu o encarei, horrorizada.

— Não seja tolo. Eu não tenho poderes que possam ajudá-lo longe deste lugar. Confiar nisso é a morte.

Ele tocou meu braço.

— Mãe, só quis dizer que ele é mortal. Eu sou metade do seu sangue e carrego em mim os truques que vêm com isso.

Que truques? Eu queria sacudi-lo. Um pouco de charme? Um jeito de enfeitiçar mortais? O rosto dele, tão cheio de esperanças ousadas, fez eu me sentir velha. A juventude tinha desabrochado nele, amadurecendo. Os cachos negros caíam sobre seus olhos e sua voz tinha engrossado. Garotas e garotos suspirariam por ele, mas tudo que eu via eram os mil lugares macios do seu corpo onde sua vida poderia terminar. A nudez do seu pescoço parecia obscena à luz do fogo.

Ele apoiou a cabeça na minha.

— Eu ficarei bem. Prometo.

Você não pode fazer essa promessa, eu queria gritar. *Não sabe de nada*. Mas quem era a culpada por isso? Eu mantivera o rosto do mundo velado a ele. Tinha pintado a história em cores brilhantes e ousadas, e ele se apaixonara pela minha arte. E agora era tarde demais para voltar e mudar. Se eu era tão velha, devia ser sábia. Devia saber que não adianta gritar quando o pássaro já voou.

Três coisas eu dissera a ele que devíamos fazer. Mas a última era só minha. Ele não me questionou. *Algum feitiço,* pensou. *Alguma erva que ela quer escavar.* Esperei que ele fosse dormir, então andei à luz das estrelas até a orla do oceano.

As ondas deslizavam sobre meus pés, emaranhavam a bainha do meu vestido. Eu estava perto da caverna onde o barco de Telégono esperava. Em algumas horas ele subiria a bordo, puxaria a âncora de pedra quadrada, desfraldaria a vela com seus pontos esfarrapados. Ele era um menino doce e acenaria para mim enquanto soubesse que eu podia ver. Então se viraria, forçando os olhos para enxergar a pequena ilha rochosa que se encontrava no fim de suas esperanças.

Eu estava lembrando os salões de meu avô, as correntes negras de Oceano, aquele grande rio que cinge a terra inteira. Se um deus tivesse sangue de náiade, podia deslizar para dentro de suas ondas e ser levado por túneis de rocha, através de milhares de tributários, até chegar ao lugar onde sua corrente fluía abaixo do próprio fundo do mar.

Aietes e eu costumávamos ir para lá. As duas águas não se misturavam onde se encontravam, mas criavam um tipo de membrana, viscosa como uma água-viva. Através dela, era possível observar pontos de fosforescência na escuridão do oceano, e, se pressionássemos a mão contra ela, podíamos sentir a água profunda do outro lado, surpreendentemente gélida. Nossos dedos voltavam formigando e com o gosto de sal.

— Veja — Aietes dizia.

Ele apontava para algo se movendo naquela lama infinita. Uma sombra cinza pálida deslizando para a frente, gigante como um navio. Ela assomava sobre nós, as asas fantasmagóricas silenciosas na escuridão. O único som era o de sua cauda espinhosa se arrastando pelo chão de areia.

Trigon, meu irmão o tinha nomeado. O maior da sua espécie, um deus também. Diziam que o pai Urano, criador do mundo, o tinha colocado lá por segurança, pois o veneno na cauda da criatura era o mais potente no universo. Um único toque mataria um mortal instantaneamente e condenaria um grande deus a uma eternidade de tormento. E um deus menor? O que faria conosco?

Nós encarávamos seu rosto sombrio e estranho, o talho da sua boca plana. Observávamos seu estômago com guelras brancas passar sobre nós. Os olhos de Aietes ficavam arregalados e reluzentes.

— Imagine a arma que isso daria.

Eu estava prestes a quebrar meu exílio, eu sabia. Por isso esperara a noite e as nuvens flutuantes cobrirem os olhos de minha tia. Se eu fosse bem-sucedida, estaria de volta pela manhã, antes que minha ausência fosse notada. Se não, bem. Provavelmente eu estaria além de qualquer castigo.

Entrei nas ondas. Elas subiram pelas minhas pernas, minha barriga. Ergueram-se até meu rosto. Eu não tinha de me pesar com pedras, como um mortal teria, lutando contra a própria flutuabilidade. Desci com firmeza as plataformas do oceano. Acima de mim as marés continuaram seu movimento incessante, mas eu estava fundo demais para senti-las. Meus olhos iluminavam o caminho. A areia se remexia ao meu redor, e um linguado disparou entre meus pés. Nenhuma outra criatura se aproximou. Elas conseguiam cheirar meu sangue de náiade, ou talvez os resquícios de veneno em minhas mãos após tantos anos de feitiçaria. Eu me perguntei se deveria ter tentado falar com as ninfas do mar, pedir sua ajuda. Mas não acho que elas gostariam do que eu tinha vindo fazer.

Fui cada vez mais fundo, caindo nas braças de escuridão. Aquela água não era meu elemento e eu sabia disso. O frio afundava em meus ossos, o sal raspava meu rosto. O peso do oceano se empilhava como montanhas sobre meus ombros. Mas a resistência sempre foi minha virtude, e eu continuei. A distância, avistei as formas flutuantes de baleias e lulas-gigantes. Apertei minha faca, seu gume tão afiado quanto o bronze suportava, mas elas também mantiveram distância.

Por fim, cheguei ao piso mais baixo do mar. A areia estava tão gelada que queimava meus pés. Tudo era silencioso ali, a água inteiramente imóvel. A única luz vinha de linhas flutuantes de luminescência. Ele era sábio, esse deus. Fazia os visitantes viajarem a um lugar hostil como aquele, onde nada vivia exceto ele.

Eu exclamei:

— Grande senhor das profundezas, eu vim do mundo para desafiá-lo.

Não ouvi nenhum som. Ao meu redor se estendia a extensão cega de sal. Então a escuridão se separou e ele veio. Era enorme, branco e cinza, queimado nas profundezas como a imagem do sol na retina. Suas asas silenciosas ondulavam, e regatos fluíam de suas pontas. Seus olhos eram finos e fendidos como os de um gato; a boca, um corte exangue. Quando eu tinha entrado na água, dissera a mim mesma que ele seria apenas outro Minotauro para enfrentar, outro olimpiano que eu poderia enganar. Mas agora, com aquela imensidade medonha diante de mim, eu vacilei. Aquela criatura era mais antiga que todas as terras do mundo, antiga como a primeira gota de sal. Até meu pai seria uma criança perto dela. Enfrentar uma coisa daquelas seria como tentar estancar o mar. Um terror gelado me percorreu. Minha vida toda, eu temera que um grande horror viesse a meu encontro. Não tinha mais que esperar. Ele estava ali.

Por qual propósito me desafia?

Todos os grandes deuses têm o poder de falar em pensamento, mas ouvir aquela criatura em minha mente transformou minha barriga em água.

— Vim para conquistar sua cauda venenosa.

E por que deseja tal força?

— Atena, filha de Zeus, quer tirar a vida do meu filho. Meu poder não é capaz de protegê-lo, mas o seu é.

Seus olhos pousaram nos meus, sem piscar. *Sei quem é, filha do sol. Tudo que o mar toca vem até mim, por fim, nas profundezas. Eu senti o seu gosto. Senti o gosto de toda a sua família. Seu irmão veio uma vez procurando meu poder. Ele partiu de mãos vazias, como todos os outros. Eu não sou alguém que possa enfrentar.*

O desespero me atravessou, pois eu sabia que ele falava a verdade. Todos os monstros das profundezas estavam cobertos de cicatrizes de batalhas com seus irmãos leviatãs. Ele não. Era inteiramente liso, pois ninguém ousava desafiar seu poder antigo. Até Aietes reconhecera seu limite.

— Mesmo assim — eu disse —, devo tentar. Por meu filho.

É impossível.

As palavras eram tão planas quanto o resto dele. A cada momento, eu sentia minha determinação sendo sugada, drenada pelo gelo incessante daquelas ondas e do seu olhar fixo. Obriguei-me a falar.

— Não posso aceitar isso — eu disse. — Meu filho deve viver.

Não há nenhum "deve" na vida de um mortal, exceto a morte.

— Se não posso desafiá-lo, talvez possa lhe dar algo em troca. Algum presente. Fazer alguma tarefa.

A boca fendida se abriu em uma risada silenciosa. *O que você poderia ter que eu desejo?*

Nada, eu sabia. Ele me observava com seus olhos pálidos de gato.

Minha lei sempre foi a mesma. Se quer levar minha cauda, deve primeiro se submeter ao seu veneno. Esse é o preço. Dor eterna em troca de mais alguns anos mortais para seu filho. Vale o custo?

Lembrei-me do parto, que quase tinha acabado comigo. Pensei naquela dor continuando para sempre, sem cura, sem bálsamo, sem alívio.

— Ofereceu o mesmo ao meu irmão?

A oferta vale para todos. Ele recusou. Eles sempre recusam.

Senti um tipo de força ao ouvir isso.

— Quais as outras condições?

Quando não tiver mais uso para o poder, jogue-a nas ondas para que possa retornar a mim.

— É só isso? Jura?

Quer prender-me em juramento, criança?

— Quero saber que vai honrar seu acordo.

Eu vou honrá-lo.

As correntes se moveram ao nosso redor. Se eu fizesse aquilo, Telégono viveria. Isso era tudo que importava.

— Estou pronta — eu disse. — Ataque.

Não. Você deve tocar o veneno sozinha.

A água me sugava. A escuridão murchava minha coragem. A areia não era lisa, mas coberta com pedaços de ossos. Tudo que morria no mar terminava ali. Minha pele se arrepiou, formigando cada vez mais, como se fosse se rasgar e me abandonar. Não havia misericórdia entre os deuses, eu soubera disso a vida toda. Eu me obriguei a andar. Algo prendeu meu pé. Uma caixa torácica. Eu a puxei para me soltar. Se parasse, nunca mais me moveria.

Cheguei à linha onde a cauda se unia à pele cinza. O trecho acima parecia anormalmente macio, como algo podre. O espinho raspava de leve no fundo do oceano. De perto, eu podia ver sua borda serrilhada, e senti o aroma do seu poder, grosso e nauseantemente doce. Eu conseguiria subir das profundezas de novo, uma vez que o veneno estivesse em mim? Ou ficaria deitada ali, apertando a cauda, enquanto meu filho morria no mundo superior?

Não estenda essa tortura, disse a mim mesma. Mas eu não conseguia me mover outro centímetro. Meu corpo, com seu bom senso primitivo, resistia à autodestruição. Minhas pernas se tensionavam para fugir, para recuar rumo à segurança do mundo seco. Assim como Aietes fizera antes de mim, e todos os outros que tinham vindo em busca do poder de Trigon.

Ao meu redor, tudo era lama e correntes escuras. Vi o rosto iluminado de Telégono diante de mim. Estendi a mão.

Ela passou por água vazia, sem tocar nada. A criatura estava flutuando diante de mim outra vez, seu olhar impassível sobre o meu.

Está feito.

Minha mente estava tão negra quanto a água. Era como se o tempo tivesse pulado.

— Não entendo.

Você teria tocado o veneno. Isso é suficiente.

Eu sentia que tinha enlouquecido.

— Como é possível?

Eu sou tão velho quanto o mundo, e crio as condições que me agradam. Você é a primeira a cumpri-las.

Ele se ergueu da areia. A batida de sua asa roçou meu cabelo. Quando ele parou, a linha onde sua cauda encontrava o corpo estava diante de mim novamente.

Corte. Comece na pele acima, ou o veneno vai vazar.

A voz dele era calma, como se me mandasse fatiar uma fruta. Eu estava atordoada, a cabeça ainda girando. Olhei para aquela pele sem marcas, delicada como o interior de um pulso. Não podia imaginar cortá-la mais do que cortar a garganta de uma criança.

— Você não pode permitir isso — eu disse. —Tem de ser um truque. Eu poderia flagelar o mundo com esse poder. Poderia ameaçar Zeus.

O mundo de que fala não significa nada para mim. Você ganhou o prêmio, então tome-o. Corte.

A voz dele não era dura nem gentil, mas eu a senti como um açoite. A água me pressionava, vastas profundezas se estendendo até uma noite infinita. A pele macia dele esperava diante de mim, lisa e cinzenta. E ainda assim eu não me movi.

Estava pronta para me enfrentar por isso. Mas não se eu estiver disposto por vontade própria?

Meu estômago se revolvia.

— Por favor. Não me obrigue a fazer isso.

Obrigar? Criança, você veio até mim.

Eu não sentia o cabo da faca em minha mão. Não sentia nada. Meu filho parecia tão distante quanto o céu. Ergui a lâmina e encostei a ponta na pele da criatura. Ela rasgou como rasgam as flores, estraçalhando-se facilmente. O icor dourado se ergueu, fluindo sobre minhas mãos. Lembro o que pensei: *certamente estou condenada por isso. Posso criar todos os feitiços que quiser, todas as lanças mágicas. Mas vou passar o resto dos meus dias assistindo a essa criatura sangrar.*

O último pedaço de pele se separou. A cauda saiu livre em minha mão. Não pesava quase nada, e de perto tinha um aspecto quase iridescente.

— Obrigada — eu disse, mas minha voz era ar.

Senti as correntes se moverem. Os grãos de areia sussurraram uns contra os outros. As asas dele estavam se erguendo. A escuridão ao redor cintilava com nuvens do seu sangue dourado. Abaixo dos meus pés jaziam mil anos de ossos. Pensei: *não consigo suportar este mundo por mais um momento sequer.*

Então, criança, faça outro.

Ele deslizou para a escuridão, deixando um rastro de ouro atrás de si.

Foi um longo caminho de volta à superfície com aquela morte na mão. Não vi nenhuma criatura, nem a distância. Antes, tinham me evitado; agora fugiam. Quando emergi na praia, a aurora se aproximava e não havia tempo para descansar. Fui à caverna e encontrei o velho graveto que Telégono usava como lança. Ainda tremendo um pouco, minhas mãos desamarraram o cordão que prendia a faca à sua extremidade. Fiquei um momento olhando a extensão torta, perguntando-me se devia encontrar um novo cabo. Mas era com aquilo que ele tinha treinado, e achei mais seguro manter a arma do jeito a que ele estava acostumado, por mais gasta e batida que ela estivesse.

Segurei o espinho gentilmente pela base. Ele estava recoberto por um fluido claro. Eu o amarrei à extremidade do graveto com barbante e magia, então o cobri com uma bainha de couro, encantada com móli, para segurar o veneno.

Ele estava dormindo, seu rosto suave, as bochechas levemente coradas. Eu o observei até acordar. Ele se levantou com um susto, então estreitou os olhos.

— O que é isso?

— Proteção. Não toque em nada exceto o cabo. Um arranhão significa morte para os homens e tormento para os deuses. Sempre o mantenha coberto. É apenas para Atena ou o maior dos perigos. Deve retornar para mim depois.

Ele era destemido, sempre tinha sido. Sem hesitação, estendeu a mão e tomou o cabo contra a palma.

— É mais leve que bronze. O que é?

— A cauda de Trigon.

As histórias de monstros sempre foram suas favoritas. Ele me encarou.

—Trigon? — Sua voz estava cheia de assombro. — Você tirou a cauda dele?

— Não — eu disse. — Ele me deu, por um preço. — Pensei naquele sangue dourado, manchando as profundezas do oceano. — Leve-a agora, e viva.

Ele se ajoelhou diante de mim, os olhos no chão.

— Mãe — começou. — Deusa...

Encostei os dedos na sua boca.

— Não. — Eu o ergui. Ele estava tão alto quanto eu. — Não comece agora. Não fica bem em você, nem em mim.

Ele sorriu para mim. Sentamos juntos à mesa, comendo o desjejum que eu preparara, então aprontamos o barco, carregando-o com suprimentos e os presentes que ele deveria oferecer a seus anfitriões e empurrando a embarcação à beira da água. O rosto dele ficava mais contente a cada minuto, seus pés pulando sobre a terra. Ele me deixou abraçá-lo uma última vez.

— Vou transmitir seus cumprimentos a Odisseu — ele disse. — Vou trazer tantas histórias de volta, mãe, que você não vai acreditar em todas elas. Vou lhe trazer tantos presentes que não vai conseguir ver o convés.

Eu assenti. Toquei seu rosto e ele partiu; e realmente acenou até desaparecer da minha vista.

CAPÍTULO 21

As tempestades de inverno vieram cedo naquele ano. Chovia em gotas ardentes que mal pareciam umedecer o chão. Um vento cortante se seguiu, arrancando as folhas das árvores em um dia.

Eu não ficava sozinha em minha ilha havia... não saberia dizer. Um século? Dois? Tinha dito a mim mesma que quando ele partisse eu faria todas as coisas que tinha deixado de lado por dezesseis anos. Trabalharia em meus feitiços da aurora ao crepúsculo, puxando raízes e me esquecendo de comer, colhendo as hastes de junco e trançando cestas que empilharia até o teto. Seria sossegado, os dias passando suavemente. Um tempo de descanso.

Em vez disso, eu andava incessantemente na praia, olhando para o horizonte, como se pudesse fazer meus olhos se alongarem até Ítaca. Contava os momentos, medindo cada um em relação à jornada dele. Meu filho estaria parado para pegar água fresca agora. Agora, estaria avistando a ilha. Teria chegado ao palácio e se ajoelhado. Odisseu iria... O quê? Eu não lhe contara que estava grávida antes que ele partisse. Tinha lhe contado tão pouco. O que ele pensaria de uma criança oriunda de nós?

Vai ficar tudo bem, eu me tranquilizei. Ele é um garoto do qual se orgulhar. Odisseu veria suas qualidades claramente, assim como havia distinguido o tear de Dédalo. Passaria a confiar nele e lhe ensinaria todas aquelas artes dos homens mortais – espada, arco, caça, falar no conselho. Telégono tomaria parte em banquetes e encantaria os itacenses enquanto o pai o observava, orgulhoso. Até Penélope seria conquistada, assim como Telêmaco. Talvez ele pudesse encontrar um lugar na corte do pai, e ir e voltar entre nós, e ter uma boa vida.

E o que mais, Circe? Eles vão cavalgar em grifos e se tornar imortais?

O ar cheirava a geada, e um ou dois flocos caíram do céu. Milhares de vezes antes, eu tinha percorrido as encostas de Eana. Os álamos, brancos e pretos, enlaçando seus braços nus. Os cornisos e as macieiras com frutas caídas ainda murchando no chão. O funcho que alcançava minha cintura, as rochas do mar brancas com sal seco. Acima, os cormorões roçavam a superfície do mar, gritando para as ondas. Mortais gostavam de chamar tais maravilhas naturais de imutáveis, eternas, mas a verdade era que a ilha estava sempre mudando, fluindo infinitamente através de suas gerações. Trezentos anos e mais tinham se passado desde que eu chegara. O carvalho que rangia sobre minha cabeça eu conhecera como uma muda. A praia com seu fluxo e refluxo, suas curvas mudando a cada inverno. Mesmo os penhascos eram diferentes, entalhados pela chuva e pelo vento, pelas garras de incontáveis lagartos, pelas sementes que ficavam presas e brotavam em suas fendas. Tudo estava unido pelo sobe e desce constante da respiração da natureza. Tudo, exceto eu.

Por dezesseis anos, eu havia afastado o pensamento. Era fácil com Telégono – sua infância selvagem cheia das ameaças de Atena, então seus chiliques, sua juventude viçosa e todos os detalhes bagunçados da vida que ele arrastava consigo todos os dias: as túnicas que tinham de ser lavadas, as refeições servidas, os lençóis trocados. Mas agora que ele tinha partido, eu podia sentir a verdade erguendo a cabeça. Mesmo que Telégono sobrevivesse a Atena, mesmo que chegasse a Ítaca e voltasse, eu ainda o perderia. Para naufrágio ou doença, incursões ou guerras. O melhor que eu podia esperar era ver seu corpo falhar, membro a membro. Ver seus ombros despencarem, suas pernas tremerem, sua barriga afundar em si mesma. E, por fim, eu teria de ficar diante do seu corpo grisalho e vê-lo consumido pelas chamas. As colinas e árvores diante de mim, as minhocas e os leões, as pedras e os botões tenros, o tear de Dédalo, tudo oscilou como um sonho se desfiando. Por baixo deles ficava o lugar onde eu realmente morava, uma eternidade fria de luto infinito.

Uma de minhas lobas tinha começado a uivar.

— Quieta — eu disse. Mas ela continuou, sua voz ecoando das paredes e irritando meus ouvidos. Eu tinha adormecido diante do fogo, minha cabeça nas pedras da lareira. Sentei-me sonolenta, a pele marcada com o trançado do cobertor. Pela janela entrava a luz invernal, dura e pálida. Ela perfurava meus olhos e deixava sombras profundas no chão. Eu queria dormir de novo. Mas ela gemia e uivava, e por fim eu me levantei. Fui à porta e a abri bruscamente. Ali!

A loba saiu correndo na frente e disparou pela clareira. Eu a observei. Nós a chamávamos de Arcturos. A maioria dos animais não tinha nome, mas ela fora a favorita de Telégono. Ela subiu rumo ao penhasco com vista para a orla. Deixei a porta aberta e fui atrás dela. Não tinha colocado uma capa, e os ventos de tempestade me golpeavam enquanto eu subia ao pico onde Arcturos estava parada. Os mares estavam no auge do inverno, cobertos de branco, selvagens, com ondas violentas e rajadas de vento. Só a necessidade mais premente faria um marinheiro navegar. Olhei fixamente, certa de que estava enganada. Mas lá estava ele: um barco. O barco de Telégono.

Corri de volta em meio às árvores e aos espinhais nus. Terror e alegria se embatiam em minha garganta. *Ele está de volta. Ele voltou cedo demais. Deve ter acontecido algum desastre. Ele está morto. Ele está mudado.*

Ele colidiu comigo entre os loureiros. Eu o puxei para os meus braços, pressionando meu rosto em seu ombro. Ele cheirava a sal e parecia mais largo que antes. Eu me agarrei a ele, fraca de alívio.

— Você já voltou.

Ele não respondeu. Ergui a cabeça e examinei seu rosto. Estava emaciado, machucado e insone. Cheio de infelicidade. Uma pontada de alarme me percorreu.

— O que foi? O que aconteceu?

— Mãe. Tenho de lhe contar.

Ele parecia estar engasgando. Arcturos pressionava-se contra seu joelho, mas ele não a tocou. Todo seu corpo estava frio e rígido. O meu tinha ficado frio com ele.

— Conte-me — eu disse.

Mas ele não tinha palavras. Havia criado tantas histórias na vida, mas essa estava presa, como minério à rocha. Tomei a mão dele.

— O que quer que seja, eu ajudarei.

— Não! — Ele puxou a mão. — Não diga isso! Você precisa me deixar falar.

Seu rosto estava cinza, como se ele tivesse ingerido veneno. Os ventos ainda sopravam, esvoaçando nossas roupas. Eu não sentia nada exceto aqueles centímetros entre nós.

— Ele não estava lá quando eu cheguei. Meu pai. — Ele engoliu. — Fui ao palácio e disseram que ele saíra em alguma caçada. Eu não fiquei lá. Fiquei no barco como você me disse para fazer.

Eu assenti. Temia que ele fosse quebrar se eu dissesse qualquer coisa.

— À noite, eu caminhava um pouco na praia. Sempre levava a lança. Não queria deixá-la no barco. Não queria...

Um espasmo passou pelo rosto dele.

— O sol estava se pondo quando o barco se aproximou. Uma embarcação pequena, como a minha, mas repleta de tesouros. Eles reluziam enquanto o barco balançava nas ondas. Armadura, acho, e algumas armas e tigelas. O capitão jogou a âncora e pulou da proa.

Ele encontrou meus olhos.

— Eu sabia. Até daquela distância. Ele era mais baixo do que eu tinha imaginado. Seus ombros eram largos como os de um urso. Seu cabelo era todo grisalho. Ele podia ser qualquer marinheiro. Não sei dizer como eu sabia. Era como se... como se, todo esse tempo, meus olhos estivessem esperando exatamente aquela forma.

Eu conhecia a sensação. Era como tinha me sentido ao tê-lo em meus braços pela primeira vez.

— Eu gritei seu nome, mas ele já estava se movendo em minha direção. Eu me ajoelhei. Pensei que...

Seu punho estava pressionado contra o peito, como se ele quisesse afundá-lo através da pele. Ele se controlou.

— Achei que ele tivesse me reconhecido também. Mas estava gritando. Disse que eu não podia roubar dele nem saquear suas terras. Que iria me ensinar uma lição.

Eu podia imaginar o choque de Telégono. Ele, que nunca fora acusado de nada na vida.

— Ele veio correndo até mim. Eu disse que ele havia entendido errado. Eu tinha a permissão do filho dele, o príncipe. Isso só o deixou mais bravo. "Eu sou o governante aqui", ele disse.

Os ventos nos açoitavam, e a pele dele estava arrepiada. Tentei colocar os braços ao seu redor, mas era o mesmo que abraçar um carvalho.

— Ele parou diante de mim. Seu rosto era enrugado e manchado de sal. Ele tinha uma atadura no braço, ensopada de sangue. Usava uma faca no cinto.

Os olhos dele estavam distantes, como se estivesse ajoelhado naquela praia de novo. Lembrei-me daqueles braços com cicatrizes de Odisseu, marcados por uma centena de cortes superficiais. Ele gostava de lutar corpo a corpo. Ser atingido nos braços, ele dizia, era melhor que nas estranhas. Seu sorriso na escuridão do meu quarto. *Aqueles heróis. Devia ver a expressão deles quando eu corro em sua direção.*

— Ele me mandou abaixar a lança. Eu disse que não podia, mas ele só ficava gritando que eu devia abaixá-la, sem parar. Então, me agarrou.

A cena floresceu em minha mente: Odisseu com seus ombros de urso, suas pernas musculosas, saltando sobre meu filho cuja barba nem estava crescida. Todas aquelas histórias que eu tinha escondido dele pularam à minha mente. Odisseu espancando o amotinado Térsites até a inconsciência. Todas as vezes que o teimoso Euríloco aparecera com olhos roxos e nariz quebrado. Odisseu tinha paciência infinita para os caprichos de Agamêmnon, mas com aqueles abaixo de si podia ser cruel como uma tempestade de inverno. Toda a ignorância no mundo, isso o exauria. Tantos ânimos teimosos que tinham de ser atrelados repetidamente a seu propósito, tantos corações tolos que tinham de ser desviados de suas próprias esperanças e conduzidos às dele. Nenhuma boca era capaz de conter toda aquela persuasão. Era preciso ter atalhos, e ele os encontrou. Talvez até sentisse certo prazer em esmagar alguma alminha reclamona que havia ousado ficar no caminho do melhor dos gregos.

E o que o melhor dos gregos teria visto, olhando para o meu filho? Um temperamento doce, destemido. Um jovem que nunca se dobrara à vontade de outra pessoa em sua vida.

Eu me sentia como uma corda estirada, impossivelmente tensa.

— O que aconteceu?

— Eu corri para o palácio. Lá poderiam dizer a ele que eu não queria feri-lo. Mas ele era tão veloz, mãe.

As pernas curtas de Odisseu eram enganadoras. Sua velocidade só perdia para a de Aquiles. Em Troia, ele tinha vencido todas as corridas. Na luta, uma vez, fizera Ájax tropeçar.

— Ele agarrou a lança e me puxou para trás. A bainha de couro saiu voando. Eu tive medo de soltar. Tive medo que…

Telégono estava vivo diante de mim, mas eu senti a onda atrasada de pânico. Como tinha sido por pouco! Se a lança tivesse girado em sua mão, se o tivesse tocado…

Então eu soube. Eu soube. O rosto dele, como um campo arrasado. Sua voz, rachada de luto.

— Eu gritei que ele devia tomar cuidado. Eu disse a ele, mãe. Eu disse: "Não a deixe tocá-lo". Mas ele a puxou de mim. Mal foi um arranhão. A ponta contra a bochecha dele.

A cauda de Trigon. A morte que eu pusera em suas mãos.

— O rosto dele só… parou. Ele caiu. Eu tentei esfregar o veneno, mas não havia nenhum ferimento. "Eu vou levá-lo à minha mãe", eu disse, "e ela vai ajudar". Os lábios dele estavam brancos. Eu o segurei. "Sou seu filho, Telégono, nascido da deusa Circe". Ele ouviu. Acho que ouviu. Olhou para mim antes de… partir.

Minha boca estava vazia. Tudo estava ficando claro, por fim. O desespero armado de Atena, seu rosto severo dizendo que nos arrependeríamos se Telégono vivesse. Ela temia que ele ferisse alguém que amava. E quem Atena amava mais que todos?

Pressionei a mão contra a boca.

— Odisseu.

Ele murchou com a palavra como se fosse uma maldição.

— Eu tentei avisá-lo. Eu tentei… — Ele engasgou.

O homem com quem eu me deitara tantas noites, morto pela arma que eu tinha enviado, morto nos braços do meu filho. As Moiras estavam rindo de mim, de Atena, de todos nós. Era sua piada amarga favorita: aqueles que lutam contra uma profecia só a enrolam mais firmemente ao redor do pescoço. A armadilha sedutora tinha se fechado, e meu próprio filho, que nunca ferira nenhum homem, fora pego nela. Tinha navegado para casa, todas aquelas horas vazias, com essa culpa esmagadora no coração.

Minhas mãos estavam dormentes, mas eu as fiz se moverem. Tomei-o pelos ombros.

— Ouça — eu disse. — Escute o que eu digo. Você não pode se culpar. Isso estava fadado havia muito tempo, predestinado de cem modos diferentes. Odisseu me contou uma vez que era seu destino ser morto pelo mar. Eu pensei que isso significava naufrágio, não considerei mais nada. Estava cega.

— Você devia ter deixado Atena me matar. — Os ombros dele estavam caídos, sua voz embotada.

— Não! — Eu o sacudi, como se pudesse expulsar aquela ideia maligna. — Eu nunca teria feito isso. Nunca. Mesmo se soubesse. Está me ouvindo? — O desespero me deixou rouca. — Você conhece as histórias. Édipo, Páris. Seus pais tentaram matá-los, mas eles viveram mesmo assim e cumpriram seu destino. Esse sempre foi o caminho que você teria de trilhar. Deve tirar conforto disso.

— Conforto? — Ele ergueu os olhos. — Ele está morto, mãe. Meu pai está morto.

Meu antigo erro: correr tão rápido para ajudá-lo que não parava para pensar.

— Ah, filho — eu disse. — É uma agonia. Eu a sinto também.

Ele chorou. Meu ombro ficou úmido, encostado em seu rosto. Embaixo dos galhos nus, nós choramos pelo homem que eu tinha conhecido e o homem que ele nunca conhecera. As mãos largas de fazendeiro de Odisseu. Sua voz irônica, detalhando com precisão as loucuras de deuses e mortais. Seus olhos que viam tudo e entregavam tão pouco. Tudo que era, perecido. Não tinha sido fácil entre nós, mas fôramos bons um para o outro. Ele tinha confiado em mim, e eu nele, quando não havia mais ninguém. Ele era metade do meu filho.

Depois de um tempo, Telégono se afastou. As lágrimas tinham diminuído, embora eu soubesse que retornariam.

— Eu tinha esperado que… — Ele não terminou o pensamento, mas o resto era claro. O que os filhos sempre esperam? Fazer os pais brilharem de orgulho. Eu sabia como a morte daquela esperança podia ser dolorosa.

Toquei o rosto dele.

— As sombras no submundo ficam sabendo dos feitos dos vivos. Ele não vai se ressentir. Vai ouvir falar de você. Ficará orgulhoso.

Ao nosso redor, as árvores tremeram. O vento tinha mudado de direção. Meu tio Bóreas, soprando seu ar gélido sobre o mundo.

— O submundo — ele disse. — Não pensei nisso. Ele estará lá. Quando eu morrer, poderei vê-lo. Vou poder implorar seu perdão. Teremos o resto da eternidade juntos. Não é?

A voz dele estava vívida de esperança. Eu vi a cena em seus olhos: o grande capitão caminhando até ele pelos campos de asfódelos. Ele se ajoelharia e Odisseu acenaria para que se erguesse. Eles viveriam lado a lado na casa dos mortos. Lado a lado, onde eu nunca poderia ir.

A dor subiu por minha garganta, ameaçando me engolir. Mas eu teria tocado naquele veneno incapacitante por ele. Não poderia dizer aquelas simples palavras para lhe dar uma migalha de conforto?

— É verdade — eu disse.

Seu peito arfava, mas ele estava se acalmando. Esfregou as manchas das faces.

— Entende por que tive de trazê-los, não é? Não pude deixá-los depois do que fiz. Não quando eles pediram para vir. Estão tão cansados, e em luto também.

Eu mesma estava exausta, insone, golpeada por uma onda após a outra.

— Quem?

— A rainha — ele disse. — E Telêmaco. Eles estão esperando no barco.

Os galhos ao meu redor se curvaram.

— Você os trouxe aqui?

Ele piscou com a brusquidão em minha voz.

— É claro. Eles pediram. Não havia mais nada para eles em Ítaca.

— Mais nada? Telêmaco é rei agora, e Penélope, a rainha viúva. Por que eles sairiam de lá?

Ele estava franzindo o cenho.

— Foi isso o que disseram. Que precisavam de ajuda. Como eu podia questioná-los?

— Como pôde não questionar? — Meu sangue estava pulsando na garganta. Ouvi Odisseu como se ele estivesse ao meu lado. *Meu filho vai caçar os homens que me derrubaram. Vai ficar diante deles e dizer:*

"Vocês ousaram derramar o sangue de Odisseu, e agora o seu será derramado". — Telêmaco está jurado a matá-lo!

Ele me encarou. Todas aquelas histórias sobre filhos vingadores, e aquilo ainda foi uma surpresa.

— Não — ele negou, devagar. — Se quisesse, poderia ter feito no caminho.

— Isso não prova nada — eu disse. Minha voz estava cortante. — O pai dele tinha mil ardis e o primeiro era fingir amizade. Talvez ele pretenda ferir a nós dois. Talvez queira que eu o veja morrer.

Um momento antes, estávamos abraçados. Mas agora ele recuava.

— Você está falando do meu irmão — ele protestou.

Aquela palavra, *irmão*, em seus lábios. Lembrei-me de Ariadne estendendo as mãos ao Minotauro e da cicatriz em seu pescoço.

— Eu tenho irmãos também — retruquei. — Sabe o que eles fariam se eu estivesse em seu poder?

Estávamos sobre o túmulo de seu pai, mas ainda brigávamos pelos mesmos motivos. Deuses e medo, deuses e medo.

— Ele é o único do sangue de meu pai que resta no mundo. Não vou rejeitá-lo. — A respiração dele saía ríspida no ar. — Não posso desfazer o que fiz, mas pelo menos posso fazer isto. Se você não nos aceitar, vou partir. Eu os levarei para outro lugar.

Ele faria isso, eu não tinha dúvida. Ele os levaria para muito longe. Senti aquela antiga raiva se erguendo em mim, aquela que havia jurado que queimaria o mundo antes de deixar qualquer mal cair sobre ele. Com ela, eu tinha encarado Atena e sustentado o céu. Tinha caminhado para as profundezas escuras. Havia um prazer naquela enxurrada quente que me atravessava. Minha mente saltou com imagens de destruição: a terra espiralando na escuridão, ilhas afogadas pelo mar, meus inimigos transformados e rastejando aos meus pés. Mas agora, quando eu buscava essas fantasias, o rosto do meu filho não as deixava se fixar. Se eu queimasse o mundo, ele queimaria junto.

Inspirei fundo, deixando o ar salgado me preencher. Eu não precisava de tais poderes, ainda não. Penélope e Telêmaco podiam ser inteligentes, mas não eram Atena, e eu a havia impedido por dezesseis anos. Eles davam um passo maior que a perna se pensavam em feri-lo na ilha.

A loba nunca o deixava. Meus leões assistiam das rochas. E eu estava ali, sua mãe bruxa.

— Então, venha — eu disse. — Vamos lhes mostrar Eana.

Eles esperavam no convés. Atrás deles, o círculo pálido do sol brilhava contra o céu frio, jogando seus rostos na sombra. Eu me perguntei se eles tinham planejado aquilo. Odisseu me dissera uma vez que metade da estratégia de um duelo é manobrar ao redor do sol, tentando fazer a luz perfurar os olhos do seu inimigo. Mas eu era do sangue de Hélio, e nenhuma luz podia me cegar. Eu os via perfeitamente. Penélope e Telêmaco. *O que eles fariam?*, eu me perguntei, quase empolgada. Iriam se ajoelhar? Qual é o cumprimento apropriado para a deusa que gerou um filho com seu marido? E quando essa criança, então, causou a morte dele?

Penélope inclinou a cabeça.

— A senhora nos honra, deusa. Agradecemos por seu abrigo. — A voz dela era macia como creme, seu rosto, calmo como água parada. *Muito bem*, pensei. *Faremos assim. Conheço essa canção.*

— É minha convidada de honra — eu disse. — Seja bem-vinda.

Telêmaco usava uma faca na cintura. Era do tipo que os homens usam para estripar animais. Senti meu pulso acelerar. Esperto. Espadas ou lanças são artigos de guerra. Mas uma velha faca de caça, com o cabo se desmanchando, passa sem suspeita.

— E você, Telêmaco — eu disse.

A cabeça dele virou um pouco bruscamente ao seu nome. Pensei que ele se pareceria com meu filho, transbordando de juventude e graça ostensiva. Mas ele era esguio, o rosto severo. Teria trinta anos, mas parecia mais velho.

Ele perguntou:

— Seu filho lhe contou da morte do meu pai?

Meu pai. As palavras pairaram no ar como um desafio. A ousadia dele me surpreendeu. Não a esperava de alguém com tal aparência.

— Contou — eu disse. — E sofro por isso. Seu pai era um homem sobre quem canções são compostas.

O rosto de Telêmaco ficou rígido por um instante. *Era raiva*, pensei, *por eu ter ousado falar o epitáfio de seu pai. Bom. Eu o queria com raiva. Dessa forma, ele cometeria erros.*

— Venham — eu disse.

Os lobos fluíam, silenciosos e cinzentos, ao nosso redor. Eu fui na frente. Queria um espaço para respirar antes que eles ocupassem minha casa e sentassem diante da minha lareira. Um momento para planejar. Telégono carregava as bolsas; ele tinha insistido. Eles não haviam trazido muita coisa, considerando um guarda-roupa de família real – mas, é claro, Ítaca não era Cnossos. Eu podia ouvir Telégono atrás de mim, apontando os lugares traiçoeiros, as raízes e pedras escorregadias. Sua culpa pairava espessa no ar, como a neblina do inverno. Pelo menos a presença deles parecia distraí-lo, tirá-lo do desespero. Ele tinha tocado meu braço na praia, sussurrando: *Ela está muito fraca, acho que não está comendo. Vê como está magra? Você devia manter os animais afastados. E fazer comida simples. Pode fazer um caldo?*

Eu me sentia desconectada da terra. Odisseu estava morto e Penélope se encontrava ali, e eu devia fazer um caldo para ela. Depois de todas aquelas vezes que eu falara o seu nome, por fim ela fora invocada. *Vingança*, pensei. *Tinha de ser. Que outro propósito os traria?*

Eles chegaram à minha porta. Nossas palavras ainda eram como creme: *entrem, obrigada, querem comer, é gentil demais da sua parte*. Eu servi a refeição: o caldo, bandejas de queijo e pão, e vinho. Telégono empilhou a comida no prato deles e manteve um olho em seus cálices. Seu rosto ainda estava tenso com aquele servilismo culpado. Meu menino, que tinha presidido tão habilmente a uma tripulação de navio, agora rondava, atento como um cachorro, esperando qualquer migalha de perdão. Estava escuro àquela altura; as velas estavam acesas e as chamas oscilavam com nossa respiração.

— Senhora Penélope — ele disse —, vê aquele tear de que lhe falei? Sinto muito que teve de deixar o seu para trás, mas pode usar esse a qualquer momento. Se minha mãe concordar.

Sob outras circunstâncias, eu teria rido. Era um antigo ditado: "tecer com o tear de outra mulher é como se deitar com o marido dela". Eu esperei para ver se Penélope estremeceria.

— Fico feliz ao ver tal maravilha. Odisseu me falava dele com frequência.

Odisseu. O nome nu na sala. Eu não iria estremecer se ela não o fizesse.

— Então, talvez — eu disse —, Odisseu tenha lhe contado também que foi feito por Dédalo em pessoa. Nunca fui uma tecelã digna de tal presente, mas você é famosa por sua habilidade. Espero que o experimente.

— É muito gentil da sua parte — ela disse. — Temo que o que quer que tenha ouvido seja muito exagerado.

E assim continuou. Nada de lágrimas, nada de recriminações, e Telêmaco não pulou sobre a mesa. Eu vigiei sua faca, mas ele a usava como se não soubesse que estava lá. Não falava, e sua mãe falou só raramente. Meu filho continuou se esforçando para preencher o silêncio, mas a cada momento eu via seu luto se impondo. Seus olhos ficaram embotados. Um leve tremor convulsivo começara a percorrê-lo.

— Vocês estão exaustos — eu disse. — Vou levá-los às suas camas.

Não era uma pergunta. Eles se ergueram, Telégono cambaleando um pouco. Conduzi Penélope e Telêmaco a seus quartos, levei água para que se lavassem e esperei suas portas se fecharem. Segui meu filho e sentei ao lado dele na cama.

— Posso lhe dar uma poção para dormir — ofereci.

Ele balançou a cabeça.

— Vou dormir.

Em seu desespero e fadiga, ele estava dócil. Deixou-me segurar sua mão e baixar sua cabeça em meu ombro. Não pude deixar de tirar certo prazer daquilo; era tão raro ele me permitir aquela proximidade. Afaguei seu cabelo, um tom mais claro que o do pai. Senti um tremor percorrê-lo.

— Durma — murmurei, mas ele já dormia. Eu o baixei gentilmente no travesseiro, puxando o cobertor e tecendo um feitiço no quarto para abafar o barulho e diminuir a luz. Arcturos resfolegava ao pé da cama.

— Onde estão seus colegas? — perguntei a ela. — Quero que fiquem aqui também.

Ela me olhou com olhos pálidos. *Eu sou suficiente.*

Fechei a porta atrás de mim e caminhei pelas sombras noturnas da minha casa. Eu não tinha mandado os leões embora, no fim das contas. Sempre era instrutivo ver como as pessoas lidavam com eles. Penélope e Telêmaco não tinham hesitado. Meu filho os tinha avisado, talvez.

Ou tinha sido algo que Odisseu mencionara? A ideia enviou um arrepio sinistro através de mim. Prestei atenção, como se pudesse escutar uma resposta dos quartos deles. A casa estava imóvel. Eles dormiam, ou então ruminavam seus pensamentos em silêncio.

Quando entrei na sala de jantar, Telêmaco estava lá. Parado no centro do cômodo, preparado como uma flecha encaixada em sua corda. A faca brilhava em sua cintura.

Certo, pensei. *Lá vamos nós. Bem, seria nos meus termos*. Passei por ele e fui à lareira. Servi-me de um cálice de vinho e sentei em minha cadeira. O tempo todo, seus olhos me seguiram. *Bom.* Meu corpo parecia eletrizado de poder, como o céu antes de uma tempestade.

— Sei que você planeja matar meu filho.

Nada se movia exceto as chamas na lareira. Ele perguntou:

— Sabe como?

— Sei porque você é um príncipe, e filho de Odisseu. Porque respeita as leis dos deuses e dos homens. Porque seu pai está morto e meu filho é o motivo. Talvez esteja pensando em tentar me matar também. Ou só quer que eu assista?

Meus olhos brilhavam e faziam suas próprias sombras.

Ele disse:

— Senhora, não sinto animosidade contra você, nem contra seu filho.

— Que gentil — eu disse. — Estou completamente tranquilizada.

Os músculos dele não eram os de um guerreiro, volumosos e enrijecidos. Ele não tinha cicatrizes nem calos que eu pudesse ver. Mas era um príncipe micênico, amolado e flexível, treinado para o combate desde o berço. Penélope tinha sido escrupulosa em sua criação.

— Como posso me provar à senhora? — A voz dele era grave. *Ele zombava de mim*, pensei.

— Não pode. Sei que um filho é obrigado a vingar a morte do pai.

— Não nego isso. — O olhar dele não vacilou. — Mas tal coisa só vale se o pai for assassinado.

Ergui uma sobrancelha.

— E diz que não foi? No entanto, traz uma lâmina para minha casa.

Ele olhou para baixo, como se estivesse surpreso em vê-la.

— É para entalhar — ele disse.

— Sim — respondi. — Imagino.

Ele tirou a faca do cinto e jogou-a sobre a mesa. O objeto fez um som alto e trêmulo.

— Eu estava na praia quando meu pai morreu — disse. — Tinha ouvido os gritos e temia um confronto. Odisseu não estava… receptivo nos últimos anos. Cheguei tarde demais. Ele tinha agarrado a lança. Não foi pela mão de Telégono que morreu.

— A maioria dos homens não procura motivos para perdoar a morte do pai.

— Não posso falar por esses homens — ele disse. — Mas insistir na culpa do seu filho seria injusto.

Era uma palavra estranha de se ouvir dos lábios dele. Fora uma das preferidas de seu pai. Aquele sorriso irônico, as mãos viradas para cima. *O que posso dizer? O mundo é um lugar injusto.* Considerei o homem diante de mim. Apesar da minha raiva, havia algo de envolvente nele. Ele não tinha a polidez da corte. Seus gestos eram simples, até desajeitados. Ele tinha o propósito soturno de um navio preparado para uma tempestade.

— Você deve entender — eu disse — que qualquer tentativa de ferir meu filho falharia.

Ele relanceou para os leões deitados em suas peles.

— Acho que compreendo.

Eu não tinha esperado isso dele, esse humor seco. Mas não ri.

— Você disse ao meu filho que não restava nada para vocês em Ítaca. Ambos sabemos que um trono o aguarda lá. Por que não está sentado nele?

— Eu não sou bem-vindo em Ítaca agora.

— Por quê?

Ele não hesitou.

— Porque fiquei olhando enquanto meu pai caía. Porque não matei seu filho imediatamente. E depois, quando a pira queimou, não chorei.

As palavras eram calmas, mas continham um calor como brasas recentes. Lembrei-me do olhar que perpassara seu rosto quando falei de honrar Odisseu.

— Não está de luto por seu pai?

— Estou. Estou de luto por nunca ter conhecido o pai que todos me diziam que eu tinha.

Estreitei os olhos.

— Explique-se.

— Não sou um contador de histórias.

— Não estou pedindo uma história. Você veio à minha ilha. Deve-me a verdade.

Um momento se passou, então ele assentiu.

— A senhora a terá.

Eu havia me sentado na cadeira de madeira, então ele tomou a prateada. O assento antigo do seu pai. Tinha sido uma das primeiras coisas que chamara minha atenção em Odisseu, o fato de se recostar nela como se fosse uma cama. Telêmaco sentou-se ereto como um pupilo chamado para recitar. Eu ofereci vinho. Ele recusou.

Quando Odisseu não voltou para casa depois da guerra, disse ele, *pretendentes à mão de Penélope começaram a aparecer.* Descendentes das famílias mais prósperas de Ítaca e filhos ambiciosos de ilhas vizinhas, procurando uma esposa e um trono, se conseguissem.

— Ela os rejeitou, mas eles permaneceram no palácio ano após ano, comendo de nossas despensas, exigindo que minha mãe escolhesse um deles. Ela sempre lhes pedia para irem embora, mas eles não iam. — A antiga raiva ainda ardia em sua voz. — Eles viam que não podíamos fazer nada contra eles, um jovem e uma mulher sozinhos. Quando os censurávamos, eles só riam.

Eu também havia conhecido homens assim. Eu os tinha mandado para o meu chiqueiro.

Mas então Odisseu retornara. Dez anos depois de ter partido de Troia, sete depois de ter deixado Eana.

— Ele chegou disfarçado de mendigo e só se revelou a alguns de nós. Engendramos um plano: um teste de coragem para os pretendentes. Quem quer que pudesse atirar o arco do grande Odisseu ganharia a mão de minha mãe. Um a um, os pretendentes tentaram e falharam. Por fim, meu pai se levantou. Em um único movimento, ele puxou o arco e enfiou uma flecha na garganta do pior entre eles. Eu tinha sentido medo daqueles homens por tanto tempo, mas eles caíram perante ele como grama diante da foice. Ele matou todos.

O homem de guerra, afiado por vinte anos de combates. O melhor dos gregos depois de Aquiles, portando seu arco mais uma vez. É claro que eles não tiveram chance. Eram meninos verdes, bem alimentados e mimados. Fazia uma boa história: os pretendentes, preguiçosos e cruéis, sitiando a esposa fiel, ameaçando o herdeiro leal. Eles tinham merecido sua punição segundo todas as leis dos deuses e dos homens, e Odisseu veio como a própria Morte para entregá-la, o herói injustiçado corrigindo o mundo. Até Telégono teria aprovado essa moral. Mas, de alguma forma, era uma visão nauseante para mim: Odisseu vadeando em sangue nos salões com que tinha sonhado por tanto tempo.

— No dia seguinte, os pais dos pretendentes vieram. Eram todos homens da ilha. Nicanor, que tinha os maiores rebanhos de cabras. Agaton, com seu cajado de pinheiro entalhado. Eupeites, que me deixava colher peras do seu pomar. Foi ele quem falou. Ele disse: *Nossos filhos eram convidados em sua casa, e você os matou. Queremos reparação.* Meu pai replicou *Seus filhos eram ladrões e vilões.* Ele gesticulou e meu avô jogou sua lança. O rosto de Eupeites estourou, borrifando a terra com seu cérebro. Meu pai nos mandou matar o resto, mas Atena desceu entre nós.

Então Atena havia finalmente retornado a ele.

— Ela declarou que a rixa tinha terminado. Os pretendentes tinham pagado um preço justo e não haveria mais derramamento de sangue. Mas, no dia seguinte, os pais dos soldados de Odisseu começaram a vir. "Onde estão nossos filhos?" eles queriam saber. "Esperamos vinte anos para recebê-los de Troia."

Eu conhecia as histórias que Odisseu teria sido obrigado a lhes contar. Seu filho foi devorado por um ciclope. Seu filho foi devorado por Cila. Seu filho foi destroçado por canibais. Seu filho ficou bêbado e caiu de um telhado. O navio de seu filho foi afundado por gigantes enquanto eu fugia.

— Seu pai ainda tinha uma tripulação quando partiu da minha ilha. Nenhum deles sobreviveu?

Ele hesitou.

— Então não sabe?

— Não sei o quê? — perguntei. Mas, enquanto falava, minha boca ficou tão seca quanto as areias amarelas de Eana. Na loucura da infância de Telégono, eu não tivera tempo para me preocupar com o que estava fora do meu controle. Mas me lembrava agora da profecia de Tirésias, tão claramente como se Odisseu a tivesse acabado de falar. — O gado — eu disse. — Eles comeram o gado.

Ele assentiu.

— Sim.

Por um ano aqueles homens ávidos e imprudentes tinham morado comigo. Eu os havia alimentado, cuidado de suas doenças e cicatrizes, sentido prazer em vê-los se curar. E agora eles tinham sido apagados da terra como se nunca tivessem vivido.

— Conte-me o que aconteceu.

— Quando o navio deles passava pela Trinácia, uma tempestade soprou e os forçou a aportar. Meu pai manteve vigia por dias, mas a tempestade não parou, deixando-os encalhados, e por fim ele teve de dormir.

A velha história.

— Enquanto dormia, os homens mataram algumas das vacas. As duas ninfas que guardavam a ilha testemunharam o ocorrido e contaram a… — Ele hesitou de novo. Eu o vi considerar aquelas palavras: *seu pai.* — Ao senhor Hélio. Quando meu pai partiu de novo, o navio foi destroçado. Todos os homens se afogaram.

Eu podia imaginar minhas meias-irmãs com seus longos cabelos dourados e olhos pintados, prostradas sobre seus belos joelhos. *Oh, pai, não foi culpa nossa. Puna-os.* Como se ele precisasse de incentivo. Hélio e sua fúria infinita.

Senti os olhos de Telêmaco sobre mim. Obriguei-me a erguer o cálice e beber.

— Continue. Os pais deles vieram.

— Os pais deles vieram e, quando descobriram que os filhos estavam mortos, começaram a exigir as porções do tesouro ganhado em Troia que cabiam a eles. Odisseu disse que estava tudo no fundo do mar, mas os homens não desistiram. Vinham repetidamente, e a cada vez a fúria de meu pai crescia. Ele espancou Nicanor no ombro com uma vara. Cleito, ele derrubou no chão. "Quer a verdadeira história do seu filho? Ele era tolo e fanfarrão. Era ganancioso e estúpido e desobedeceu aos deuses."

Foi um choque ouvir aquelas palavras francas postas na boca de Odisseu. Havia uma parte de mim que queria objetar, dizer que não parecia com ele. Mas quantas vezes eu o ouvira elogiar tais táticas? A única diferença era a simplicidade com que Telêmaco contava a história. Eu podia imaginar Odisseu suspirando e estendendo as mãos vazias. *Tal é o fardo do comandante. Tal é a loucura da humanidade. Não é a tragédia humana que alguns homens devam ser espancados como burros antes de enxergar a razão?*

— Eles mantiveram distância depois disso, mas meu pai ainda se remoía. Ele tinha certeza de que estavam conspirando contra ele. Queria sentinelas postadas ao redor do palácio, dia e noite. Falava em treinar cães e cavar trincheiras para pegar vilões no escuro. Desenhou planos para uma grande paliçada. Como se estivéssemos em um acampamento de guerra. Eu devia ter dito algo. Mas... ainda esperava que fosse passar.

— E sua mãe? O que ela pensou?

— Eu não ouso presumir o que minha mãe pensa. — A voz dele ficou rígida. Lembrei que eles não tinham falado nada um ao outro a noite toda.

— Ela o criou sozinha. Você deve ter alguma ideia.

— Ninguém pode adivinhar o que minha mãe está fazendo até que esteja feito. — Não havia só rigidez em sua voz agora, mas também amargura. Eu esperei. Tinha começado a perceber que o silêncio o instigava mais que palavras. — Houve um tempo em que compartilhávamos todas as confidências — ele disse. — Conspirávamos a estratégia de cada noite contra os pretendentes; se ela devia descer ou não, falar com arrogância ou conciliar, se eu devia trazer o vinho bom, se devíamos encenar algum confronto para eles. Quando eu era criança, passávamos o dia todo juntos. Ela me levava para nadar e depois sentávamos sob uma árvore e víamos o povo de Ítaca cuidando de seus afazeres. Cada homem e mulher que passava, ela conhecia sua história e a contava para mim, pois dizia que é preciso entender as pessoas para governá-las.

O olhar de Telêmaco estava fixo no ar. A luz do fogo realçou uma curva em seu nariz que eu não notara antes. Uma antiga fratura.

— Sempre que eu me preocupava com a segurança de meu pai, ela balançava a cabeça. "Não tema por ele. É esperto demais para ser morto, pois conhece todos os truques do coração dos homens e sabe como transformá-los em vantagem própria. Ele sobreviverá à guerra e voltará para casa." E isso me tranquilizava, pois o que minha mãe dizia sempre vinha a ser.

Um arco bem-feito, Odisseu a tinha chamado. Uma estrela fixa. Uma mulher que conhecia a si mesma.

— Eu perguntei a ela uma vez como fazia isso, como entendia o mundo tão claramente. Ela me disse que era uma questão de ficar extremamente imóvel e não demonstrar emoções, de dar espaço para que os outros se revelassem. Ela tentou praticar comigo, mas eu a fiz rir. "Você é tão secreto quanto um touro se escondendo numa praia!", ela disse.

Era verdade que Telêmaco não era secreto. A dor estava desenhada clara e precisamente em seu rosto. Eu sentia pena dele, mas, sendo franca, invejava-o também. Telégono e eu nunca tivemos uma proximidade daquelas para perder.

— Então meu pai voltou para casa e tudo isso desapareceu. Ele era como uma tempestade de verão, claro como um raio num céu pálido. Quando ele estava lá, tudo o mais esmaecia.

Eu conhecia esse truque de Odisseu. Presenciara-o todo dia, por um ano.

— Eu a procurei no dia em que ele espancou Nicanor. "Temo que ele esteja indo longe demais", eu disse. Ela nem ergueu os olhos do tear. Tudo que disse foi que devíamos lhe dar tempo.

— E o tempo ajudou?

— Não. Quando meu avô morreu, meu pai culpou Nicanor, só os deuses sabem por quê. Ele o matou com seu grande arco e jogou o corpo na praia para os pássaros comerem. A única coisa de que falava nessa época era conspiração, como os homens da ilha tramavam pegar em armas contra ele, como os criados planejavam traições. À noite, ele andava de um lado para o outro e cada palavra que saía de sua boca era sobre guardas e espiões, medidas e contramedidas.

— E havia tais traições?

— Uma revolta em Ítaca? — Ele balançou a cabeça. — Não temos tempo para isso. Rebelião é coisa de ilhas prósperas, ou então daquelas tão degradadas que não têm outra escolha. Eu estava furioso àquela altura. Disse a ele que não havia conspiração, que nunca houvera, e que seria melhor se ele dissesse palavras gentis aos nossos homens em vez de planejar como matá-los. Ele sorriu para mim. "Você sabia", ele disse, "que Aquiles foi para a guerra aos dezessete anos? E ele não era o homem mais jovem em Troia. Meninos de treze, catorze anos, todos se portaram no campo com orgulho. Descobri que coragem não é uma questão de idade, mas de espíritos bem formados".

Ele não imitou o pai, não exatamente. Mas o ritmo do discurso captava a brandura confidencial e sedutora de Odisseu.

— Ele queria dizer que eu era uma desgraça, é claro. Um covarde. Eu devia ter enfrentado os pretendentes sozinho. Não tinha quinze anos quando eles vieram da primeira vez... Devia ter sido capaz de atirar com seu grande arco, não só de puxá-lo. Em Troia, eu não teria sobrevivido um dia.

Eu podia ver a cena: o fogo esfumaçado e o odor de bronze velho, o mosto de azeitonas prensadas. E Odisseu, habilmente envolvendo seu filho em vergonha.

— Eu disse a ele que estávamos em Ítaca agora. Que a guerra tinha terminado e todos sabiam, menos ele. Isso o enfureceu. Seu sorriso morreu. Ele disse: "Você é um traidor. Deseja minha morte para poder tomar meu trono. Talvez até pense em me despachar pessoalmente?".

A voz de Telêmaco estava firme, quase impassível, mas os nós dos dedos estavam brancos sobre o braço da cadeira.

— Eu respondi que era ele quem envergonhava nossa casa. Podia se vangloriar o quanto quisesse da guerra, mas tudo que tinha trazido para casa era morte. Suas mãos nunca ficariam limpas de novo, nem as minhas, pois eu o tinha seguido em seu lago de sangue e me arrependeria disso todos os meus dias. Isso foi o fim para nós. Eu fui excluído de suas deliberações. Fui banido do salão. Ouvi-o gritar para minha mãe que ela tinha criado uma víbora.

O cômodo estava em silêncio. Eu podia sentir o lugar onde o calor do fogo se dissipava e morria contra o ar invernal.

— A verdade é que acho que ele teria preferido que eu fosse um traidor. Pelo menos assim eu seria um filho que ele podia entender.

Eu o estivera observando, enquanto falava, em busca dos maneirismos do pai, daqueles truques que eram tão indivisíveis de Odisseu quanto as marés do oceano. As pausas e sorrisos, a voz seca e os gestos depreciativos, todos empunhados contra o ouvinte, para convencer, provocar e, principalmente, mitigar. Eu não vi nenhum. Telêmaco enfrentava seus golpes diretamente.

— Fui falar com minha mãe depois disso, mas ele tinha postado guardas para me manter afastado, e, quando gritei por cima deles, ela disse que eu devia ser paciente e não o provocar. A única pessoa que falava comigo era minha antiga ama, Euricleia, que fora ama dele também. Sentávamos em frente ao fogo, mastigando nosso peixe até virar uma pasta. "Ele não foi sempre assim", ela vivia me falando. Como se isso mudasse alguma coisa. Aquele homem raivoso era o único pai que eu já tivera. Ela morreu pouco tempo depois, mas meu pai não assistiu à pira queimar; estava "cansado de viver entre cinzas", disse. Ele partiu num esquife e voltou um mês depois com cintos de ouro e cálices e um novo peitoral, com manchas de sangue seco nas roupas. Nunca o vi mais feliz que naquele momento. Mas não durou. Na manhã seguinte, ele já estava reclamando do salão esfumaçado e dos criados desajeitados.

Eu o vira nesses estados de ânimo. Todo defeito mesquinho do mundo o enfurecia, todo o desperdício e estupidez e lentidão dos homens, e todas as irritações da natureza também, mosquitos que picavam e madeira que envergava e espinhos que rasgavam sua capa. Quando ele vivia comigo, eu tinha suavizado tudo isso, envolvendo-o em minha magia e divindade. Talvez por isso que ele tivesse sido tão feliz. Um idílio, eu tinha chamado nosso tempo juntos. *Ilusão* talvez fosse uma palavra melhor.

— Depois disso, ele saía em alguma incursão todo mês. Chegavam-nos relatos quase inacreditáveis. Ele tinha tomado uma nova esposa, a rainha de algum reino no continente. Governava lá alegremente, entre vacas e cevada. Usava uma coroa de ouro e festejava até a aurora e comia javalis inteiros e rugia de rir. Tinha gerado outro filho.

Os olhos dele eram de Odisseu. A forma e a cor, até a intensidade. Mas não a expressão: o olhar de Odisseu sempre estava se estendendo, persuadindo. O de Telêmaco atinha-se a si mesmo.

— Alguma parte disso era verdade?

Ele ergueu os ombros, então os deixou cair.

— Quem pode dizer? Talvez ele mesmo tenha começado os rumores para nos ferir. Mandei uma mensagem a minha mãe dizendo que as cabras precisavam de mais cuidados e fui morar numa cabana vazia na colina. Meu pai podia tramar e se enfurecer, mas eu não tinha de assistir. Minha mãe podia comer um único pedaço de queijo o dia todo e deixar seus olhos ficarem cinza em seu tear, mas eu não era obrigado a assistir a isso também.

No fogo, a lenha tinha queimado inteiramente. Seus restos brilhavam brancos, recobertos de cinzas.

— No meio dessas infelicidades, chegou o seu filho. Alegre como um nascer do sol, doce como fruta madura. Trazia aquela lança que parecia boba, e presentes para todos nós, tigelas de prata e capas e ouro. Seu rosto era belo e suas esperanças estalavam como fogo. Eu queria sacudi-lo. Pensei: "quando meu pai retornar, esse garoto vai aprender que a vida não é a canção de um bardo". E ele aprendeu.

A lua tinha se erguido acima da janela, e a sala estava mergulhada em sombras. As mãos de Telêmaco se apoiavam em seus joelhos.

— Você estava tentando ajudá-lo — eu disse. — É por isso que foi à praia.

Os olhos dele miravam as cinzas do fogo.

— Ele não precisou de mim, no fim das contas.

Eu costumava imaginar Telêmaco com frequência. Como um garoto quieto perscrutando o horizonte por Odisseu, como um jovem ardente levando vingança por terra e mar. Mas agora ele era um homem, e sua voz estava embotada e drenada. Ele era como aqueles mensageiros que corriam grandes distâncias pelos reis. Eles diziam suas palavras ofegantes, então caíam no chão e não levantavam.

Sem pensar, estendi a mão e a apoiei no braço dele.

— Você não é seu sangue. Não o deixe levá-lo consigo.

Ele olhou para meus dedos por um instante, então para meu rosto.

— A senhora sente pena de mim. Não sinta. Meu pai mentiu sobre muitas coisas, mas tinha razão quando me chamou de covarde. Eu o deixei ser o que era ano após ano, enfurecendo-se e espancando os criados, gritando com minha mãe e transformando nossa casa em cinzas. Ele me mandou ajudá-lo a matar os pretendentes e eu fiz isso. Então ele me mandou matar todos os homens que os tinham ajudado, e eu fiz isso também. Então ele ordenou que eu reunisse todas as escravas que tinham se deitado com eles e as mandasse limpar o chão ensopado de sangue, e, quando terminassem, eu devia matá-las também.

As palavras me chocaram.

— As garotas não teriam tido escolha. Odisseu saberia disso.

— Odisseu me mandou retalhá-las como animais. — Os olhos dele seguravam os meus. — Não acredita?

Não era em uma história que eu pensava, mas em uma dúzia. Ele sempre amara suas vinganças. Sempre odiara aqueles que achava que o tinham traído.

— Você fez o que ele ordenou?

— Não — ele disse. — Eu as enforquei. Encontrei doze pedaços de corda e amarrei doze nós. — Cada palavra era uma lâmina que ele enfiava em si mesmo. — Eu nunca tinha visto um enforcamento, mas lembrava como em todas as histórias da minha infância as mulheres sempre estavam se enforcando. Tinha uma ideia de que seria mais digno. Eu devia ter usado a espada. Nunca presenciei mortes tão feias e prolongadas. Verei os pés delas se debatendo pelo resto da minha vida. Boa noite, senhora Circe.

Ele pegou sua faca da mesa e se foi.

A tempestade tinha passado e o céu estava claro de novo. Eu andei, querendo sentir a brisa recém-lavada na pele, a terra se desmanchando suavemente sob os pés, para dissipar aquela imagem repulsiva de corpos se debatendo. Acima, minha tia navegava, mas eu não me preocupava mais com ela. Selene gostava de observar amantes, e eu não era uma havia muito tempo. Talvez nunca tivesse sido.

Podia imaginar o rosto de Odisseu enquanto matava aqueles pretendentes, um homem por vez. Eu já o vira cortar lenha. Ele fazia um único movimento, limpo. Eles teriam morrido aos seus pés, seu sangue manchando-o até os joelhos. Ele observaria a cena friamente, a distância, como o clique de uma pedra: *feito*.

O ardor teria vindo depois. Quando ele ficou diante do matadouro imóvel e sentiu sua raiva ainda transbordando e insatisfeita. Então ele a teria alimentado com mais, como lenha, para manter o fogo aceso. Os homens que tinham ajudado os pretendentes, as escravas que se deitaram com eles, os pais que ousaram falar contra ele. Assim ele teria continuado, se Atena não tivesse intervindo.

E eu? Por quanto tempo teria continuado a encher meu chiqueiro se Odisseu não tivesse vindo? Lembrei-me da noite em que ele me perguntou sobre os porcos.

— Diga-me — ele tinha perguntado —, como decide qual homem merece punição e qual não merece? Como consegue julgar com certeza que este coração é podre e este é bom? E se cometer um erro?

Eu estava aquecida aquela noite pelo vinho e pelo fogo, atraída pelo calor da sua atenção.

— Consideremos um barco com marinheiros — eu disse. — Entre eles, alguns são claramente piores que outros. Alguns exultam em estupro e pirataria, mas outros são novatos e mal têm barba. Alguns nunca pensariam em roubar, a não ser que suas famílias estivessem morrendo de fome. Alguns sentem vergonha depois, alguns só o fazem porque seu capitão ordenou e porque têm uma multidão de outros homens lá, entre os quais se esconder.

— Então — ele disse —, quais você transforma e quais deixa ir?

— Eu transformo todos — respondi. — Eles vieram à minha casa. Por que devo me importar com o que há em seus corações?

Ele tinha sorrido e erguido o cálice para mim.

— Senhora, estamos de acordo.

Uma coruja voou sobre minha cabeça. Ouvi o som de arbustos farfalhando, o fechar do bico. Um rato tinha morrido por sua falta de cuidado. Eu estava feliz que Telêmaco não ficaria sabendo daquelas palavras entre seu pai e eu. Na ocasião, eu tinha me gabado, demonstrando como era implacável. Sentia-me intocável, cheia de dentes e poder. Mal conseguia lembrar qual era a sensação.

A encenação preferida de Odisseu fora fingir que era um homem como os outros homens, mas não havia ninguém como ele, e agora ele estava morto. "Todos os heróis são tolos", ele gostava de dizer. O que queria dizer era: todos os heróis menos eu. Então, quem poderia corrigi-lo quando ele errava? Ele tinha olhado para Telégono naquela praia e acreditado que o rapaz era um pirata. Tinha se erguido em seu salão e acusado Telêmaco de conspiração. Dois filhos ele tivera, e não vira nenhum deles claramente. Mas talvez nenhum pai consiga ver seus filhos de verdade. Quando olhamos, enxergamos apenas o espelho de nossas próprias falhas.

Cheguei a um trecho de ciprestes. Seus galhos eram negros na escuridão. Enquanto andava, as folhas roçavam minha face como agulhas, e senti o toque leve e pegajoso de sua seiva. Ele gostava desse lugar. Lembrei-me de suas mãos apalpando um tronco. Era uma de minhas coisas preferidas nele: como admirava o mundo como uma joia, virando suas facetas para refletir a luz. Um barco bem-feito, uma árvore bem cultivada, uma história bem contada – tudo isso eram prazeres para ele.

Não havia ninguém como ele, mas havia alguém que tinha se equiparado a ele, e agora ela dormia em minha casa. Telêmaco não era um perigo, mas e ela? Estava planejando cortar a garganta de meu filho mesmo agora, executar sua vingança? O que quer que ela tentasse, meus feitiços iriam resistir. Nem Odisseu podia usar palavras contra bruxaria. Ele tinha usado palavras contra a bruxa, em vez disso.

O orvalho se empoçava na grama. Meus pés estavam frios e prateados com o seu toque. Telêmaco estaria em sua cama, observando essa mesma escuridão, vendo sua borda oriental se desmanchar. Pensei em seu rosto quando tinha falado em enforcar as escravas, como ele tinha segurado a lembrança contra a pele como um ferro ardente. *Eu devia ter dito mais a ele*, pensei. Devia ter lhe contado que não era o primeiro homem levado a matar para o bem de Odisseu. Já houvera um exército inteiro que empunhara suas lanças para esse propósito. Eu mal conhecia Telêmaco, mas de alguma forma suspeitei que isso não seria um conforto. Podia ver sua expressão ácida. *Perdoe-me se não me rejubilo por ser mais um em uma longa lista de vilões.*

De todos os filhos no mundo, ele não era quem eu teria imaginado para Odisseu. Era severo como um arauto, direto a ponto de ser grosseiro. Carregava suas feridas abertamente nas mãos. Quando tentei tocá-lo, uma emoção que eu não sabia bem nomear perpassara seu rosto. Surpresa, tingida por algo como desgosto. Bem, ele não tinha de temer. Eu não faria isso de novo.

Esse foi o pensamento que me acompanhou para casa.

Vi o sol nascer no meu tear. Servi pão e queijo e fruta e, quando ouvi meu filho se remexer, fui à sua porta. Fiquei aliviada ao ver que seu rosto não estava tão entorpecido, mas o sofrimento ainda estava lá, aquela verdade pesada: meu pai está morto.

Ele acordaria com aquele pensamento por um longo tempo, eu sabia.

— Falei com Telêmaco — eu disse. — Você tem razão sobre ele.

Ele ergueu as sobrancelhas. Pensava que eu era incapaz de ver o que estava diante de meus olhos? Ou só de admiti-lo?

— Fico contente que pense assim — ele disse.

— Venha. Eu servi o desjejum. E acho que Telêmaco está acordando. Vai deixá-lo sozinho com os leões?

— Você não vem?

— Tenho feitiços para lançar.

Não tinha, na verdade. Voltei ao meu quarto e os ouvi conversar sobre o barco, a comida, a tempestade mais recente. A tônica das coisas comuns. Telégono sugeriu que eles saíssem e puxassem o barco de volta à caverna. Telêmaco concordou. Dois pares de pés sobre a pedra e a porta se fechou. Ontem, eu teria me achado louca por mandá-los sozinhos. Hoje, parecia um presente ao meu filho. Senti uma pontada de constrangimento: Telêmaco e Telégono. Sabia como parecia chamar meu filho assim, como um cão que arranha uma porta quando não pode entrar. Queria explicar jamais ter imaginado que um dia eles se conheceriam, que seu nome tinha sido pensado apenas para mim. Significava *nascido muito longe*. De seu pai, sim, mas também de mim. De minha mãe e Oceano, do Minotauro e Pasifae e Aietes. Nascido para mim, em minha ilha de Eana.

Eu não pediria desculpas por isso.

Eu tinha recuperado a lança no dia anterior e agora ela estava encostada na parede do meu quarto. Ergui a bainha de couro. A cauda de arraia parecia ainda mais estranha em terra, espectral e esfarrapada. Eu a virei, e a luz refletiu nas gotas infinitesimais de veneno que coroavam cada dente emplumado. *Preciso devolvê-la*, pensei. *Ainda não.*

Do final do corredor, mais alguém se remexia. Pensei em todos aqueles homens e mulheres ao longo dos anos, despejando seus segredos enquanto Penélope cuidadosamente os reunia. Encaixei a bainha de couro de volta na lança e abri minhas janelas. Lá fora, a manhã estava linda, e havia no vento os primeiros indícios do que logo amadureceria e se tornaria a primavera.

A batida soou em minha porta, como eu tinha imaginado.

— Abra — eu disse.

Ela estava emoldurada pela porta, usando uma capa clara sobre um vestido cinza, como se estivesse embrulhada em seda de aranha.

— Vim dizer que estou envergonhada. Não expressei minha gratidão ontem como deveria. Não falo apenas de sua hospitalidade agora. Refiro-me também à hospitalidade ao meu marido.

Era impossível saber, com aquela voz branda, se o comentário era irônico. Se fosse, suponho que ela tinha o direito.

Ela disse:

— Ele me contou como a senhora o ajudou na partida. Não teria sobrevivido sem seus conselhos.

— Você me dá crédito demais. Ele era sábio.

— Às vezes, sim — ela disse. Seus olhos eram da cor de cinzas. — Sabia que, quando ele a deixou, foi parar com outra ninfa? Calipso. Ela se apaixonou por ele e esperava torná-lo seu marido mortal. Por sete anos, obrigou-o a ficar em sua ilha, vestindo-o em tecidos divinos e servindo-lhe iguarias.

— Ele não a agradeceu por isso.

— Não. Ele a rejeitou e orou aos deuses para que o libertassem. Por fim, eles a forçaram a deixá-lo ir.

Não acho que imaginei a pontada de satisfação em sua voz.

— Quando seu filho apareceu, pensei que talvez fosse dela. Mas então vi a tessitura de sua capa. Lembrei-me do tear de Dédalo.

Era estranho como ela sabia tanto sobre mim. Por outro lado, eu também sabia coisas sobre ela.

— Calipso o adulava, e você transformava homens em porcos. No entanto, era você que ele preferia. Acha estranho?

— Não — eu disse.

Foi quase um sorriso.

— Precisamente.

— Ele não sabia sobre a criança.

— Eu sei — ela retrucou. — Ele nunca teria escondido isso de mim. — Essa *veio* com uma certa ironia.

— Falei com seu filho ontem à noite — eu disse.

— É mesmo? — Pensei ter captado algo estranho em sua voz.

— Ele me explicou por que vocês tiveram de deixar Ítaca. Fiquei triste em ouvir.

— Foi gentileza de seu filho nos trazer. — Os olhos dela tinham encontrado a cauda de Trigon. — É como o veneno de uma abelha, que só pica uma vez? Ou como uma cobra?

— Poderia envenenar mil vezes e mais. Não se esgota nunca. Seu propósito era impedir deuses.

— Telégono nos contou que a senhora enfrentou o grande senhor das arraias.

— É verdade.

Ela deu um aceno – um gesto privado, como que em confirmação.

— Seu filho nos contou que a senhora tomou outras precauções por ele também. Que lançou um feitiço sobre a ilha, *e que nenhum deus, nem um olimpiano, pode passar.*

— Os deuses dos mortos conseguem atravessar — eu disse. — Mais nenhum.

— Que sorte — ela disse —, ser capaz de invocar tais proteções. — Da praia chegaram gritos distantes: nossos filhos movendo o barco.

— Tenho vergonha de pedir, mas não trouxe uma capa preta comigo quando partimos. Tem uma que eu possa usar? Quero ficar de luto por ele.

Eu a observei, tão vívida em minha porta quanto a lua no céu de outono. Os olhos dela seguraram os meus, cinzentos e firmes. É senso comum que mulheres são criaturas delicadas, flores, ovos, qualquer coisa que possa ser esmagada em um momento de descuido. Se alguma vez acreditei nisso, não acreditava mais.

— Não — eu disse. — Mas tenho novelos e um tear. Venha.

CAPÍTULO 22

Os dedos dela correram de leve sobre os tambores, acariciando os fios da trama como um mestre dos estábulos cumprimentando um cavalo premiado. Ela não fez nenhuma pergunta; pareceu absorver o funcionamento do tear apenas pelo toque. A luz da janela brilhava em suas mãos, como se desejasse iluminar seu trabalho. Cuidadosamente, ela removeu minha tapeçaria inacabada e prendeu o fio preto. Seus movimentos eram precisos; nada se desperdiçava. Ela era uma nadadora, Odisseu me contara, seus membros longos movendo-se sem esforço ao encontro de seu destino.

Lá fora, o tempo tinha virado. As nuvens pendiam tão baixo que pareciam roçar as janelas, e pude ver as primeiras gotas gordas começarem a cair. Telêmaco e Telégono atravessaram a porta correndo, molhados depois de puxar o barco. Quando Telégono viu Penélope no tear, correu até ela, já exclamando sobre a excelência de seu trabalho. Eu observei Telêmaco, em vez disso. Seu rosto ficou contraído e ele se virou abruptamente para a janela.

Servi o almoço e nós comemos praticamente em silêncio. A chuva foi diminuindo. Eu não conseguia suportar a ideia de ficar trancada a tarde inteira e puxei meu filho para uma caminhada na praia. A areia estava dura e molhada, e nossas pegadas pareciam ter sido feitas com uma faca. Entrelacei meu braço no dele e fiquei surpresa quando ele o deixou permanecer ali. Seu tremor do dia anterior tinha sumido, mas eu sabia que iria retornar.

Era um pouco depois do meio-dia, mas algo no céu parecia sombrio e obscuro, como um véu diante dos olhos. Minha conversa com Penélope estava me incomodando. Na hora, eu tinha me sentido esperta e ligeira, mas agora que a repassava na mente, percebi como ela tinha falado pouco. Minha intenção era questioná-la, mas acabei lhe mostrando o meu tear.

Ele tinha usado palavras contra a bruxa, em vez disso.

— Quem teve a ideia de vir para cá? — perguntei.

Ele franziu o cenho com a pergunta inesperada.

— Isso importa?

— Só estou curiosa.

— Não me lembro. — Mas ele não me olhou nos olhos.

— Não foi sua.

Ele hesitou.

— Não. Eu sugeri Esparta.

Era o pensamento lógico. O pai de Penélope vivia em Esparta. Sua prima era rainha lá. Uma viúva encontraria abrigo.

— Então você não disse nada de Eana.

— Não. Achei que seria... — As palavras minguaram. Indelicado, é claro.

— Então quem mencionou primeiro?

— Talvez tenha sido a rainha. Lembro que ela disse que preferiria não ir a Esparta. Que gostaria de um pouco de tempo.

Ele estava escolhendo as palavras cuidadosamente. Eu senti um zumbido sob a pele.

— Tempo para quê?

— Ela não disse.

Penélope, a tecelã, que era capaz de conduzi-lo para cima e para baixo e enroscá-lo em sua trama. Nós atravessamos alguns arbustos, subindo a encosta sob os galhos escuros e úmidos.

— É estranho. Ela pensou que sua família não a aceitaria? Tinha alguma rixa com Helena? Falou de quaisquer inimigos?

— Não sei. Não. É claro que não falou de inimigos.

— O que Telêmaco disse?

— Ele não estava lá.

— Mas quando descobriu que vocês viriam para cá, ficou surpreso?

— Mãe...

— Só me diga as palavras dela. Repita-as exatamente como se lembra.

Ele tinha parado na trilha.

— Achei que não suspeitasse mais deles.

— Não de vingança. Mas há outras questões.

Ele respirou fundo.

— Não me lembro exatamente. Nem das palavras dela, nem de nada. É tudo cinza como uma neblina. Ainda é cinza.

A dor havia ressurgido em seu rosto. Eu não disse mais nada, mas enquanto caminhávamos minha mente cutucava o pensamento, como dedos apalpando um nó. Havia um segredo sob aquela seda de aranha. Ela não quisera ir para Esparta. Em vez disso, tinha vindo à ilha da amante do marido. E queria tempo. Para quê?

Tínhamos chegado à casa, àquela altura. No interior, ela trabalhava no tear. Telêmaco estava em pé, na janela. Suas mãos caíam fechadas ao lado do corpo e o ar estava tenso. Será que tinham brigado? Examinei o rosto dela, mas estava inclinado sobre os fios e não demonstrava nada. Ninguém gritava, ninguém chorava, mas pensei que teria preferido isso àquela tensão silenciosa.

Telégono limpou a garganta.

— Estou com sede. Quem mais aceita um cálice?

Eu o observei abrir o tonel e entorná-lo. Meu filho, com seu coração valente. Mesmo de luto, ele procurava sustentar todos nós, carregar-nos de um momento até o outro. Mas havia um limite no que podia fazer. A tarde se estendeu em silêncio. O jantar foi igual. No instante em que a comida foi consumida, Penélope se ergueu.

— Estou cansada — ela disse. Telégono ficou um pouco mais, mas quando a lua se ergueu ele estava bocejando em suas mãos. Eu o mandei para o quarto com Arcturos. Imaginei que Telêmaco o seguiria, mas quando me virei ele estava no seu lugar.

— Acho que a senhora tem histórias do meu pai — ele disse. — Eu gostaria de ouvi-las.

A ousadia dele me pegou de surpresa. O dia todo ele tinha guardado distância, evitado meu olhar, mantendo-se reservado e quase invisível. Então, de repente, ele se plantava diante de mim como se tivesse crescido ali por cinquenta anos. Era um truque que até Odisseu teria admirado.

— Provavelmente você já sabe tudo que tenho para contar — eu disse.

— Não. — A palavra ecoou no cômodo. — Ele contou à minha mãe suas histórias, mas, sempre que eu perguntava, dizia que eu devia falar com um bardo.

Uma resposta cruel. Perguntei-me quais foram suas razões. Puro despeito? Se houvera algum outro propósito, nós nunca saberíamos. Todas as coisas que ele tinha feito em vida deveriam permanecer imutáveis.

Levei meu cálice até a lareira. Lá fora, a tempestade tinha retornado. Ela soprava a sério, abafando a casa com vento e água. Penélope e Telégono dormiam logo no final do corredor, mas as sombras tinham se reunido ao nosso redor e eles pareciam estar a um mundo de distância. Dessa vez, sentei-me na cadeira prateada. Os entalhes eram frios contra meus pulsos; o couro de vaca escorregava um pouco sob mim.

— O que quer ouvir?

— Tudo — ele disse. — Tudo que souber.

Eu nem considerei contar a ele as versões que contara a Telégono, com seus finais felizes e ferimentos não fatais. Ele não era meu filho, e não era uma criança, mas um homem feito que queria sua herança de direito.

Foi isso que lhe dei. Palamades assassinado e Filoctetes abandonado. Odisseu enganando Aquiles para que saísse de seu esconderijo e fosse à guerra; Odisseu esgueirando-se no escuro da noite no acampamento do rei Reso, um dos aliados de Troia, e cortando a garganta dos homens enquanto dormiam. Como ele tivera a ideia do cavalo, tomara Troia e vira Astíanax ser estraçalhado. Então sua viagem selvagem de volta para casa, com canibais e pirataria e monstros. As histórias eram ainda mais sangrentas do que eu lembrava, e algumas vezes hesitei. Mas Telêmaco tomava os golpes de frente. Sentava-se em silêncio, seus olhos nunca se desviando dos meus.

Deixei os ciclopes por último, não sei dizer por quê. Talvez porque eu pudesse me lembrar de Odisseu contando a história tão claramente. Enquanto eu falava, suas palavras pareciam suspirar sob as minhas. Eles tinham desembarcado, exaustos, em uma ilha, e espiado uma grande caverna com montes de ricos tesouros. Odisseu pensou que seria uma boa pilhagem, ou que eles podiam pedir hospitalidade a seus habitantes. Começaram a se refastelar com a comida lá dentro. O gigante a quem pertencia a caverna, o pastor de um olho só Polifemo, retornou com seu rebanho e os pegou no ato. Ele rolou uma grande pedra sobre a entrada para prendê-los, então pegou um dos marinheiros e o mordeu no meio. Um homem após o outro ele devorou, até estar tão cheio que arrotava pedaços de membros. Apesar de tais horrores, Odisseu suavizou o monstro com vinho e palavras amigáveis. Seu nome, ele disse ser *Outis – Ninguém*. Quando a criatura por fim caiu num estupor, ele afiou uma grande estaca, aqueceu-a sobre o fogo e a enfiou no olho de Polifemo. O ciclope rugiu e se debateu, mas não conseguiu pegar Odisseu e o resto da tripulação. Eles conseguiram escapar quando o gigante soltou suas ovelhas para pastar, cada homem se agarrando ao lado inferior de um animal peludo. O monstro enfurecido clamou pela ajuda de seus colegas de um olho só, mas eles não vieram, pois ele gritava: *Ninguém me cegou! Ninguém está escapando!*. Odisseu e sua tripulação alcançaram os navios, e, quando estavam a uma distância segura, o capitão se virou para gritar sobre as ondas: *Se quer saber quem é o homem que o cegou, é Odisseu, filho de Laerte e príncipe de Ítaca.*

As palavras pareceram ecoar no ar imóvel. Telêmaco manteve silêncio, como se esperasse o som se dissipar. Por fim, ele disse:

— Foi uma vida ruim.

— Há muitos que são mais infelizes.

— Não. — A veemência dele me surpreendeu. — Não quero dizer que foi uma vida ruim para ele. Quero dizer que ele tornou a vida dos outros miserável. Por que os homens dele foram àquela caverna, para começo de conversa? Porque ele queria mais tesouros. E a fúria de Posêidon, pela qual todos se apiedaram dele? Ele a atraiu sobre si mesmo. Porque não podia suportar deixar o ciclope sem reivindicar o crédito pelo truque.

Suas palavras corriam como uma enchente não represada.

— Todos aqueles anos de dor, vagando pelo mundo. Por quê? Por um momento de orgulho. Ele preferiria ser amaldiçoado pelos deuses do que ser Ninguém. Se tivesse voltado para casa depois da guerra, os pretendentes nunca teriam vindo. A vida de minha mãe não teria sido arruinada. Nem a minha vida. Ele falava tantas vezes de seu desejo de voltar para nós e para casa. Mas era tudo mentira. Quando voltava para Ítaca, nunca estava satisfeito, sempre olhava para o horizonte. Assim que éramos seus outra vez, ele queria outra coisa. O que é isso, se não uma vida ruim? Atraindo as pessoas para junto de si e depois as abandonando?

Abri a boca para dizer que não era verdade. Mas quantas vezes havia me deitado ao lado dele, agonizando porque sabia que ele pensava em Penélope? Essa tinha sido minha escolha. Telêmaco não tivera esse luxo.

— Há mais uma história que devo lhe contar — eu disse. — Antes de retornar a vocês, os deuses exigiram que seu pai viajasse ao submundo para conversar com o profeta Tirésias. Lá, ele viu muitas das almas que tinha conhecido em vida: Ájax, Agamêmnon, e com eles Aquiles, que já fora o melhor dos gregos e escolheu uma morte prematura como pagamento por fama eterna. Seu pai falou com o herói calorosamente, elogiando-o e assegurando-lhe de sua reputação entre os homens. Mas Aquiles o repreendeu. Disse que se arrependia de sua vida orgulhosa e desejava ter vivido de modo mais tranquilo. E feliz.

— Então é isso que posso esperar? Um dia ver meu pai arrependido no submundo?

Já seria mais do que alguns de nós chegariam a receber. Mas eu guardei o pensamento para mim. Ele tinha direito à sua raiva, e não cabia a mim tirá-la dele. Lá fora, o jardim farfalhava de leve enquanto os leões se esgueiravam pela folhagem. O céu tinha clareado. Depois de tanto tempo entre nuvens, as estrelas pareciam muito brilhantes, penduradas na escuridão como lâmpadas. Se prestássemos atenção, poderíamos escutar o leve tilintar de suas correntes na brisa.

— Acha que é verdade, o que meu pai disse? Que os bons nunca gostaram dele?

— Acho que é o tipo de coisa que seu pai gostava de dizer, e a verdade não tem nada a ver com isso. Afinal, sua mãe gostava dele.

Os olhos dele encontraram os meus.

— A senhora também.

— Eu não alego ser boa.

— Mas gostava dele. Apesar de tudo.

Havia um desafio em sua voz. Eu me vi escolhendo as palavras com cuidado.

— Eu não via suas piores partes. Mesmo quando estava em seu melhor, ele não era um homem fácil. Mas foi um bom amigo para mim, em uma época em que eu precisava de um.

— É estranho pensar que uma deusa precise de amigos.

— Todas as criaturas que não são loucas precisam de amigos.

— Eu acho que ele ficou com a melhor parte da barganha.

— Eu transformei seus homens em porcos.

Ele não sorriu. Era como uma flecha, voando após ser estirada até o fim do seu arco.

— Todos esses deuses, todos esses mortais que o ajudaram. Os homens falam de seus ardis, mas o verdadeiro talento de meu pai era o quanto ele conseguia tirar dos outros.

— Muitos ficariam contentes com esse dom — eu disse.

— Eu não sou um deles. — Ele pôs o cálice na mesa. — Não irei incomodá-la mais, senhora Circe. Sou grato pela verdade dessas histórias. Poucos teriam se dado ao trabalho por mim.

Eu não respondi. Algo tinha começado a me incomodar, fazendo os pelos no meu pescoço se erguerem.

— Por que vocês estão aqui?

Ele piscou.

— Eu lhe disse, tivemos de deixar Ítaca.

— Sim — eu disse. — Mas por que vir para cá?

Ele falou devagar, como um homem saindo de um sonho.

— Acho que foi ideia de minha mãe.

— Por quê?

Um rubor se ergueu em seu rosto.

— Como eu disse, ela não compartilha confidências comigo.

Ninguém pode adivinhar o que minha mãe está fazendo até que esteja feito.

Ele se virou e sumiu na escuridão do corredor. Um momento depois, ouvi o som suave de sua porta se fechando.

O ar frio parecia soprar através das rachaduras nas paredes e me prender à minha cadeira. Eu tinha sido uma tola. Devia tê-la segurado sobre o penhasco no primeiro dia e a sacudido até saber a verdade. Lembrei-me de quão cuidadosamente ela tinha me perguntado sobre meu feitiço, aquele que podia impedir deuses. *Até um olimpiano.*

Não fui ao quarto dela, nem arranquei a porta de suas dobradiças. Fiquei ardendo em minha janela. O batente rangia sob meus dedos. Faltavam horas até a aurora, mas horas não eram nada para mim. Observei as estrelas se apagarem e a ilha emergir, cada folha de grama surgindo à luz. O ar tinha mudado de novo, e o céu tinha se encoberto. Outra tempestade. Os galhos dos ciprestes sibilavam no ar.

Ouvi-os acordar. Meu filho primeiro, então Penélope, e por último Telêmaco, que tinha ido dormir muito tarde. Um de cada vez, eles entraram no salão, e senti-os pausar quando me viram na janela, como coelhos verificando a sombra do gavião. A mesa estava vazia, sem nenhum desjejum. Meu filho correu à cozinha e pegou pratos, com estardalhaço. Gostei de sentir os olhares silenciosos deles às minhas costas. Telégono os incentivou a comer, suas palavras pesadas com um tom apologético. Podia imaginar os olhares expressivos que ele estava lhes dando: *Sinto muito por minha mãe. Às vezes ela é assim.*

— Telégono — eu disse —, o chiqueiro precisa de reparos e uma tempestade está chegando. Você vai cuidar disso.

Ele limpou a garganta.

— Sim, mãe.

— Seu irmão pode ajudá-lo.

Outro silêncio, enquanto eles se entreolhavam.

— Não me importo — disse Telêmaco, solícito.

Mais alguns sons de pratos e bancos. Por fim, a porta se fechou atrás deles.

Eu me virei.

— Você me considera uma tola. Uma ingênua que pode ser levada pela mão. Perguntando tão docemente sobre meu feitiço. Diga-me qual dos deuses os perseguem. A fúria de quem você trouxe sobre minha cabeça?

Ela estava sentada em meu tear. Seu colo estava cheio de lã preta, bruta. No chão, ao seu lado, havia um fuso e uma roca de marfim, com detalhes em prata.

— Meu filho não sabe — ela disse. — Não é culpa dele.

— Isso é óbvio. Eu consigo identificar a aranha em sua teia.

Ela assentiu.

— Confesso que fiz o que a senhora diz. E o fiz conscientemente. Posso alegar que pensei que, porque é uma deusa e uma bruxa, não seria um grande incômodo. Mas seria uma mentira. Conheço os deuses bem demais para isso.

A calma dela me enfureceu.

— É só isso que tem a dizer? Sei o que fiz e não me arrependo? Ontem à noite, seu filho falou do pai como alguém que tira dos outros e traz apenas infelicidade. Eu me pergunto o que ele diria de você.

O golpe foi certeiro. Eu vi a neutralidade que ela usou para esconder sua reação.

— Você me considera uma bruxa dócil, mas não deu ouvido às histórias que seu marido contou sobre mim. Dois dias, vocês passaram em minha ilha. Quantas refeições já comeu, Penélope? Quantos cálices do meu vinho já bebeu?

Ela empalideceu. Um leve acinzentar ao longo da linha do cabelo, como a borda crescente da aurora.

— Fale, ou usarei meu poder.

— Acredito que já usou. — As palavras eram duras e frias como pedras. — Eu trouxe perigo à sua ilha. Mas a senhora o levou à minha primeiro.

— Meu filho foi por escolha própria.

— Não estou falando do seu filho, e acho que sabe disso. Refiro-me à lança que enviou, cujo veneno matou meu marido.

E lá estava aquilo, entre nós.

— Eu sinto muito pela morte dele.

— É o que disse.

— Se está esperando por um pedido de desculpas, não vai recebê-lo. Mesmo se eu tivesse poderes tais que pudessem fazer o sol girar ao contrário, não os usaria. Se Odisseu não tivesse morrido na praia, acredito que meu filho teria morrido em seu lugar. E não faria troca alguma que pudesse colocar a vida dele em risco.

Um olhar cruzou o rosto dela. Eu o teria chamado de raiva, se não estivesse tão apontado para dentro.

— Pois bem. Fez sua troca e é isso que ganhou: seu filho vive, e nós estamos aqui.

— Então você vê isso como um tipo de vingança. Trazer um deus sobre minha cabeça.

— Eu vejo como pagamento na mesma moeda.

Ela teria sido uma boa arqueira, pensei. Aqueles olhos frios e precisos.

— Você não está em posição de barganhar, senhora Penélope. Esta é Eana.

— Então não irei barganhar. O que prefere, que eu implore? Mas é claro, é uma deusa.

Ela se ajoelhou diante do meu tear e ergueu as mãos, abaixando os olhos para o chão.

— Filha de Hélio, Circe dos olhos brilhantes, senhora das feras e bruxa de Eana, conceda-me santuário em sua ilha temível, pois eu não tenho marido nem lar, e nenhum outro lugar no mundo é seguro para meu filho e para mim. Eu lhe ofertarei sangue todo ano, se me escutar.

— Erga-se.

Ela não se mexeu. A postura parecia obscena nela.

— Meu marido falava calorosamente da senhora. Mais calorosamente, confesso, do que eu teria preferido. Ele dizia que, de todos os deuses e monstros que tinha conhecido, a senhora era a única que gostaria de encontrar de novo.

— Eu disse erga-se.

Ela se levantou.

— Você me contará tudo, e então decidirei — exigi.

Nós nos encaramos na sala sombreada. O ar tinha o gosto de um raio. Ela disse:

— A senhora vem falando com meu filho. Ele terá sugerido que seu pai se perdeu na guerra. Que voltou mudado, mergulhado demais em morte e luto para viver como um homem normal. A maldição dos soldados. Não é?

— Algo assim.

— Meu filho é melhor do que eu, e melhor do que seu pai também. Mas ele não vê todas as coisas.

— E você sim?

— Eu sou de Esparta. Nós conhecemos soldados lá. As mãos trêmulas, o susto ao acordar. O homem que derrama seu vinho toda vez que os trompetes soam. As mãos de meu marido estavam firmes como as de um ferreiro, e quando os trompetes soavam, ele era o primeiro no porto, perscrutando o horizonte. A guerra não o quebrou; tornou-o mais ele mesmo. Em Troia, Odisseu finalmente encontrou um escopo equivalente às suas habilidades. Sempre um novo esquema, uma nova trama, um novo desastre para evitar.

— Ele tentou fugir da guerra.

— Ah, aquela velha história. A loucura, o arado. Isso também foi uma trama. Ele havia feito um juramento aos deuses; sabia que não tinha como escapar. Esperava ser pego. Então os gregos ririam de seu fracasso e pensariam que todos os seus truques seriam facilmente descobertos.

Eu estava franzindo o cenho.

— Ele não me deu nenhum sinal disso quando contou a história.

— Tenho certeza de que não. Meu marido mentia a cada fôlego, e isso inclui mentir à senhora, e a ele mesmo. Ele nunca fazia nada por um único propósito.

— Ele disse o mesmo de você uma vez.

Eu queria magoá-la, mas ela só assentiu.

— Nós nos considerávamos grandes mentes do mundo. Quando nos casamos, fizemos mil planos juntos. Como transformaríamos tudo que tocássemos em nossa vantagem. Então veio a guerra. Ele disse que Agamêmnon era o pior comandante que já vira, mas pensava que podia usá-lo para criar um nome para si mesmo. E fez isso. Suas maquinações derrotaram Troia e reformularam metade do mundo. Eu também fiz minhas maquinações. Qual cabra procriar com qual, como aumentar a colheita, onde os pescadores poderiam lançar suas redes para uma captura melhor. Tais eram nossas grandes preocupações em Ítaca. A senhora devia ter visto a cara dele quando voltou para casa. Ele matou os pretendentes, mas, então, o que sobrou? Peixe e cabras. Uma esposa envelhecida que não era nenhuma deusa e um filho que ele não conseguia entender.

A voz dela preenchia o ar, afiada como cipreste triturado.

— Não havia conselhos de guerra, nenhum exército para conquistar ou comandar. Os homens que antes lá viviam estavam mortos, já que metade pertencia à tripulação dele e a outra metade era formada por meus pretendentes. E todo dia parecia chegar algum novo relato de alguma glória distante. Menelau construíra um novo palácio dourado. Diomedes conquistara um reino na Itália. Até Eneias, aquele refugiado troiano, tinha fundado uma cidade. Meu marido enviou uma missiva a Orestes, filho de Agamêmnon, oferecendo-se como conselheiro. Orestes respondeu que tinha todos os conselheiros de que precisava, e que jamais perturbaria o repouso de tal herói.

Penélope prosseguiu:

— Ele falou com mais filhos depois disso, o de Nestor e o de Idomeneu e outros, mas todos disseram a mesma coisa. Não o queriam. E sabe o que eu disse a mim mesma? Que ele só precisava de tempo. Que a qualquer momento lembraria os prazeres de um lar modesto. Os prazeres da minha presença. Iríamos fazer planos de novo. — Sua boca se retorceu em autoescárnio. — Mas ele não queria aquela vida. Ele descia para a praia e andava de um lado para outro. Eu o observava da minha janela e me lembrava de uma história que ele me contara uma vez sobre uma grande serpente na qual os homens do norte acreditam, que deseja devorar o mundo todo.

Eu me lembrava daquela história também. No fim, a serpente devorara a si mesma.

— E, enquanto caminhava, ele falava com o ar, que se reunia ao seu redor, brilhando como a prata mais brilhante em sua pele.

Prata.

— Atena.

— Quem mais? — Ela sorriu, amarga e fria. — Toda vez que ele se acalmava, ela vinha de novo. Sussurrando em seu ouvido, disparando das nuvens para enchê-lo com sonhos de todas as aventuras que ele estava perdendo.

Atena, aquela deusa incansável cujas tramas nunca terminavam. Ela tinha lutado para trazer seu herói para casa, para vê-lo enaltecido entre seu povo, pela honra dele e por sua própria honra. Para ouvi-lo contar as histórias de suas vitórias, das mortes que eles haviam causado juntos aos troianos. Mas lembrei-me da cobiça em seus olhos quando ela falara dele: uma coruja com uma presa entre as garras. O seu favorito jamais teria permissão de se tornar enfadonho e doméstico. Ele deveria viver no olho da ação, brilhante e polido, sempre se esforçando e procurando, sempre deleitando sua deusa com algum novo truque de esperteza, alguma genialidade que ele invocara do ar.

Lá fora, as árvores chacoalhavam no céu escuro. Naquela luz sinistra, os ossos do rosto de Penélope eram tão nítidos quanto uma das estátuas de Dédalo. Eu me perguntava por que ela não sentia mais ciúmes de mim. Agora entendia. Eu não era a deusa que havia tomado seu marido.

— Deuses fingem ser pais — eu disse —, mas são crianças, batendo palmas e gritando por mais.

— E agora que o Odisseu dela está morto — ela disse —, onde ela vai encontrar mais?

As últimas peças caíram no lugar, e por fim a imagem ficou completa. Deuses nunca desistem de um tesouro. Ela viria em busca da melhor opção após Odisseu. Ela viria atrás de seu sangue.

— Telêmaco.

— Sim.

O nó em minha garganta me pegou de surpresa.

— Ele sabe?

— Acho que não. É difícil dizer.

Ela ainda segurava a lã, emaranhada e fedendo em suas mãos. Eu estava brava; podia sentir a raiva ardendo na barriga. Ela tinha colocado meu filho em perigo. Era provável que Atena já planejasse vingança contra Telégono; isso só acrescentaria lenha à fogueira. Mas, sendo franca, minha fúria não ardia tão quente quanto antes. De todas as divindades que ela poderia ter trazido à minha porta, essa era a que eu melhor podia combater. Como Atena poderia nos odiar mais?

— Realmente acha que pode mantê-lo escondido?

— Sei que não posso.

— Então o que procura?

Ela tinha puxado a capa ao redor do corpo, como um pássaro embrulhado em suas asas.

— Quando eu era jovem, ouvi o cirurgião do nosso palácio falando. Ele disse que os remédios que vendia eram só para impressionar. A maioria das feridas se curam sozinhas, ele disse, se a pessoa esperar tempo suficiente. Era o tipo de segredo que eu amava descobrir, pois fazia eu me sentir cínica e sábia. Eu considerava isso uma filosofia. Sempre fui boa em esperar, a senhora entende. Sobrevivi à guerra e aos pretendentes. Sobrevivi às viagens de Odisseu. Disse a mim mesma que, se fosse paciente o bastante, poderia sobreviver à inquietude dele e a Atena também. *Certamente,* pensei, *deve haver algum outro mortal no mundo para ela amar.* Mas parece que não havia. E, enquanto eu esperava, Telêmaco suportava a fúria do pai ano após ano. Ele sofria enquanto eu fazia vista grossa.

Lembrei-me do que Odisseu tinha dito sobre ela: que nunca perdia o caminho, nunca cometia um erro. Eu tinha ficado com ciúmes na ocasião. Agora pensava: que fardo. Que peso terrível nas costas.

— Mas este mundo tem remédios verdadeiros. A senhora é prova disso. Caminhou nas profundezas por seu filho. Desafiou os deuses. Eu penso em todos os anos da minha vida que desperdicei pelo orgulho de um homem pequeno. Paguei por isso, o que é justo, mas fiz Telêmaco pagar também. Ele é um bom filho, sempre foi. Eu desejo um pouco mais de tempo antes de perdê-lo, antes de sermos jogados na maré de novo. Me concederá isso, Circe de Eana?

Ela não usou aqueles olhos cinzentos em mim. Se o tivesse feito, eu teria recusado. Ela apenas esperou. Era a verdade que lhe caía bem. Ela parecia caber no ar como uma joia em sua coroa.

— É inverno — eu disse. — Nenhum navio parte agora. Eana os suportará um pouco mais.

CAPÍTULO 23

Nossos filhos tinham retornado de seu trabalho açoitados pelo vento, mas secos. O trovão e a chuva haviam ficado sobre o mar. Enquanto os outros comiam sua refeição, subi ao pico mais alto da ilha e senti o feitiço sobre mim. Ele se estendia de uma baía a outra, das areias amarelas às pedras desgastadas. Eu o sentia no meu sangue também, aquele peso férreo que eu havia suportado por tanto tempo. Atena certamente o testava. Espreitava pelas beiradas, procurando uma rachadura. Mas ele aguentaria.

Quando voltei, Penélope estava no tear outra vez. Ela olhou por sobre o ombro.

— Parece que o tempo amainou. Os mares devem estar calmos agora. Telégono, gostaria de aprender a nadar?

De todas as coisas que eu tinha esperado ouvir depois de nossa conversa, essa não era uma delas. Telégono quase derrubou seu cálice de tanta empolgação. Enquanto eles saíam pelo jardim, eu o ouvi explicando minhas plantas. Desde quando ele sabia o que era álamo ou heléboro? Mas ele apontou ambas e citou suas propriedades.

Telêmaco tinha chegado silenciosamente ao meu lado.

— Parecem mãe e filho — ele disse.

Era exatamente o que eu tinha pensado, mas senti uma fisgada de raiva por ouvi-lo dizer isso em voz alta. Saí para o jardim sem responder. Ajoelhei-me em meus canteiros e comecei a puxar ervas daninhas.

Ele me surpreendeu ao me seguir.

— Não me incomodo em ajudar seu filho, mas, sejamos honestos, aquele chiqueiro que nos mandou consertar não é usado há anos. Pode me dar uma tarefa que seja útil de fato?

Eu me sentei sobre os calcanhares, examinando-o.

— A realeza geralmente não implora para receber tarefas.

— Meus súditos parecem ter me deixado com algum tempo livre. Sua ilha é muito bela, mas vou enlouquecer se tiver de me manter ocioso nela um dia após outro.

— Então, o que sabe fazer?

— O habitual. Pescar e atirar. Cuidar das cabras que a senhora não tem. Entalhar e construir. Posso consertar o barco do seu filho.

— Tem algo de errado com ele?

— O leme é lento e não confiável, a vela excessivamente curta e o mastro longo demais. Ele chafurda como uma vaca em qualquer vaga.

— Não parecia tão ruim para mim.

— Não estou dizendo que não foi impressionante para uma primeira tentativa. Só que estou chocado por não termos afundado no trajeto.

— Ele está enfeitiçado contra naufrágios — eu disse. — Como se tornou um especialista em navios?

— Sou de Ítaca — ele respondeu simplesmente.

— E? Há mais alguma coisa que eu deva saber?

O rosto dele era sério, como se fizesse um diagnóstico.

— A lã das ovelhas está tão embaraçada que isso pode arruinar a tosquia de primavera. Três mesas em seu salão estão tortas e as pedras da trilha do jardim balançam. Há pelo menos dois ninhos de pássaro no beiral do telhado.

Eu estava meio divertida, meio ofendida.

— Só isso?

— Não fiz um levantamento completo.

— Pela manhã, você pode consertar o barco com Telégono. Por enquanto, começaremos com as ovelhas.

Ele estava certo; elas estavam emaranhadas e, depois do inverno úmido, enlameadas até os ombros. Eu peguei a escova e uma grande tigela com uma de minhas poções.

Ele a examinou.

— O que ela faz?

— Tira a lama sem remover a lã.

Ele conhecia o trabalho e o fez de modo eficiente. Minhas ovelhas eram dóceis, mas ele tinha seus próprios truques para persuadir e tranquilizar. Sua mão no dorso delas as guiava sem esforço para um lado e para outro.

Eu disse:

— Você já fez isso antes.

— É claro. Esta lavagem é excelente, o que tem nela?

— Cardo, artemísia, aipo, enxofre. Magia.

— Ah.

Eu tinha pegado a faca de aparar e comecei a remover carrapichos. Ele perguntou sobre a linhagem dos animais e meus métodos de procriação. Queria saber se era um feitiço que as mantinha dóceis ou minha influência. Quando suas mãos estavam ocupadas, ele perdia a rigidez desconfortável. Logo estava me contando histórias de suas peripécias arrebanhando cabras e eu estava rindo. Não notei o sol mergulhar no mar, e me assustei quando Penélope e Telégono apareceram ao nosso lado. Podia sentir o olhar de Penélope sobre nós enquanto nos erguíamos e esfregávamos a lama das mãos.

— Venham — eu disse. — Vocês devem estar famintos.

Naquela noite, Penélope se retirou logo após o jantar outra vez. Perguntei-me se ela queria provar alguma coisa, mas sua exaustão parecia real. Ela ainda estava de luto, eu me lembrei. Todos estávamos. Mas nadar tinha feito bem ao meu filho, ou talvez tivesse sido a atenção de Penélope. Ele estava corado do vento e queria conversar. Não sobre seu pai, que ainda era uma ferida dolorosa, mas sobre seu primeiro e mais antigo amor: histórias heroicas. Aparentemente, houvera um bardo em Ítaca que era habilidoso naqueles contos, e ele queria ouvir de Telêmaco as versões que ele contara. Telêmaco começou: Belerofonte e Perseu, Tântalo, Atalanta. Ele tinha tomado a cadeira de madeira de novo, e eu a prateada. Telégono se recostara num lobo no chão. Olhando para eles eu sentia um senso estranho, quase ébrio, de irrealidade. Só fazia mesmo dois dias desde que eles chegaram? Parecia muito mais. Eu não estava acostumada a tanta companhia, a tantas conversas. Meu filho implorou por mais uma história, e mais uma, e Telêmaco lhe atendeu. Seu cabelo estava bagunçado pelo vento depois do nosso trabalho fora de casa, e a luz do fogo tocava seu rosto. Suas feições o faziam parecer mais velho do que era, mas havia uma curva doce que quase podia ser chamada de brincalhona. Ele não era um contador de histórias, como tinha dito, mas isso tornava seus relatos ainda mais divertidos, de alguma forma, ao ver seu rosto sério descrever cavalos voadores e maçãs de ouro. A sala estava aquecida, e a safra era boa. Minha pele começara a parecer suave como cera. Eu me inclinei para a frente.

— Diga-me, aquele bardo falou alguma vez sobre Pasifae, rainha de Creta?

— A mãe do Minotauro — Telêmaco disse. — É claro. Ela sempre está presente no conto de Teseu.

— Alguém disse o que aconteceu com ela quando Minos morreu? Ela é imortal; ainda governa a ilha?

Telêmaco franziu o cenho. Não era contrariedade, mas a mesma expressão que mostrara quando examinou minha lavagem para as ovelhas. Eu o vi seguir os fios emaranhados das genealogias. Uma filha do sol, chamavam Pasifae. Eu vi quando ele compreendeu.

— Não — ele disse. — A linhagem dela e de Minos não governa mais. Um homem chamado Leukos é rei, usurpador do trono de Idomeneu, que era neto dela. Na história que eu ouvi, ela voltou aos salões dos deuses depois que Minos morreu e vive em honra por lá.

— Salões de quem?

— O bardo não disse.

Uma imprudência intoxicante me tomara.

— De Oceano, provavelmente. Nosso avô. Ela estará aterrorizando as ninfas, como costumava fazer. Eu estava lá quando o Minotauro nasceu. Ajudei a prendê-lo.

Telégono ficou boquiaberto.

— Você é parente da rainha Pasifae? E viu o Minotauro? Por que nunca disse?

— Você não me perguntou.

— Mãe! Você deve me contar tudo. Conheceu Minos? E Dédalo?

— Como acha que consegui esse tear?

— Não sei! Pensei que foi, sabe... — Ele agitou a mão no ar.

Telêmaco estava me observando.

— Não — eu disse. — Eu conheci o homem.

— O que mais escondeu de mim? — Telégono exigiu. — O Minotauro e Trigon, e quantos outros? A quimera? O leão de Nemeia? Cérbero e Cila?

Eu estava sorrindo com a sua revolta e os olhos arregalados, e não percebi o golpe chegando. Onde meu filho ouvira o nome dela? De Hermes? Em Ítaca? Não importava. A ponta fria de uma lança torceu minhas entranhas. No que eu estivera pensando? Meu passado não era um jogo, um conto de aventuras. Eram os destroços feios que tempestades deixavam para apodrecer na praia. Era tão perverso quanto o de Odisseu.

— Eu disse tudo que tenho para dizer. Não me pergunte outra vez. — Eu me ergui e me afastei do rosto surpreso deles.

Em meu quarto, deitei na cama. Não havia lobos nem leões, eles tinham ficado com meu filho. Acima de nós, em algum lugar, estava Atena, observando com seus olhos brilhantes. Esperando com sua lança para mirar em minha fraqueza. Eu falei para as sombras.

— Continue esperando.

E embora antes tivesse a certeza de que não fosse dormir, acabei adormecendo.

Acordei lúcida e determinada. Estivera cansada na noite anterior e tinha bebido mais do que estava acostumada, mas agora estava firme de novo. Servi o desjejum. Quando Telégono apareceu, eu o vi me olhar de esguelha, esperando outra explosão. Mas eu fui agradável. *Ele não devia ficar tão surpreso*, pensei. *Eu podia ser agradável.*

Telêmaco não falou nada, mas quando a refeição terminou, levou o irmão para começar a consertar seu navio.

— Posso usar seu tear de novo?

Penélope trajava um vestido diferente, mais refinado; tinha sido descolorido até uma cor creme pálida. Destacava bem os tons escuros da pele dela.

— Pode.

Pensei em ir para a cozinha, mas frequentemente cortava ervas na mesa longa perto da lareira e não vi por que deveria me realocar. Trouxe as facas e tigelas e todo o resto. Os feitiços que protegiam Telégono não precisavam ser renovados por outra meia lua, então o que fiz foi apenas por meu próprio prazer: secar e triturar, destilando tinturas para usar depois.

Pensei que não falaríamos. Em nosso lugar, Odisseu poderia ter continuando a ocultar e a manipular, só pelo prazer do jogo. Mas depois de tanto tempo sozinhas, acho que ambas tínhamos passado a apreciar o valor de uma conversa honesta.

A luz entrava obliquamente pela janela, empoçando-se ao redor de nossos pés descalços. Perguntei sobre Helena e ela me contou histórias de quando eram crianças juntas, nadando nos rios de Esparta e brincando na corte de seu tio Tíndaro. Falamos sobre tecelagem e as melhores raças de ovelhas. Eu a agradeci por se oferecer para ensinar Telégono a nadar. Ela disse que ficava contente em fazê-lo. Ele a lembrava de seu primo Kastor, com sua empolgação e bom humor, seu jeito de tranquilizar aqueles que o cercavam.

— Odisseu atraía o mundo para si — ela disse. — Telégono corre atrás dele, moldando-o enquanto se move, como um rio abrindo um canal.

Ouvi-la elogiá-lo agradou-me mais do que eu podia dizer.

— Devia vê-lo quando criança. Nunca houve uma criatura mais selvagem. Embora, para ser sincera, eu fosse a mais selvagem dos dois. A maternidade parecia fácil antes de eu ter um filho.

— O bebê de Helena era assim — ela disse. — Hermione. Ela gritou por meia década, mas se tornou uma jovem doce. Eu receei que Telêmaco não gritasse o bastante. Que ele fosse bem-comportado demais, e cedo demais. Sempre tive a curiosidade de saber como uma segunda criança poderia ter sido. Mas, quando Odisseu voltou para casa, meu tempo já tinha acabado. — O tom dela era casual. "Leal", as canções a chamaram depois. Fiel, verdadeira e prudente. Palavras tão passivas e fracas para o que ela era. Penélope podia ter tomado outro marido, gerado outro filho enquanto Odisseu estava longe, e sua vida teria sido mais fácil. Mas ela o amara com ferocidade e se recusara a aceitar qualquer outro.

Eu puxei um punhado de milefólio que estava pendurado de uma viga do telhado.

— Para que serve isso?

— É um unguento para cura. Milefólio faz cessar sangramentos.

— Posso observar? Nunca vi feitiçaria.

Isso me agradou tanto quanto seu elogio a Telégono. Eu abri espaço na mesa. Ela era uma espectadora lisonjeira, fazendo perguntas atenciosas enquanto eu nomeava cada ingrediente e explicava seu propósito.

Ela queria ver as ervas que eu tinha usado para transformar homens em porcos. Coloquei as folhas secas na mão dela.

— Não estou prestes a me transformar em uma porca, estou?

— Você teria de ingeri-las e falar as palavras de poder. Só plantas criadas a partir de sangue divino não precisam de feitiço para invocar sua magia. E, eu acho, você teria de ser uma bruxa.

— Uma deusa.

— Não — eu disse. — Minha sobrinha era mortal, e lançava feitiços tão fortes quanto os meus.

— Sua sobrinha — ela repetiu. — Não quer dizer Medeia?

Era estranho ouvir o nome em voz alta depois de tanto tempo.

— Conhece-a?

— Conheço o que é cantado por bardos e tocado em pátios para os reis.

— Eu gostaria de ouvir — eu disse.

Fora da janela, as árvores chacoalhavam ao vento enquanto ela falava. Medeia tinha realmente escapado de Aietes. Tinha seguido viagem até Iolcos com Jasão e lhe dado dois filhos, mas ele recuava de suas feitiçarias, e seu povo a desprezava. Com o tempo, ele arranjou um novo casamento com uma princesa doce e bem-amada de sua terra natal. Medeia elogiou sua sabedoria e enviou presentes à noiva: uma coroa e uma capa que tinha feito pessoalmente. Quando a garota as colocou, elas a queimaram viva. Então Medeia arrastou seus filhos para um altar e, jurando que Jasão nunca os teria, cortou a garganta deles. Ela foi vista pela última vez invocando uma biga conduzida por dragões para levá-la de volta à Cólquida.

Os bardos haviam exagerado a história, sem dúvida, mas eu ainda podia ver o rosto brilhante e intenso de Medeia. Acredito que ela teria preferido atear fogo ao mundo do que sair como uma perdedora.

— Eu a avisei uma vez que seu casamento causaria sofrimento. Não há prazer em ouvir que eu estava certa.

— Raramente há. — A voz de Penélope estava suave. Talvez estivesse pensando naquelas crianças massacradas. Eu pensava nelas também. E na biga de dragões, que era, é claro, de meu irmão. Parecia incrível que ela retornasse ao pai, depois de tudo que se passara entre eles. Mas também fazia certo sentido para mim. Aietes queria um herdeiro, e não havia ninguém mais parecido com ele que Medeia. Ela crescera treinada ao redor de suas crueldades, e no fim parecia que não tinha aprendido a ser de outra forma.

Verti mel no punhado de milefólio e acrescentei cera de abelha para dar liga ao unguento. O ar estava doce e almiscarado com o aroma afiado de ervas.

Penélope perguntou:

— O que cria uma bruxa, então, se não é a divindade?

— Não sei com certeza — eu disse. — Já pensei que fosse transmitida pelo sangue, mas Telégono não consegue realizar feitiços. Passei a acreditar que é principalmente força de vontade.

Ela assentiu. Eu não tinha de explicar mais nada. Ambas sabíamos o que era força de vontade.

Naquela tarde, Penélope e Telégono foram à baía outra vez. Eu tinha imaginado que minha aspereza na noite anterior faria Telêmaco manter distância. Mas ele me encontrou com minhas ervas.

— Pensei que poderia trabalhar nas mesas.

Enquanto triturava as folhas de heléboro, eu o observei. Ele tinha um fio de medição e um cálice marcado e cheio até a linha com água.

— O que está fazendo?

— Testando se o chão é nivelado. Seu problema são as pernas, na verdade. Elas são de tamanhos levemente diferentes. Vai ser fácil ajustar.

Eu o vi usar a lima, verificando repetidamente as pernas com sua extensão de fio. Perguntei-lhe como tinha quebrado o nariz.

— Nadando de olhos fechados — ele disse. — Aprendi minha lição.

Quando ele terminou, foi cuidar das pedras do jardim. Eu o segui e fui arrancar ervas daninhas, embora isso não fosse necessário. Nós discutimos sobre abelhas e como eu sempre desejei que houvesse mais delas na ilha. Ele me perguntou se eu podia domá-las como fizera com as outras criaturas.

— Não — eu disse. — Uso fumaça como todo mundo.

— Vi uma colmeia que parece cheia — ele disse. — Posso abri-la na primavera, se quiser.

Eu disse que gostaria e o observei raspar o solo desnivelado.

— O telhado escoa a água aí — eu disse. — Essas pedras vão balançar de novo depois da próxima chuva.

— As coisas são assim. Você as conserta e elas quebram e então você as conserta de novo.

— Você tem um temperamento paciente.

— Meu pai chamava de enfadonho. Tosquiar, limpar lareiras, tirar o caroço das azeitonas. Ele gostava de saber como fazer tais coisas por curiosidade, mas não queria ter de fazê-las de fato.

Era verdade. As tarefas preferidas de Odisseu eram do tipo que só tinham de ser feitas uma vez: saquear uma vila, derrotar um monstro, encontrar um jeito de invadir uma cidade impenetrável.

— Talvez você tenha puxado à sua mãe.

Ele não ergueu os olhos, mas achei que o vi enrijecer.

— Como ela está? Sei que vocês conversam.

— Ela sente sua falta.

— Ela sabe onde estou.

A raiva transparecia nitidamente em seu rosto. *Ele tinha certa inocência*, pensei. Não uso a palavra como os poetas a empregam: uma virtude para ser quebrada até o fim da história, ou então resguardada ao custo mais alto. Nem quero dizer que ele era tolo ou ingênuo, mas sim que era feito apenas de si mesmo, sem as borras que entopem o resto de nós. Ele pensava e sentia e agia, e todas essas coisas formavam uma linha reta. Não era à toa que seu pai ficava tão confuso com ele. Odisseu sempre estaria procurando pelo sentido oculto, pela faca na escuridão. Mas Telêmaco carregava sua lâmina abertamente.

Foram dias estranhos. Atena pairava sobre nossas cabeças como um machado, mas ela fazia isso havia dezesseis anos e eu não ia desfalecer agora. Toda manhã Telégono levava o irmão em caminhadas pela ilha. Penélope fiava ou tecia enquanto eu trabalhava com minhas ervas. Eu tinha puxado meu filho à parte, a essa altura, e lhe contado um pouco do que tinha descoberto sobre o temperamento irascível de Odisseu em Ítaca, suas suspeitas e raiva, e dia a dia vi o conhecimento exercer um efeito sobre ele. Ainda sofria, mas a culpa começou a se suavizar e a alegria retornou ao seu rosto. A presença de Penélope e Telêmaco ajudou ainda mais. Ele se deleitava sob a atenção deles como leões ao sol. Doía-me perceber quanto ele quisera uma família todos aqueles anos.

Penélope e Telêmaco ainda não se falavam. Hora após hora, refeição após refeição, o ar entre eles era frágil. Parecia absurdo para mim que simplesmente não confessassem seus erros e arrependimentos e terminassem com aquilo. Mas eles eram como ovos, um com medo de quebrar o outro.

À tarde, Telêmaco sempre parecia encontrar alguma tarefa que o trazia para perto de mim, e nós conversávamos até que o sol tocava o mar. Quando eu entrava na casa para dispor os pratos para o jantar, ele me seguia. Se havia trabalho suficiente para dois, ele ajudava. Se não havia, ele se sentava diante da lareira entalhando pequenos pedaços de madeira: um touro, um pássaro, uma baleia emergindo das ondas. Suas mãos tinham uma economia precisa e cuidadosa que eu admirava. Ele não era um bruxo, mas tinha o temperamento para isso. Eu lhe disse que o chão se limparia sozinho, mas ele sempre varria a serragem e as farpas de madeira depois.

Era estranho ter uma companhia tão constante. Telégono e eu ficávamos fora do caminho um do outro a maior parte do tempo, e minhas ninfas tinham sido mais como sombras adejando no canto de meus olhos. Geralmente, até isso me exauria, perturbando minha concentração a ponto de eu ter de sair e caminhar pela ilha sozinha. Mas Telêmaco tinha uma qualidade contida, uma segurança tranquila que o tornava amigável sem ser intrusivo. A criatura que ele mais me lembrava era, eu percebi, a minha leoa. Eles tinham a mesma dignidade correta, o mesmo olhar firme com um humor enterrado fundo. Até a mesma graça terrena, que perseguia seus próprios fins enquanto eu perseguia os meus.

— O que é tão engraçado? — ele perguntou.

Eu balancei a cabeça.

Era talvez o sexto dia desde que eles chegaram. Ele estava fazendo uma oliveira, moldando um tronco retorcido, criando cada nó e buraco com a ponta da faca.

— Você sente falta de Ítaca?

Ele considerou a pergunta.

— Sinto falta daqueles que eu conhecia. E sinto muito por não ver minhas cabras procriarem. — Ele hesitou. — Acho que não teria sido um mau rei.

— Telêmaco, o Justo — eu disse.

Ele sorriu.

— É assim que você é chamado se for tão tedioso que as pessoas não conseguem pensar em nada melhor.

— Eu também acho que você seria um bom rei — eu disse. — Talvez ainda possa ser. A memória dos homens é curta. Você pode retornar em glória como o herdeiro há muito esperado, trazendo prosperidade com a majestade de seu sangue.

— Parece uma boa história — ele disse. — Mas o que eu faria naqueles salões que meu pai e os pretendentes ocuparam? Cada passo seria uma lembrança que eu gostaria de não ter.

— Deve ser difícil para você ficar perto de Telégono.

Ele franziu o cenho.

— Por que seria?

— Porque ele se parece tanto com seu pai.

Ele riu.

— Do que está falando? Telégono é carimbo da senhora. Não digo apenas de seu rosto. São seus gestos, seu modo de caminhar. Seu jeito de falar, até sua voz.

— Você faz parecer uma maldição — eu disse.

— Não é nenhuma maldição — ele respondeu.

Nossos olhos se encontraram no ar. Muito longe, minhas mãos estavam descascando romãs para o jantar. Metodicamente, eu cortei a casca, revelando a treliça branca. Dentro, as sementes do suco vermelho brilhavam através de suas células cerosas. Minha boca ardia um pouco de sede. Eu estivera me vigiando com ele. Era algo novo para mim, notar as expressões se formando em meu rosto, o movimento das palavras sobre a minha língua. Tinha passado tanto tempo em minha vida mergulhada até os cotovelos, dirigindo-me ora para cá, ora para lá, respingada e impulsiva. Esse novo sentimento se esgueirava sobre mim com um tipo de sonolência distante, quase uma languidez. Esse não era o primeiro olhar significativo que ele me dera. Mas o que importava?

Meu filho era irmão dele. Seu pai estivera em minha cama. Ele era prometido a Atena. Eu sabia disso, mesmo que ele não soubesse.

Lá fora, as estações tinham mudado. O céu abriu suas mãos, e a terra se inchou para encontrá-lo. A luz jorrava espessa, cobrindo-nos de ouro. O mar só ficava um pouco atrás. No desjejum, Telégono deu um tapa nas costas do irmão.

— Em alguns dias, vamos poder levar o barco à baía.

Senti o olhar de Penélope. *Até onde se estende o feitiço?*

Eu não sabia. Um pouco além do ponto em que as ondas quebravam, mas eu não sabia dizer onde exatamente. Recomendei:

— Não esqueça, Telégono: a cada temporada, sempre há uma última tempestade ruim. Espere passar.

Como que em resposta, uma batida soou na porta.

No silêncio que se seguiu, Telégono sussurrou:

— Os lobos não uivaram.

— Não. — Eu não olhei para Penélope em alerta; se ela não tivesse adivinhado, era uma tola. Revesti-me com minha divindade, fria e protetora, e fui abrir a porta.

Aqueles mesmos olhos negros, aquele mesmo rosto perfeito e belo. Ouvi meu filho ofegar e senti a imobilidade congelada atrás de mim.

— Filha de Hélio. Posso entrar?

— Não.

Ele ergueu uma sobrancelha.

— Tenho uma mensagem a um dos seus convidados.

Senti o medo arranhar minhas costelas, mas mantive a voz dura.

— Eles conseguem ouvi-lo daí.

— Pois bem. — A pele dele brilhou. Sua voz lânguida e seu sorriso irônico desapareceram. Este era o mensageiro divino dos deuses, potente e inevitável.

— Telêmaco, príncipe de Ítaca, venho em nome da grande deusa Atena, que deseja falar com você. Ela exige que a bruxa Circe remova o feitiço que a mantém afastada da ilha.

— *Exige* — eu disse. — Palavra interessante vinda de alguém que tentou matar meu filho. Como posso saber que ela não pretende tentar de novo?

— Ela não está nem um pouco interessada em seu filho. — Ele se despojou de sua glória, e sua voz era casual outra vez. — Se insistir em ser tola quanto a isso... palavras dela, é claro... ela oferece um juramento de proteção para ele. É apenas Telêmaco que Atena deseja. É hora de ele aceitar sua herança. — Hermes olhou além de mim, até a mesa. — Ouviu, príncipe?

Os olhos de Telêmaco estavam abaixados.

— Ouvi. Recebo humildemente tanto mensageiro como mensagem. Mas sou um convidado nesta ilha. Devo esperar pela decisão de minha anfitriã.

Hermes inclinou a cabeça de leve, os olhos atentos.

— Bem, anfitriã?

Senti Penélope às minhas costas, erguendo-se como uma lua de outono. Ela tinha pedido tempo para resolver as coisas com Telêmaco e não o fizera ainda. Podia imaginar seus pensamentos amargos.

— Farei o que ela pede — eu disse. — Mas será necessário algum esforço para desfazer o feitiço. Ela pode vir em três dias.

— Você quer que eu diga à filha de Zeus que ela tem de esperar três dias?

— Eles estão aqui há meio mês. Se ela estivesse com pressa, o teria enviado mais cedo. E você pode dizer a ela que essas são as minhas palavras.

Divertimento lampejou em seus olhos. No passado, eu tinha me nutrido daquele olhar, quando estivera faminta e pensava que tais migalhas fossem um banquete.

— Garanto que direi.

Respiramos no espaço vazio que ele deixou para trás. Penélope encontrou meus olhos.

— Obrigada — ela disse. Então se virou para Telêmaco. — Filho. — Era a primeira vez que eu a ouvia falar diretamente com ele. — Eu o fiz esperar demais. Aceita caminhar comigo?

CAPÍTULO 24

Nós os observamos enquanto se afastavam pela trilha até o litoral. Telêmaco parecia um pouco chocado, mas isso era natural. Ele tinha descoberto que era o escolhido de Atena e iria fazer as pazes com a mãe no mesmo momento. Eu quisera dizer algo a ele antes de sair, mas nenhuma palavra tinha vindo.

Telégono cutucou meu cotovelo.

— O que Hermes quis dizer com herança de Telêmaco?

Eu balancei a cabeça. Naquela manhã, vira os primeiros botões verdes da primavera. Atena havia escolhido bem seu momento. Tinha vindo assim que poderia fazer Telêmaco navegar.

— Estou surpreso que o feitiço leve três dias para ser desfeito. Você não pode usar... Como é o nome? Móli?

— Você sabe que meus feitiços são governados pela minha vontade. Se eu desatá-los, cairão em um segundo. Então, não, não leva três dias.

Ele franziu o cenho.

— Você mentiu para Hermes? Atena não vai ficar furiosa quando descobrir?

A inocência dele ainda me assustava.

— Não pretendo contar a ela. Telégono, você está lidando com deuses. Deve manter seus truques para si ou perderá tudo.

— Você fez isso para que eles tivessem tempo de conversar — ele disse. — Penélope e Telêmaco.

Ele era jovem, mas não tolo.

— Algo assim.

Ele tamborilou o dedo na janela. Os leões não se remexeram; eles conheciam bem o som de sua inquietude.

— Nós os veremos de novo? Se partirem?

— Acho que você os verá — eu disse. Se ele ouviu a mudança que fiz, não disse nada. Eu podia sentir meu peito ofegando um pouco. Fazia tanto tempo que eu não falava com Hermes que tinha esquecido o esforço necessário para enfrentar aquele olhar sagaz e onisciente.

Ele perguntou:

— Você acha que Atena vai tentar me matar?

— Ela deverá fazer um juramento antes de vir, e será obrigada a obedecê-lo. Mas eu terei a lança, para garantir.

Obriguei minhas mãos a executarem suas tarefas: guardar os pratos e lavar as roupas e puxar as ervas. Quando começou a escurecer, preparei uma cesta de comida e mandei Telégono encontrar Penélope e Telêmaco.

— Não se demore — eu disse. — Eles precisam ficar sozinhos.

Ele ruborizou.

— Não sou uma criança idiota.

Inspirei fundo.

— Sei que não é.

Caminhei de um lado para outro enquanto ele não voltava. Não conseguia explicar a tensão aguda que sentia. Eu sabia que ele ia partir. Sempre soubera.

Penélope retornou quando a lua se ergueu.

— Sou grata à senhora — ela disse. — A vida não é tão simples quanto um tear. O que a pessoa tece não pode ser desfiado com um puxão. Mas acho que fizemos um começo. É errado de minha parte confessar que gostei de vê-la rechaçar Hermes?

— Tenho uma confissão também. Não sinto muito por deixar Atena esperando por três dias.

Ela sorriu.

— Obrigada. De novo.

Telégono estava sentado diante da lareira entalhando as pontas de flechas, mas ele mal tinha completado um punhado. Estava tão inquieto quanto eu, raspando as pedras do chão, encarando pela janela a trilha vazia do jardim como se Hermes pudesse aparecer outra vez. Eu limpei as mesas que não precisavam ser limpas. Transferi meus potes de ervas de um lado para outro. A capa preta de luto de Penélope pendia do tear, quase terminada. Eu podia ter me sentado e trabalhado um pouco, mas a mudança de mãos ficaria nítida no tecido.

— Vou sair — disse a Telégono. E antes que ele pudesse falar qualquer coisa, eu fiz isso.

Meus pés me carregaram a uma pequena cavidade que eu conhecia entre os carvalhos e oliveiras. Os galhos forneciam uma boa sombra e a grama era macia. Era possível ouvir aos pássaros noturnos acima.

Ele estava sentado numa árvore caída, delineada contra a escuridão.

— Eu o perturbo?

— Não — ele disse.

Sentei-me ao seu lado. Sob meus pés, a grama estava fria e levemente úmida. As corujas gritavam à distância, ainda famintas devido à escassez do inverno.

— Minha mãe disse o que a senhora fez por nós. Tanto agora como antes. Obrigado.

— Fico feliz se ajudou.

Ele assentiu de leve.

— Ela estava quilômetros à frente, como sempre.

Acima de nós os galhos se remexeram, retalhando a lua em fatias.

— Está pronto para enfrentar a deusa dos olhos cinzentos?

— Alguém está?

— Você já a viu antes, pelo menos. Quando ela impediu a guerra entre seu pai e os familiares dos pretendentes.

— Eu a vi muitas vezes — ele disse. — Ela costumava aparecer para mim quando eu era criança. Nunca em sua própria forma. Eu notava uma qualidade em certas pessoas ao meu redor. A senhora sabe. O estranho com um conselho excessivamente detalhado. O antigo amigo da família cujos olhos brilham no escuro. O ar cheirava a azeitonas amanteigadas e ferro. Eu falava o nome dela e o céu brilhava tão forte quanto prata polida. As coisas embaçadas da minha vida, a pele cortada do meu polegar, as zombarias dos pretendentes, desapareciam. Ela fazia eu me sentir como um dos heróis das canções, pronto para domar touros que sopravam fogo e semear dentes de dragão.

Uma coruja voltou com asas silenciosas. No silêncio, o desejo em sua voz repicava como um sino.

— Depois que meu pai voltou, nunca a vi de novo. Esperei por um longo tempo. Matei ovelhas em honra a ela. Examinava atentamente todos que passavam. Será que aquele pastor de cabras estava se demorando além da conta? Aquele marinheiro não estava interessado demais em minhas ideias? — Ele fez um som no escuro, uma meia risada. — A senhora pode imaginar que as pessoas não me amavam por causa disso; eu estava sempre as encarando e depois dava-lhes as costas, decepcionado.

— Você sabe o que ela tem em mente para você?

— Quem pode dizer, quando se trata de um deus?

Eu senti o comentário como uma censura. Aquele velho abismo intransponível entre mortal e divindade.

— Você terá poder, sem dúvida, e riqueza. Provavelmente terá sua chance de ser Telêmaco, o Justo.

Seus olhos pousaram nas sombras da floresta. Ele mal tinha olhado para mim desde que eu chegara. O que quer que tivesse existido entre nós havia se dispersado como fumaça no vento. Sua mente estava com Atena, apontada para o seu futuro. Eu sabia que seria assim, mas me surpreendeu o quanto doía ver acontecer tão depressa.

Eu falei bruscamente.

— Você deve levar o barco, é claro. Está encantado contra naufrágios, como sabe. Com a ajuda dela, não deve precisar disso, mas permitirá que parta assim que estiver pronto. Telégono não vai se importar.

Ele ficou quieto por tanto tempo que pensei que não tinha ouvido. Mas por fim disse:

— É uma oferta gentil, obrigado. Então a senhora terá sua ilha de volta.

Eu ouvi os estalos nos arbustos. Ouvi o mar distante na praia, o som de nossa respiração abafada em sua maré incessante.

— Sim — eu disse. — Terei.

Nos dias que se seguiram, eu passei por ele como se fosse uma mesa em meu salão. Penélope me lançava olhares, mas eu não falei com ela também. Os dois ficavam juntos com frequência agora, consertando o que fora quebrado. Eu não queria ver. Levei Telégono ao mar para que me mostrasse seu nado. Seus ombros duros e musculosos cortavam infalíveis pelo mar. Ele parecia mais velho que seus dezesseis anos, um homem crescido. Filhos de deuses sempre atingiam sua força mais rápido que mortais. Ele sentiria falta deles quando partissem, eu sabia. Mas eu encontraria alguma outra coisa para ele. Eu lhe ajudaria a esquecer. Diria que algumas pessoas são como constelações que só tocam a terra por uma estação.

Eu servi a refeição noturna deles, então apanhei minha capa e saí para a escuridão. Procurei os picos mais altos, os matagais nos quais mortais não podiam me seguir. Mesmo então, ri de mim mesma. Qual deles você pensa que iria segui-la? Minha mente repassou todas aquelas histórias que eu tinha escondido, de Odisseu, Aietes e Cila e o resto. Eu não queria que meu passado fosse só uma diversão, combustível para sua inteligência implacável. Mas quem mais o teria tolerado, com toda sua feiura e erros? Eu tinha perdido minha chance de falar, e agora era tarde demais.

Fui para a cama. Sonhei até a aurora com a lança que continha o veneno de Trigon.

Na manhã do terceiro dia, Penélope tocou na manga do meu vestido. Ela tinha terminado a capa preta. Fazia seu rosto parecer mais magro, sua pele mais opaca. Ela disse:

— Sei que peço demais, mas a senhora estará presente quando falarmos com ela?

— Sim. E Telégono também. Quero tudo isso terminado e às claras. Estou cansada de jogos.

Todas as minhas palavras soavam assim, duras nos meus dentes. Subi até o pico. As rochas ali estavam escurecidas por dezesseis anos de minhas poções. Abaixei-me e esfreguei o dedo contra as manchas. Tantas vezes eu tinha subido ali. Tantas horas gastas. Fechei os olhos e senti o feitiço acima de mim, frágil como vidro. Eu o deixei cair.

Houve um *pingue* suave, como o estalo da corda de um arco puxado demais. Eu esperei que o velho peso caísse de meus ombros, mas, em vez disso, uma fadiga cinzenta rolou por mim. Estendi a mão para me equilibrar e só encontrei ar. Cambaleei, os joelhos vacilando. Mas não havia tempo para fraqueza. Estávamos expostos. Atena estava vindo, mirando em minha ilha como uma águia mergulhando. Eu me obriguei a começar a descer a montanha. Meus pés tropeçavam em todas as raízes, as pedras viravam meus tornozelos. Minha respiração estava rasa e ofegante. Abri a porta. Três rostos surpresos me encararam. Telégono se ergueu.

— Mãe?

Passei por ele. O céu estava aberto, e cada momento era um perigo. Aquela lança: era disso que eu precisava. Agarrei seu cabo torto do canto onde eu a guardava e respirei o doce aroma do veneno. Minha mente pareceu clarear um pouco. Até Atena não arriscaria isso.

Eu a levei ao salão e parei diante da lareira. Hesitantes, eles seguiram. Não houve tempo para um alerta. Os membros de raio dela atingiram a sala e o ar se tornou prateado. Seu peitoral brilhava como se ainda estivesse sendo fundido. A crina de seu elmo balançava sobre nós.

Seus olhos estavam fixos nos meus. Sua voz era sombria como minério.

— Eu lhe disse que se arrependeria se ele vivesse.

— Estava errada — eu retruquei.

— Sempre foi insolente, titã. — Bruscamente, como se para me ferir com sua precisão, ela voltou o olhar para Telêmaco. Ele estava ajoelhado, Penélope ao seu lado. — Filho de Odisseu — ela chamou. Sua voz mudou, cobrindo-se de ouro. — Zeus profetizou que um novo império se erguerá no Ocidente. Eneias fugiu para lá com seus troianos restantes, e eu desejo que os gregos os equilibrem e os mantenham sob controle. A terra é fértil e rica, repleta de feras do campo e da floresta, abundante com frutas de todos os tipos. Você fundará uma cidade próspera lá, construirá muros robustos e estabelecerá leis para conter a maré de selvageria. Vai gerar um grande povo que governará nas eras vindouras. Eu reuni bons homens de nossas terras e os coloquei em um navio. Eles chegarão hoje para levá-lo ao seu futuro.

A sala queimava com as faíscas douradas da visão dela. Telêmaco queimava também. Seus ombros pareciam mais largos, seus membros inchados de força. Até sua voz tinha ficado mais grave.

— Deusa de olhos cinzentos e sábia — ele disse. — Sou honrado entre os mortais. Nenhum homem pode merecer tal graça.

Ela sorriu como uma serpente sobre sua tigela de creme.

— O navio virá buscá-lo ao crepúsculo. Esteja pronto.

Era a deixa para que ele se erguesse. Para demonstrar a glória que ela tinha lhe concedido, empunhá-la como um estandarte cintilante. Mas ele continuou ajoelhado, imóvel.

— Temo que não seja merecedor de suas dádivas.

Eu franzi o cenho. Por que ele estava se humilhando tanto? Não era sábio. Devia agradecê-la e ponto, antes que ela encontrasse algum motivo para ofensa.

A voz dela assumiu uma nota de impaciência.

— Eu conheço suas fraquezas — ela disse. — Elas não irão importar, quando eu estiver presente para fortalecer seu braço na lança. Eu o guiei à vitória contra os pretendentes. Guiarei de novo.

— A senhora me protegeu — ele disse. — Eu lhe agradeço. Mas não posso aceitar.

O ar na sala ficou completamente imóvel.

— O que quer dizer? — As palavras chiavam.

— Eu considerei — ele disse. — Por três dias, considerei. E não encontrei em mim nenhum gosto para lutar contra troianos nem construir impérios. Busco dias diferentes.

Minha garganta tinha ficado seca. O que o tolo estava fazendo? O último homem que tinha recusado Atena fora Páris, príncipe de Troia. Ele tinha preferido a deusa Afrodite, e agora estava morto e sua cidade eram cinzas.

Os olhos dela eram trados perfurando o ar.

— "Nenhum gosto"? O que é isso? Algum outro deus lhe ofereceu algo melhor?

— Não.

— Então o quê?

Ele não recuou do olhar dela.

— Eu não desejo tal vida.

— Penélope. — A palavra era um açoite. — Fale com seu filho.

O rosto de Penélope estava curvado para o chão.

— Eu falei, deusa. Ele está determinado a seguir esse rumo. Sabe como o sangue do pai sempre foi teimoso.

— Teimoso em realizações. — Atena estalava cada palavra como se torcesse o pescoço de uma pomba. — Em sagacidade. Que degeneração é essa? — Ela se virou de novo para Telêmaco. — Eu não farei esta oferta outra vez. Se persistir nessa tolice, se me recusar, toda minha glória irá deixá-lo. Mesmo se implorar, eu não virei.

— Eu compreendo — ele disse.

A calma dele pareceu enfurecê-la.

— Não haverá canções sobre você. Nenhuma história. Entende? Vai viver uma vida de obscuridade. Não terá um nome na história. Não será ninguém.

Cada palavra era como o golpe de um martelo em uma forja. *Ele vai ceder*, eu pensei. É claro que vai ceder. A fama que ela tinha descrito era aquilo por que todos os mortais ansiavam. Era sua única esperança de imortalidade.

— Eu escolho esse destino — ele disse.

A descrença brilhava abertamente no rosto frio e belo dela. Quantas vezes em sua eternidade haviam-lhe dito não? Ela não conseguia compreender. Parecia uma águia que mergulhara atrás de um coelho e, no momento seguinte, encontrava-se na lama.

— É um tolo — ela cuspiu. — Tem sorte de eu não o matar agora mesmo. Eu o poupo por amor a seu pai, mas não sou mais sua protetora.

A glória que tinha brilhado sobre ele sumiu. Ele parecia murcho sem ela, cinzento e enrugado como a casca de um tronco velho. Eu estava tão chocada quanto Atena. E tão envolvida nesses pensamentos que não pude ver o caminho que trilhávamos até ser tarde demais.

— Telégono — Atena disse. Seu olhar prateado virou-se para ele. Sua voz mudou de novo; o ferro tornou-se filigranado. — Ouviu o que ofereci ao seu irmão. Agora ofereço a você. Vai navegar e ser meu baluarte na Itália?

Eu sentia que tinha escorregado de um penhasco. Estava no ar, caindo, sem nada para me segurar.

— Filho! — exclamei. — Não diga nada.

Veloz como uma flecha no ar, ela se virou para mim.

— Ousa me obstruir de novo? O que mais quer de mim, bruxa? Eu fiz um juramento de não o ferir. Ofereço-lhe uma dádiva pela qual os homens trocariam suas almas. Vai mantê-lo manco a vida toda, como um cavalo quebrado?

— Você não o quer — eu disse. — Ele matou Odisseu.

— Odisseu matou a si mesmo — ela retrucou. As palavras sibilaram no ar como a lâmina de uma foice. — Ele perdeu seu caminho.

— Foi você quem o fez perdê-lo.

Raiva ferveu em seus olhos. Eu vi o pensamento neles: como sua lança poderia arrancar o sangue da minha garganta.

— Eu o teria transformado em um deus — ela disse. — Um igual. Mas, no fim, ele foi fraco demais.

Era o máximo de desculpas que alguém receberia de um deus. Cerrei os dentes e brandi a ponta da lança no ar.

— Não terá meu filho! Eu lutarei antes de deixar que o leve.

— Mãe. — A voz era suave ao meu lado. — Posso falar?

Eu estava me estilhaçando. Sabia o que veria quando olhasse para ele, sua esperança ávida e suplicante. Ele queria ir. Sempre quis ir, desde o momento em que nasceu nos meus braços. Eu tinha deixado Penélope ficar na minha ilha para que não perdesse seu filho. Em vez disso, eu perderia o meu.

— Eu sonhei com isso — ele disse. — Com campos dourados que se estendem, ininterruptos, até o horizonte. Pomares, rios reluzentes, rebanhos prósperos. Achei que era Ítaca que eu via.

Ele estava tentando falar gentilmente, refrear a empolgação que se erguia nele como uma inundação. Pensei em Ícaro, que tinha morrido quando foi libertado. Telégono morreria se não fosse. Não em carne ou anos. Mas tudo que era doce nele murcharia e desapareceria.

Ele pegou minha mão. O gesto era como o de um bardo. Mas não estávamos em um tipo de canção? Esse era o refrão que tínhamos praticado com tanta frequência.

— Há riscos, eu sei, mas você me ensinou a ser cuidadoso. Consigo fazer isso, mãe. Eu *quero* fazer isso.

Eu era um espaço cinza preenchido por nada. O que podia dizer? Um de nós devia sofrer. Eu não deixaria que fosse ele.

— Meu filho — eu disse —, a decisão é sua para tomar.

A alegria explodiu dele como uma onda. Eu me virei para não ter de assistir. *Atena ficaria contente*, pensei. Sua vingança finalmente chegara.

— Esteja pronto para o navio — ela disse. — Ele chega esta tarde. Não mandarei outro.

A luz voltou a ser apenas do sol. Penélope e Telêmaco se afastaram discretamente. Telégono me abraçou como não fazia desde que era criança. Como talvez nunca tivesse feito. *Lembre-se disso*, eu disse a mim mesma. Seus ombros largos, a curva dos ossos em suas costas, o calor da sua respiração. Mas minha mente parecia ressecada, varrida pelo vento.

— Mãe? Não pode ficar feliz por mim?

Não, eu queria gritar para ele. Não podia. Por que eu deveria ficar feliz? Não é suficiente deixá-lo ir? Mas eu não queria que essa fosse sua última lembrança de mim, a mãe gritando e lamentando como se ele estivesse morto, embora ainda estivesse cheio de anos esperançosos pela frente.

— Estou feliz por você — eu me obriguei a dizer. Eu o levei ao seu quarto. Ajudei-o a arrumar suas coisas, enchendo baús com remédios de todos os tipos, para ferimentos e dores de cabeça, pragas e insônia e até parto, o que o fez corar.

— Você vai fundar uma dinastia — eu disse. — Herdeiros geralmente são necessários.

Eu lhe dei as roupas mais quentes que tinha, embora fosse primavera e o verão se aproximasse. Disse que ele devia levar Arcturos, que o amava desde que era filhote. Empurrei amuletos para ele, envolvi-o em encantamentos. Empilhei um tesouro após outro, ouro e prata e os bordados mais finos, pois novos reis são mais bem-sucedidos quando têm maravilhas para conceder.

Àquela altura, ele tinha ficado mais sóbrio.

— E se eu fracassar?

Pensei na terra que Atena tinha descrito. As colinas suaves, coroadas com suas frutas pesadas e campos de grãos, a cidadela brilhante que ele construiria. Ele dispensaria julgamentos desde um trono elevado em um salão ensolarado, e homens e mulheres viriam de muito longe para se ajoelhar diante dele. *Ele seria um bom governante*, pensei. Justo e caloroso. Não seria consumido como o pai. Ele nunca tivera a sede de glória, só de vida.

— Não vai fracassar — eu disse.

— Você não acha que ela me deseje mal, acha?

Agora ele estava preocupado; agora, que era tarde demais. Ele só tinha dezesseis anos, tão novo no mundo.

— Não — eu disse. — Ela não quer feri-lo. Valoriza você por seu sangue, e com o tempo vai valorizá-lo por si mesmo também. Ela é mais confiável que Hermes, embora nenhum deus possa ser chamado de constante. Deve-se lembrar de ser seu próprio homem.

— Lembrarei. — Ele encontrou meu olhar. — Você não está com raiva?

— Não — eu disse. Nunca tinha sido raiva, na verdade, só medo e dor. Ele era o que os deuses podiam usar contra mim.

Uma batida na porta. Telêmaco, carregando um longo embrulho de lã.

— Desculpe incomodar. — Os olhos dele se mantiveram longe dos meus. Ele estendeu o pacote ao meu filho. — Isto é para você.

Telégono desembrulhou o tecido. Uma extensão lisa de madeira, afunilada nas extremidades e com fendas. As cordas estavam enroladas seguramente ao redor. Telégono alisou o suporte de couro.

— É lindo.

— Era de nosso pai — Telêmaco disse.

Telégono ergueu os olhos como se tivesse levado um golpe. Vi uma sombra da antiga dor passar por seu rosto.

— Irmão, não posso. Já tomei sua cidade.

— A cidade nunca foi minha — ele disse. — Nem isto. Você se dará melhor com ambos, acredito.

Eu sentia como se estivesse a uma grande distância. Nunca tinha visto a idade entre eles tão claramente antes. Meu filho ávido, e esse homem que escolhera ser ninguém.

Carregamos os pertences de Telégono até a praia. Telêmaco e Penélope se despediram, então recuaram. Eu esperei ao lado do meu filho, mas ele mal reparou. Seus olhos encontraram o horizonte, aquela linha que unia ondas e céu.

O navio entrou no porto. Era grande, as laterais com resina e tinta frescas, sua nova vela brilhando. Os homens trabalhavam com movimentos precisos e eficientes. Suas barbas estavam aparadas, seus corpos treinados e fortes. Quando a prancha foi baixada, eles se agruparam, ansiosos, na amurada.

Telégono deu um passo à frente para encontrá-los. Ele se portava ereto, iluminado pelo sol. Arcturos o seguiu, arfando ao seu lado. O arco do pai estava montado e pendia-lhe do ombro.

— Sou Telégono de Eana — ele exclamou —, filho de um grande herói e de uma deusa ainda maior. Bem-vindos, pois foram trazidos aqui por Atena dos olhos cinzentos em pessoa.

Os marinheiros caíram de joelhos. *Eu não conseguiria suportar*, pensei. Eu o seguraria para mim. Mas só o abracei uma última vez, apertando-o com tanta força como se quisesse gravá-lo em minha pele. Então o observei tomar seu lugar entre eles e ficar sobre a proa, delineado contra o céu. A luz reluzia prateada das ondas. Ergui minha mão em uma bênção e dei meu filho ao mundo.

Nos dias que seguiram, Penélope e Telêmaco me trataram como se eu fosse vidro egípcio. Eles falavam suavemente e andavam na ponta dos pés quando passavam por minha cadeira. Penélope me ofereceu seu lugar ao tear. Telêmaco manteve meu cálice cheio. O fogo sempre estava atiçado. Não reparei em nada disso. Eles eram gentis, mas não eram nada para mim. Os xaropes em minha despensa tinham sido meus companheiros há mais tempo. Eu fui para minhas ervas, mas elas pareciam murchar em meus dedos. O ar parecia nu sem meu feitiço. Os deuses podiam ir e vir como quisessem agora. Podiam fazer qualquer coisa. Eu não tinha poder para impedi-los.

Os dias ficaram mais quentes. O céu se suavizou, abrindo acima de nós como a casca madura de uma fruta. A lança ainda se inclinava em meu quarto. Fui até ela, tirei a bainha para respirar seu espinho pálido e venenoso, mas o que eu queria dela, não sabia dizer. Esfregava meu peito como se amassasse pão. Telêmaco perguntou:

— A senhora está bem?

— É claro que estou bem. O que pode haver de errado comigo? Imortais não ficam doentes.

Fui à praia. Caminhei com cuidado, como se segurasse um bebê nos braços. O sol caía impiedoso sobre o horizonte. Caía em todo lugar, em minhas costas e braços e rosto. Eu não usava um xale. Não ficaria queimada. Nunca ficava.

Minha ilha se estendia ao meu redor. Minhas ervas, minha casa, meus animais. *E assim continuaria*, pensei, *para sempre, eternamente igual*. Não importava se Penélope e Telêmaco fossem gentis. Não importava nem se eles permanecessem ali a vida toda, se ela fosse a amiga pela qual eu ansiara e ele, alguma outra coisa – seria apenas um piscar de olhos. Eles definhariam e eu queimaria seus corpos e veria minhas lembranças deles amarelarem e esmaecerem como tudo esmaecia na torrente infinita dos séculos, até Dédalo, até as manchas de sangue do Minotauro, até os apetites de Cila. Até Telégono. Sessenta, setenta anos, um mortal poderia ter. Depois ele partiria para o submundo, aonde eu nunca poderia ir, pois os deuses são o oposto da morte. Tentei imaginar aquelas colinas obscuras e aqueles campos cinza, com as sombras se movendo, lentas e brancas, entre eles. Algumas andavam de mãos dadas com os que tinham amado em vida; outras esperavam, certas de que um dia o ser amado viria. E para aquelas que não tinham amado, cujas vidas foram preenchidas por dor e horrores, havia o negro rio Lete, do qual podiam beber e esquecer. Um consolo.

Para mim, não havia nada. Eu continuaria existindo por milênios incontáveis, enquanto todos que eu conhecia escapavam por meus dedos e eu era deixada apenas com aqueles que eram como eu. Os olimpianos e titãs. Minha irmã e irmãos. Meu pai.

Senti algo em mim, então. Foi como nos primeiros tempos dos meus feitiços, quando o caminho se abria, súbito e claro diante de mim. Todos aqueles anos eu tinha resistido e lutado, mas havia uma parte de mim que ficara imóvel, exatamente como minha irmã tinha dito. Eu pareci ouvir aquela criatura pálida em suas profundezas negras.

Então, criança, faça outro.

Eu não fiz nada para me preparar. Se não estivesse pronta agora, quando estaria? Eu nem subi até o pico. Ele podia vir aqui, em minhas areias amarelas, e me encarar onde eu estava.

— Pai — eu disse, para o ar —, desejo falar com você.

CAPÍTULO 25

Hélio não era um deus para se convocar, mas eu era a filha rebelde que tinha conquistado a cauda de Trigon. Os deuses amavam qualquer novidade, como eu já disse. Curiosos como gatos.

Ele pisou para fora do ar. Estava usando sua coroa, e seus raios transformaram minha praia em ouro. O púrpura de suas vestes era escuro como sangue empoçado. Centenas de anos e nem um fio tinha mudado. Ele ainda era a mesma imagem que tinha sido queimada em mim desde o nascimento.

— Aqui estou — ele disse. Sua voz emanava como calor de uma fogueira.

— Eu busco um fim para meu exílio — eu disse.

— Não há. Você será punida pela eternidade.

— Peço que vá a Zeus e fale em meu nome. Diga a ele que o senhor consideraria um favor se me libertasse.

O rosto dele estava mais incrédulo que bravo.

— Por que eu faria tal coisa?

Havia muitas respostas que eu poderia dar. Porque eu fui sua moeda de troca o tempo todo. Porque você teria visto aqueles homens e saberia o que eram, e mesmo assim os deixou aportar na minha ilha. Porque depois, quando eu era uma coisa quebrada, você não veio.

— Porque eu sou sua filha e desejo ser livre.

Ele nem hesitou.

— Desobediente como sempre, e excessivamente atrevida. Chamando-me aqui por uma tolice e nada mais.

Eu examinei seu rosto, reluzindo com poder virtuoso. O grande vigia do céu. O Salvador, ele é chamado. Onividente, Portador da Luz, Deleite dos Homens. Eu tinha lhe dado sua chance. Era mais do que ele jamais me dera.

— Lembra-se — perguntei — de quando Prometeu foi açoitado em seu salão?

Seus olhos se estreitaram.

— É claro.

— Eu fiquei para trás, quando todos vocês tinham ido embora. Levei-lhe conforto e nós conversamos.

O olhar dele pousou ardente no meu.

— Não teria ousado.

— Se duvida, pode perguntar ao próprio Prometeu. Ou a Aietes. Embora conseguir qualquer verdade dele seja um milagre.

Minha pele tinha começado a doer com o calor; meus olhos marejavam.

— Se o fez de fato, foi uma traição profunda. Merece seu exílio mais do que nunca. Merece ainda mais punição, toda que posso lhe dar. Terá nos exposto à ira de Zeus por um capricho tolo.

— Sim — eu disse. — E, se não garantir o fim do meu exílio, vou expô-los outra vez. Contarei a Zeus o que fiz.

Seu rosto se contraiu. Pela primeira vez, eu o tinha verdadeiramente chocado.

— Não faria isso. Zeus a destruiria.

— Talvez — eu disse. — Mas acho que ele escutaria primeiro. E é você que ele vai realmente culpar, pois deveria ter mantido sua filha sob controle. É claro, eu contarei outras coisas também. Todas aquelas traições secretas que o ouvi sussurrar com meus tios. Acho que Zeus ficaria contente em saber quão profundo é o motim dos titãs, não acha?

— Ousa me ameaçar?

Esses deuses, pensei. *Eles sempre diziam a mesma coisa.*

— Sim.

A pele do meu pai explodiu numa luz brilhante. Sua voz queimou meus ossos.

— Você começaria uma guerra.

— Espero que sim. Pois prefiro vê-lo destroçado, pai, a permanecer aprisionada para sua conveniência por mais um momento sequer.

A fúria dele era tão quente que o ar se curvava e tremulava ao seu redor.

— Eu posso destruí-la com um pensamento.

Era o meu medo mais antigo, aquela aniquilação branca. Senti-o passar por mim num arrepio. *Mas basta*, pensei. *Por fim, basta.*

— Pode — eu concordei. — Mas sempre foi cuidadoso, pai. Sabe que eu enfrentei Atena. Que eu caminhei nas profundezas mais escuras. Não pode adivinhar quais feitiços eu lancei, quais venenos juntei para me proteger de você, como seu poder pode ricochetear contra sua cabeça. Quem sabe o que há em mim? Vai descobrir?

As palavras pairaram no ar. Seus olhos eram discos de ouro inflamados, mas eu não desviei o olhar.

— Se eu fizer isso — ele disse —, é a última coisa que jamais farei por você. Não venha implorando de novo.

— Pai — eu garanti —, nunca irei. Deixo este lugar amanhã.

Ele não perguntaria para onde, não iria nem considerar a questão. Tantos anos eu passara quando criança analisando suas feições brilhantes em busca de seus pensamentos, tentando vislumbrar entre eles um que guardasse meu nome. Mas ele era uma harpa com apenas uma corda, e a nota que tocava era si mesmo.

— Você sempre foi a pior dos meus filhos — ele disse. — Certifique-se de não me desonrar.

— Tenho uma ideia melhor. Farei o que eu quiser, e, quando enumerar seus filhos, deixe-me de fora.

O corpo dele estava rígido de ira. Parecia que tinha engolido uma pedra e estava engasgando com ela.

— Dê meus cumprimentos à minha mãe — eu disse.

Ele cerrou a mandíbula e sumiu.

As areias amarelas esmaeceram para sua cor normal. As sombras retornaram. Por um momento eu fiquei imóvel, respirando, meu peito cheio de um martelar selvagem. Mas então passou. Meus pensamentos se soltaram, roçaram a terra, voaram colina acima até meu quarto onde a lança esperava com seu veneno pálido. Eu devia tê-la devolvido a Trigon há muito tempo, mas a mantivera para proteção e para mais alguma coisa que eu não conseguia nomear. Finalmente, sabia o que era.

Fui à casa e encontrei Penélope, sentada em meu tear.

— É hora de tomar uma decisão. Há coisas que eu preciso fazer. Parto amanhã, não sei por quanto tempo. Eu a levarei para Esparta, se desejar.

Ela ergueu os olhos da tapeçaria que estava fazendo. Um mar revolto, com um nadador se aventurando na escuridão.

— E se não desejar?

— Então pode ficar aqui.

Ela segurava a naveta de leve, como se fosse um pássaro com ossos ocos. Disse:

— Não seria um… incômodo? Sei o que lhe custei.

Ela se referia a Telégono. Havia dor, e sempre haveria. Mas a névoa cinzenta tinha se dissipado. Eu me sentia distante e muito lúcida, como um gavião voando no éter mais alto. Eu disse:

— Ele jamais teria sido feliz aqui.

— Mas, por nossa causa, ele partiu com Atena.

Isso tinha me machucado, mas era só orgulho.

— Ela está longe de ser a pior deles. – *Deles,* eu me ouvi dizer. – Dou-lhe uma escolha, Penélope. O que gostaria de fazer?

Uma loba se espreguiçou, a boca rangendo um pouco com seu bocejo.

— Descubro que não estou com pressa de ir a Esparta — Penélope disse.

— Então venha, há coisas que deve saber. — Eu a levei à cozinha, com suas fileiras de jarros e garrafas. — Há uma ilusão sobre a ilha que a faz parecer inóspita a navios. Ela vai permanecer enquanto eu estiver fora. Mas os marinheiros às vezes são imprudentes, e os mais imprudentes são com frequência os mais desesperados. Essas são minhas drogas que não requerem feitiçaria. Há venenos entre elas, e unguentos para cura. Este causa sono. — Eu lhe entreguei uma garrafa. — Não funciona imediatamente, então não pode esperar até o último momento. Vai precisar colocar no vinho deles. Dez gotas serão suficientes. Acha que consegue?

Ela inclinou o conteúdo, sentiu seu peso. Um leve sorriso tocou seus lábios.

— Lembre-se de que eu tenho alguma experiência em lidar com convidados indesejados.

Aonde quer que Telêmaco tivesse ido, ele não voltou para o jantar. Não importava, eu disse a mim mesma. A época em que eu tinha amolecido como cera tinha passado. Meu caminho estava estendido diante de mim. Arrumei minhas coisas. Havia algumas trocas de roupa e uma capa, mas o resto eram ervas e garrafas. Apanhei a lança e a levei para o ar quente da noite. Havia feitiçaria a ser feita, mas eu queria ir ao barco primeiro. Não o via desde que Telêmaco começara seus reparos, e tinha de me certificar de que estava pronto para partir. Raios relampejaram acima do mar, e a brisa trouxe um cheiro distante de fogo. Era aquela última tempestade que eu dissera a Telégono para esperar, mas eu não a temia. Pela manhã, já teria passado.

Entrei na caverna e encarei o que ali estava, em choque. Era difícil acreditar que estava vendo o mesmo barco. Era mais longo agora, e sua proa fora reconstruída e estreitada. O mastro estava mais bem equipado, e o leme, mais fino. Caminhei ao redor dele. Na frente, uma pequena figura de proa tinha sido acrescentada, uma leoa sentada com a bocarra aberta. O pelo era entalhado no estilo oriental, cada cacho separado, curvado como a concha de uma lesma. Estendi a mão para tocar em um.

— A cera não assentou ainda. — Ele emergiu da escuridão. — Eu sempre pensei que todo navio precisa de um espírito de proa.

— É linda — eu disse.

— Eu estava pescando na enseada quando Hélio veio. Todas as sombras desapareceram. Ouvi sua conversa com ele.

Senti uma pontada de constrangimento. Como devíamos ter parecido perniciosos e bizarros e cruéis. Pousei os olhos no barco para não ter de olhar para ele.

— Então sabe que meu exílio terminou e parto amanhã. Perguntei à sua mãe se ela queria ir a Esparta ou ficar. Ela disse que deseja ficar. Eu lhe ofereço a mesma escolha.

Lá fora, o mar fez um som como uma naveta tecendo. As estrelas eram amarelas como peras, baixas e maduras no galho.

— Eu estive bravo com a senhora — ele disse.

Isso me surpreendeu. O sangue se ergueu, queimando, às minhas faces.

— Bravo?

— Sim — ele disse. — Pensou que eu iria partir com Atena. Mesmo depois de tudo que lhe disse. Não sou seu filho e não sou meu pai. Devia saber que eu não quero nada que Atena tem a oferecer.

A voz dele estava tranquila, mas eu senti a ponta afiada de sua censura.

— Sinto muito — eu disse. — Não conseguia acreditar que alguém neste mundo recusaria a divindade dela.

— Isso é engraçado, vindo da senhora.

— Eu não sou um jovem príncipe promissor de quem grandes feitos são esperados — eu disse.

— Dá-se valor excessivo a esse tipo de coisa.

Eu passei a mão sobre o pé com garras da leoa e senti a cobertura pegajosa da cera.

— Sempre faz coisas belas para aqueles com quem está bravo?

— Não — ele disse. — Só para a senhora.

Lá fora, um raio relampejou.

— Eu estava brava também — eu disse. — Pensei que estivesse ansioso para partir.

— Não sei como pôde pensar isso. Sabe que não sou capaz de esconder minhas intenções.

Eu podia sentir o cheiro da cera de abelha, doce e espessa.

— O modo como falou de Atena quando ela aparecia a você. Pensei que era desejo. Algo que mantinha para si, um segredo íntimo.

— Eu mantinha em segredo porque tinha vergonha. Não queria que soubesse o quanto ela tinha preferido meu pai o tempo todo.

Ela é uma tola. Mas eu não disse isso.

— Eu não quero ir a Esparta — ele disse. — Nem desejo ficar aqui. Acho que sabe onde eu gostaria de estar.

— Não pode vir — eu disse. — Não é seguro para mortais.

— Suspeito que não será seguro para ninguém. Devia ver seu rosto. Também não sabe esconder suas intenções.

Como está o meu rosto?, eu queria perguntar. Em vez disso, indaguei:

— Deixaria sua mãe?

— Ela ficará bem aqui. E contente, acredito.

Poeira de madeira flutuava por nós, fragrante no ar. Era o mesmo cheiro que se erguia da pele dele quando entalhava. De repente, eu me senti imprudente. Cansada de me preocupar e convencer, de meus planos cuidadosos. Era natural para alguns, mas não para mim.

— Se quer se juntar a mim, não vou impedi-lo — eu disse. — Partimos pela manhã.

* * *

Eu fiz minhas preparações e ele fez as dele. Trabalhamos até o céu começar a clarear. Enchemos o navio com todos os suprimentos que conseguia suportar: queijo e cevada, frutas secas e frescas. Telêmaco acrescentou redes de pesca e remos, corda e facas extras, tudo cuidadosamente guardado e preso no lugar. Com troncos, empurramos o barco ao mar, e seu casco deslizou sem esforço através das ondas. Penélope ficou na praia para acenar em despedida. Telêmaco tinha ido sozinho contar-lhe que estava partindo. O que quer que ela pensasse disso, não deixou transparecer no rosto.

Telêmaco içou a vela. A tempestade tinha passado. Os ventos eram frescos e sopravam bem. Eles nos pegaram e deslizamos pela baía. Virei para olhar Eana. Duas vezes, em todos os meus dias, eu a vira diminuindo atrás de mim. A água aumentava entre nós, e seus penhascos encolhiam. Eu podia sentir o gosto de sal nos lábios. Por todos os lados havia aquelas ondas prateadas. Nenhum raio veio. Eu estava livre.

Não, pensei. *Ainda não*.

— Aonde vamos? — A mão de Telêmaco esperava no leme.

A última vez que eu dissera o nome dela em voz alta tinha sido ao pai dele.

— Ao estreito — eu disse. — A Cila.

Eu vi as palavras serem assimiladas. Ele manobrou a proa com mãos competentes.

— Não está com medo? — perguntei.

— A senhora me avisou que não seria seguro — ele disse. — Não acho que ficar com medo vá ajudar.

O mar fluiu sob nós. Passamos pela ilha onde eu tinha parado com Dédalo a caminho de Creta. A praia ainda estava lá, e avistei um pomar de amendoeiras. O álamo atingido pela tempestade já teria sumido há muito tempo, desmoronando até virar poeira.

Uma mancha pálida apareceu no horizonte. A cada hora ela crescia, inflando como fumaça. Eu sabia o que era.

— Baixe a vela — eu disse. — Temos de fazer algo aqui primeiro.

Sobre a amurada nós pegamos peixes, os maiores que conseguimos encontrar. Eles se debatiam no convés, borrifando gotas frias de sal. Encostei minhas ervas em suas bocas abertas e falei a palavra. Os mesmos estalos, a pele se rasgando, e então eles não eram mais peixes, mas doze carneiros, gordos e aturdidos. Eles se empurravam, os olhos revirando, aglomerados no pequeno espaço. Foi uma bênção – caso contrário, não teriam sido capazes de ficar de pé. Não estavam acostumados a ter pés.

Telêmaco teve de pular sobre eles para chegar aos remos.

— Pode ficar um pouco difícil remar.

— Eles não vão permanecer por muito tempo.

Ele franziu o cenho, olhando um.

— Têm gosto de carneiro?

— Não sei. — Levantei de minha sacola de ervas o pequeno pote de cerâmica que tinha enchido na noite anterior. Estava lacrado com cera e tinha uma alça curva. Com um cordão de couro, eu o amarrei ao redor do pescoço do maior carneiro.

Desfraldamos a vela. Eu avisara Telêmaco sobre a neblina e os borrifos, e ele tinha um par de remos preparados em calços improvisados. Eram desajeitados, pois o barco fora projetado para velas, mas nos ajudariam se o vento morresse completamente.

— Devemos continuar nos movendo — eu disse a ele. — Não importa o que aconteça.

Ele assentiu, como se fosse fácil. Eu sabia que não seria. A lança estava em minha mão, terminando no espinho venenoso, mas eu já vira como ela era rápida. Tinha dito a Odisseu que não havia como enfrentá-la. No entanto, lá estava eu outra vez.

De leve, toquei o ombro de Telêmaco e sussurrei um encantamento. Senti a ilusão recobri-lo: ele tinha sumido; o convés estava nu, o ar vazio. O feitiço não se sustentaria contra um escrutínio mais minucioso, mas o esconderia do olhar de relance dela. Ele observou sem fazer perguntas. Confiava em mim. Virei-me, abrupta, para encarar a proa.

A névoa flutuou sobre nós. Meu cabelo ficou úmido, e o som de sucção do redemoinho nos atingiu através das ondas. *Caríbdis*, os homens tinham chamado aquele vórtice. Ele tinha reivindicado uma boa parcela de marinheiros, todos que tentavam evitar o apetite de Cila. Os carneiros se pressionaram contra mim, cambaleando. Eles não fizeram nenhum som, como ovelhas reais teriam feito. Não sabiam como usar a garganta. Eu sentia pena deles, em suas formas trêmulas e monstruosas.

O estreito assomava, e deslizamos para a sua boca. Relanceei para Telêmaco. Ele segurava os remos em prontidão, os olhos alertas. Pelos se arrepiaram no meu pescoço. O que eu tinha feito? Nunca devia tê-lo trazido.

O cheiro me atingiu, familiar mesmo depois de tanto tempo: podridão e ódio. Então ela veio, deslizando da névoa cinzenta. Aquelas cabeças encaroçadas se esgueiraram pelo penhasco, raspando por onde passavam. Seu olhar injetado estava fixo nos carneiros, fedendo a gordura e medo.

— Venha! — eu gritei.

Ela atacou. Seis carneiros foram pegos em seis bocarras escancaradas. Ela recuou com eles na névoa. Ouvi ossos sendo triturados, os goles úmidos das gargantas dela. Sangue escorreu pelo lado do penhasco.

Tive tempo de lançar um único olhar para Telêmaco. O vento estava quase morto e ele remava agora, compenetrado. O suor brilhava em seus braços.

Cila retornou, as cabeças ziguezagueando com malevolência. Tufos de lã espiavam entre seus dentes.

— Agora o resto — eu disse.

Ela pegou os outros seis tão rápido que não houve tempo para contar os momentos entre minhas palavras e o desaparecimento dos animais. O carneiro com o pote estava entre eles. Tentei escutar a cerâmica quebrando nos dentes dela, mas não conseguia distinguir nada acima dos sons de ossos e carne.

Na noite anterior, sob a lua fria, eu tinha extraído o veneno da lança. Ele havia pingado, transparente e ralo, em minha tigela de bronze polida. Eu acrescentara dictamo, coletado há tanto tempo em Creta, raiz de ciprestes, lascas dos meus penhascos e solo do meu jardim, e por último meu próprio sangue vermelho. O líquido havia borbulhado e ficado amarelo. Tudo isso eu tinha colocado naquele pote, então o selado com cera. A poção estaria descendo pela garganta dela agora, empoçando-se em suas entranhas.

Pensei que doze ovelhas saciariam a fome de Cila, mas quando ela retornou, seus olhos tinham o mesmo aspecto de sempre, gananciosos e esfomeados. Como se não fosse sua barriga que ela alimentasse, mas uma fúria infindável.

— Cila! — Eu ergui a lança. — Sou eu, Circe, filha de Hélio, bruxa de Eana!

Ela soltou um guincho agudo, aquela velha cacofonia de uivos arranhando meus ouvidos, mas não havia nenhum reconhecimento nele.

— Muito tempo atrás, eu a transformei da ninfa que era nessa forma. Agora venho com o poder de Trigon para terminar o que comecei.

E no ar úmido de neblina, eu falei a palavra de minha vontade.

Ela sibilou. Seu olhar não demonstrava o menor indício de curiosidade. Suas cabeças continuaram ziguezagueando, perscrutando o convés como se pudesse haver ovelhas que ela não tivesse visto. Atrás de mim, conseguia ouvir Telêmaco se esforçando nos remos. Nossa vela pendia flácida; ele era tudo que nos mantinha em movimento.

Eu vi o instante em que seus olhos perfuraram minha ilusão e o avistaram. Ela deu um gemido baixo e ávido.

— Não! — Eu brandi a lança. — Esse mortal está sob minha proteção! Você sofrerá agonia mortal se tentar tomá-lo. Veja que tenho a cauda de Trigon.

Ela gritou de novo. Seu hálito passou por mim, fedor e calor abrasador. As cabeças estavam se movendo mais rápido em sua empolgação. Elas mordiam o ar, longos fios de baba pendendo das mandíbulas. Ela tinha medo da lança, mas isso não a conteria por muito tempo. Tinha passado a apreciar o gosto de carne mortal. Desejava-a intensamente. Um terror negro e gélido me atravessou. Eu podia ter jurado que sentira o feitiço se assentar. Estivera errada? Pânico encharcava meus ombros. Eu teria de lutar com seis cabeças esfomeadas de uma vez. Eu não era uma guerreira treinada. Uma delas me pegaria, e então Telêmaco... Não me permiti terminar o pensamento. Minha mente descartou ideias, todas inúteis: feitiços que não podiam tocá-la, venenos que eu não tinha, deuses que não viriam me ajudar. Eu podia dizer a Telêmaco para pular e nadar, mas não havia para onde ir. O único caminho a salvo do alcance dela o levaria ao redemoinho devorador de Caríbdis.

Eu me coloquei entre ela e Telêmaco, a lança estendida, os nervos prontos para a batalha. *Precisava feri-la antes que ela me pegasse,* eu disse a mim mesma. Precisava pelo menos conseguir colocar o veneno de Trigon no sangue dela. Eu me preparei para o golpe.

Ele não veio. Uma das bocas estava se movendo estranhamente, a mandíbula abrindo e fechando. Um som engasgado veio do fundo do peito dela. Cila regurgitou, e uma espuma amarela escorreu por seus dentes.

— O que é? — Telêmaco perguntou. — O que está acontecendo?

Não havia tempo para responder. O corpo dela começou a vergar na neblina. Eu nunca o vira antes, gelatinoso e enorme. Observamos enquanto ele arranhava o lado do penhasco acima de nós. As cabeças dela guinchavam e se debatiam, como se tentassem puxá-lo de volta para cima. Mas ela só afundava mais, tão inexoravelmente quanto se estivesse amarrada a pedras. Eu podia ver agora o começo de suas pernas, aqueles doze tentáculos monstruosos alongando-se para longe do seu corpo na névoa. Ela os mantinha sempre escondidos, Hermes me contara, enrolados na caverna entre os ossos e pedaços de carne velha, agarrando a pedra da caverna para que o resto do corpo pudesse se abaixar para apanhar suas refeições e retornar.

As cabeças de Cila mordiam e ganiam, recuando para morder os próprios pescoços. Sua pele cinzenta estava manchada com faixas de espuma amarela e de seu próprio sangue vermelho. Um barulho começou, como uma pedra enorme arrastada pela terra, e de repente um borrão cinza tombou diante de nós, atingindo as ondas ao lado do nosso barco. O convés entortou abruptamente, e quase perdi meu equilíbrio. Quando estava firme de novo, vi-me encarando uma de suas pernas gigantes. Ela pendia flácida do corpo, grossa como o carvalho mais antigo de Eana, sua extremidade desaparecendo nas ondas.

O membro tinha se soltado da rocha.

— Precisamos partir — eu disse. — Agora. Haverá mais.

Antes que as palavras tivessem saído até o fim, começou o som de outra perna arranhando o penhasco.

Telêmaco gritou um alerta. A perna bateu tão perto da nossa popa que mergulhou a amurada entre as ondas. Eu caí de joelhos, e Telêmaco foi jogado do seu banco. Ele conseguiu se agarrar aos remos, e com esforço os trouxe de volta ao lugar. As águas ao nosso redor se revolviam, o barco subia e descia. No ar acima de nossas cabeças, Cila guinchava e se debatia. O peso das pernas caídas a tinha puxado ainda mais para baixo no penhasco. As cabeças estavam à vista agora, mas ela não prestou atenção em nós. Estava mordendo a pele flácida das pernas, atacando-as com ferocidade.

Eu hesitei um momento, então prendi o cabo da lança entre nossos suprimentos para que não rolasse no caos. Agarrei um dos remos de Telêmaco.

— Vamos.

Nós nos curvamos para remar. O som arranhado veio de novo e outra perna caiu, fazendo uma grande onda encharcar o convés e virando a proa na direção de Caríbdis. Tive um vislumbre do turbilhão caótico que devorava navios inteiros. Telêmaco agarrou o leme, tentando nos girar.

— Uma corda! — ele gritou.

Eu peguei uma entre os suprimentos. Ele a enrolou ao redor do leme, puxando-a com esforço para nos apontar para a saída do estreito. O corpo de Cila balançava acima, à altura de dois mastros. As pernas ainda estavam caindo, e cada impacto puxava o tronco pendente mais para baixo.

Dez, eu contei. Onze.

— Temos de ir!

Telêmaco tinha endireitado a proa. Ele amarrou o leme e corremos de volta aos remos. Abaixo do penhasco, o barco era jogado de um lado para o outro nas águas revoltas, como uma folha caída. As ondas ao nosso redor estavam manchadas de amarelo. A última perna de Cila se esticou penhasco acima. Era tudo que a segurava, tensionada grotescamente.

Ela se soltou. Seu corpo gigante atingiu a água. A onda arrancou os remos de nossas mãos, e minha cabeça foi golpeada pelo sal gelado. Tive um vislumbre de nossos suprimentos caindo no mar e, desaparecendo com eles no branco, a lança de Trigon. Senti a perda como um golpe no peito, mas não havia tempo para pensar nisso. Agarrei o braço de Telêmaco, esperando a qualquer momento que o convés rachasse sob nós. Mas as tábuas fortes aguentaram, e a corda no leme também. O ímpeto daquela última onda nos empurrou adiante, para fora do estreito.

O som de Caríbdis diminuiu e o mar ficou aberto ao nosso redor. Eu me levantei e olhei para trás. Na base do penhasco, onde Cila estivera, havia um baixio gigante. O contorno de seis pescoços sinuosos ainda era visível, mas eles não se mexiam. Nunca se mexeriam de novo. Ela tinha se transformado em rocha.

Foi um longo caminho até aportarmos. Meus braços e minhas costas doíam como se tivessem sido açoitados, e Telêmaco devia estar pior, mas nossa vela estava milagrosamente intacta e nos levou adiante. O sol pareceu cair no mar como um prato desabando, e a noite se ergueu sobre a água. Avistei terra através da escuridão pontilhada de estrelas, e arrastamos o barco até a praia. Havíamos perdido todas as nossas reservas de água fresca; Telêmaco tinha os olhos embotados e estava quase mudo. Fui encontrar um rio e trouxe de volta uma tigela transbordante que havia transformado a partir de uma pedra. Ele a esvaziou e depois se manteve tão imóvel que comecei a ficar com medo, mas por fim limpou a garganta e perguntou se havia comida. Eu tinha coletado algumas frutas e peguei um peixe que estava assando num espeto sobre a fogueira.

— Sinto muito por colocá-lo em tanto perigo — eu disse. — Se não estivesse lá, teríamos sido destroçados.

Ele assentiu, cansado, enquanto mastigava. Seu rosto ainda estava contraído e pálido.

— Confesso que estou feliz por não termos de fazer isso de novo. — Ele se recostou na areia e suas pálpebras se fecharam.

Ele estava seguro, pois nosso acampamento estava encostado em um penhasco, então o deixei ali para caminhar pela praia. Pensei que estávamos em uma ilha, mas não podia afirmar com certeza. Não havia fumaça erguendo-se sobre as árvores, e, quando prestei atenção, não ouvi nada exceto os pássaros noturnos, os arbustos e o sibilar das ondas. Havia flores e florestas crescendo espessas no interior, mas não fui explorá-las. Era como se visse diante de mim aquela massa rochosa que tinha sido Cila. Ela se fora, verdadeiramente. Pela primeira vez em séculos, eu não estava conectada àquela torrente de infelicidade e sofrimento. Nenhuma outra alma iria ao submundo portando meu nome.

Encarei o mar. Era estranho não ter nada nas mãos, nenhuma lança para carregar. Podia sentir o ar movendo-se sobre minhas palmas, o sal se misturando com o aroma verde da primavera. Imaginei a cauda cinza afundando na escuridão para encontrar seu mestre. *Trigon*, eu disse, *sua cauda volta para casa. Eu a mantive por tempo demais, mas fiz bom uso dela no fim.*

As ondas suaves lavavam a areia.

A escuridão parecia limpa em minha pele. Caminhei pelo ar frio como se fosse uma piscina na qual me banhasse. Tínhamos perdido tudo exceto a algibeira de ferramentas que ele usava na cintura e minha sacola de feitiços, que estivera amarrada a mim. Teríamos de fazer remos, pensei, e juntar novas reservas de comida. Mas esses eram pensamentos para o dia seguinte.

Passei por uma pereira com flores brancas. Um peixe espirrava água no rio iluminado pelo luar. A cada passo eu me sentia mais leve. Uma emoção estava se inchando em minha garganta. Levei um momento para reconhecer o que era. Eu fora velha e rígida por tanto tempo, entalhada com arrependimentos e anos como um monólito. Mas essa era só uma forma na qual eu tinha sido vertida. Eu não precisava mantê-la.

Telêmaco continuava dormindo. Suas mãos estavam unidas sob o queixo, como as de uma criança. Elas tinham se ensanguentado nos remos, e eu as atei com unguentos, seu peso quente descansando em meu colo. Seus dedos tinham mais calos do que eu presumira, mas as palmas eram macias. Tantas vezes em Eana eu havia imaginado como seria tocá-lo.

Seus olhos se abriram como se eu tivesse falado as palavras em voz alta. Eles estavam tão lúcidos como sempre.

Eu disse:

— Cila não nasceu como um monstro. Eu a criei.

O rosto dele estava nas sombras do fogo.

— Como aconteceu?

Uma parte de mim gritou em alarme: *se falar, ele vai repeli-la e odiá-la*. Mas eu superei aquele pensamento. Se ele me repelisse, que fosse assim. Eu não iria mais tecer minhas obras durante o dia e desfiá-las de novo à noite, sem realizar nada. Eu lhe contei a história toda, cada ciúme e erro e todas as vidas que tinham sido perdidas por minha causa.

— O nome dela — ele disse. — Cila. Significa "aquela que rasga". Talvez sempre fosse o destino dela ser um monstro, e a senhora, apenas o instrumento.

— Você usa a mesma desculpa para as criadas que enforcou?

Foi como se eu o tivesse estapeado.

— Eu não dou justificativas. Carregarei essa vergonha minha vida inteira. Não posso desfazer o que fiz, mas passarei meus dias desejando que pudesse.

— É assim que você sabe que é diferente do seu pai — eu disse.

— Sim. — A voz dele estava dura.

— É o mesmo comigo — afirmei. — Não tente tirar o arrependimento de mim.

Ele ficou quieto por um longo tempo.

— A senhora é sábia — ele disse.

— Nesse caso — eu repliquei —, é apenas porque fui tola o bastante por uma centena de vidas.

— No entanto, pelo menos lutou por aquilo que amou.

— Isso não é sempre uma bênção. Devo avisá-lo: todo o meu passado é como hoje, monstros e horrores que ninguém quer ouvir.

Ele sustentou meu olhar. Naquele momento, algo nele me lembrou estranhamente de Trigon. Uma paciência sobrenatural e silenciosa.

— Eu quero ouvir — ele disse.

Eu tinha me mantido longe dele por tantos motivos: sua mãe e meu filho, seu pai e Atena. Porque eu era uma deusa e ele um homem. Mas me ocorreu então que na raiz de todos aqueles motivos havia um tipo de medo. E eu nunca fui covarde.

Inclinei-me naquele ar cheio de expectativa entre nós e o encontrei.

CAPÍTULO 26

Três dias nós ficamos naquela praia. Não fizemos remos, nem remendamos velas. Pescamos e colhemos frutas, e não procuramos nada exceto o que encontrávamos na ponta dos dedos. Eu apoiava a palma sobre o estômago dele, sentindo-o subir e descer com sua respiração. Seus ombros eram duros com músculos, e sua nuca queimada de sol.

Eu lhe contei aquelas histórias. Diante do fogo, ou sob a luz da manhã, quando deixávamos nossos prazeres de lado. Algumas saíram com mais facilidade do que eu imaginava. Havia certa alegria em evocar Prometeu para ele, em fazer Ariadne e Dédalo viverem de novo. Mas outras partes não foram tão fáceis, e às vezes, enquanto eu falava, a raiva me dominava e as palavras azedavam em minha boca. Quem era ele para ser tão paciente enquanto eu derramava meu sangue? Eu era uma mulher crescida. Era uma deusa, mil gerações mais velha que ele. Eu não precisava da sua piedade, de sua atenção, de nada.

— Bem? — eu perguntava. — Por que não diz algo?

— Estou ouvindo — ele respondia.

— Vê só? — eu dizia, quando terminava a história. — Deuses são coisas feias.

— Não somos nosso sangue — ele respondia. — Uma bruxa me disse isso uma vez.

No terceiro dia, ele fez novos remos, e eu transformei odres e os enchi, depois colhi frutas. Eu o observei instalar a vela com competência e facilidade, então verificar o casco em busca de vazamentos. Eu disse:

— Não sei no que estava pensando. Não sei navegar. O que eu teria feito se você não tivesse vindo?

Ele riu.

— Teria conseguido, só levaria uma parte de sua eternidade. Aonde vamos agora?

— Para um litoral a leste de Creta. Há uma pequena enseada lá, metade areia, metade rochas, com uma floresta arbustiva à vista e colinas. Acima, nesta época do ano, o Dragão parece apontar o caminho.

Ele ergueu as sobrancelhas.

— Se me levar perto o bastante, acho que serei capaz de encontrá-la. — Eu o encarei. — Não vai me perguntar o que existe lá?

— Não acho que quer que eu pergunte.

Menos de um mês nós havíamos passado juntos, mas ele parecia me conhecer melhor do que qualquer um que já caminhara no mundo.

A viagem foi suave; o vento estava fresco e o sol ainda não atingira o calor escaldante do verão. À noite, montávamos acampamento em qualquer praia que conseguíssemos encontrar. Ele estava acostumado a viver como um pastor, e eu descobri que não sentia falta das minhas tigelas de ouro e prata e de minhas tapeçarias. Assávamos nossos peixes em espetos e eu carregava frutas no vestido. Se havia uma casa, às vezes oferecíamos serviços em troca de pão e vinho e queijo. Ele esculpia brinquedos para crianças e consertava esquifes. Eu tinha meus unguentos, e se mantivesse a cabeça coberta, podia passar por uma curadora que viera aliviar as dores e febres deles. Sua gratidão era simples e sincera, e a nossa também. Ninguém se ajoelhava.

Enquanto o barco navegava sob o arco azul do céu, sentávamos juntos nas tábuas e conversávamos sobre as pessoas que tínhamos conhecido, os litorais pelos quais passáramos, os golfinhos que nos seguiram por metade da manhã, sorrindo e jogando água nas amuradas do barco.

— Sabia que, antes de ir a Eana, eu só tinha saído de Ítaca uma vez? — ele perguntou.

Acenei com a cabeça. E disse:

— Vi Creta e algumas ilhas no caminho, e isso é tudo. Sempre quis visitar o Egito.

— Sim — ele concordou. — E Troia, e as grandes cidades da Suméria.

— Assur — eu disse. — E quero ver a Etiópia. E o Norte também, as terras estriadas de gelo. E o novo reino de Telégono no Ocidente.

Olhamos as ondas e um silêncio pairou entre nós. A próxima frase deveria ser: *vamos juntos*. Mas eu não podia dizê-la agora, talvez nunca. E ele manteria silêncio, pois me conhecia bem.

— Sua mãe — eu disse. — Acha que ficará brava conosco?

Ele bufou.

— Não — respondeu. — Provavelmente, ela sabia antes de nós.

— Eu não ficaria surpresa se na volta descobrirmos que ela virou uma bruxa.

Eu sempre ficava feliz em surpreendê-lo, em ver sua impassibilidade desaparecer.

— O quê?

— Ah, sim — eu disse. — Ela ficou de olho nas minhas ervas desde o início. Eu lhe teria ensinado, se houvesse tempo. Quer apostar?

— Se está tão segura, acho que não vou arriscar.

À noite cruzávamos os espaços da pele um do outro, e quando ele dormia eu me deitava ao seu lado, sentindo o calor onde nossos membros se tocavam, observando o pulso suave em sua garganta. Seus olhos tinham rugas, e o pescoço ainda mais. Quando as pessoas nos viam, pensavam que eu era mais jovem. Mas, embora eu parecesse e soasse mortal, era um peixe sem sangue. Da minha água eu conseguia vê-lo, e todo o céu por trás, mas não podia atravessar para o outro lado.

Entre o Dragão e Telêmaco, encontramos por fim minha antiga praia. Era manhã quando chegamos à baía estreita, e a biga de meu pai estava a meio caminho do ápice. Telêmaco segurou a pedra da âncora.

— Jogo ou puxo para a areia?

— Jogue — eu disse.

Centenas de anos de marés e tempestades tinham alterado o formato da costa, mas meus pés se lembravam da areia fina e da grama áspera com seus carrapichos. Ao longe, flutuava uma leve fumaça cinza e o som de sinos de cabras. Passei pelas pedras salientes onde Aietes e eu costumávamos nos sentar. Passei pela floresta onde eu tinha me deitado depois que meu pai me queimara; agora era apenas um grupo de pinheiros afastados. As colinas pelas quais eu arrastara Glauco estavam repletas de primavera: sempre-vivas e jacintos, lírios, violetas e roselhas delicadas. E, no centro delas, o pequeno ramo de flores amarelas, brotadas do sangue de Cronos.

O antigo zumbido se ergueu, como um cumprimento.

— Não as toque — eu disse a Telêmaco, mas, mesmo enquanto as palavras saíam, percebi quão tolas elas eram. As flores não podiam afetá-lo. Ele já era si mesmo. Eu não desejaria nem um fio de cabelo mudado.

Usando a faca, puxei cada caule pela raiz. Embrulhei-as com terra em tiras de tecido e as acomodei na escuridão da minha bolsa. Não havia mais motivo para permanecer. Erguemos a âncora e apontamos a proa na direção de casa. As ondas e ilhas passaram, mas eu mal as vi. Estava tesa como um arqueiro mirando contra o céu, esperando o pássaro alçar voo. Na última noite, quando Eana estava tão próxima que eu podia cheirar seus botões de flor flutuando no ar marinho, eu contei a ele a história que tinha ocultado, a história dos primeiros homens que vieram à minha ilha e o que eu fizera com eles.

As estrelas brilhavam intensamente, e Vésper reluzia como uma chama acima de nós.

— Não contei antes porque não queria que isso ficasse entre nós.

— E agora não se importa se ficar?

Na escuridão da minha bolsa, as flores cantavam sua nota amarela.

— Agora eu quero que você tenha a verdade, o que quer que aconteça.

A leve brisa salgada farfalhava as gramas altas da praia. Ele segurava minha mão contra o peito. Eu podia sentir a batida constante do seu sangue.

— Eu não a pressionei — ele disse. — E não vou pressionar. Sei que há motivos para não me responder. Mas se… — Ele parou. — Quero que saiba que, se for ao Egito, se for a qualquer lugar, eu quero ir junto.

Pulso a pulso, a vida dele passou sob meus dedos.

— Obrigada — eu disse.

Penélope nos encontrou no litoral de Eana. O sol estava alto e a ilha desabrochava loucamente, frutas inchando nos galhos, novos ramos verdes espiando de cada curva e fissura. Ela parecia à vontade em meio àquela profusão, acenando para nós e gritando saudações.

Se notou uma mudança entre nós, não disse nada. Abraçou a ambos. Tinha ficado tudo quieto, ela disse, sem nenhum visitante, mas, na verdade, não ficara nem um pouco quieto. Mais filhotes de leão tinham nascido. Uma névoa havia coberto a baía leste por três dias, e caíra uma torrente de chuva tão forte que o riacho transbordou. As faces dela estavam coradas com sangue enquanto falava. Nós cortamos por entre os loureiros lustrosos, os rododendros, passando pelo meu jardim e as grandes portas de carvalho. Inspirei o ar da minha casa, espesso com o cheiro limpo de ervas. Senti aquele prazer sobre o qual os bardos cantam com tanta frequência: a volta ao lar.

Em meu quarto, os lençóis da cama grande e dourada estavam limpos como sempre. Eu podia ouvir Telêmaco contando à mãe a história de Cila. Saí descalça a caminhar pela ilha. A terra estava quente sob meus pés. As flores balançavam suas cabeças coloridas. Uma leoa me seguiu de perto. Eu estava dizendo adeus? Estava apontada para o arco amplo do céu. *Esta noite*, pensei. *Esta noite, sob a lua, sozinha.*

Voltei quando o sol estava se pondo. Telêmaco tinha ido pescar nosso jantar e Penélope e eu sentamos à mesa. A ponta de seus dedos estava manchada de verde, e eu podia sentir o cheiro de feitiços no ar.

— Por muito tempo, eu me perguntei uma coisa — eu disse. — Quando brigamos por causa de Atena, como soube que devia se ajoelhar para mim? Que isso me envergonharia?

— Ah. Foi um palpite. Algo que Odisseu falou sobre a senhora uma vez.

— O quê?

— Que ele nunca conheceu um deus que gostasse menos da sua divindade.

Eu sorri. Mesmo morto ele conseguia me surpreender.

— Suponho que isso seja verdade. Você disse que ele moldou reinos, mas também moldou os pensamentos dos homens. Antes dele, todos os heróis eram Héracles e Jasão. Agora as crianças brincam de viajar e conquistar territórios hostis com esperteza e palavras.

— Ele gostaria disso — ela disse.

Eu também achava. Um momento se passou e olhei para as mãos manchadas dela, sobre a mesa em minha frente.

— E? Vai me contar como andam suas bruxarias?

Ela sorriu aquele seu sorriso voltado para dentro.

— A senhora estava certa. É principalmente força de vontade. Força de vontade e trabalho.

— Meu tempo aqui acabou — eu disse —, de um jeito ou de outro. Gostaria de ser a bruxa de Eana no meu lugar?

— Acho que sim. Acho que realmente gostaria disso. Mas meu cabelo não é certo. Não parece nem um pouco com o seu.

— Pode tingi-lo.

Ela fez uma careta.

— Em vez disso, vou dizer que ficou grisalho devido às minhas feitiçarias de megera.

Nós rimos. Ela tinha terminado a tapeçaria, que pendia atrás dela na parede. Aquele nadador, dirigindo-se para as profundezas tempestuosas.

— Caso se veja desejando companhia — eu disse —, informe aos deuses que aceitará as filhas malcriadas deles. Acho que você terá o toque certo para lidar com elas.

— Vou considerar isso um elogio. — Ela esfregou uma mancha na mesa. — E meu filho? Vai com a senhora?

Percebi que eu me sentia quase nervosa.

— Se ele quiser.

— E o que a senhora quer?

— Eu quero que ele venha — eu respondi. — Se for possível. Mas ainda há uma coisa diante de mim para ser feita. Não sei o que vai resultar dela.

Seus olhos cinza e calmos seguraram os meus. *Sua sobrancelha estava arqueada como um templo,* eu pensei. Graciosa e resistente.

— Telêmaco tem sido um bom filho, por mais tempo do que deveria. Agora ele deve cuidar da própria vida. — Ela tocou minha mão. — Nada é garantido, sabemos disso. Mas se eu tivesse que confiar em alguém para realizar uma coisa, confiaria na senhora.

Levei nossos pratos e os lavei cuidadosamente até que brilhassem. Afiei minhas facas e guardei cada uma em seu lugar. Limpei as mesas, varri o chão. Quando voltei à lareira, só Telêmaco estava lá. Andamos até a pequena clareira que ambos amávamos, aquela onde, uma vida antes, tínhamos conversado sobre Atena.

— O feitiço que pretendo fazer — comecei. — Não sei o que vai acontecer quando o lançar. Pode nem funcionar. Talvez o poder de Cronos não possa ser transportado do seu solo.

Ele disse:

— Então voltaremos. Voltaremos até que esteja satisfeita.

Era tão simples. *Se você quer algo, eu o farei. Se a deixar feliz, irei com você.* Há um momento em que um coração se parte? Mas um coração partido não era o bastante, e eu tinha me tornado sábia o suficiente para saber disso. Beijei-o e o deixei lá.

CAPÍTULO 27

Os sapos chafurdavam em seus pântanos; as salamandras dormiam em buracos marrons. A lagoa mostrava o meio-rosto da lua, os pontinhos das estrelas e, ao redor, curvando-se para perto, as árvores tremulantes.

Eu me ajoelhei na margem coberta de grama. À minha frente estava a antiga tigela de bronze que eu usara para minhas magias desde o início. As flores esperavam ao meu lado em seus feixes de raízes pálidas. Caule por caule, eu as cortei e espremi as gotas de seiva corrente. O fundo da tigela ficou escuro. Ele também começou a mostrar a lua. A última flor eu não espremi, mas plantei na praia, onde o sol caía toda manhã. Talvez ela crescesse.

Eu podia sentir o medo dentro de mim, cintilando como água. Aquelas flores haviam tornado Cila um monstro, embora ela só fosse desdenhosa. Glauco tinha se transformado num tipo de monstro também; tudo que era gentil nele fora expulso pela divindade. Lembrei o meu antigo terror no nascimento de Telégono: *Que criatura aguarda dentro de mim?* Minha imaginação conjurou horrores. Cabeças pegajosas e dentes amarelos brotariam de mim. Eu iria disparar até a clareira e rasgar Telêmaco em pedaços.

Mas talvez, eu disse a mim mesma, *não seria assim.* Talvez tudo que eu esperasse aconteceria, e Telêmaco e eu realmente iríamos ao Egito e a todos aqueles outros lugares. Cruzaríamos e recruzaríamos os mares, vivendo da minha bruxaria e da carpintaria dele, e quando chegássemos a uma cidade pela segunda vez, as pessoas sairiam de casa para nos cumprimentar. Ele remendaria os barcos delas e eu lançaria encantamentos contra mosquitos e febres, e teríamos prazer no simples conserto do mundo.

A visão desabrochou, vívida como a grama fria sob mim, como o céu negro sobre a minha cabeça. Nós visitaríamos a Porta dos Leões de Micenas, onde os herdeiros de Agamêmnon governavam, e os muros de Troia, com suas pedras geladas pelos ventos do enregelado monte Ida. Andaríamos em elefantes e caminharíamos na noite do deserto, sob os olhos de deuses que nunca ouviram falar de titãs ou olimpianos, que não reparavam em nós mais do que nos besouros de areia labutando aos nossos pés. Ele diria a mim que queria filhos, e eu responderia: *Você não sabe o que pede de mim,* e ele diria: *Desta vez, não estará sozinha.*

Nós temos uma filha, depois outra. Penélope está presente para o parto. Há dor, mas ela passa. Vivemos na ilha quando as crianças são jovens e as visitamos com frequência depois. Ela tece e lança feitiços enquanto ninfas deslizam ao seu redor. Por mais grisalha que fique, nunca parece se cansar, mas às vezes eu vejo seus olhos se voltarem para o horizonte, onde a casa dos mortos e suas almas aguardam.

As filhas que evoco em sonho são diferentes de Telégono, e diferentes uma da outra. Uma persegue os leões em círculo, enquanto a outra se senta em um canto, observando e lembrando-se de tudo. Nós somos loucos de amor por elas, ficando em pé ao lado de suas camas e observando seus rostos adormecidos, conversando aos sussurros sobre o que elas disseram hoje, sobre o que fizeram. Levamos as duas para conhecer Telégono, entronado entre seus pomares dourados. Ele pula de seu sofá para nos abraçar e nos apresenta ao capitão da sua guarda, um jovem de cabelo negro que nunca sai de perto dele. Ele não é casado ainda, e talvez nunca se case, ele diz. Eu sorrio, imaginando a frustração de Atena. Ele é muito educado, mas tão firme e inamovível quanto um dos muros de sua cidade. Eu não me preocupo com ele.

Eu envelheci. Quando olho em meu espelho de bronze polido, há rugas em meu rosto. Estou mais cheia também, e minha pele começou a ficar flácida. Eu me corto trabalhando com as ervas e as cicatrizes permanecem. Às vezes eu gosto disso. Às vezes, sinto-me vaidosa e insatisfeita. Mas não desejo voltar ao que era. É claro que minha carne procura a terra. É a ela que meu corpo pertence. Um dia, Hermes vai me guiar aos salões dos mortos. Mal vamos reconhecer um ao outro, pois eu terei cabelo branco e ele estará envolvido em mistério como o Condutor das Almas, o único momento em que é solene. Acho que vou gostar de ver isso.

Sei como sou sortuda, estupidamente sortuda, abarrotada de sorte, ébria de fortuna. Acordo às vezes no escuro aterrorizada pela precariedade da minha vida, por sua respiração que pende de um fio. Ao meu lado, o pulso de meu marido bate em sua garganta; em suas camas, a pele de minhas filhas mostra cada leve arranhão. Uma brisa as derrubaria, e o mundo contém mais do que brisas: doenças e desastres, monstros e dor em mil variações. Eu não esqueço meu pai e seus pares assomando sobre nós, iluminados e afiados como espadas, mirando nossa pele frágil. Se não nos atacarem por despeito e malícia, então será por acidente ou capricho. Minha respiração fica presa na garganta. Como posso viver sob tal destino ruinoso?

Levanto-me e vou às minhas ervas. Crio algo. Transformo algo. Minha feitiçaria está tão forte quanto sempre, até mais. Isso também é uma sorte. Quantos têm o poder e o prazer e a defesa que tenho? Telêmaco se ergue de nossa cama para me encontrar. Senta-se comigo na escuridão com cheiro de verde, segurando minha mão. Nossos rostos estão ambos enrugados agora, marcados com nossos anos.

Circe, ele diz, *vai ficar tudo bem.*

Não é a afirmação de um oráculo ou de um profeta. São as palavras que alguém diria a uma criança. Eu já o ouvi dizê-las a nossas filhas, quando as confortava de volta ao sono após um pesadelo, quando fazia um curativo para seus pequenos cortes, suavizando o que ardia. Sua pele é tão familiar quanto a minha sob meus dedos. Eu escuto sua respiração, morna no ar noturno, e de alguma forma isso me consola. Ele não está dizendo que não dói. Ele não está dizendo que não sentimos medo. Só que estamos aqui. É isso que significa nadar na maré, caminhar na terra e senti-la tocar seus pés. É isso que significa estar vivo.

Acima, as constelações mergulham e giram. Minha divindade brilha em mim como os últimos raios do sol antes de se afogarem no mar. No passado, já pensei que os deuses eram o contrário da morte, mas agora vejo que estão mais mortos que tudo, pois são imutáveis e não conseguem segurar nada nas mãos.

Toda a minha vida eu me movi para a frente, e agora estou aqui. Tenho a voz de um mortal, deixe-me ter o resto. Ergo a tigela transbordante aos lábios e bebo.

LISTA DE PERSONAGENS

DIVINDADES TITÃS

AIETES

Irmão de Circe e rei-feiticeiro da Cólquida, um reino na borda oriental do Mar Negro. Aietes também foi pai da bruxa mortal Medeia e guardião do velocino de ouro, até que este foi roubado por Jasão e os Argonautas, com a ajuda de Medeia.

BÓREAS

O vento norte personificado. É responsável, em alguns mitos, pela morte do belo jovem Jacinto. Seus irmãos são Zéfiro (o vento oeste), Notos (o vento sul) e Euros (o vento leste).

CALIPSO

Filha do titã Atlas que mora na ilha de Ogígia. Na *Odisseia*, ela abriga Odisseu depois de um naufrágio. Apaixonando-se por ele, o mantém em sua ilha por sete anos, até que os deuses ordenam que o liberte.

CIRCE

Uma bruxa que morava na ilha de Eana, filha de Hélio e da ninfa Perseis. Seu nome provavelmente deriva da palavra para *gavião* ou *falcão*. Na *Odisseia*, ela transforma os homens de Odisseu em porcos, mas, depois que o herói a desafia, ela o toma como amante, permitindo que ele e seus homens fiquem com ela e ajudando-os quando partem novamente. Circe teve uma longa vida literária, inspirando escritores como Ovídio, James Joyce, Eudora Welty e Margaret Atwood.

HÉLIO

Deus titã do sol. Pai de muitos filhos, incluindo Circe, Aietes, Pasifae e Perses, assim como suas meias-irmãs, as ninfas Faetusa e Lampécia. Geralmente é retratado em sua biga de cavalos dourados, que ele conduzia através do céu todo dia. Na *Odisseia*, pede a Zeus para destruir os homens de Odisseu depois que matam suas vacas sagradas.

MNEMOSINE

Uma deusa da memória e mãe das nove musas.

NEREU

Um antigo deus do mar, ofuscado pelo olimpiano Posêidon. Pai de muitos filhos divinos, incluindo a ninfa do mar Tétis.

OCEANO

Na poesia de Homero, Oceano é o deus titã do grande rio de água doce de mesmo nome, que os antigos imaginavam que rodeava o mundo. Em épocas posteriores, foi associado com o mar e a água salgada. Ele é o avô materno de Circe e pai de muitas ninfas e deuses.

PASIFAE

Irmã de Circe, uma bruxa poderosa que se casa com um filho mortal de Zeus, Minos, e se torna rainha de Creta. Ela tem vários filhos com ele, incluindo Ariadne e Fedra, e também inventa um plano para engravidar de um touro branco sagrado, dando à luz o Minotauro.

PERSEIS

Uma oceânida, uma das filhas ninfas de Oceano. Mãe de Circe e esposa de Hélio. Em histórias posteriores, ela também foi associada à bruxaria.

PERSES

Irmão de Circe, associado em algumas histórias com a Pérsia antiga.

Prometeu

Deus titã que desobedeceu a Zeus para ajudar os mortais, dando-lhes o fogo e, em algumas histórias, também lhes ensinando as artes da civilização. Zeus o puniu acorrentando-o a um penhasco nas montanhas do Cáucaso, onde uma águia ia todo dia remover e comer seu fígado, que então se regenerava toda noite.

Proteu

Deus transmorfo do mar, guardião dos rebanhos de focas de Posêidon.

Selene

A deusa da lua, tia de Circe e irmã de Hélio. Ela conduzia uma biga de cavalos prateados pelo céu noturno, e seu marido era o belo pastor Endimião, um mortal encantado para dormir um sono eterno e jamais envelhecer.

Tétis

Esposa titã de Oceano e avó de Circe. Como o marido, era inicialmente associada com água doce, mas depois retratada como uma deusa do mar.

Divindades olimpianas

Apolo

Deus da luz, da música, da profecia e da medicina. Apolo era filho de Zeus e irmão gêmeo de Ártemis, e um campeão dos troianos na guerra de Troia.

Ártemis

Deusa da caça, filha de Zeus e irmã de Apolo. Na *Odisseia*, ela é apontada como a assassina da princesa Ariadne.

Atena

A poderosa deusa da sabedoria, da tecelagem e das artes da guerra. Foi uma apoiadora feroz dos gregos na guerra de Troia, e guardiã em especial do ardiloso Odisseu. Aparece com frequência tanto na *Ilíada* como na *Odisseia*. Supostamente a filha favorita de Zeus, nasceu de sua cabeça inteiramente formada e armada.

DIONISO

Filho de Zeus, deus do vinho, das folias e do êxtase. Ordenou Teseu a abandonar a princesa Ariadne, desejando-a como sua própria esposa.

ILÍTIA

Deusa da gravidez, ajudava mães no parto e também tinha o poder de evitar que uma criança nascesse.

HERMES

Filho de Zeus e da ninfa Maia, mensageiro dos deuses, além de ser o deus dos viajantes e dos truques, do comércio e das fronteiras. Também conduzia as almas dos mortos ao submundo. Em algumas histórias, Hermes era antepassado de Odisseu; na *Odisseia*, ensina o herói a anular a magia de Circe.

ZEUS

Rei dos deuses e dos homens, governa todo o mundo de seu trono no monte Olimpo. Começou a guerra contra os titãs para se vingar do pai, Cronos, e por fim destroná-lo. Pai de muitos deuses e mortais, incluindo Atena, Apolo, Dioniso, Héracles, Helena e Minos.

MORTAIS

AQUILES

Filho da ninfa do mar Tétis e do rei Peleu da Ftia, Aquiles foi o maior guerreiro de sua geração, assim como o mais veloz e mais belo. Quando adolescente, ofereceram-lhe uma escolha: vida longa e obscuridade ou uma vida curta e fama. Ele escolheu a fama e foi com os outros gregos para Troia. No entanto, no nono ano da guerra brigou com Agamêmnon e se recusou a continuar lutando, voltando à batalha só quando seu amado Pátroclo foi morto por Heitor. Furioso, matou o grande guerreiro troiano e foi por fim morto pelo irmão de Heitor, Páris, ajudado pelo deus Apolo.

AGAMÊMNON

Governante de Micenas, o maior reino na Grécia. Foi o general da expedição grega a Troia para recuperar Helena, a esposa do irmão Menelau. Briguento e orgulhoso durante os dez anos da guerra, foi assassinado pela esposa, Clitemnestra, quando retornou a Micenas. Na *Odisseia*, Odisseu fala com a sombra dele no submundo.

ARIADNE

Princesa de Creta, filha da deusa Pasifae e do semideus Minos. Quando o herói Teseu chegou para matar o Minotauro, ela o ajudou, dando-lhe uma espada e um novelo de lã para desfiar atrás de si a fim de encontrar o caminho para fora do labirinto depois que a criatura estivesse morta. Depois, ela fugiu com ele, e os dois pretendiam se casar, até que o deus Dioniso interveio.

DÉDALO

Mestre artesão, a ele são creditadas várias invenções antigas famosas e obras de arte, incluindo um círculo de dança usado por Ariadne e o grande Labirinto que aprisionava o Minotauro. Mantido prisioneiro com seu filho, Ícaro, em Creta, Dédalo engendrou um plano para se libertar, construindo dois pares de asas com cera e penas. Ele e Ícaro escaparam com sucesso, mas o menino voou perto demais do sol e a cera que unia as penas derreteu. Ícaro caiu no mar e se afogou.

ELPENOR

Membro da tripulação de Odisseu. Na *Odisseia*, ele morre depois de cair do telhado da casa de Circe.

EURICLEIA

Antiga ama de Odisseu, e de Telêmaco também. Na *Odisseia*, ela lava os pés de Odisseu quando ele retorna disfarçado e o reconhece por causa da cicatriz em sua perna, que ele ganhou numa caçada a javali na juventude.

EURÍLOCO

Primo e membro da tripulação de Odisseu. Na *Odisseia*, ele e Odisseu entram em conflito com frequência, e é ele quem convence os outros homens a matar e comer as vacas sagradas de Hélio.

HEITOR

Filho mais velho de Príamo e príncipe herdeiro de Troia, Heitor era conhecido por sua força, nobreza e amor pela família. Na *Ilíada,* Homero nos mostra uma cena tocante entre Heitor, sua esposa Andrômaca e o filho bebê deles, Astíanax. Heitor é morto por Aquiles em vingança à morte de Pátroclo, amante do herói grego.

HELENA

Segundo a lenda, a mulher mais bela do mundo antigo. Helena era uma rainha de Esparta, filha da rainha Leda e do deus Zeus sob a forma de um cisne. Muitos homens pediram sua mão em casamento, cada qual fazendo um juramento (pensado por Odisseu) para proteger a união dela com o homem que prevalecesse. Helena foi dada a Menelau, mas depois fugiu com o príncipe troiano Páris, desencadeando a guerra de Troia. Depois da guerra, voltou para Esparta com Menelau, onde, Homero nos conta, o filho de Odisseu, Telêmaco, a conheceu enquanto buscava informações sobre o pai.

HÉRACLES

Filho de Zeus e o mais famoso dos heróis da era de ouro. Conhecido por sua força tremenda, Héracles foi obrigado a realizar doze trabalhos em penitência à deusa Hera, que o odiava por ser o produto de um dos casos de Zeus.

ÍCARO

Filho do mestre artesão Dédalo. Ele e o pai escaparam de Creta usando dois pares de asas feitos com penas e cera. Ícaro ignorou o aviso do pai de não voar próximo demais ao sol, e sua cera derreteu. As asas se desmancharam, lançando Ícaro ao mar.

Jasão

Príncipe de Iolcos. Privado do seu trono pelo tio Pélias, ele partiu numa missão para provar seu valor, trazendo para casa o velocino de ouro guardado pelo rei-feiticeiro da Cólquida, Aietes. Com a ajuda da deusa patrona Hera, Jasão equipou um navio, o famoso *Argo*, e uma tripulação de companheiros heroicos chamados Argonatas. Quando chegou à Cólquida, o rei Aietes lhe propôs uma série de desafios impossíveis, incluindo prender dois touros que sopravam fogo a um jugo. A filha de Aietes, a bruxa Medeia, se apaixonou por Jasão e o ajudou em suas tarefas, e eles fugiram juntos com o velocino.

Laerte

Pai de Odisseu e rei de Ítaca. Embora ainda esteja vivo na *Odisseia*, mudou-se do palácio e foi viver no campo, em suas propriedades. Ele apoia Odisseu contra as famílias dos pretendentes.

Medeia

Filha do rei Aietes da Cólquida e sobrinha de Circe. Era uma bruxa como o pai e a tia, e, quando Jasão chegou para reivindicar o velocino de ouro, usou seus poderes para ajudá-lo, sob a condição de que o herói se casaria com ela e a levaria com ele. Os dois fugiram, mas Aietes os perseguiu e só por meio de um truque sangrento Medeia conseguiu escapar do pai. Sua história é contada em uma série de obras antigas e modernas, incluindo a famosa tragédia de Eurípedes, *Medeia*.

Minos

Um filho de Zeus e rei da poderosa Creta. Sua esposa, Pasifae, era uma deusa e a mãe do Minotauro. Minos exigiu que a cidade de Atenas enviasse um tributo de catorze jovens a fim de alimentar o monstro. Depois de sua morte, Minos recebeu um lugar de honra no submundo como juiz de outras almas.

ODISSEU

O príncipe ardiloso de Ítaca, favorito da deusa Atena, marido de Penélope e pai de Telêmaco. Durante a guerra de Troia, foi um dos principais conselheiros de Agamêmnon, e foi dele a ideia do cavalo de Troia, artifício que levou os gregos a vencerem a guerra. Sua viagem para casa, que durou dez anos, é tema da *Odisseia* de Homero, e inclui seus famosos encontros com o ciclope Polifemo, a bruxa Circe, os monstros Cila e Caríbdis, e as sereias. Homero lhe dá uma série de epítetos épicos, incluindo *polimetis* (homem de muitos ardis), *politropos* (homem de muitas voltas) e *politras* (o que suportou muito).

PÁTROCLO

O companheiro mais amado do herói Aquiles e, em muitas recontagens mitológias, também seu amante. Na *Ilíada*, a decisão fatal de tentar salvar os gregos usando a armadura de Aquiles põe em movimento o ato final da história. Quando Pátroclo é morto por Heitor, Aquiles fica devastado e executa uma vingança brutal contra os troianos, que também resulta na morte do próprio Aquiles. Na *Odisseia*, Odisseu vê Pátroclo ao lado de Aquiles quando visita o submundo.

PENÉLOPE

Prima de Helena de Esparta, esposa de Odisseu, mãe de Telêmaco, celebrada por sua esperteza e fidelidade. Quando Odisseu não voltou depois da guerra, foi perseguida por pretendentes que tomaram conta de sua casa, tentando pressioná-la para que se casasse com um deles. Ela famosamente prometeu escolher um entre eles quando uma mortalha que estava tecendo estivesse terminada. Ela os protelou dessa forma por anos, desfiando toda noite o que tinha tecido durante o dia.

PIRRO

Filho de Aquiles, foi essencial no saque a Troia. Ele matou Príamo, rei de Troia, e, segundo algumas recontagens, também Astíanax, o bebê de Heitor, para evitar que ele crescesse e buscasse vingança.

Telégono

Filho de Odisseu e Circe, tido como o fundador mítico das cidades de Túsculo e Praeneste, na Itália.

Telêmaco

O único filho de Odisseu e Penélope, príncipe de Ítaca. Na *Odisseia*, Homero o descreve ajudando o pai a planejar e a executar sua vingança contra os pretendentes que haviam sitiado sua casa.

Teseu

Príncipe de Atenas, enviado a Creta como parte do tributo prometido de catorze jovens atenienses para saciar o apetite selvagem do Minotauro. Em vez disso, Teseu matou o Minotauro com a ajuda da princesa Ariadne.

Monstros

Caríbdis

Um poderoso redemoinho situado em um dos lados de um estreito, oposto ao monstro Cila. Navios que procurassem evitar os dentes de Cila eram inteiramente engolidos pelo turbilhão.

Cila

De acordo com Homero, um monstro feroz com seis cabeças e doze pernas que se esconde em uma caverna em um dos lados de um estreito, oposto ao redemoinho Caríbdis. Quando barcos passavam, ela se abaixava, apanhava um marinheiro em cada boca e os devorava. Em representações posteriores, ela era retratada com a cabeça de uma mulher, uma cauda de monstro marinho e cães selvagens irrompendo de sua barriga. Nas *Metamorfoses* de Ovídio, Cila era originalmente uma ninfa que foi transformada em monstro.

Minotauro

Seu nome deriva de Minos, o rei de Creta. Na verdade, o Minotauro era filho da rainha Pasifae e de um touro branco sagrado. Dédalo construiu o

Labirinto para conter o monstro comedor de carne humana, e Minos exigiu que Atenas enviasse catorze meninos e meninas como sacrifício para alimentá-lo. Um deles era o príncipe ateniense Teseu, que matou a fera.

POLIFEMO

Um ciclope (gigante de um olho só) filho de Posêidon. Na *Odisseia*, Odisseu e seus homens desembarcam na ilha de Polifemo, entram em sua caverna e começam a devorar sua comida. Quando Polifemo os encontra, aprisiona-os na caverna e devora vários dos homens de Odisseu. O herói engana o monstro com palavras amigáveis, apresentando-se como *Outis*, *Ninguém*. Ele cega o monstro para escapar e, enquanto seu navio se afasta, revela seu nome real. Polifemo pede ao pai, Posêidon, que puna Odisseu.

SEREIAS

Frequentemente retratadas com cabeça de mulher e corpo de pássaro, as sereias se empoleiravam sobre um penhasco escarpado, cantando. Suas vozes eram tão doces que os homens perdiam a razão quando as ouviam. Na *Odisseia*, Circe aconselha Odisseu a colocar cera de abelha no ouvido dos homens para passar a salvo, e então sugere que ele se amarre ao mastro com seus próprios ouvidos desimpedidos, para que se torne o primeiro a ouvir a canção encantadora delas e viver.

AGRADECIMENTOS

Tantas pessoas apoiaram a jornada deste livro que eu não poderia citar todas. Devo me contentar, em vez disso, com um sincero obrigada: a meus amigos, familiares, alunos, leitores e todos aqueles que se engajam apaixonadamente com essas histórias antigas e me contam sobre isso.

Obrigada a Dan Burfoot, por seu tempo e opiniões literárias aguçadas sobre o primeiro rascunho. Um enorme agradecimento a Jonah Ramu Cohen, por ser sempre um entusiasta do meu trabalho, disposto a ler múltiplos rascunhos e conversar sobre narração de histórias, mitos e feminismo.

Continuo grata e inspirada por meus mentores de clássicos, especialmente David Rich, Joseph Pucci e Michael C. J. Putnam. Sou grata também ao generoso David Elmer, que me deixou questioná-lo sobre algumas questões-chave. Nenhum deles é responsável por minhas distorções.

Muitos agradecimentos a Margo Rabb, Adam Rosenblatt e Amanda Levinson, por torcerem por mim durante o processo de escrita, e também a Sarah Yardney e Michelle Wofsey Rowe. Muito amor ao meu irmão Tull e sua esposa Beverly, por seu apoio constante.

Sinto profunda gratidão a Gatewoof West, por suas opiniões, sabedoria crucial e pelo afeto enorme que me acompanhou ao longo desta jornada.

Ofereço devoções eternas à minha incrível editora, Lee Boudreaux, pelo *feedback* brilhante e paciente, por toda a fé que deposita em meu trabalho e por ser sublime de modo geral. Obrigada também à equipe fabulosa: Pamela Brown, Carina Guiterman, Gregg Kulick, Karen Landry, Carrie Neill, Craig Young e todos os outros na Little, Brown. Agradeço muito também aos incríveis Judy Clain e Reagan Arthur por seu entusiasmo e apoio.

Sou muito grata à divina Alexandra Pringle e a toda a família Bloomsbury UK: Ros Ellis, Madeleine Feeny, David Mann, Angelique Tran Van Sang, Amanda Shipp, Rachel Wilkie e muitos mais.

E, como sempre, um milhão de agradecimentos a Julie Barer, que continua sendo a Melhor de Todas as Agentes, carinhosa, brilhante e uma defensora feroz do meu trabalho, sempre disposta a ler outra versão e, além do mais, uma grande amiga. Muitos agradecimentos a toda a equipe do The Book Group, especialmente Nicole Cunningham e Jenny Meyer. E, é claro, ao incrível Caspian Dennis e a Sandy Violette.

Não há palavras suficientes para expressar adequadamente minha adoração e gratidão a Jonathan e Cathy Drake, por seu amor, apoio e ótimo trabalho como avós. Obrigada! Obrigada também a Tina, BJ e Julia.

Amor e grande estima por meu adorável padrasto, Gordon, e por minha mãe, Madeline, que me apresentou aos clássicos, lia-os para mim todos os dias da minha infância e apoiou a escrita deste livro de modos grandes e pequenos, um dos quais sendo meu primeiro exemplo de *dux femina facti*.

Muito amor aos radiantes e potentes V. e F., cuja magia transformou minha vida e que foram pacientes comigo quando desaparecia por horas. Finalmente, agradecimentos e amor eternos a Nathaniel, meu *sine qua non*, que estava lá para cada página.

SOBRE A AUTORA

Madeline Miller nasceu em Boston e cresceu em Nova York e na Filadélfia. Ela estudou na Universidade Brown, onde fez graduação e mestrado em clássicos. Há quinze anos é professora de latim, grego e Shakespeare. *A canção de Aquiles*, seu primeiro romance, ganhou em 2012 o Orange Prize for Fiction (atualmente, Women's Prize for Fiction) e foi best-seller do *The New York Times.* Os artigos de Miller figuram em uma série de publicações, incluindo *The Guardian*, *Wall Street Journal*, *Lapham's Quarterly* e *NPR.org*. Atualmente, ela vive perto da Filadélfia, na Pensilvânia.

LEIA TAMBÉM

Grécia Antiga, o lar de deuses e reis.

Pátroclo, um jovem e tímido príncipe, acaba exilado no reino de Fítia após um acontecimento trágico. Em seu novo lar, longe de tudo o que conhecia, ele encontra Aquiles – filho do rei e da deusa Tétis.

Aquiles é tudo o que Pátroclo não é: extraordinário em todos os sentidos, belo e com um futuro brilhante já delimitado por uma profecia. Mesmo com essas diferenças, eles desenvolvem uma conexão profunda e se tornam inseparáveis. Durante anos, passam a vida assim, lado a lado, crescendo juntos. E, quando se tornam jovens adultos, esse relacionamento muda para algo ainda mais intenso.

A vida idílica que levam é interrompida quando surge a notícia de que Helena de Esparta foi raptada e os homens gregos devem partir imediatamente para Troia a fim de libertá-la. Aquiles vê nessa guerra a oportunidade perfeita para enfim cumprir seu destino heroico e decide deixar para trás a corte e seguir para a batalha. Pátroclo, movido pelo amor que sente por Aquiles, o acompanha.

No entanto, mal sabem eles que, além de glória e amor, o destino também os reserva uma grande dose de sacrifícios.